U0941843

柳三笑
Liu Sanxiao
著

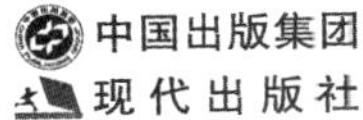

图书在版编目（CIP）数据

金吾卫之大明国师 / 柳三笑著．—北京：现代出版社，2018.5

ISBN 978-7-5143-7014-0

Ⅰ．①金… Ⅱ．①柳… Ⅲ．①长篇小说—中国—当代 Ⅳ．①I247.5

中国版本图书馆 CIP 数据核字（2018）第 059433 号

金吾卫之大明国师

作　　者：柳三笑
责任编辑：袁子茵
出版发行：现代出版社
地　　址：北京市安定门外安华里 504 号
邮政编码：100011
电　　话：010-64267325　64245264（传真）
网　　址：www.1980xd.com
电子邮箱：xiandai@vip.sina.com
印　　刷：长沙鸿发印务实业有限公司

开　　本：710mm×1000mm　1/16　　印　　张：20.75
版　　次：2018 年 5 月第 1 版　　印　　次：2018 年 5 月第 1 次印刷
字　　数：328 千
书　　号：ISBN 978-7-5143-7014-0
定　　价：45.80 元

锦衣卫
之
大明国师
目录

第一章　再赴昏鸦林

冬到金陵，已是寒风料峭。

南京虽然地处淮河以南，但历来冬夏长而春秋短，冬天尤其阴冷难挨，这入秋才过两个月，转眼间一场大雪便纷纷扬扬地落了下来。

遥望天际，铅云如帷幕披挂，片片雪花似银蝶乱舞，碎琼狂飞，整个京城一夜之间就被皑皑白雪所覆盖，从洪武街到三山坊，从秦淮河到紫金山，处处银装素裹，玉蛇蜡象，洁白的雪花，让这座战火数度纷扰的城市一时间少了几分阴沉，多了一分素雅。

秦明一个人骑着踏云马，缓缓地走在城郊的野径上，大雪纷飞，道路的前方是一片落满白雪的枯树林，枯枝像兽爪一样四处横生，黑的黑，灰的灰，白的白，远远看去好似一幅怪里怪气的水墨画，再细细看几眼，又觉得这黑色的枯枝就像一群恶鬼在雪中乱舞。

昏鸦林，昏鸦林，当真是南京城郊最煞气的地方了。

秦明抬头望了望昏鸦林，很快又低下头有些垂头丧气，整个人似乎提不起一点精神。三日之约，转眼就到了。今日，正是他和十剑生约定比试的日子。

当日在洪武广场，十剑生死缠烂打，秦明无奈之下应允了约定，其实那不过只是情急之下骗人的借口罢了，秦明压根就没想过真的要与十剑生来场你死我活的对决。他倒不是怕了十剑生这个人，而是觉得与这迂腐的呆子比武好生无趣，纯粹是浪费时间，不过，秦明显然低估了十剑生对这次比武的重视程度！

连着三日，这剑客每日午时三刻便会准时出现在洪武广场的石柱上，他身姿傲然，一身素袍，还背着十把怪剑，这么出挑的形象，那么一站就已经足够显眼了！不仅如此，他还专门叫几个茶馆的小厮在广场周围拉起横幅，敲锣打鼓，卖力吆喝宣传。

“来来来，瞧一瞧看一看了啊，三日后巳时，蜀西第一剑客十剑生将与金吾卫秦明，于昏鸦林巅峰一战，风物榜最新排名将再次改写，诸位不可不去！不可不看！”

“御剑神技，天下无双，势叫金吾卫小子低头诚服！”

“五气朝元，气气炼真经；十剑神通，剑剑诛人心。金吾卫秦明必败！”

…… ……

这迂腐的十剑生仿佛一夜之间开化了一样，这一招立即逼得秦明很是被动，毕竟一天天的宣传鼓动，搞得满京城的人都知道这两个人要公开比武，让秦明是躲无可躲、逃无可逃。所有认识秦明的人见面第一句话便是：“秦总旗，听说你要和那个什么蜀西第一剑比试，你武功盖世，必然是要把那个什么第一剑打得屁滚尿流，不敢再进城才是，我可是专门要去看哦。”

“秦总旗，你有没有信心啊？可不能给我们金吾卫丢脸啊！”

“秦总旗，你最近怎么都不好好练武，都这关键时候了，还把玩什么傀儡啊！莫要玩物丧志啊！”

“秦总旗，我听说这十剑生可是厉害得很哪，以我对你的了解，你到时候不会临阵脱逃吧……”

…… ……

最可气的是荆一飞，她只说了一句话：“反正你也没什么名声，去不去有甚区别？不如留点精力做正事要紧。”

整整三天，秦明窝了整整一肚子火，他恨不得把这些人的嘴巴一个个封住。可是嘴巴长在别人脸上，他能封得了几个人的嘴巴，也封不住全城几十万人的嘴，这阵势，自己是不去也不行了。秦明饮罢一碗酒，大喝道：“我秦明也算是顶天立地的男子汉，还能临阵脱逃了不成！这十剑生怎么说也是我手下败将，这次我不把他打得满地找牙，我都不姓秦了！”

大雪越下越大，茫茫四野，只有一人一马独自前行。

原本荆一飞和白齐都应该陪他来比试的，但这白齐自从孝陵一战后就经常不知所踪，这几日更是天天不见人影，秦明想联系都联系不上，而荆一飞则直接表示自己不喜欢武林比试，在她看来这武功是拿来惩凶除恶、战场杀敌的，拿来比试岂非最无聊的事情，尤其是十剑生，她更是觉得无趣，看都不想看到这人。

秦明看天看地，这胯下的黑子又不能说话，他向来喜欢热闹，这会儿一个人独自行走，不免觉得有些孤单，口中忍不住叹气道："真是天妒英才啊！你说我秦明刚提了金吾卫总旗，都没来得及高兴一天，就被这衰人缠身，你练你的剑就好了啊，非要缠着我，我秦明不就断了你一剑吗，至于这么小气，再说被我断兵器的人多了去了，他们一个个天天来找我比试，我还要不要当金吾卫了？"

"再说这荆一飞和白齐也是很不讲义气，这么重要的事居然也不陪我，一个个借口比什么都多，白齐啊白齐，我以前还救过你呢，还把你当兄弟了，现在人影都找不到了。看来人不如畜生，这是对的，你看狗对阿福就很忠诚，这马对我也很忠诚！是不是小黑？"

他摸了摸黑子的鬃毛，而后双腿突然用力一夹，胯下的黑马一惊，猛地就蹽开了蹄子向前狂奔而去。秦明策马奔腾，起了兴致干脆甩了缠绕在头上的风雪巾，一人一马迎风破雪，直奔昏鸦林，大有不破楼兰终不还的气势。

不多时，便到了树林外。

这昏鸦林，数月不来，更显破败荒凉。

枯树变得更枯，黄叶散落一地，夹杂着白雪，黄白一片，萧瑟至极。

秦明见这林子里空无一人，暗骂了自己一声：居然来早了！

只是这鬼天气，来早了也无处歇脚，眼见这雪有越下越大的势头，他跃下马想进古庙中躲躲雪，顺便设点小机关，一会儿给十剑生一点苦头吃吃，只是他刚踏上台阶，突然就听得一阵聒噪之声从远处呼啦啦地传了过来，这声音可是有些熟悉。

是乌鸦群盘旋的声音！

秦明心中一惊，上一次乌鸦掠来，风物榜更新了排名，今时今日，又是有乌鸦飞来，难不成这风物榜上又有新变化？这是谁又被杀了？

他急忙跃上台阶，躲进一旁的石头后面，静静地往半空望去，果然不过片刻，数百只乌鸦飞掠而来，整个林子上空乌压压的一大片，聒噪之声不绝于耳，秦明瞪大了眼珠子，暗忖这次自己可要好好看看究竟是哪个家伙在贴这风物榜，若是让自己查出风物社的幕后主使是谁，这消息只怕要震动整个京城吧？

由于大雪天光线本就昏暗，这乌鸦盘旋，遮天蔽日，林子中就更是昏暗如黑夜，光影变幻之中，突然有一道人影迅速地从树林间蹿了出来，这人的轻功十分卓绝，以秦明的目测，他的轻功应该远在荆一飞之上，甚至比魏东侯的都要好！这样厉害的身法只怕整个京城都找不出几个，难怪他可以这么来去自如地张贴风物榜而不会被人抓住。

来人一身黑衣，个子矮瘦，像一只巨大的乌鸦一样，轻轻地落在树干上，他环顾四周“咦”了一声，显然他也很奇怪今天为什么一个人都没有，往日里风物榜还未张贴之前，这林子里都藏满了各门各派的高手，今天这树林空荡荡的一个人都没有。难不成是下了大雪，这些武林好汉也嫌天冷路远，不来了？

这人轻轻一点，就跳下树干，落在台阶上，他四处又看了下，确定一个人都没有，这才松了口气，想必他轻功再好，干这活也是整天提心吊胆的，毕竟被人抓到了那可就糟糕了，倒不是性命堪忧，而是大大地丢了面子。

你想风物社最吸引人的一点是什么？两个字，“神秘”啊！

江湖中对这风物社的猜测多如牛毛，引经据典、有理有据的有之，胡说八道、狗屁不通的也有之。比如，有说幕后高手就是神龙见首不见尾的张三丰张真人的，因为张真人虽然年事已高，但性情却一直如孩童般天真，做出这个事情也是合情合理的，你看这第一名不就是张三丰吗，这就是要告诉你们，我张三丰还活着呢，还是武林第一，你们谁也不要跟我争！也有人立即反驳说，张真人早已修炼至仙人境界，这心中犹如明镜般通透，早已淡泊名利闲云野鹤了，如何会做这么无聊的事，幕后的人能及时更新风物榜，其眼线必然是遍布大明各州县，这样的人必定是有皇家势力背景的，至于他张贴这个榜单很可能与皇上的旨意有关，目的是调控武林人士，让忠于朝廷的人可以名利双收。

种种猜测，不一而足，但都没有最终的结果，这样的猜测只能让这个从未露面的风物社变得越发的深不可测！世人都有好奇心，越是解不开的谜团关注的人就越多，一旦真相大白了，价值就立即失去了，所以黑衣人的谨慎不是没有道理的，若是自己一失足被人给擒住了，暴露了风物社的消息，这可不是重磅消息一则？以后他这风物社还怎么继续开张？

不过，今天他碰到秦明，可真叫不走运了！

秦明满心好奇和狂喜，当即也不去管什么比试了，只是一心一意地盯着这个黑衣人，看他有什么举动。他心想，自己这次必须得揪出这个风物社的幕后主使不可，若是自己第一个知道了这则消息，再把它公布出去，那可真是要震动整个京城，不，整个武林!

黑衣人缓缓踱上台阶，姿态颇为谨慎，他来到了古庙之前，望着古庙和巨树，似是颇有几分感慨，这庙宇想必原先与他有过什么关联，此刻眼见寺庙破败如斯，自然是一阵唏嘘。

这人看了一阵，终于从怀中掏出风物榜，双脚不过轻轻一蹬，整个人就跃起一丈多高，再一跃就已至半空中的树干上，他凌空展开风物榜一拍，这黄纸就定在了树干上。

那人有些满意地准备下落走人，却不想这树下早已站了一个人，正是笑嘻嘻的秦明。“原来真是风物社的人，可算是让我逮到了，来，快给我看看你的真面目！”

第二章　风物社主

秦明双手一抓，就要去擒拿这个人。

黑衣人大惊失色，按理说他现在整个身子还在下落，空中无处借力，除了直接落在秦明怀中，再也不可能有其他的去处，但不想这人轻功当真了得，突然在空中一抖双袖，整个人借着气浪的鼓动，身子就像鹞子一样，轻灵地翻了个身就朝另一个方向飞去。

这人双袖一展，轻轻落在地上，好似一只轻盈的燕子一般。只是他身子刚站稳，手指突然一抖，三枚暗器就射了过来。

寒星三点，直逼双眼、喉头，来势甚是毒辣。

秦明手指一划，暗器瞬间全碎，黑衣人显然是大吃一惊，未承想秦明有这么好的身手。他见自己暴露了，心里早已慌乱，当下也无心恋战，只想着早点离开才是，于是双足一踏，就又飞出两丈距离，再一点，就消失在树林间。

“哟，还想跑！”秦明大叫一声，也急忙奔了过去。

二人冲出昏鸦林就往远处狂奔而去，这黑衣人速度果然快得惊人，一路疾奔如飞鸟如猎豹，很快就甩开了秦明十几丈。只是树林之外是茫茫原野，草木凋敝，几乎没有什么遮挡，这黑衣人速度再快，也逃不出秦明的视线，秦明转身，解了踏云马，一跃而上，猛拍马背，奋力直追这黑衣人而去。

黑衣人速度虽快，但在平地之上也不可能快过这踏云马，二人你追我赶，距离越来越近，黑衣人突然一个转向，一头扎进了附近的一片茂林之中，秦明也紧追其后，策马冲了进去。

这是一片人迹罕至的樟树林，林中尽是纵横交错的粗大树干，踏云马进了树林后，速度明显放缓，黑衣人趁机再度甩开了秦明，秦明无奈之下只好下马，自己拔腿追了过去。只是这人速度太快了，就跟脚下踩了风火轮一般，这么一转眼工夫就彻底消失在树林中。

山高林茂，连影子也看不见了。

秦明心想这大雪封山，处处都有积雪，这人就算轻功再好，也不可能完全做到踏雪无痕，尤其是奔走这么仓促，根本没有时间清除脚步痕迹，所以这林子里必然会留有他的脚印，自己还得再追，可不能这个节骨眼上放弃了。

秦明骂道："若是逮到了非得先揍一顿不可。"他急忙四处搜索，果然在不远处的地方看到几个很浅的脚印，脚尖一路向东，这是往山上去了，再追了一段路程，就见前方出现一段石阶，石阶古朴曲折，落满积雪树叶，脚步到此便戛然而止了。

秦明冷笑道："这人想必是踩着落叶往山上蹿去了，嘿嘿，这次我非得把你们风物社的人全给揪出来不可！"

他迅速登梯而上，爬了几十丈，终于到了石梯的尽头，首先映入眼帘的是一座破败的庙宇，上挂牌匾"晓寒寺"，看木门朽坏和漆色脱落的样子，这寺庙至少荒废了有几十年的光景了。

秦明都追到这个地步，不进去查个究竟自然不会甘心，他四处瞧了瞧，而后弹出手中的藏锋，咯吱一声推门而入。大门之内是个方正小院，处处残砖碎瓦，四座丈高石雕金刚神像矗立在两侧，怒目圆睁，各持宝物，想必这里原先两侧是有风雨廊的，年久失修也便倒塌了。

穿过四座金刚塑像，就见正前方是一座大殿，大殿虽然破败，但从粗大的柱子、精细的石雕，依稀能看出这寺庙原先也是有几分气派的。不过，最吸引秦明的是院落雪地上赫然显示的十余个脚印，脚印有些杂乱，显然这人有些犹豫不知自己该往哪里走，不过这脚步最后还是通向了正前方的大殿。

闻名江湖的风物社难不成就在这破败的寺庙里？

秦明的脸上写满了要接近真相的兴奋和期待，他缓缓靠近大殿，走得小心翼翼，生怕自己一个声响就要惊动这破庙里的人，此刻，周边万籁俱寂，除了雪花簌簌落下的声音，其他什么都没有。

扑通！扑通！

好似人的心跳声，他越靠近大殿就越觉得这声音清晰，他起初以为这是自己的心跳，只是稍微一分辨就知道这是另外一个人的，秦明走到屋檐下，猛地一抬头，果然看见一团黑影潜伏在那个角落里。

秦明当机立断，右臂一震，袖箭就呼啸而出，直奔黑衣人而去！

黑衣人吓得再度想要逃脱，但这次秦明反应很快，他手中的藏锋早已露出指尖，顺势一转，这刀刃就朝那人的脖颈划去。

秦明这一招只是想吓住这人，并非真的要取他性命，毕竟秦明目的是逼问出这风物社的秘密而不是杀人。

只是不想，这藏锋还未刺向黑衣人，大殿的木门突然就发出咔嚓一声脆响，而后整个木门迅速向外撕裂成木屑，一道黑影直接破门而出朝秦明飞了过来！

这是一尊一人多高的罗汉石像，这里头的人真是好大的力气！这么重的石像轻而易举就给甩了出来！

破！

秦明大喝了一声，人在空中翻滚，藏锋在手中已经顺势划了一道光圈。

嚓！石像应声裂成两半，大殿之内传来了一声惊异声，只不过转眼间，又有无数暗器飞了出来，这次飞出来的不是罗汉像，而是三十六支竹签！

显然这人是顺势拿起殿内求签的竹签甩了出来，不过这一甩，却很见功夫，三十六支竹签有缓有急，有正有奇，一眼望去就像三十六天罡阵，呼啸袭来！

秦明嗬了一声，一招莲底藏鲤使了出来，他身子旋转，带起气浪，卷动雪花，周边的空气瞬间黏稠如水波转动，竹签射来，速度倏地变缓，而后秦明以指为刃，眨眼之间无数光芒迸发而出，藏锋破天罡，竹签一一断裂，无一幸免！

“好身手！难怪我的风使会被你追得这么狼狈！”大殿之中突然有一阵气浪涌出，这气浪一弹，直接把秦明弹出了四五丈远，整个人都被推到院子中央，踉跄了两步才站立住。

气浪一收，终于化作一个人影出现在屋檐下。

这人戴着宽大斗笠，外披褐袍，内着藏青朱砂彩衣，衣着颇为鲜艳，他的右手还拎着个酒葫芦，一身酒气喷薄而出，显然是十足的好酒之徒。他仰起头饮了一口酒，再用手轻轻顶起斗笠边沿，这一下隐约可见他的真实面貌，剑眉星目，风采俊朗，年龄也不过二十七八左右，当真是长了一副英雄好汉的模样。

那黑衣使者见了这人急忙俯首单膝跪地，却是一句话也不敢说，或者说这黑衣人本就不能说话。

来人没有理会这黑衣使者，而是直接指了指院子中的秦明，朗声道：“我认得你小子，金吾卫机甲司总旗秦明，当今风物榜排名第四，不错，很高的位置，只怕这第四很快就要易主了！”

凭这人对黑衣使者的态度以及显露的气场，就知道他真的就是传说中风物社的主人。只是他的外貌年龄与秦明想象的还是有些差距，秦明以为风物榜的主人必然会是个年纪很大，在江湖中德高望重、人脉极广的人，所以他才能掌握到这么多信息，但不想却这么年轻。

秦明见了这人，原本还想客气几声，但一听这人说自己第四名的排位很快就要被人取代，心下难免有些不快，遂问道：“这话怎么说？难不成你今日要取而代之？”

这人笑了一声，又喝了口酒，寒冬烈酒，倒是个不错的享受，他回味片刻道：“风物榜不过是我无聊之余弄的一个榜单罢了，我想要排第几便排第几，何须来跟你们一争排名高低，小子，你未免太小看我的实力了，我刚才的意思是，你今日的比试只怕赢不了十剑生！”

秦明今日相约十剑生在昏鸦林公开比试，满城的人都知道，算不得什么不得了的秘密，但关键是这人一语断定秦明这一战赢不了十剑生，口气并非武断，而是非常自信，这就很有意思了。

秦明对于这样的结论，显然是不能服气的！

毕竟，十剑生前面两次与他交手都没有占得什么便宜，甚至是狼狈收场，如今自己还练成了魏东侯的藏锋四式，武功是一日千里，格斗技巧更是翻了几番，二人真刀真枪对决，胜负当真是犹未可知，这人直接说自己不如人家，任谁也是不能爽快的。

“你何以断定，我就赢不了这十剑生！”秦明耐着性子问道。

“不为何，实力终究有别！”那人缓缓踏下台阶，脚步微微还有些踉跄，显然他已经喝了不少酒了，他打了个酒嗝，微醺道：“小子，你进步是很快，但你可曾见过这剑客真正的实力？”

十剑生真正的实力？！这句话可问住了秦明，平心而论，十剑生每次与他们三人对敌，在招式上都是占了优势的，只不过这人行事迂腐，又容易受骗，所以一次次无功而返，甚至落得狼狈而逃的下场。若是这剑客真的要拼死一战，只怕荆一飞都不一定能胜他，更何况是自己。而且，这风物社主人的话语之中明显还有深意，那就是十剑生还没有完全施展出他的最强杀招！他最强的剑术已经到达了什么地步，秦明一无所知。

敌在暗，自己在明，就凭这一点，秦明就已经处于劣势了！

可是秦明这人一向嘴硬，尤其是这么紧要的关头如何能服软，还未开打就先折煞自己的士气，那是万万不能的！他张口道："那又怎么样，我一样可以打败他！不对，是肯定以及确定打败他！"

那人哈哈笑道："好！我就喜欢你这个性格，就凭你这一点，你的胜算又多了一分！"

秦明得意扬扬问道："那我现在是有几分胜算了？"

那人摇了摇头道："现在啊，已经有一分了！"

秦明立即叫了起来："才一分啊！那你刚才的意思……"

那人点了点头道："对，你刚才那是毫无胜算！一分都没有！"

秦明根本不会相信这人的说辞声道："十剑生真有这么强吗？哦，我懂了，你一定是十剑生派过来吓唬我的，想让我知难而退！我说风物榜的人怎么会这么容易被我发现，嘿嘿，想吓唬我秦爷，门都没有！"

那人嘿嘿笑道："十剑生虽然天赋很高，但与我相比，却是差得太远了！他如何有资格来指派我做事？"这人口气颇为自信，他的言下之意，就是十剑生的修为与自己差距很大，根本不是他的对手。可是看他的年纪，也不过二十七八，如何能有这等惊世骇俗的修为。

"你这人可真狂妄！"秦明道。

"狂妄？嘿嘿，这是事实罢了，人与人之间差距就好比云泥之别，这并非后天可以弥补。"

"天分一事我信！那是因为秦爷我就是天资纵横，不过用在你身上就是吹牛了！"

"哈哈哈，你既然不信，那不如我们来试一试，小子，你敢吗？"

"嘿，难道怕你不成！"

这人回头朝屋檐下依旧单膝跪地的风使恶狠狠地叫道："别跪了，去给我捡一根趁手的树枝，要一指半粗，三尺三寸长，树皮光滑，不长枝丫不长树眼的，找错了我就打断你一条腿！"

那风使点了下头，急忙身子一弹就跃出院子去捡树枝，不过片刻，这风使就回来了，果然捡了一根直溜溜的木棍，一指半粗，三尺三寸长，树皮更是磨得有些光滑，显然是这使者用自己衣物快速摩擦所致，只是为了不让粗糙的树皮伤了他主人的手。

这人终于伸出了自己的左手，与粗糙的右手大不一样，这左手的五指修长白皙，颜色光泽就像凝脂白玉一样，很难想象，这样的一只干净的手会是一个武林高手的，他轻轻握住树枝，好似巧手盘弄着一把长笛。

他笑了下道："我记得你的兵器是一柄匕首，只有一尺长，我若用这么长的兵器跟你比试，是占了你便宜，这可不行！"

他就地一击，木棍便断了一大截，只剩下一段一尺有余的小棍子，很是简陋。用这么短的一截棍子对付秦明无坚不摧的藏锋，而且还是左手，这人可真是够狂妄！

他转了下手中的棍子，又喝了一口酒，抬头道："小子，用你最强的招式来杀我吧，我想看看你几招之内伤到我！"

第三章　十变九化

对手很是狂妄，秦明这人也从来不会假惺惺地客气，不管这人是真的绝世高手还是骗人的假把式，只要是真动手了，秦明就会毫不客气毫无保留。他双脚划地，劲力从衣袂间鼓荡而出，震得地上的积雪都飞扬了起来，身子从头到腰，从手到脚，每一寸肌肉都齐齐动员起来，好让自己的力道速度都调节到最佳状态。

藏锋式，本来就是竭尽所能让所有力量都聚集在一个点，以点破面的破敌绝技，现在秦明已经充分感觉到自己浑身的力和气都凝聚了起来，他就像一匹攒足了力气的小马驹一样，只等一声令下就要狂奔而去。

“嗬！”秦明的口中呼出第一个字，身子已经像道疾风一样朝对手疾驰过去，这身影劈开飞雪，破离冷风，瞬间化出无数的掌影，掌影震着片片白雪，就像千树万树梨花绽放，让人不禁眼前一晃，不知今夕何夕、东西南北。

这一招正是藏锋四式的第一式，叶底藏花！

叶底藏花，虚中藏实，正是迷惑人的招法，秦明想先试探下这人的实力如何。

只是今时今日，此时此刻，他的藏锋招式配合着雪花，倒不像藏花了，而是团花怒放、百花争荣！藏锋从最隐秘的飞雪中弹射出来，利刃无光，甚至没有任何征兆，就像一道影子悄然而至，于无声处锁咽喉！这藏锋的尖刃速度快得要命，眨眼间就已经逼近对方的喉头，只差不过一寸！

秦明暗忖这人怎么还不躲避，这一指再下去，只怕当场就会要了他的性命，难不成他贸然夸了海口，却根本躲不过自己的藏锋式，这可就太尴尬了！自己若是这样不分青红皂白，直接击杀会不会太残忍了？况且这风物社的事自己还没有问清呢，这才是大事！

秦明想东想西，还在替自己出手太快而后悔，只是下一瞬间，他就意识到自己完全多虑了！

真的是多虑了！

因为他根本就不可能伤到对手！

那人突然出招，左手持棍猛地往秦明手腕上的太渊穴打去，这一下速度极快，犹如灵鹿一跃，翠鸟掠水！啪的一声，秦明只觉得自己右手一麻，力道和方向就完全不受控制，这一招直接就杀偏了，藏锋的锋芒擦着对手的脖子而过，对手竟是毫发无伤。

那人一棍破招，神态轻松地摇摇头道："看来你只学了五成不到的火候，差得远，果然还差得远！"

秦明一招未果，还被对手反讥，登即有些羞恼，指诀化掌顺势就横劈过来，但不想这人一旋长袍，就像一股风一样退后了三四丈，秦明不等对手站稳，立即身子一转，第二招便使了出来，这一招是莲底藏鲤，水波急旋，游鱼惊莲，直卷得雪花如飞刃在四周呼啸，秦明想要靠着雪花先制住对手的身形，再伺机一动，奋力予以一击。

但这人这次却不等秦明发招后再克制对手，而是提前发难，他也是单手一扬，突然纷纷扬扬的手掌就闪了出来，无数手掌握着木棍击打着气浪，就像暴雨下在了湖面上，顿时掀起了惊涛骇浪！"这一招还给你！"

哗啦啦！哗啦啦！

秦明瞬间大惊失色，这一招太眼熟了，手化千掌而出，虚中有实，可不是……自己的叶底藏花吗？！

这人什么时候也学会了藏锋式？！难不成他也会藏锋术，还是说他只是临时现学现用？不过是看了自己用了一次就能够融会贯通，甚至懂得以自己的叶底藏花来化解莲底藏鲤？！

这，这究竟是怎么样的一个对手，竟然有这等的领悟力和学习能力。

秦明正惊讶这对手的可怕，这人的致命一剑就已经刺了过来，木棍带着狠辣的杀气而来，在秦明看来这棍子已经丝毫不逊色于任何锐利的兵器，这样的力道和气势，便是铜墙铁壁也要被他戳出个窟窿，形势可是大大不妙！

秦明急忙御指化锋，频频出招击打，想要化解对手这一剑的攻势，二人针尖对麦芒，木棍对藏锋，只可惜这藏锋虽然锋利但就是点不到对手的木棍，只因对手的速度比秦明更快，他总能抓住机会，提前变招，一次次地破解藏锋的要害。

第二招莲底藏鲤无功而返！

第三式云中藏龙依旧无果！

…… ……

现在只剩最后一招，藏锋四式中最厉害的一招，风中藏羽。

风中藏羽乃是速度之刃，可以借着风力，以极快的速度击杀对手，秦明已然知道对手的实力，若自己不全力以赴根本不可能有胜算，所以出招之时更是毫无保留了，他掀动风潮，再借风力，直荡得整个院子里的雪花都向四面八方散去。

那个黑衣使者也抬起头看着秦明，显然他也被这一招的威力所震慑，这一招看似平平无奇，但是风力四窜，十分难以捉摸和抵挡，原本以他这一招，对手必要被破兵，但可惜秦明忽略了一个重要的因素。

今日有飞雪，这些气浪的痕迹都被雪花败露得一清二楚。所谓成也飞雪，败也飞雪，外行之人必然要被漫天的雪花迷惑自乱阵脚，但内行的人便可循着雪迹摸清这招式的变化，所以这一招提前暴露行迹，基本也是无功而返了。

秦明人在空中也发现了这个事情，但他手中的藏锋却没有迟疑，不管胜负，这最后一击总归不能懈怠！

二人已到了最关键一击的时候，只是那人这时候突然做了一个举动，让秦明一下子就傻住了，他……他居然闭上了眼睛！那人的意思很明显，他不想去分辨这些气浪的痕迹！他不需要按照秦明的思路就可以破解秦明的风中藏羽！因为他已经知道了这招的弱点所在。

这人……

可恶！秦明完完全全地被激怒了！这样的举动对他而言不啻一种极大的污辱，这人不用眼睛看就可以击败自己，这是何等的狂妄和自信！

秦明骂了一声，招式越发地不留情面，这千刃之力重聚于指尖，万般风潮皆收归体内，动如风，疾如兵，诸象皆杀！秦明动了，整个人比风还快，他化作一道直线直冲对手而去，只是这人突然也一模一样地卷动风潮，化作一道直线朝自己奔来！

这……又是一模一样的招式，而且最关键的是，他的速度比秦明更快！虽然他手中不过是一截粗陋的木棍，但是击杀而出的气势却丝毫不逊色于藏锋！

两兵相交，方位角度都一模一样，秦明的力道速度虽然不如对手，但手里的藏锋终究更胜一筹，两兵相交锐者胜，藏锋直接破开木棍，直接朝那人的手掌刺去。

秦明心想，这一招终于要分胜负了！

只不过，下一电光石火间，秦明就意识到，这胜负虽然要分出来了，但胜算却不是在秦明手里，而还是在对方手里。

因为，那人又变招了！

碎裂成两段的木棍突然自动撕裂，分化成十根粗如筷子一般的木条朝秦明射去，那人双掌一拍，借着气浪整个人突然凌空而起，而后在空中猛地甩动双袖，大喝道：“蜀西神剑，十变九化，杀！”

十根筷子就像十柄神剑一样在空中突然互相碰撞变化，一撞之下，一剑碎裂变两剑，再撞之下两剑变四剑，到最后木棍碎裂成木刺、木屑，已是变成了百剑千剑万剑，根本不可阻挡！秦明木然站在原处，根本不知如何反抗这一招。

因为，这气势万千的一剑想杀他真的太容易了！

“千剑破敌！”那人一卷袖子，千万剑影终归一处，变成一道势不可当的剑气狂卷而来，只听得砰的一声巨响，这剑气直接擦着秦明的肩膀击穿了背后的金刚石像，整个石像瞬间被击打成齑粉，未留一块顽石。

秦明很清楚，这人最后时刻收招饶了他一命，若是这一剑不打偏，直接洞穿在自己身上，必然是立毙当场，绝无生还的可能。他整个人惊住了，这招剑法确实太厉害了，他心知自己与他的修为差距太大了，更知道这一剑的来历，瞬间有些垂头丧气道：“这十变九化，就是十剑生的最后一剑？”

那人震了震衣袖，道：“不错，十变九化乃是断剑必杀之法，我这一剑还只是以木棍为剑，威力上应该还稍逊一筹，小子，你现在想想若是十剑生以自己的十柄神剑来使出这一招，你还有没有把握破解？你还有没有胜算？”

秦明认真想了想，这十变九化乃是以剑变剑，以剑化剑，以剑断剑变化出来的招式，繁复至极，加上十剑生可以凌空御剑，更添无数变数，而且就算自己躲得过前面这么多变化，最后的合力一剑只怕以自己的实力也是阻挡不下来。藏锋能挡住一剑两剑，但却不可能挡住这如潮水般的剑气，他的皮肉也不可能硬过身后的金刚石像，在这样的剑招面前，自己最终的结局必然是被冲击成一堆肉泥，那确实是必败无疑、毫无胜算。

他如实地摇了摇头道："这一剑确实了得，我破解不了！若他真使出了这一剑，我输得一点也不冤枉！"

那人眉头一挑，点了点头笑道："你性子倒也磊落，不似那些贪图虚名之人，这点倒是叫人喜欢。"

此刻秦明黯然失落，纵然这人这么夸他，他也欢喜不起来，只是低着头有些抑郁，过了片刻，他突然想起了什么事，抬头问道："对了，你怎么会他的最后一剑？而且你还会我的藏锋式，难不成你会神明如电之法？"

传言北宋时道法兴盛，传出七项绝技，其中有一项绝技便是神明如电。修得神明如电之人，眼疾如电，心明似镜，可以瞬间将对方的招式倒映在自己的脑海里，就像照镜子一样，很快就学会对手的招式，故名神明如电。只不过，这七项绝技毕竟只是道门传说，到了明朝时武学道法渐渐陨落，这些绝技已是无人见闻。

那人哈哈大笑道："我可不会什么神明如电，只不过我自幼善于模仿别人的招式，练得久了，这模仿的功夫也就和你们练刀练剑一样熟能生巧，若非是要说我这是神明如电的法门，那倒不如说这世间的武功都是万变不离其宗，看透了武学的本质自然学起来就不难了。"他顿了下，又补充道："不过这世间，还是有三个人的招式我是学不会的。"

第四章　十剑生又来了

秦明心想这人这么厉害能够看几下就偷师别人的武功，那岂不是要天下无敌，不过他又说有三个人是学不会的，秦明心里就更好奇了，这三个比他还厉害的人是谁?

那人似乎早就明白了秦明的心思，主动解释道：“这三个人都是当今世上的武学奇才，泰山北斗，一代宗师。其中第一个，便是武当祖师张三丰，他的太极拳招式已达化境，最喜以柔克刚，以无招胜有招，他都没有招法了，我如何去学。况且他有百年修为，内力浑厚无人可及，这样的招式我自然是学不会的，不过还有一个原因是张三丰近些年神龙见首不见尾，难觅仙迹，我对他的拳法了解也不多，故而学他不会。第二个人，是天下第一剑客毕坤，毕坤自幼苦练体、意、形、功、术，他的剑是力量和速度的极致，只不过平平一剑，威力都十分惊人，传闻毕坤有一套惊世骇俗的剑法，取自‘鲲鹏’二字，分成两部传给了两个徒弟，若是能学到这套剑法，我也是平生无憾了。第三个人，是姚广孝的五大螟术，姚广孝善用法器驱使螟虫，我没有他的法器，自然也学不来这古怪的招虫引兽，此三人是我今生要一一突破的目标，其他的人，我还真没放在眼里。”

这人说话极其狂妄和自信，若是在这之前，有人敢这么说，秦明只会觉得他是在吹牛，但是经过一番比试后，秦明很清楚这人的实力，他确实是眼快心明，能够做到眼到手到。这样的人，不说他有没有胜过朱高煦和魏东侯的实力，但至少这二人是赢不了他的，他风中藏羽这一剑，魏东侯都无法百分百掌握，但这人不过是看了一眼就能模仿个七八分，使出来更是与自己旗鼓相当，足可见他的实力十分逆天!

这江湖之中可真是大有卧虎藏龙之辈。

秦明敬其修为，更觉其人品不俗，绝非小气难缠之人，心下也多了几分敬佩，恭敬道："却不知兄台尊姓大名？"

那人道："你既已知我是风物榜的主人，还敢问我姓名，不怕我杀你灭口吗？"

秦明道："你若要杀我，方才一剑便可直接了结我性命。所以我知道你此番是要教我破敌，而非杀我，我猜那风使也是你故意放出来的，对不对？"

那人愣了一下，哈哈笑道："不错，你身上有个重要的信息，所以我现在得让你活着。小子，击败了十剑生，还会有更重要的事等着你。"

这下轮到秦明傻眼了，更重要的事？七煞门的事都已经解决了，眼下他除了摆脱这个恼人的十剑生哪里还有什么要事？再说了，这眼前神神秘秘的人到底是谁，能知道这么多事，现在又突然把十剑生的绝招使给自己看，要他提前获悉以破敌，这人究竟想做什么？

秦明好奇心更甚，虽知不礼貌仍忍不住再问道："所以，你到底是谁？"

那人自顾自地饮尽了壶中酒，哈哈笑道："小子，你真想知道？"

"嗯，还望兄台告知。"

"我是谁，当朝之人知道的可真不多，不过将来史官必然会为我留下一笔，小子，我喜欢你的个性，这名字我只告诉你一人，你可记好了，我姓胡单名一个濙字！"

他走上台阶，一旁的风使急忙上前搀扶，那人甩开风使，叫道："不需扶，不需扶。大风好乘凉，大雪真干净，醉倒玉屑碎琼中，邀得神仙入梦来，哈哈哈！对了，小子，我提醒你一句，十剑生的九变十化有个弱点，就是他的第九化，那是个虚招，你可要记住了！"

说着，胡濙踉踉跄跄就进了大殿，也不等风使进来，自己嘭的一声就关了大门，这一甩手关门，直震得残破的大殿碎瓦扑扑直落，也不知砸到这人没有。

秦明抱拳伫立在院子里，俯首道："谢胡兄赐教！"

胡濙并没有答话，或许他真的喝醉了，已经睡着了，大殿之内又恢复一片死寂，除了半空中飞旋的雪花，再无其他动静，仿佛这人从来没有出现过一样。

秦明愣了片刻，想起自己还与十剑生有约，方才为了追击风使，一路跟到这里来，加上与胡濙比试，已经耽搁了很长时间了，若是十剑生去了发现自己不在昏鸦林，必然要以为自己是怕了不敢来了，他一个人这么认为倒也罢了，但若是城内还有其他武林人士也跟着过来看好戏，见自己居然不在，这满心失望回去必然是要大书特书，大贬特贬，说秦明不过是一个孬人，连十剑生这样排位进不了风物榜前十的剑客都怕了，有什么本事高居第四名的位置！简直武林之耻！

众口铄金，这等有辱名节的事情可断断不能去试。

秦明急忙下了山，骑了踏云快马，一路狂拍马背，急匆匆直奔昏鸦林而去。

还未到昏鸦林，果然就见有不少奇装异服的武林人士往林外走去，一个个脸上都写满了失望的表情，显然这大雪天赶过来看场热闹很不容易，若是打得不够精彩绝伦，众人都已经觉得十分不值了，更何况居然是没打成！天杀的，这不是坑人吗？！时间虽然不花钱人人可得，但却也最值钱，这一上午打坐、练功，甚至睡懒觉都是极好的，何苦跑这么远来看了场空，想到这些，这些武林人士就一个个口爆污言秽语，骂骂咧咧的，简直比十剑生都要愤慨。

秦明也不管这些人，一路策马狂奔，直接就冲入林子里，不少行路的武林人士被马匹惊扰，一个个四处躲避，差点摔得狗啃泥，气得破口大骂道："臭小子，眼瞎了啊！小心老子的金丝大环刀剁了你四个马蹄！"

"你也不打听打听，我金陵飞一镖的威名，一个金镖就要你喉头飙血！你有胆子就给我滚下马来，非打得你六亲都认不得你！"

这些人拍了拍身上的雪泥，叫骂不停，突然有个精瘦的男子眼珠子一亮，嗷地大叫了一声："快别骂了，这小子就是金吾卫的那个秦明啊！他来了！他来了！要打起来了，我们赶快回去看！"

"真的假的？凸眼猴，可别骗我啊！"

"骗你做什么，我认得这小子，以前天天在赌坊赌博打架，最近不知怎么的又练了一门古怪的招法，排名还这么高了，他那痞子样烧成灰我都认得！"

"哎哟，你说这人早不来晚不来的，我刚才还占据了个极佳的位置，这下只怕早被人抢走了！可惜可惜啊！"

"别说了，赶快走！一会儿外三圈都挤不进了！这等热闹事可断断不能错过啊！"

一群人又神色兴奋地跑回林子里去，更有甚者站在树杈上，手掌拱成喇叭筒状，向外扯红了脖子叫喊道："人来啦！人来啦！秦明过来了，巅峰一战就要开始了！大家快来看啊！不可错失啊！"

昏鸦林内，各树杈上瞬间挤满了各路人士，有京城内外各门各派素质参差不齐的武林豪杰，有茶铺酒肆说三道四不用负责的评书人，有五颜六色咿咿呀呀唱大戏的，还有两眼呆滞一身墨迹都没洗干净的写书人，更神奇的是还有一队皮作坊来的青楼女子，一个个浓妆艳抹，搔首弄姿的，敢情这不是个生死较量，而是个街头的元宵喜乐会，所有人都要来凑一凑这个热闹，给平淡的冬日生活增加一点乐趣。

十剑生一向很会挑出场地方，这一次他站在中间最高的那棵樟树下。那个位置居高临下，背有古刹残壁，参天大树，前有百级台阶，一路向下，两侧还有无数的围观人士，众星拱月，看起来确实很有山大王的气势，这样的排场甚至让他一度有了武林盟主般的感觉。

这良好的感觉更坚定了十剑生必须要打败秦明的念头，甚至他觉得何止是秦明，即便是排名前三的张三丰、毕坤、贺知之之流，若是敢来，也一样要打得他们满地找牙。

十剑生哼哼两声，试问他跋山涉水，走出千沟万壑的蜀西是为了什么，那可不是来看一看南京城的风景，吃一吃他根本吃不惯的淮扬菜，他是来扬名立万的！是要成为大明武林的第一剑神！他背后的十把剑就是他开拓江山的最信赖的朋友！

现在，打败秦明，就是他的第一步。

秦明下了马，眼瞅着四周人员密集围观，十剑生居高临下，这场面还是让他有些傻眼了。他缓缓步上台阶，东瞧西看的，心想刚才还是一个鬼都没有，现在一下子哪儿来这么多人，大冷天的这些人不在家烤火炉，跑到这荒郊野地可真是闲得很，武林人士都这么没事干吗，难怪一天天要死要活要决斗的！秦明这一副左顾右盼、吊儿郎当的样子让十剑生看了更加不快，心想你这人明明都迟到了，还这般目中无人，看都不看我十剑生一眼，可不是恼人？！

他心中有气，咳咳两声清了清场，出言讥讽道：“小子，我以为你不敢来了呢！”

秦明笑了一声道：“对付一个手下败将，我有什么不敢来的，只不过，今天小爷我多睡了一会儿，耽搁了点时辰，倒是叫各位武林豪杰一阵好等，实在过意不去！”

他说完还拱拱手，跟大家打了打招呼，颇有几分武林人士的感觉。

各武林人士纷纷回礼，叫道：“不碍事！不碍事！秦总旗身居要职，日理万机，稍稍来迟也是可以理解的！”

“对啊，秦总旗既然不辞辛劳拨冗前来，你们就快快出招，打个精彩再说！”

“不辛苦！不辛苦！诸位前来捧场才是真的辛苦，秦某过意不去！”

这些人你一言我一语，客气来客气去，甚至还拉起了家常，这着实让十剑生更加恼怒，这昏鸦林比武乃是二人的生死场，更应该是他十剑生来唱主角，什么时候变成了秦明跟这群不入流的杂鱼泥鳅套近乎了！可恼！可恼！

十剑生冷眉一扬，瞪了众人一眼，那眼神里已是大大的不满，他又咳咳两声，加大了音量道：“诸位起哄什么？我二人乃是生死较量，今日叫诸位过来不过是做个公平见证，可不是什么唱大戏放花灯，还请各位观武不语，不要扰乱视听！”

秦明嘿嘿一笑，反驳道：“嘴巴长别人脸上，你管人家说什么话，放什么屁！你这不是瞎操心吗？！”众人一阵哄笑，只是笑了一阵，就觉得好像不太对劲。

可恶！好像自己也被人给骂了！

一个个勃然大怒，顿觉吃了大亏，正欲还口叫骂，突然十剑生猛地大喝一声：“废话少说，唇枪舌剑乃是妇人之勇，真刀真枪那才是豪杰所为！出招吧！”

他双臂展开，十指纷纷握拢，只听得他背后神剑开始微微晃动，发出铿锵铮唧的声音，这一发招威武万千，众围观人士即也不管自己刚才是不是吃了哑巴亏，一个个猛地拉长了脖子，瞪圆了眼珠子，哇哦地叫了起来！

第五章　终极一剑

秦明站在台阶的中间，仰头道：“要打可以，不过你这人每次输了都不认账，屡战屡败，着实烦人。我秦明又不是恶棍，不想滥杀无辜，你这次输了下次又来找我麻烦，我可不是要不胜其扰，所以今天我们当着这么多武林人士的面，不如立下个约定如何？”

十剑生警惕道：“什么约定？”

秦明想了想道：“我若输了，我随你处置，要杀要剐，要夺名号随你的便，但你若输了……”

十剑生着急道：“我若输了便怎么样？”

秦明笑道：“你若输了，你便叫我一声师父，以后你什么事都要听我的，我叫你向东，你就不能向西，我叫你向西，你便不能向东！如何？”

十剑生愣了一下，他未承想这秦明居然想要当他师父，对十剑生这样性格高傲得天灵盖几乎都要翘到天上去的剑客而言，简直就是巨大的侮辱！他心想，我十剑生是何等身份的剑客，我连自己的师门都叛离了，我连蒋道如这样身份的师叔都要杀的人，凭什么要喊你秦明一个毛头小子做师父？这不是天大的笑话吗？！

十剑生大怒道：“你休想！”

秦明哈哈笑道：“你是怕了还是没种？若是不愿意，今天这比试我也不打了！没劲没劲！”说着，他就转身往台阶下走去，双手还扬了扬道：“大家不必等了，这𡉙货不肯答应我的条件，不想比试，大家散去吧，不用看了。”

各围观人士如何能让秦明这般一走了之，这一场大戏酝酿了这么久，现在刚要开场你就想拆了台子、丢了锣鼓走人，如何能成？！正所谓扒光的少妇要开场的戏，那是最火急火燎等不得的事，现在这些人都是被勾得口干舌燥眼珠子巴巴的，你秦明、十剑生不打了，这事能答应吗？

众人纷纷怒喝道："臭小子！你可不能走！要走也打完了走！"

秦明摊手道："但是他不答应我条件啊，他日后又要骚扰我该当如何？"

众人矛头一转，立即逼宫十剑生道："这就是你这人的不对了！人家的要求合情合理，你凭什么不答应？！"

"就是！都说自古蜀西多蛮子，果真是不讲道理！快快答应人家！"

"有这徒弟真是青城之耻啊，武林之耻啊！我看蒋道如被气得要从棺材板里翻出来了！"

…… ……

十剑生脸色被气得是一阵红一阵白，大叫道："秦明，你……你这是要置我于何地？"

秦明头也不回道："比武是你挑起的，人也是你喊过来的，条件也是你不肯答应，这怎么能说是我置你于何地？明明就是你自己不讲道理嘛！大家说对不对？"

十剑生气得当真是气血都往脑门上涌，他觉得自己再气下去，这比试也不用比了，直接就要脑出血翘辫子了，他从未见过厚颜无耻又狡猾的人，气得整个舌头都打结了，说话都结巴了起来："你，你到底还打不打了？！你，你这人可真是无耻，无耻至极！我十剑生向来说一不二，岂是耍无赖之人！明明都是你……"

秦明回头问道："既是如此，那你答应不答应这条件？"

十剑生又愣了下，不知道该不该答应，虽然自己自信是一定能赢了秦明，但是答应他这条件，自己在气势上就已经输了一截，这有悖于自己大展宏图的本意啊！这……这可真是为难！两侧围观的人一个个着急道："你这个穷山沟里来的剑客，还不快答应他，输了叫一声师父又能怎么着？孔老夫子都说了，三人行必有我师焉！你这剑客才多大年纪，难不成比孔老夫子还厉害！"

"就是，什么蜀西第一剑客，还没开打就怕了！差劲差劲！"

"还打不打了，不打我们可真走了！我看你这蜀西御剑一门明天就要臭名远扬了！"

…… ……

声声刺耳，十剑生气得脸都涨红了，他终于怒喝道："好，我十剑生便答应你！若是我赢了，我便要你生不如死，我若输了，我便，我便叫你一声师父，任听你处置！如何？”

秦明笑了起来：“好！大丈夫一言既出驷马难追！这才叫魄力！”

十剑生哼了一声道：“既然约定已成，那就废话少说，看剑！”他再也按捺不住怒火，手掌猛地化作剑指，绝地、碎金两剑率先飞了出来。

这十剑生背后共有十剑，分别是通天、绝地、断木、碎金、残焰、封泽、重生、俱灭、回望、窥真，分别代表佛教里“天、地、东、西、南、北、生、死、过去、未来”十个方向，这十柄剑的模样、大小、质量各不相同，在吸金石的作用下，威力也是大不一样。

绝地剑细圆如棍，可以穿石破土，碎金剑十分坚硬，分金断铁轻而易举，这两剑飞来，都是快如急电一样，引得围观的人一阵惊呼：“好剑法！金吾卫这小子怕是要输定了！”

只是这两剑快虽快，但却没有太多变化，秦明练了藏锋四式后最不怕的就是这等单纯快却没有太多变化的招式，他微微移动了两步，调整好了位置，而后突然出招，手中藏锋弹出指尖三分，这三分刀刃化作了一抹寒光，铮铮两声便击中绝地、碎金两剑的剑尖，这剑身一偏，虽然没有立即被击断，但也失了方向，直接弹飞了出去。

十剑生惊愕了一下，他知道秦明有藏锋这等利器，但却不知道他已经练成了藏锋四式，更没看出他把藏锋藏在了自己的手掌下，只以为他刚才是空手击白刃，还直接把他的剑给弹开了。

这么两下击打，让他的飞剑瞬间威力全无，若非这两剑最是坚韧，只怕方才一击之下都要直接被斩断！

“好小子！”十剑生再也不敢大意，立即捏动指诀，他这十指一抖，背后的十剑皆动，只听得铮铮铮！十把神剑都凌空飞了出来，这利剑在空中如游鱼穿梭，互相配合，化作一张巨大的剑网，直接朝秦明绞杀而去，空气中满是呼呼呼的破空之声。

这人的剑法确实了得，以十指御动十剑，丝毫不见迟滞，看上去就像十个人同时持剑围攻秦明一般，这一人御十剑的本领立即让他的威力增添数倍，又引得旁人一阵大呼小叫。而秦明也毫不示弱，藏锋四式中的莲底藏鲤正是应对这群攻杀招而设，只见他的身子越转越快，四周的空气带动着雪花，幻化出一道道好似银河一般的气流奇观。

嗬！秦明反向朝剑网飞旋而去，一时间气浪翻涌，利刃交错，一个是攻得眼花缭乱、步步皆杀，一个是守得滴水不漏、游刃有余，围观的人一个个都目不转睛，终于不再发出一惊一乍的聒噪声音，整个林子里只有兵刃划破空气，击碎雪花的呼呼声，以及兵器快速交错的铿锵声。

呼！呼！呼！

铮！铮！铮！

十剑生神剑飞舞，却依旧是久攻不下，再斗一阵，显然也有些心急了，他未承想到秦明会进步这么快，光是这藏锋四式的前两招就已经很难对付了，他担心若是这人还藏有什么更厉害的绝招，自己这次说不定还真拿不下他！那可就麻烦了！

十剑生暗暗摇了摇头，心想这可不行，这一战自己已许下了诺言，如何能败！败了就要叫这小子师父，这还不如直接杀了自己好一些，所以这一战，无论如何都要赢！便是做出再大的牺牲，也是绝对不可以输！

十剑生杀机骤起，原本他还念着彼此都是正道，凡事留有一线，大可不必要了对方性命，但是此刻却再也顾不得许多了，速速取胜才是关键！他怒火攻心，双手合拢，口中猛地喝了一声：“十方俱灭！”

空中飞舞的神剑突然全部回收，十柄利剑以最大的通天剑为主心骨，迅速组合，铿铿锵锵一阵金属交迸之声，这十剑合拢成一把巨大的怪剑从半空中直坠而下，这十方俱灭，正是十剑生赖以成名的杀招之一，上一次这一剑直接破了白齐的烛龙丝阵，足可见这一剑的强横威力，如今神剑天降，这一次却不知秦明该如何抵挡！

巨剑凌空坠落，带着一股灭杀之意，秦明只有一把尺余长的藏锋在手，纵然这藏锋再锋利，想要直接斩断巨剑只怕也是难以做到，秦明迟疑之间，十剑生双掌一合再用力向下一压，这剑下坠的速度陡然间又加快了几分！

秦明身子猛地一闪，他的第四招风中藏羽也顺势使了出来，风中藏羽，既是杀招，也可以化速度为闪躲，变成迂回的招式。他借着风的速度快速上跃，整个人就像一道风一样，他的藏锋不可能斩断这么大一把巨剑，但是可以利用藏锋破入这些剑的连接处，彻底打散这巨剑，让这一招彻底溃散，这便是寻求破绽，击破弱点的技巧所在。

铮！

人和巨剑再一次交迸在一起，只是巨剑下压，力道惊人，秦明整个人直接就被压倒在地面上，只要再下坠几尺，秦明整个人只怕都要被戳到石头缝里。现在藏锋和巨剑是利刃相对，二者已经针尖对麦芒互不退让。秦明咬牙大喝了一声，手中使出全力，这藏锋又弹出五分，藏锋彻底迫入剑的缝隙之中，秦明用力上挺，巨剑发出咯咯咯的异响。

十剑生如何不知这藏锋的厉害，登即眉头紧锁，再动指诀，想要彻底压垮秦明，但不想秦明双手齐齐用力上扬，用力一挥，这一招直接将巨剑碎成十柄剑飞散了出去。

风中藏羽终究是破了十方俱灭，速度和灵巧还是击败了强横的杀招！所有人叹了一声，颇是为了十剑生的这一剑感到可惜！毕竟这一剑无论是气势、招式都极为霸道流畅，众人自问自己若是与他对敌，这一招是难以破解的，但不想最终还是被秦明所破。

十方俱灭无果，按理十剑生该大惊失色才对，但不想这人非但不怒反而笑了起来，显然他主意已定，只见他整个人凌空踏步，十指一张，十柄剑瞬间回收在空中直挺挺地立了起来，排列成一个向外的环形，这场面让他看起来颇像一个计时的日晷。

十剑生冷笑道："十方俱灭不过是我试探你绝招的一剑，接下来的这一剑才是我真正的毕生绝学！小子，能逼我使出这招，你已经不容易了，剩下的就好好感叹遇到我十剑生的悲哀吧！"

他双掌再度一合一斩，突然十把剑像活了过来一样，迅速地朝秦明飞去，秦明心头一沉，这样的手法，这样的飞剑方式，他刚才已经见过了！所以，他已经明白了，这一招正是十剑生的最终杀招，十变九化！

十变九化者，十柄剑每一柄都在变化，以剑御剑，以剑化剑，最后甚至以剑破剑。整个招法虽然叫十变九化，但何止十变又何止九化，简直已经是瞬间上百上千种变化了，这样的招法，对手根本无法捉摸这剑的变化过程，自然也就无法做出相应的判断回应。

现在，在秦明看来，这十剑互相碰撞追击，空中突然间就多了成百上千的剑影，漫天都是剑雨落了下来，密密麻麻的丝毫没有空隙！

即便是他刚见过胡濙使过这一招，但现在看来，还是觉得不可捉摸，难以预料，尤其是十柄神剑互相撞击，开始以剑破剑，所有的剑都叮叮当当地碎裂成树叶大小的碎片，而后碎片一收化作气势恢宏的剑流奔袭而来，这摧枯拉朽之势，好似沧海横流，更像万马奔腾，真的太强横了！难怪这人心气这么高傲，光凭这一招，他就有资格进入风物榜前十，甚至排名还可以更高！

第六章　破剑招

剑气快速变化，诡谲莫测。

第一变，如群蜂飞舞，时聚时散；

第二变，如狂蟒追击，左突右扑；

第三变，如青鸟振翅，纵横南北；

第四变，如银龙飞腾，上下皆动……

一招一式袭来，秦明只觉得自己接得十分吃力，若非藏锋四式的修炼让他的身法控制十分灵活，只怕前几剑就要让他碎尸万段了。

这剑流时聚时散，速度越来越快，威力也越来越惊人，秦明身上已经被残剑刮破了很多口子，鲜血飞溅而出，染红了一地的白雪。饶是这样，他依旧未能想出该如何破解这个剑招，难不成今日真的要命丧于此？

万分危急关头，秦明想起胡濙跟他说过，这十变九化的第九变是个虚招，想要破解这一剑的关键就在于这个虚招，秦明已经看出了这招式的变化，那他现在该如何破解这一招，这第九招跟最后一招又有什么关联？若是自己不在第九变的时候做出选择，这第十变必然要彻底将自己冲击成一摊肉泥！

现在，第八变已经出来了。

这招式很快就会演变成第九招，虽然一共出了八变，但其实都是在眨眼之间，快得如电闪雷鸣、电光石火，第八变，剑气已经是近在咫尺，秦明分明看到这剑气挟带着无数的碎金，就像一头巨龙一样咆哮而来，这样的速度和气势，便是巨石精铁也要被打成粉末，更何况自己这样的血肉之躯！

他原本灵动的双脚一时间再次木在了原处，四周都是剑影，猎猎生威，这等密密麻麻的剑气，若是自己行动稍有不慎，必然要丧命在这剑阵之中，这时候速度已经没有了用处，正确的选择才是活下去的关键，面对如此密集的残剑洪流，是进是退，是攻是守，是左还是右？秦明根本不知道怎么辨别，他又怎敢妄下脚步。虽然胡潋说第九变是个虚招，但他未曾见过十剑生的第九变，如何能知道这个虚招是什么样子，他的破绽在何处，只是他若再不行动，这第九招一过便是终极杀招，自己更没有生机了！

“既然第九变是个虚招，必然没有实际意义，不如……”秦明终于心头一横，而后双脚一蹬，也不管这剑气如何飞遁，他自己瞄准了十剑生便冲了过去，手中的藏锋借着四周的剑气，猛地飞扑一刺！

旁边围观的人都惊得叫了起来，在旁人看来前方是何等密集的剑气飞来，秦明这一冲无异于送死！但十剑生却惊得脸色一变，他已然知道秦明想做什么，但是这十变九化一出手便很难更改，第九变随着秦明的一跃已经出现了，看似飞梭的剑气突然如帷幔一样层层掀开，剑流向四面八方扩散而去。

这一剑的原意是逼迫对手后退，而后剑流扩散包围，再突然收缩，将对手直接锁死在剑流之中，颇有几分围棋之中陷阱围剿的意味。但不想，秦明领悟了胡潋的提示，并不管前方密集的剑阵，直接飞跃了过来，反倒正中其要害，剑网开始扩散到背后想要收缩，但这前方刚好留下了仅容得下一个人的空隙，这是这一招的特点所在，前面的变化都是伺机而动，第九变必须先逼迫对手后退，而后突然收网，让人毫无逃遁的机会。

只不过，胡潋的点拨让秦明绝境逢生，他奋不顾身地冲击，正好抓住第九变这个虚招的空隙，这剑影留出的一个空当足够秦明击杀十剑生了！

风中藏羽，正是在这绝境中求一线杀机的招式！这第九变开始幻化成最后一剑，这一剑果然气势万千，远比胡潋使出来的威力更大，但是一切都晚了！

秦明的藏锋已经抵住了十剑生的喉头，只要他的手掌再往前探入三分，十剑生必然要封喉毙命，十剑生面如白纸，双手亦是僵在半空中，这最后一剑终究是没有化成，所有本欲剧烈收缩的剑流在空中滞了一滞，而后突然一散，无数或金或银或乌的碎末如暴雨般落了下来，化作了璀璨的光华，那是十剑生十柄神兵碎裂的粉尘。

十变九化的代价就是要损毁他所有的武器，剑招越往后，剑身互相交错越激烈，这剑就会碎得越彻底，以致最后完全不可能再复原。十剑生宁可断掉自己的神剑也要击败秦明，不可谓决心不强，只可惜他终究是时运不济，棋差一着。

秦明道：“你这一剑确实厉害，只可惜你还是输了！”他这句话并非赢家的惺惺作态，而是发自肺腑的敬意，他自问自己若无胡淡的点拨，是决计不可能破解这一招的，所以他也深知这场胜利是带着些许的侥幸，绝非二人实力的真正体现。

十剑生木然了许久，他剑已断，招已败，一时间惶惶然不知该如何是好。

半晌，他终于苦笑道：“我输了？我竟然输了？！你居然能破了我的十变九化！”一生的修炼却败给了这么个半道出家的少年，他怎么也想不通，他怎么也不甘心，他最后一剑怎么就被秦明给破了，就是这么一点点的漏洞怎么就让对手给抓住了！

他悲极转痴，不一会儿居然哈哈地大笑了起来。

这十剑生一悲一笑，原本是个颇为悲戚的事，但不想这四周围观的人群中突然炸出了一串话：“对啊，十剑生，你就是输了啊！剑都被人打碎了，这是输得彻彻底底了嘛！还不快叫人师父？”

所有的人被这句话一带，瞬间想起先前两个人还有决斗的约定，于是一个个开始起哄道：“对啊，青城剑客，还不快叫人师父啊！不要言而无信！”

秦明原本还真有心想要奚落下这个剑客，让他彻底灰头土脸一次，叫他以后都不敢再来骚扰自己。但十剑生被众人这样讥讽一道，秦明反倒觉得有几分不忍了，他急忙高声道：“拜师一事不过是秦某一句戏言，秦某无门无派更没有收徒的意思，今日一战，既然胜负已分，还请诸位牢记赌约，我与十剑生从此以后井水不犯河水！其他的不过是玩笑话罢了，请大家退散吧！”

十剑生扭头盯了一眼秦明，有些恶狠狠地道：“你说互不相犯就互不相犯？秦明，你三番五次阻挠我成名大计，你我的恩怨如何能就此一了百了！今时今日是我输了，但我十剑生绝不会善罢甘休的，我终有一天会击败你的！”说着他一震长袖，也不顾其他人的闲言闲语，直接踏雪而去，消失在茫茫大雪之中。

众人一顿奚落臭骂后，也渐渐散去，只余下秦明一人伫立在昏鸦林内。

他虽赢了十剑生，但却毫无惊喜之情，相反还有几分沉重，毕竟二人旧仇未消又添新恨，只怕这人日后还是要缠着自己，那这一战岂不是白打了？他摇了摇头正欲离去，突然脚下一滑，拾起来一看，正是原先那风使张贴的风物榜，想必这人仓促间张贴未能粘牢，这下被风吹落，掉落在雪地里，竟然无人识得。

往日，高高挂在树上，那是百人争夺。

今日，掉落雪泥之中，却是无人问津。

想来，世间有多少事也是如此的命运，一朝得势，八方来贺，一夜跌落，鸡犬不闻。秦明叹了一声，抖开风物榜看了下，前五名除了自己外依旧没有变化，但是这第六名却换了一个人。

蛰伏帝王旁，欲唤风云起。幻象道人张虚吟！

秦明愣了一下，心想这张虚吟是谁，为何从未听说过。幻象道人，那一定是个会幻象术的幻象师了，难不成是七煞门上次那名神龙见首不见尾的古怪道人？为何他突然又进入了这风物榜？他杀了这排名第六的人？

秦明捏着榜单愣了许久，都没想出个所以然，只是他恍然间有种不好的预感，似乎要有什么大事发生了，谜团根本就没有随着案件的终结而烟消云散，相反似乎有愈演愈烈的趋势。

就在他抽丝剥茧而不可得之时，突然林外隐约有狗吠声传来，更有人大喊他的名字。秦明一开始以为只是幻听，但这声音越来越近，最后化作一个肉球直接滚了进来，却是入冬后越来越胖的阿福，敢情这小子也像动物一样，到了冬天就要贴秋膘准备冬眠了？

阿福一见秦明就大叫道："不……不好了！不好了！刘千户……刘千户出事了！"

"怎么了？你慢慢说。"

"不……不能慢慢说，刘，刘千户被人……被人……"

阿福跑得气喘吁吁，说话舌头就更打结，一句话噎在喉头半天没吐出来。秦明原本还不算着急，这么一来反而也跟着着急起来了，他急忙又问了一遍，阿福才断断续续说了个明白，原来昨夜刘太安回机甲司的途中突然遭了埋伏，恶斗之中被人直接断了一臂，整个人昏死在雪地中，机甲司的人今早才发现他，好在刘太安昏迷前点了自己穴位，加上天气寒冷，伤口结冰，没有失血过多而亡，不过现在情况也是十分危急，可以说是奄奄一息了。

秦明一听这消息，整个人都脸色大变，刘太安是他十分敬重的长者，虽然二人相处时间不算太长，但这人的为人处世却让他十分钦佩，现在刘太安有难，自己焉能不着急，他又问道："他现在何处？"

阿福道："在……在……在六相司。"

秦明也顾不得阿福，自己一个人策马就往六相司狂奔而去。

六相司外，机甲司的人早已乱成一团。

从明成、李景太等百户带着手下都是一副坐立不安的模样。阿福说，刘千户已经被送进去了，宋云不想有太多人打扰她医治，所以除了六相司的人其他人都不让他们进来，只能在门外守候。

这大门自然是进不去了，阿福朝秦明挤眉弄眼了下，就拉着他从六相司的另一侧偏门拐了进去，这说是偏门，不如说是狗洞更合适，平日里就是各野狗进出的一个残缺的洞子，不过眼下秦明也顾不得许多，能看到刘太安的情况才是要紧事。二人入了院子，直接就奔到宋云住所的门口。

这宋云的房间在小院的最里头，里面有一间宽敞的房间是专门用于救治伤员的，另外有两个小一些的房间是她休息和制药的地方。院子里除了嘻嘻哈哈的高言灵和一脸愕然的灵台郎外，再无其他人，显然白齐和南淮安今日都不在这六相司内。

阿福蹑手蹑脚靠近窗户，踮起脚尖瞄了一眼，而后招了招手，低声道："喏，你……你过来看，刘大人在……在那躺着。"

透过窗户，隐约可见刘太安平躺在一个铺子上，右臂果然是没了，一团血肉模糊，甚是骇人。宋云倒是一脸平淡，显然这种情况她是司空见惯了，她取了些药膏开始给刘太安的伤口抹上，不知是止血还是消炎，又用纱布给他好好包扎，只是这红彤彤的一片看起来依旧是那么刺眼。

秦明只是看了两眼就大觉不忍，他退到桃树下，瘫坐下来，道："刘大人一向与人为善，在朝中也不与人结仇，却不知是哪个贼人，竟然这么狠心，要害他如此？"

阿福摇了摇头，表示自己不知道。

高言灵又凑了过来，大摇大摆道："嘿嘿，我前日就说了，这金吾卫啊必然要有血光之灾，灵台小儿还说我又胡说八道，但我高言灵从来不乱说话，你们看今日便遭应验了吧，只怕金吾卫日后还将有更大的劫难哦，带匕首的小子，你可要好自为之啊！"

灵台郎这次没有反驳高言灵，他也不停地摇了摇头道："我看近来的天象也是反复多变，似乎有大的变数，尤其是昨夜出现了龙虎斗之象，但凡此象，都是凶险万分，必有剧烈纷争，但愿我等能愿逢凶化吉吧！"

这二人虽然一个忧心忡忡，一个置身事外，但是说的都是前程险恶，整个六相司内气氛也变得越发沉重。

第七章　刘太安的疑点

片刻，秦明问道：“白齐呢，今日他怎么不在司内？”

今日比试，按理说荆一飞和白齐都要去给秦明助威的，但荆一飞临时被魏东侯调派去查看案件的现场，一时间脱不开身情有可原，但白齐在六相司又不负责案件处理，而且也没有什么重要的大事，按理说不该失约，秦明此刻见这人也不在司内，不知道是去办什么要紧事去了。

灵台郎凑过来低声道：“白总旗已有多日未在司内，我等只以为是魏大人有要事交办，均未敢多过问。”

秦明这才觉得有些问题，白齐自从上次孝陵一战后，就变得有些说不出的古怪，有时经常好几天不见人影，有时还刻意与他、荆一飞保持距离，远没有之前的亲密，他似乎有什么秘密瞒着他二人，这人究竟在搞什么鬼？

秦明噌地站了起来，他想去找荆一飞和白齐，好好聊聊最近的事，需要有人跟他分析分析这心里的疑惑。他正要开门出去，突然大门猛地打开，一个人刚好进来，两个人几乎撞了满怀。

来人正是白齐，二人几乎是同一时间叫了起来。

“白齐？！”

“秦明？”

“你怎么来了，我正找你呢！”

“我也在找你！”

白齐神色微微有些古怪，他一进门便问道：“敢问刘大人何在？”

灵台郎指了指最里面的房间，道：“正在宋姑娘的房内医治，伤得可不轻啊。”

白齐疾行过去，只是瞧看了片刻，脸色便有些阴沉，他见宋云包扎完毕，又推门入内与她耳语数句，只是越说话，这脸色却越凝重。秦明不知道这二人聊了什么，神情这么沉重，难不成这刘太安已经回天无力了？他正着急着，白齐突然推门而出，二话不说拉着秦明往六相司外走去。秦明这下子更是满脑子疑问了，不知道白齐拉着自己这么着急走是想做什么，他问了几次，白齐才神色严峻道：“我们先找到一飞再说吧，我有个重要的事想告诉你们！”

秦明心中一沉，有种不好的预感，急忙问道：“是什么事？”

白齐并未多透露信息，只是坚持说道：“一会儿，你们便知道了，这事恐怕还要你们自己判断！”

荆一飞此刻正在城西的案发现场，昨夜有人放火烧了黑水观，烧死了连同观主在内的十几名道士，震动了整个城西。

这黑水观建在秦淮河畔，观里有一口古井，涌上来的水是浑黑色的，传说井里面住着一条黑龙，可通往黑色的海中之海，所以取名为黑水观。这起案件原本是辟火司的人在负责，但魏东侯以为这案子不是起火那么简单，而是有人故意杀人之后再放火，想要掩盖罪行，所以特地带荆一飞到现场查看。

废墟之前，尸体“一”字排开，十几名道人早已烧得皮焦肉干、面目全非，兵马司和辟火司的人包围了整个现场。魏东侯正安排仵作查验尸体，而辟火司的人则查看火焰蔓延的痕迹，寻找起火的部位和原因。

想要查看这人到底是先杀后烧还是直接被烧死其实很简单，仵作检查了各尸体的喉头和气管，发现并无太多烟灰，这烟灰只进入到鼻腔内不到一指的地方，这些特征表明，这些人确实是先被杀而后被烧死的，这案犯放火必然是想要毁灭证据。

这黑水观虽然是个小观，但是观主真一道人却是个有些本事的人。听闻他最擅长炼制丹药，也曾给皇宫里的人研制过一些秘药，在京城之中也颇有些名气，只是他为人比较孤僻，不爱嘈杂，所以选择在黑水观这样的小地方修炼，却不想遭受到这般劫难。

魏东侯摸了摸残留的石柱石梁，这火焰烧过的痕迹十分混乱，并不像一般火灾从一个点向四周扩散，相反，这个火灾似乎是同一时间烧了起来，迅速连成一片。魏东侯沉吟道：“这个火可不一般，若是寻常的放火不会如此古怪。”

荆一飞也察觉出异样，分析道：“这手法倒是有些像事先在观内藏好了火药，而后用什么办法同时引燃火药，瞬间将整个道观烧毁。这松鹤石柱都炸成几截，可见当时爆炸的威力还是很大。”

薛仁德主动凑过来道："又是爆炸，难不成又是七煞门的人搞的鬼？"

魏东侯摇头道："这不好说，七煞门究竟还有多少人我们还不清楚，若是还有一些余党也属正常，不过千禧寺的火灾并非火药爆炸，而是一种蛾虫的粉末所致，所以还是有所不同。"

荆一飞也点头道："千禧寺的火灾是我亲眼所见，确实不是火药，而这次却是火药无疑。"

薛仁德摇头道："荆百户何以确定此次就是火药所致？须知这京城内有火药的只有六库和安民厂，其他地方根本不可能有，此事我辟火司都有资料在案的。"

明朝的火药都由朝廷严格管理，普通人很难大量获取。薛仁德的言下之意是，这小小的贼人哪里来的火药？除非是有负责火药管理的人监守自盗，那这件事便复杂了，自然又有不可告人的秘密牵涉其中。荆一飞眉头一皱，她觉得今日薛仁德似乎有意无意在暗指什么，他到底想说什么呢？

一旁的千户韦衍却叫道："哎呀呀，这么说来，莫非是江湖人士私自携带入京？这段时间我看京城内来了不少江湖术士，会御火的人也有不少，我听闻汉王府现在在广招奇人异士，其中会不会有些关联……"

薛仁德听到这终于冷笑起来，道："我还以为你兵马司能有什么高见！此话可万万不能乱说。韦千户，你我都是办案人员，诸事还是要讲究'证据'二字，若没有证据，随口胡诌，小心被人听到了，告到汉王那里去，你自己遭殃也就罢了，连累我金吾卫可就是大罪了！"

韦衍本就是心直口快之人，立即有些不高兴道："薛仁德，你这说的什么话，办案自然是要推理判断的，只要其中有关联，我们都要留心，我说的也不是没有可能。你这么怕得罪权贵，干脆当太监算了，当什么金吾卫。"

薛仁德嘿嘿笑道："韦千户倒是好风骨，却不知你任了这么多年兵马司千户，有没有办过冤案错案？有没有被人喊冤检举过？"

薛仁德的话颇有几分不好听，韦衍有些怒火上头，道："薛仁德，你什么意思？"

薛仁德见韦衍生气了，他反倒笑了起来，退让道："是我薛仁德一时逞口舌之快，倒是惹韦千户生气了，薛某致歉了！不过……"他顿了顿，冷笑道："刚才我辟火司的人已经查验过了，现场根本就没残留的硫硝，也就是说这里并没有火药！”

这二人有些针锋相对，魏东侯急忙劝和道：“此事原因还未清楚，什么都是有可能的，不过此案既然涉及兵马司和辟火司，还请韦千户和薛千户以大局为重，好好配合，共同调查清楚，明日你二人分别把调查的情况详细说与我听。”

韦衍和薛仁德俯身答了个是，便不再说话。

荆一飞并不相信薛仁德所说的这火场里没有使用过火药的痕迹，她还欲再进火场查看，却发现秦明和白齐在不远处一个劲儿地招手，口中还时高时低地叫道：“一飞别进去了，快过来，快过来，有急事！有急事啊！”

荆一飞有些顾虑地看了看魏东侯等人，见这些人并未注意到她，她才抽空走到一个相对隐蔽的地方，这三人鬼鬼祟祟地再度聚首。

荆一飞率先道：“你们有什么事快说，我还查案呢。”

秦明也催促道：“白齐，你不是有话要跟我们说吗？现在人到齐了，你快说！”

白齐四处望了望，见四下无人，这才低声道：“上次孝陵一战，有个事你们可能没有注意到，那个傀儡师中了我的破骨针，整个右臂骨头尽碎，那人为了自保，当场切断了自己一条右胳膊……”

当日在太阴穴内，在傀儡师的紧逼之下，白齐使用了他师父送给他的阴阳破骨扇，破骨针直接刺透傀儡师的右手，骨头如连锁反应一般快速碎裂，傀儡师无奈之下只好自断一臂，才得以保全性命。由于当时战况激烈，众人各有对手也无暇光顾他人，所以秦明和荆一飞并没有注意到这个细节，都只以为这人最后是葬身在地穴之内了。今日白齐一听刘太安莫名其妙断了一臂，而且也是右手，再加上刘太安机甲司千户的身份，登即有些怀疑，他急忙回六相司内查看，只是一看之下，见刘太安断臂的程度与当日的情况颇为相似，心中就更加怀疑了。

荆一飞沉吟道：“若是刘太安是傀儡师，那这右臂的伤口必然是旧伤，这新伤旧伤，宋姑娘看不出来吗？”

白齐道：“我也想到了这点，所以我特地问过了宋姑娘。”

秦明着急道：“她怎么说？”

白齐神情凝重道：“宋姑娘说，伤口有些地方溃烂严重，似是新旧交叠，若是新切的伤口必然不会如此，为此她也有些纳闷！”

这句话让秦明和荆一飞都震了一下，因为这句话已经表明了刘太安的伤口不是昨夜才出现的，很可能是之前就有了，如此说来，那刘太安的身份就很可疑了，他极有可能就是傀儡师！秦明他们从未想过，这傀儡师竟然就在自己身边，就藏在金吾卫之内，这朱高煦的眼线已经布在了这么深的位置。

第八章　白齐的心意

秦明有些不相信："刘大人怎么看都不像是带着假面的人，而且刘大人根本就不会任何傀儡术……"

白齐沉吟道："很可能，这只是刘太安掩人耳目的一个说法罢了！说自己不会傀儡，才能避免被人怀疑！"

荆一飞倒是谨慎起来，提醒道："刘太安毕竟是金吾卫千户，一向对魏大人忠心耿耿，此事若无充足证据，可不能随意下定论。"

白齐道："刘太安的身形与傀儡师也十分相似，人的声音语态都可以改，但是身形却很难，而且刘太安平日里根本没有树敌，好端端的为何会有人来袭击他，还偏偏是砍断了他一只手，偏偏这伤痕又不像新伤口，这么多疑点放在一起，没理由不怀疑。"

荆一飞道："所以，你的意思是，刘太安这次受伤并非被袭，而是乔装的苦肉计罢了，不过是为了他的断臂寻个说辞？"

白齐点头道："正是！他无端地断了一臂，若不寻个机会掩盖日后如何解释？"

荆一飞想了想，道："好像那日表彰大会，刘太安是没有出席，据说是身体不适，现在想来，确实疑点很多。秦明，你跟刘太安关系一向最好，那几日你可曾见过刘太安？"

秦明愣了下，他想了想，好像自己是有好些日子没看到他了，他叹气道："那几日听说刘大人感染风寒，卧病在床，因为担心这风寒传染，不让人随意探望，我也未曾看过他……不过……"

二人问道："不过什么？"

秦明坚定地摇头道："不过我还是不相信刘大人会是傀儡师，刘大人为人磊落，岂会是七煞门这等奸邪之徒。"

白齐提醒道："秦明，有时知人知面不知心，若他真是傀儡师，平日里必然要隐藏遮掩，性嗜杀的会乔装成诵经礼佛，性子急躁就故意要表现得慢条斯理，不然岂不是过早地败露了身份？何谈'乔装'二字？"

荆一飞忧虑道："若刘太安真是傀儡师的话，对金吾卫和魏大人都是个很大的威胁，我们得及早地把他揪出来，或者找个机会去试一试他的身份。"

白齐问道："怎么试？"

荆一飞想了想，道："最简单的办法，是待刘太安醒了，我们乔装打扮去暗杀他，看他什么个反应？刘太安既然说自己不懂傀儡，武功也很稀疏，若他是傀儡师，生死时刻必然会暴露一切。"

这人面对生死时都会不惜一切反抗，若是刘太安真是傀儡师，势必不会让荆一飞三人这么容易就杀了他，所以到时候暴露自己的武学也是常理之中。白齐点头道："这倒可以一试，秦明，你觉得如何？"

秦明默不作声，显然在他心里是不肯相信这件事的，刘太安的为人他是看在眼里的，他这人又念情，这样去怀疑刺探他着实有些叫他下不了手，过了片刻，他才道："我还是不相信刘大人会是七煞门的人，况且刘大人现在还有重伤在身，我们如此对他，会不会太过分了些……"

"秦明！"白齐劝道，"这时候你可不要感情用事！若刘太安真是细作的话，你这便是助纣为虐，懂嘛！"

荆一飞早已面露杀机："不错，楚楚可怜之人未必就是好人。"

秦明道："道理我懂，但你们想过另一种可能没有，会不会是有人故意栽赃陷害给刘大人呢？这知道傀儡师受伤的只怕不止白齐一人，若是有人故意用这个做线索骗我们呢？我们是不是就中了别人的诡计？"

白齐反驳道："那你说这新旧交织的伤口又该怎么说？"

秦明道："江湖中有化尸水，肯定也有一种可以让人伤口迅速腐烂的药，我觉得做旧伤痕并不算什么难事。"

荆一飞瞬间哑然，显然她是没有想到这些可能性，白齐却冷笑一声道："你说的不是没有可能，只不过，我们现在是在做最坏的打算而已，秦明，凡事我们只有做最坏的打算才能免受最大的伤害。"

秦明摇头道："恐怕最坏的事远非金吾卫被安插了奸细，而是有更深的阴谋，我总有一种不祥的感觉，其实从千禧寺大火开始，我就始终有种不祥的预感，觉得我们一直在一个巨大的谜团里面，现在我们看到的都只是一团团小小的迷雾，真正的大迷雾根本就没有完全展露出来。”

白齐愣然道：“你……你到底想说什么，你是不是发现了什么？”

秦明摇了摇头，道：“我现在也说不清，不过你们既然要试刘太安，我也没意见，只是既然要试就要做到毫无漏洞。”

“你的意思是？”

“这几日我新认识了一个朋友，他能模仿别人的招式，我可以求他用我的藏锋模仿汉王的鹤羽剑法去试刘太安，这一试必然能知真假。”

荆、白二人一听竟然有人可以模仿朱高煦的剑法，都大吃了一惊，须知朱高煦的剑法可是从剑圣毕坤那里学来的，再加上他自己几十年的苦修方才练成，秦明这个朋友居然可以随意模仿朱高煦的剑法，却不知道身怀这等奇术的是哪位高人。不过，若是真有人可以模仿朱高煦的剑法去试探刘太安，那自然是最妙的法子，这刘太安要真是傀儡师的话，他一见这鹤羽剑必然要大惊失色，暴露出来。

白齐还欲多问，秦明却道：“此人行事隐蔽，不大喜欢与外人接触，反正现在刘大人还是昏迷不醒的，不如我这几日去找找那人，若是顺利的话，七日后六相司门口我们再聚。”

三人议定就此分别，荆一飞继续回黑水观查看现场，而秦明与白齐则一道往南走去。沿途残雪四处，人丁萧条，秦淮河更是清瘦得如大病初愈的女子，这积雪半融的南京城与其他季节相比，当真是没什么令人流连的景色。

再到分岔路口，一条路往军营的机甲司而去，另一条路则是南下到六相司。残雪之中，道路都是影影绰绰，分辨不清，好似前路模糊不定。秦明欲正常道别，却不想白齐站在分岔口似是欲言又止，好像有什么话想说却又说不出来。秦明觉察出了异样，问道：“白齐，你怎么了？今天总有些怪怪的，你是有话要说吗？”

白齐想了想，摇头道：“好像也没什么特别的话。”

秦明笑了起来：“恐怕是这场雪让你这书生性子又复发了，下雨了愁，下雪了也愁，嘿嘿，有什么好发愁的。”

白齐也干笑了一声，口气转为平淡道：“其实，我早已不是先前的白齐了，大雪虽好，却也不过是场雪而已，开了春，就会化成污泥，没甚特别的。”

秦明皱了皱眉头，道：“你这么一说，我还真觉得你跟以前有些不太一样，变得……”

白齐挑起眉头问道：“变得怎么了？”

秦明如实道：“变得更加果断了！我听人说，人的性情若是短时间发生改变，要么大喜要么大悲，我猜你应该没有什么值得大喜的事，莫非……”

白齐收了笑意，心中微微有些抽搐，他的人生里又何曾有过什么大喜大悲，不过都是小情小性罢了，只是他历来圈子狭窄、心思纤细，便是这些小情小性都能让他或喜或悲。只是这喜也好，悲也好，他都极力隐藏，深埋心中。不过，这样长年累月的隐藏，让他过得既纠结又难堪，他有时也在恨自己，为何会有这般敏感的情绪，明明他白齐是身怀阴阳心的绝世天才，明明他可以像他师父一样登堂入室，挥斥方遒，创造一番旁人难以企及的乱世伟业，明明他可以过得更洒脱更无惧！

明明他才是天之骄子！

只是他还是心有不甘，善意不知不觉就成了懦弱，成了自己的绊脚石。

难道世间的阴和阳真的就无法共存，自己想要有更大的突破，就必须舍弃这懦弱的阳心，当一个冷血果断的杀戮者？

就算……当一个杀戮者又有什么不好？！是不是白齐！他的心底突然又涌起了这个声音，这让他浑身一冷，比这四周的冰雪还要寒冷。

真的到了该做选择的时候了！

白齐身子木然伫立，双眼却是在快速闪动，看起来十分诡异，秦明见他一言不发，不免又叫了两声，他上前正想要拍一拍白齐肩膀，突然这人伸手猛地握住了秦明的手！白齐的眼神之中瞬间转换成那种凛冽的光彩，这让秦明觉得十分陌生和阴冷。

白齐缓缓地松开了手，笑了一下，退后几步拱手道：“秦兄，前几日家师来讯，要我进山拜见他，我已跟魏大人请示过了，只怕明日起我便不能与你们相聚，刘太安一事只能靠你和一飞了。”

白齐突然说出一番离别的话，叫秦明听得一头雾水，明明刚才还在合谋如何试探刘太安的事，现在却要跟他说分别，这可真是奇怪！他心头一沉，问道：“白齐，你今天怎么了，说话怪里怪气的，你刚才这话什么意思？”

白齐淡淡道：“我虽身在金吾卫，但也是门派内的弟子，家师有令，不得不从而已，没有其他意思。”

门派，白齐究竟是个什么门派？这些秦明都不是很清楚，这人的身世对他来说一直都是个谜团，他一时间错愕，竟不知该如何问起。

白齐又道：“秦兄，你我不论是相遇还是分别，都是上天注定的缘分，这一场相遇就好比这场大雪，你一觉醒来它便来了，你沉睡之后，它又悄悄地消失了，白齐时刻铭记秦兄对我的恩义，只是天下没有不散的宴席，也没有不分别的朋友，白齐可能真的要暂时与你们别过了，但愿你我后会有期！”

秦明更加愕然，这段话说得他开始有些不安和惆怅。他又问道：“那你这事不跟一飞说下吗，你有什么急事明天就得走吗？”

白齐笑了起来，他笑的时候确实很纯净，就像这天地间风云自成的雪花一样，有一种剔透的干净。他微微扬起头说道：“你和一飞在我心中并不相同，此番离别也只能与你说了，若有空，帮我与一飞转达离别之意吧，白齐就此别过了！”

说罢，他缓缓低头后退，这用的礼节倒是有些隆重，只是在秦明看来，这么隆重的礼节让他二人的关系开始变得有些生分，仿佛他们是两个初次见面的人，而非历经了这么多生死考验的挚友。秦明有些不明白，这人怎么说变就变，变得越来越像一个陌生人，甚至开始拒人于千里之外。

秦明问了最后一个问题：“你能不能告诉我你要去哪里，如果我和一飞想你了，我们也可以去找你。”

白齐停住了身子，他看了看雪花，不知是有意还是无意道：“我会去一个雪花飘落的地方，秦兄，就此告辞了！”

雪花飘落，秦明心想，这大雪一下，南京城内，哪里不是雪花飘落的地方，白齐显然是不想告诉他真正去的地方，故意说了一句似是而非的话让他去猜。他想了想，抬头望着前方，白齐的身影已经完全消失在路的尽头，四周空无一人了，这天色将暗，暮色开始笼罩四野，他不由得叹了一口气，也落寞地转身离去。

腊月已至，南京城内的天气似乎更冷了。

第九章　恭请张三丰

茫茫林海之中，一队人马缓缓前行。

这些人并未身穿甲胄、携带长兵，相反都是身着青黑色道袍，有的手持拂尘和各色法器，数百名年轻的道士这般齐整地行进，看起来颇为庄严肃穆。只不过这支严肃的道士队伍后面，却还跟了一群更庞大的队伍，这些人衣着五花八门、模样千奇百怪，道士、术士、江湖人士、甚至连妇孺都有，一时间让原本颇为肃穆的行进变得有些滑稽可笑。

二十天前，正一派的张宇初天师按照朱棣的要求，亲自率领三百名道士，带着香币、玺书以及丰厚的礼品，从南京城的午门出发，浩浩荡荡前往武当山准备恭请张三丰下山主持祭天大典。不论是祭祀天地大典，还是恭请张三丰出山，在当今都是一件了不得的盛事，当天张宇初还未从皇宫中出来，这皇城外就聚集了无数的宗教、江湖人士，这些人虽然没有资格参与到这项活动之中，但处于人性天然的好奇心，也自发地加入到恭请的团队之中，这些人尾随的尾随，结伴的结伴，驱之不散，赶也赶不走，只是这样一来，原本三百道童，变得几乎有上千道人同行，队伍规模更加庞大，也更加杂乱。

此行路途虽然不算太过遥远，但张宇初身体未愈，加之天寒地冻，山路积雪滑腻，一路跋涉十分艰辛，整整走了二十天才到湖北境内，又过了四天终于登上了武当山。武当派的掌门何稽无自然是早早地得知到这一消息，亲自下山迎接，张宇初带来的道士加上武当山原本千名道人，集结成规模庞大的仪仗队，开始了这场日夜不休的恭请大礼。

只是这恭请大礼阵仗虽大，礼数也够隆重，但众人始终未能见到传说中的活神仙张三丰一面，这武当鼻祖始终不见人影，问起何稽无，他也是有些尴尬地摇了摇头，表示不知道祖师爷现今身在何处。

张宇初为显诚心，又在武当山住了数日，这恭请大礼依旧每日不落，到后来，他每日一早便到山顶云台处守候，独身一人在云海处等待张三丰的到来。这张宇初虽然不及张三丰名声大、修为高，但好歹也是当今掌管道教的执牛耳者，在道门之中声望也极高，武当山众道人见他年纪这么大了还这样求见，心中也是大为不忍，纷纷劝道："祖师爷向来闲云野鹤，虽然上个月有弟子见他在这云台处观云打拳，但也只见了那一次而已，张真人这般苦等，只怕熬坏了身体，反倒不妙！还是请到道观内坐等的好些。"

张宇初摇摇头，坚定道："皇上为求见三丰真人一面，多次命人进山恭请，奈何时运不至，始终未能得偿所愿，此次皇上再次诚意相邀，却并非是单纯地想要见上一面，而是另有要事相托，所以，贫道必要等到真人不可，诸位道友不必再劝了。"

众人知道这张宇初性子执拗，见劝阻不下，也不再劝阻，只是每日备上上好的饭菜给他送过去，这一等又是许多时日，怎奈风雪非但不止，反而越来越烈，这恭请到张三丰的机会眼看是越来越渺茫了。

千里之外，南京城昏鸦林北，山巅晓寒寺。

连日的升温，让残雪逐渐消融，古刹失去了白雪的掩盖，更见残破。秦明如张宇初一样，也在等一个人，只不过他等的是风物社的主人，胡濙。不过秦明现在也有着和张宇初一样的遭遇，他一连在此等候了三天，也未曾见到胡濙的身影，整个大殿之内除了几尊掉漆开裂的泥胎佛像，再无他物。显然，这人已经有一阵没有过来了，想他居无定所，来去如风，也不知道下一站会在何处落脚，很可能这晓寒寺不过是他当时临时饮酒的一个地方，只是阴差阳错就让秦明遇了个正着，如今这人饮尽了壶中酒就踏雪离去，恐怕再不会回来了。

秦明心想，再这样干等下去也终究不是个办法，可是他想来想去，发现自己除了等也实在没有其他更好的办法了，毕竟他对胡濙的了解还是太少了，少到几乎只记得他的长相和名字，其他的一概不知。

寒风之中，秦明等得很急迫，其实他坚持来找胡濙，不仅仅是因为刘太安的事，更重要的是他觉得这人既然什么都知道，那想必一定也知道自己父亲的情况，他隐约地觉得自己父亲的身份会很特殊，甚至与这个看不透的谜团有着千丝万缕的联系。只是上次一心想着比武，竟然忘记了问这件事，现在想来还有些后悔。早知如此，当时该给他许个约定什么的，方便将来联系。

这一次又等了大半天，依旧一无所获，秦明暗暗有些失望，若是这人一去不复还，自己可不是错失了一个天大的好机会？

天色已暗，他叹了口气，正欲踏足离去，突然大殿屋顶上传来一阵咕嘟咕嘟的饮酒声，这声音在寂静的暮色中听起来尤为清晰。但对秦明而言，这饮酒声简直比所有的曲子都悦耳百倍。

“哈？！”秦明急忙回头一望，果见一名戴着斗笠的汉子坐在破烂不堪的房檐上独自饮酒，他喝了两口就敲了敲葫芦道：“这酒可真不经喝，这么快又没了。”

秦明心中暗喜，脸上不动声色道：“胡兄要酒，我这里正好有两壶，不知合不合口味？”说着他从腰间解下早已准备好的两壶上好的太白烧甩了过去。胡濙翻身下了飞檐，接住了酒，嗅了下，笑道：“是秦川眉县的太白烧，传闻此酒乃是以太白灵池水酿造，滋味香甜醇厚，干润柔和，诗仙李太白曾畅饮此酒，吟成千古绝篇《蜀道难》，好酒！好酒！光是闻一闻就知道这酒极好！”

他打开泥封，痛饮了两口，又啧啧称赞一阵，这才回头道：“小子，天天在此等我，可不是专门等着给我送酒来的吧？”他有些狐疑地看着秦明，嘿嘿笑道：“这酒不错，很合我心意，你说吧，找我有什么事？”

秦明道：“俗话说酒逢知己千杯少，所以今日不为何事，只为与胡兄畅饮一番。”

胡濙哈哈笑道：“你这话说得可有些假惺惺，无功不受禄，那这酒我如何喝得痛快？”

秦明也笑道：“若是这么说，我还真要专门感谢胡兄，三日前，胡兄曾指点了小弟一二，让小弟侥幸赢了十剑生，所以这酒也算是一点心意！”

胡濙笑道：“十剑生的剑法倒是有些可取之处，只是为人太过迂腐，着实无趣得很，只不过按你这么说来，这酒我倒是该喝得心安理得了。”他将另一壶酒甩还给了秦明，道：“一人饮酒还是孤单了点，小子，能喝酒吗？”

秦明接了酒壶，笑道：“吃喝嫖赌，就一个‘嫖’字还不太会，其他都还马马虎虎。”

胡濙道：“那就陪我喝两口！”

秦明二话不说，与他碰了个壶，两个人就坐于雪地上，把酒言欢起来。

酒过三巡，胡濙叹道：“平日我一人饮酒，我只喝酒便觉足矣，入喉辣，穿肠暖，回味香，再过片刻便飘飘然，纵然万户侯来换也是不给，此乃人间一大美事也！不过今日有秦小兄弟相陪，单单是饮酒可就太冷清寡淡了！”

“难不成你这还有助兴之物？”

“助兴之物没有，不过下酒菜还是不能少的，风使何在？！”胡濙喝了一声，只是片刻间，院子里就出现了十余名身着黑衣的瘦小男子，原来这胡濙的风使不止一人，还有这么多个，而且这还只是这一带的风使，却不知整个大明，这人到底有多少手下。

胡濙有些不高兴道：“来这么多人作甚？一两个就够了，就你们吧，小六小七，去给我打点野味过来下酒，我要一只山鸡，不大不小正好一斤三两；一只兔子，毛色雪白不要灰黑杂色，外加一条野猪后腿，从胯骨切了，不要让我看到血渍！你们二人半个时辰若是回不了，也便不用回来了！”

这二人急忙点了下头，后退两步便消失得无影无踪，秦明指了指这些风使道：“这些人都是哑巴吗？一直未见他们开口说话。”

胡濙淡淡道：“我割了他们的舌头！”

秦明惊了一下，心想此人做事可真够狠辣的，竟然直接割了自己下人的舌头。胡濙不以为意，冷哼了一声，解释道：“你可别小瞧了他们，这些人可都不是什么善类，他们都是做尽恶事走投无路的江湖败类，他们的手上沾满的都是累累罪行和鲜血。就说那个小六，原本可是赫赫有名的江南恶霸三爪乌，他杀过的人只怕比我都多得多，也是因为在江湖上结怨太多，无路可去，这才找到了我，他在这寺庙前跪着求了我七天七夜，我见他有痛改前非洗心革面之心，便救下他们，不过代价便是毁了他的容貌，割了他的舌头，而后传授他们一套清风诀，修炼清风诀的人，身形会变得比常人矮小、体重也会减轻到极致，而后速度快如疾风，犹如鬼魅，只不过这轻功提高了，其他功夫却都会废掉，这样他们就不能再危害江湖，正好来给我当风使，替我打探消息。”

秦明试探道：“打探消息？是整理风物社的这些排名吗？”

第十章　是敌是友

面对秦明的问题，胡溁只是轻蔑地笑了笑：“若只打探这些消息，又有什么意思，自然是有更重要的任务了。”

秦明更好奇道：“那不知胡兄打探的是什么消息？”

胡溁站了起来道：“这消息自然是极为机密重要了，小子，你很好奇，你今天来找我，其实是另有所求，你是想知道你手中藏锋的秘密，对不对？”

秦明错愕了下，心想这人可真是聪明，自己什么都没说他就知道自己的想法。不过再一想，秦明也觉得释然了，这人的眼线这么多，只怕这京城内所有人的一举一动都在他的监视之下了吧，自己的想法他又如何能不知道，只是这样手段通天的人究竟是什么来头，在江湖中又有什么目的，这可就太神秘奇怪了。

面对胡溁的问题，秦明也不回避道：“正是！还请胡兄相告。”

胡溁道：“藏锋的秘密我确实知道一些，可能比他原本的持有者知道得还多一些，但是我不知道该不该告诉你，其实你现在这样已经挺好，若是知道了反倒不妙！”

秦明不解，有什么事情会是知道了反倒不好？难不成要引来杀身之祸？

胡溁笑了一声，举个例子道：“我问你，狼与羊，你愿意选择做什么？”

狼食肉，羊吃草，狼是羊的天敌和克星，若能选择，自然要当狼好一些，毕竟这世界的主导权始终是在上一层的食物链手中，做一只狼至少不用整日提心吊胆被猎手所杀，自然要活得痛快一些。秦明毫不犹豫道：“我自然选狼！”

胡溁笑道：“那便对了！你现在就是一匹狼！一匹替朝廷做事追杀绵羊的狼，可是……”他颇有几分深意，顿了下，低声问道，“如果有一天你发现你不是狼，其实你只是伪装在狼群中的一只羊，你又会如何？”

面对这个问题，秦明很认真地想了想，如实道：“这个，只怕会诚惶诚恐，会日夜难眠……”

胡溕点了点头，道：“这就对了，身在狼群中，如果你不知道自己的身份，你便永远是狼，你吃肉喝酒杀敌潇洒一世。可是如果你硬要去寻找答案，你发现了自己的真实身份，反倒会担惊受怕，日夜难安，这样的答案你要它做什么？不如弃之忘之，了无牵挂。”

秦明未承想胡溕给他的会是这样的回复，以他现在的认知自然还猜不透胡溕这个比喻背后的真正答案，但隐约他已经发觉，自己的父亲绝非泛泛之辈，很可能他父亲曾是个叫人闻风丧胆的人物！

甚至，有很可怕的仇家……

胡溕道：“小子，你好好想想吧！这个答案我暂时不能告诉你，不过我可以帮你解决另一个问题。”

秦明还未从上一个问题中醒悟过来，直愣愣地问道：“啊，什么问题？”

胡溕有些好气道：“你来找我不就是为了两件事吗？”

秦明又啊了一声，大叫道：“这，这你都知道了？我都还没说呢，你也太……太过分了！”

胡溕哈哈笑道：“这京城内还有我胡溕不知道的事吗？你想让我去试探刘太安我可做不到，不过我可以教你一招，我看你的身材与汉王有几分相似，你学了这一招，自己去试探刘太安，必然比我效果还要好，若他真是七煞门的人，一定会有所反应！”

乔装成汉王朱高煦去刺杀刘太安，若他是傀儡师，必然会认出来，若他不是，自然也不会有很大反应，这本来也是秦明的想法之一，只不过胡溕这次要让秦明自己去试，这可就有意思了。

胡溕道：“不过你要学这一招，得答应我做一件事。”

秦明问道：“什么事？”

胡溕神秘地笑了笑，道：“这件事我以后会告诉你！现在时间尚早，野味估摸还需等上片刻才到，趁这个时间，我就教你汉王朱高煦的鹤鸣一剑！”

“鹤鸣一剑？”

“对，他的鹤鸣剑是从毕坤的浑元剑法里领悟得来的，虽然招法繁复多变，但大致可分为九剑，我也只见过他前七剑，这剑法是越往后威力越大，但也越难学，现在我要教你的是他的第一剑，就是这鹤鸣一剑，把你的藏锋给我！”

黑光闪过，胡淡单手接住秦明的藏锋，转了几圈，又瞧了瞧道：“朱高煦的鹤羽剑内藏的也是跟你一模一样的藏锋，只不过他嫌藏锋剑短，用玄铁重新包裹铸成了鹤羽剑，现在他的鹤羽剑断了，可不是跟你的藏锋一模一样？嘿嘿，说起来还真是够巧啊！”

“这第一剑，出剑时必须要有鹤鸣之声，才能震慑对手，以假乱真！”胡濙抖动藏锋，这速度之快，远超上次二人比试时，利刃既快又抖，这样划破长空时，突然压缩气流迸发出锐利的尖啸，真的就像白鹤嘶鸣！啸！

这也是鹤羽剑的技巧所在，每一剑都在轻微抖动，变换着方向，仿佛伺机而动的毒蛇，又像灵活的鹤首，胡濙手握藏锋，整个人双臂一展开，加上他披着的袍子，真的就像一只巨大的灵鹤，振翅而起，而后出剑，破空，鸣啸，藏锋破入前方的石像金刚体内，犹如插入豆腐一样容易。

嘭！突然整座石像轰然碎裂倒塌，秦明大为惊讶，显然这剑并非直直地刺进去，而是有一定幅度的震动，所以这一剑刺入，石像受到摇摆震动才会瞬间碎裂。而这，也是鹤鸣一剑的威力所在！以肉眼难以辨别的速度震动剑锋来破开对方的兵器，而后再快速震碎，一剑两杀，乃是秘诀所在！

胡濙唰地收了藏锋，问道：“小子，看清楚了吗？”

由于胡濙的提醒，加上他刚才使用这一招时故意加大幅度，降低速度，秦明总算是可以看得清清楚楚，这一剑是如何聚力、如何抖腕、如何破入、又是如何震碎石像的，他在脑海里这么回想一遍，心中已有了七八分的印象，秦明点头道：“大概看清楚了！”

胡濙有些狐疑道：“真的看清了？那我刚才这一剑是破入石像几分？”

秦明道：“破入三分之一寸，而后发力向两侧抖腕，再逼入三分之一，破石！”

胡濙颇有几分惊异道：“你小子倒是练武奇才，这一剑虽然是鹤羽剑的入门式，但寻常的高手若不练个三五载也绝不可能领悟，你倒好，看一遍就能看清楚，看来我没看错，你果然有点像我！这一剑我也不必再教了，日后你自己好生领会吧。”

他也不管秦明学没学会，顺手一甩，藏锋就还给了对方，而后大喝道：“人都回来了，还不快把下酒菜拿进来，等着放僵吗？”门外急忙跃进了两个风使，正是小六、小七，二人弯着腰将打到的猎物送进来，不多不少正是一只毛色雪白的野兔、一只一斤三两的山鸡，还有一条肥硕的野猪后腿，这猪后腿还用雪细细地擦了，干干净净，未见一丝血渍。

两名风使很熟练地在雪地上架起柴堆，清理猎物，野鸡埋在火堆下烘烤，野兔、野猪则在火上炙烤，不一会儿，野味皮焦肉脆，吱吱冒油，这香味已经弥漫了整个山头，在荒郊野地没有太多调料餐具，胡濙就从古寺大殿中取出些残留的岩盐，二人吃着烤肉，就着烈酒，对着茫茫的暮色残雪，倒也说不出粗犷惬意！

夜色笼罩，已是戌时。胡濙喝得有些醉意蒙眬，不知是酒壮人胆，还是觉得夜深人静无人来访，他摇摇晃晃竟指了指皇城所在的位置，高声道："世人都羡慕庙堂之高，嫌弃江湖之远，却不知庙堂之险远胜江湖，我如今逃离庙堂，躲入江湖，觉得如鱼归江河、虎归山林一般，说不出的自由自在，你说我现在要喝酒便喝酒，要去看名川山岳便去看名川山岳，天下任我踏足，风使随我调遣，无人知我姓名，更无仇家相逼，我有酒有肉有朋友，潇洒世间也不过如此！"

这人满脸通红，说得慷慨激昂，但秦明却分明听出了一丝不甘。

但凡隐者，皆是看透世事之人，只是世间所谓看透有两种：其一，大彻大悟，荣辱不惊，自知一人性命不过是三千世界的一缕尘埃，无关紧要，所以当一世人，朝闻道夕可死，生命了无牵挂。其二，不得志、不得愿，到最后心如死灰，自诩采菊东篱下，遥望南山外，洋洋洒洒大笑众人看不穿放不下，其实真正放不下的是自己，那一眼望断南山，心头始终难断千里之遥的朝堂，心中依旧不甘。胡濙虽然武功极高，性情也豪爽，但毕竟不到而立之年，正是青年得志，意气风发之时，他说这般话自然是带着一些不得志的意味，这不得志显然与他肩负的重任有关，与他自己期望有关，只是眼下秦明还不知道这人究竟肩负着什么样不为人知的巨大秘密。

他猜想，这很可能与皇城之中的某些势力大有瓜葛。他突然有一种不安的念头，这胡濙日后会是敌是友？

第十一章　修行修心

南京城北三十里处，飞雪寺。

飞雪寺是洪武年间朱元璋亲自下令建造的十五座庙宇之一，这十五座庙宇有十三座建在了鸡笼山上，另外两座建在城外较远的地方，飞雪寺正是其中之一，因此寺搭建在巨石之上，石缝里常年有泉水飞涌而出，泉水白如雪花，远远看去，好似飞琼溅玉，故名飞雪二字。

飞雪寺虽然地处奇境，但由于过于偏远，山路难行，加之寺庙规模不大，来此烧香拜佛的人便十分稀少。只是这样一来，反倒凸显了飞雪寺的静谧和禅意。飞泉之上，石亭之中，一老一少，一黑一白，犹如阴阳二极面对面端坐。老的一身黑色僧袍，气度傲然，正是太子少师姚广孝；少的一袭白衣，面色沉静，自然是姚广孝的徒弟，白齐。

姚广孝在北京时，一直住在庆寿寺内，朱棣登基后，他也跟着入住南京城，并奉命调教太子朱高煦和皇孙朱瞻基，在外人眼里，姚广孝已经是一人之下万人之上的权贵极臣，但对姚广孝而言，生活反倒是一如既往，他不像其他的功臣开始大肆享用来之不易的荣华富贵，相反他几乎是不食俸禄，也不住朱棣给他建造的奢华王府，就连原先的燕王府他也很少去，下了朝后他就换上黑色的僧袍住在附近的寺庙中，诵经翻卷，参阅天机。他年轻时踌躇满怀，一心想要证明自己的能力，老了反倒越发的低调，亦开始喜欢寡居，不喜闻到嘈杂之声，所以灵谷寺、千禧寺、鸡鸣寺这些名刹他一概不会去，相反他更喜欢住在飞雪寺这样清净而古朴的小庙里，认真地参悟他看不透的世事、思索他解不开的谜团。

冬日的暖阳透过枯枝照在石亭上，光影斑斓，颇为曼妙。连日的暖阳升温，山间的残雪已经不多了，若是雪能更厚些，白雪映日，霞光弥漫，再加上飞泉跳跃的灵气，这里的景色倒也是极为幽深，甚至不逊任何名山宝刹。

只是世间任何的景色和人都是一样的，无人得识时，他存于幽谷溪涧，美得清新脱俗，好得淳朴自然，若是得见的人多了，难免要乱了他的静，坏了他的美，最终芝兰枯萎、幽香消弭，再脱俗的物品也化作俗世里最庸庸碌碌的一员。

石亭中，白齐俯首叩拜道："弟子白齐叩见师父。"

姚广孝闭着双眼，缓缓道："你在此待了几天了？"

白齐道："已有十天。"

姚广孝嗯了一声，道："修道之人，以七天为一小周天，修内丹者，如正一派张天师，吐息吸纳，七天可将气息运遍全身，得一循环，你来了也有十天，便是一个半小周天，却不知你这心静下来了没？"

白齐道："弟子的心早已静下来了。"

姚广孝问道："好徒弟，你的心如水，该如何静？"

白齐道："水遇高低不平而动，水遇杂念暗礁而起波澜，弟子的心中已摒弃杂念，如平湖，如古井，如深潭，再无波澜！"

姚广孝哼了一声道："只怕你的心不像平湖古井，而是像这石下的泉水，纵然风再冷石再坚，也是冻不住、拦不下的。"

白齐摇头道："飞泉纵然拦不住，可泉水始终澄净，不入杂念，若是能心如明镜，便不在乎外来之水是深是浅、是动是静，只需入心，便可得一清明。"

姚广孝猛地睁开眼，冷笑道："好一个心如明镜！你知不知道皇上不日后便要公开遴选大国师重新设立六脉法阵，为师年事已高，杀戮之心未消，不宜再掺和此事，我就问你，这大国师之争，你可有信心？"

白齐微微愕然了下，问道："大国师之争？张宇初张天师不是奉旨前往武当山恭请张三丰仙人下山主持大典了吗？"

姚广孝冷笑道："恭请张三丰？你觉得凭一个张宇初能请得来张三丰吗？"

白齐略略沉吟，不再说话，显然他心里也觉得这个可能性并不大。平心而论，先不说这张三丰现在身在何处，就想当年明太祖朱元璋多次派人去恭请他下山，但都是无功而返。朱棣登基后，也屡屡派胡广去寻找张三丰，一样是未曾得见，如今皇上又派遣张宇初带着三百道童去求他，只怕还是请不来这人。

姚广孝道："汉王鼓动皇上去恭请张三丰的本意不在于张三丰的道行如何，而是张宇初根本请不来张三丰，那么这恭请失败之后，他就可以怂恿皇上在全国范围内公开遴选大国师，汉王的死侍之中有不少精通佛道的妖人，必然会在遴选活动中兴风作浪，图谋这大国师之位。”

白齐沉吟道：“只要汉王的死侍当选了大国师，那更改六脉法阵一事便可以暗中按着汉王的要求来，这日后汉王在朝中的势力就会更进一步，汉王这步棋倒是想得挺妙。”

姚广孝道：“若只是朱高煦一人有想法也就罢了，我听闻除君朱允炆的死侍也会在这次竞选中出现，六脉风水大阵关乎皇权更迭，所以所有人都会在这大国师遴选中争一杯羹，这一战对你来说才是最终的考验！”

白齐终于明白了姚广孝的真正良苦用心，是要他去争夺大国师之位，在破解建文帝和汉王死侍秘术的同时，成为明朝有史以来第一位统领佛道两大教的人！这件事刘伯温、席应真、张正常，甚至连他师父姚广孝都不曾做到，而今重任和期待却落在了不足十八岁的白齐肩上。

白齐深知责任之重大，任务之艰巨，唯有俯首道：“此事非同小可，弟子必当全力以赴！”

姚广孝道：“此事光有全力以赴还不够，须知大国师之争有三战，曰辩、术、斗，现在我问你这三战，要你对阵全天下最出色的高僧名师，你有几分信心？又有几分手段？”

白齐认真想了想，如实道：“这三战，论辩术，天下三教九流十家，弟子苦读十余载，阴阳二心每日互辩，日益熟络精通，自问这一轮可不输任何一人；论法术，弟子有师父传授的阴阳绝技，虽不能呼风唤雨，但障眼迷形也是绰绰有余，过关亦不难；只是最后一关斗……”

“斗怎么了？”

“若论斗，弟子还需再修行一阵！”

“不错，前两轮，辩和术，不过是自我展示，稍加努力也不难过关，但这第三轮斗便是真刀真枪，你想要过关，非得下一番苦功才行。而这，也是我要你回来的主要原因！”

“师父的意思是……”

“你与为师一样，乃是天生的异人，身怀四魂七魄阴阳心，灵智比常人高出许多，不论是学习还是修行速度都是常人的两倍，这等本领若不好生利用，创造一番伟业，那当真就太过可惜。只是身为异人就注定了要一生孤独，你只能跟自己做伴，跟自己较劲，若是贪恋花花世界，总归会消散了你的意识，毁坏了你的聪慧。白齐，从今日起，我要你削发剃度，正式放弃红尘俗念，跟我好生修炼阴阳秘术，我们剩下的时间只有不到三个月，这段时间我将把我所学倾囊传授与你，但愿能助你一战成名！”

削发剃度，坠入沙门，脱离红尘之苦，这是姚广孝今日过来要白齐做的事。

显然，上次白齐舍身救荆一飞的事让姚广孝突然意识到，自己的弟子也不是没有七情六欲，这白齐迟迟不肯修炼阴心，进度缓慢，正是因为他还贪恋红尘，不肯除去杂念。须知不论佛与道，情欲都是修行的大忌，若是不能放下俗念，再多的修行也都是空中楼阁，很可能数十年功劳都毁于一旦！

面对白齐的愕然和犹豫，姚广孝心中忧虑更甚，口中斩钉截铁道：“白齐，为师要你今日剪下烦恼丝，入我沙门，你愿意否？！”

姚广孝的话如磬钟一样震来，白齐的神情突然恍惚了一下。

当不当和尚原本对他来说也没什么特别，他本就是姚广孝的徒弟，按理说入这空门也是常理之事，可是他还是忍不住放大了瞳孔，眼前不由自主地浮现一个人身影。

年少初识，惊鸿一瞥。那个人影总是穿着一袭鲜艳的红衣，骑着黝黑的骏马，跟在魏东侯的身后。她的腰间挂着一枚青莹莹的玉斧，飞扬的长眉入鬓，凤眼似是用黑黛精心描画过的一样，她所有的一切都跟临安城内的女子大不一样，她不裹三寸金莲，不学女红厨艺，她的眼神清清冷冷，不稀得看旁人一眼。她总是挺拔着身子，永远一副英姿飒爽不肯低头的模样。他很早就知道她最喜欢看三月的黄花，南京城外就是长江，大江两岸有一望无际的油菜花田，春回江南的时候，两岸一片黄绿，就像春风给大地铺上了灿烂的锦绣，她骑着黑马，不急不缓地从花丛中走过，像一团妖艳的火焰。

那时的她还只是兵马司的一名侍卫，她的马都是魏东侯给的，而他也不过是初入京城的懵懂少年，近乎一无所有。二人遥遥相望，只有那么不经意的一眼，但在白齐看来，这就是世间最美好的风景。

红衣，黑马，黄花，还有渐暖的春风……

白齐无数次心想，这世间上还有比这更好看的风景吗，没有了吧。春天江边的花，秋夜山尖的月，紫金山上的雪，鸡鸣寺内的夏茶，都比不过有朱雀飞来的三月。无数次，他梦回那年的长江畔，在春花灿烂的季节里，他努力地想要奔向对方，想要喊住她，叫她下马看看这里的风光，他想说其实我可以陪你走一程，脚下的风光始终是要下马慢慢地走才是最美，他还想问她看过栖霞山秋天的银杏没有，那里的银杏在秋天黄澄澄的一大片，漫山遍野，也像这江边的油菜花田一样好看，你喜欢这黄花，也一定会喜欢那里的黄叶。

一个在江边，一个在山里，一个在春天，一个在秋天，只是那银杏叶子会带着几分秋冷，更适合她的气质。可是这句话终究是没能说出口，黄花梦碎，醒来时只有京城阴冷孤独的夜。

荆一飞，或许都不知道白齐是喜欢她的吧？

春花朝露总易逝，儿女情缘向来短。修佛讲一个“戒”字，而这个字便是要克制，便是要放弃。姚广孝说的没错，贪嗔痴始终是修行的大忌，自己蹉跎多年，总该有个了结了，有些梦它始终就是个梦而已，能想一想便是前世修来的缘分。白齐郑重地跪拜道：“弟子愿剃下烦恼丝，谨记师父教诲，不负所托！”

青丝已落，黄花渐凋。少年，在山中痴痴地笑。

第十二章　鲲鹏万里苍海剑

千禧寺废墟内，一个人影在奋力舞剑，他的剑法只有一招，当空展翅一刺，这每一次出剑都会带出一阵尖锐的鸣叫声，颇有声势。

这练剑之人不是别人，正是秦明。他见千禧寺烧毁之后，这里便成了一处无人问津的荒地，正好适合自己偷偷练剑。他每次都借口到六相司探望刘太安，而后提早到这里认真练习胡潋传授的鹤鸣一剑。

寒雪未消，天气依旧严寒，出来行走的人极少，偶尔有也是裹着厚厚的衣裳如蚕蛹一般。但秦明却只穿了一件单衣，由于练得起劲，身上很快就冒出阵阵热汗，在汗水的浸润下，一身黝黑结实的肌肉若隐若现，显然入了金吾卫之后，他的身体素质也在飞速地提升。

秦明目光炯炯，太阳穴附近青筋暴胀，人和匕首是越发地合二为一，这一招不单出剑之时有鹤鸣之声，而且还有几次力道速度够快，甚至能带出一阵剑气，令一尺藏锋陡然化出三尺黑色的剑气，这样一来这一剑就更像鹤羽剑使出来的感觉了，这样的效果自然是让秦明十分欣喜。

他练得欲罢不能，舞得越发顺畅，突然踏雪而起，一个转身，猛地朝那摔落在地的宝塔顶劈去，这藏锋还未点到镏金的紫铜宝顶，剑气就喷涌而出，一道黑光闪过，犹如利刀飞出，只听得铮的一声直接将巨大的铜顶劈成两半！

这一招凌厉异常，让秦明大为惊喜，藏锋四式虽然厉害，但毕竟兵器比较短小，攻击范围有限，除非是抓住时机，逼近对手才有击杀的机会。若是自己能将这鹤鸣一剑好好修炼，让剑气再增长几尺，那他的藏锋式威力更加不可估量！

“原来鹤羽剑还有这等玄妙，厉害！厉害！”秦明踢了踢骨碌碌翻动的开裂宝顶，忍不住自夸起来，只是这得意劲刚浮现在脸上，他的脸色突然就转为冷峻，因为几乎就在同一时间，背后袭来了一道凛冽的寒风，这寒风掀起片片残雪，犹如利刃一般切了过来。

寒风如刀，来得太不正常了！

“谁？！”他喝了一声，立即回身飞出一剑，只是这一式虽然凌厉，但这一劈之下，却落了空，除了劈碎了几片雪花和一阵寒风，其余的什么都没有，对方黑影一闪，早已躲到了秦明的身后。

秦明双脚一变，身子再次转了过来，而后手中的藏锋再度出击。按理说以他现在的反应速度，来人就算能接住这一招也不可能完全躲开，但离奇的是，这人根本没有硬接这一招，而是身子又一变，再度消失不见，他又躲到了秦明的身后！

空旷的琉璃塔废墟上，几无遮挡之物，来人完全是靠着自己迅捷的脚步，就像风一样闪动着，次次都能快速地躲避到秦明的背后，根本不与他正面交锋。别说击败对手了，就是连来人是男是女，是胖是瘦秦明都没有看清。如此几次，秦明不禁惊叹这人好厉害的轻功，他不出招，光是这鬼魅一般的轻功就足以叫人胆寒了，若是他在自己背后突施狠招，自己可不是要吃大亏？

不行，非得揪出不可。

秦明心想，这人既然能像风一样神出鬼没，那不如……他右手一抖，一招风中藏羽便朝背后刺去，风中藏羽乃是借风力杀敌的招式，寒风旋着秦明，风力所到之处，皆是可以出招的角度，对方旋转的速度越快，自己的招式速度也越快，加上这一招的击杀方向也是匪夷所思，完全出乎意料！

对方咦了一声，终于无处可躲，露出了一身的黑袍和一张煞白的面具，他旋转袍子，手中刺出一把长剑，长剑青幽幽的像是青钢所铸，但色泽却微微有些透明，好像薄冰，更显这把剑的不凡之处。

怪人已露相，兵器也露了锋芒，两兵相交正是藏锋发威之时。秦明闷哼了一声，正欲飞击断他的冰剑，却不想这人手腕一转，剑锋如灵蛇一般直接躲过藏锋的点杀，而后在空中变换了方向，就朝秦明手腕和小臂刺去。

这人的招式又快又凌厉，而且角度十分刁钻，不论是招法还是用剑的法门都是从未见过。秦明想不出破解之法，无奈之下只好退身躲避，但来人不依不饶，震袖鼓起浪潮，这浪潮顺势还掀起层层的碎雪，他单手又一杀，这一招直接卷动飞雪化出无数的剑形就朝秦明刺了过去！

“嗬！”

这一剑化雪为剑，漫天飞舞着白色雪花，剑气，白雪，寒风，层层卷动，就像海上卷起了千重浪，又像西风吹落了万树花，既霸道又惊艳，若不是自己被覆盖在剑芒之下，秦明必然要为对方的招数鼓掌叫好！可是眼下形势危急，自己性命都危在旦夕，哪里容得上他来替别人叫好？

对方的剑本来就比秦明的藏锋长，现在加上雪的助力，一寸长一寸强，铺天盖地，好似有万把神剑齐齐发动，秦明一下子就被覆盖在剑芒之下，完全处于弱势了。须知若只是单纯的长兵对阵，秦明大可以以藏锋攻击他的兵器弱点求得一线胜机，可是对方用的是雪，漫漫飞雪，如影如幻，如何能劈得断，斩得完？

这一剑真是了不得的好剑！如此剑客却不知是江湖中的哪位高人，若是自己死在对方这一剑下倒也不冤枉。秦明刚想到这，突然猛地呸了一声，自己大骂自己道："什么时候轮到你来充英雄了！管他什么来路，偷袭都是不要脸的小人！我怕他个屁！"

他拧眉聚神，突然双臂一展，整个人如同白鹤展翅而飞，对方再度惊异了一声，只是他手里的剑势却丝毫不减，剑气带着飞雪而来，而秦明同样踏雪冲了过来。

二人对击过来，速度都快得如闪电疾风。

只是人未至，风雪先袭来，这片片雪花触体就像刀片一样生疼，果然是好霸道的剑招！

顶着这招式，秦明突然猛地刺出一剑，这一剑他已经练习了千百遍，无论是聚气、用力、抖腕，还是最后的聚力一击，都已经了然于胸，每一步都恰到好处，没有丝毫偏差，对习武之人而言，所有的勤学苦练正是为了在关键时刻这种不差一毫地尽情发挥！只是这一招前几天他都是一个人练习，现在他要在实战中来用出这一招，要用这一招与对手决一死战！

"破！"

藏锋猛地化出三尺三寸的黝黑剑气，剑气似明月穿云、寒光初开，瞬间破开重重雪浪，黑衣人先是惊愕这一招的了得，而后却微微有些叹气，仿佛是在遗憾，似是说秦明的剑气还是太短了，根本伤不到他！他再卷雪花，寒冰一样的剑影已经像千重浪花一样杀了过来，这一招对决终于就要分出胜负了！

秦明双手握着藏锋冷笑道："你个蒙面鬼不知道我这招叫鹤鸣一剑，若是鹤鸣之声够尖锐，又何须剑气杀敌！来吧！”他猛地震动藏锋，剑气倏地再涨三尺，黑衣人正想说这剑气就算再涨一丈也没用，秦明的剑气再怎么长也不可能长过自己的风雪，却不想下一瞬间，这藏锋抖动间就迸裂出一声十分锐利的尖啸声！

声如鹤鸣九天，高亢，尖锐，又悠长不绝！

一阵阵声浪和着剑气狂涌而出，让人耳膜欲裂，音浪震动而出，万千雪浪瞬间被震得倒退崩塌，仿佛海潮倒流，狂风逆转一样，嘭！所有的雪剑都碎裂成雪末扩散而出，不成剑形。

秦明一剑破势，再顺势而击，这一招鹤羽剑终于直逼对手心窝而去！

来人这次大为惊愕，他未承想秦明的鹤羽剑能修炼到这个程度，仓促之间，只好以长剑对击藏锋，两兵器针尖对麦芒，铮的一声对在一处。秦明冷笑一声，再一用力，藏锋势如破竹，不可阻挡！

这寒冰一样的长剑与藏锋对决之后，终于开始碎裂，而后迅速化作了无数晶莹剔透的碎片！这剑终究是被秦明击破了！

晶芒落四野，风雪散虚空。这一招对决胜负已分。

“好剑法！”这白面黑衣人终于说话了，虽然只有简短的三个字，但声音却是十分熟悉，秦明呀了一声急忙收剑，藏锋险险地从这人的侧面刺了过去。

但他这一剑是使出了十成功力，仓促收招控制不住，整个人直接从侧面冲出去，扑哧一声就扑进了雪堆，摔得跟倒栽葱一样，样子十分狼狈。

秦明爬了起来，没好气道：“胡大哥，你干什么呀，鬼鬼祟祟地来试探我，害我差点杀了你！”

来人脱下白色面罩，露出一张颇为俊朗的面容，正是风物社的社主胡泼，他嘿嘿笑道：“你想杀我？只怕还没那么容易，不过你这一剑确实赢了！没想到，才七天，你的鹤鸣一剑就可以有这样的程度，真是练武奇才！”他看了看脚下碎裂的冰晶，低声感叹道：“好厉害的藏锋，果然是风物榜上排名前三的神兵！连我的冰魄剑都难抵你一招。”

秦明隔得远了，有些没听清楚，他啊了一声问道：“你说什么，这像薄冰一样的是你的宝剑，这，都碎了……”秦明有些不好意思，正想道歉，不想胡泼却笑道：“能够被一剑击碎的，又能算什么好兵器呢？没什么可惜的。”他指了指秦明手中的藏锋赞许道：“我刚才看你这鹤鸣一剑不单可以化出剑气，还能以声势夺人，若是有更好的名师指点，稍加练习，你的修为必然要比朱高煦还要高！”

秦明一向听不得别人夸赞，这一听之下就更不得了了，只差要摇尾巴上天了，他叉腰哈哈笑道：“朱高煦算什么，早就是我手下败将了，哪天我得去找他师父，那个什么毕坤大师讨教讨教，听说他的剑法才是天下第一，连张三丰都要让他几分，嗯，我现在可是排名第四的高手！”说着，他还比了个鹤羽剑的起剑式，颇有几分得意扬扬的姿态。

胡濙摇了摇头道：“你这话就是不知天高地厚了，朱高煦只学了浑元剑经的上半卷，练的只能算是浑元剑法的基本功，还不算太厉害，这剑法真正的精髓是在下半卷，曰鲲鹏万里苍海剑，这剑术有两重法门，第一重曰鲲之海，剑如鲲鹏出水，惊动九州四海，叫周身气浪如波涛难平，似怒海不息，万人难近其身。第二重曰鹏之苍，身一动，九霄遁，剑一出，天地暗，剑如乌鹏罩乾坤，不叫日月焕光芒，千里之外开山辟水，万里之遥取人首级，无人能敌！这样的剑才是天地间最厉害、最了不起的剑法，毕坤的鲲鹏之剑只怕你是一招也接不住！”

胡濙把这剑说得神乎其神，已近剑仙之境，秦明自然是有些不信的，他颇有些怀疑道：“千里之外取人首级，真有这么厉害吗？”

胡濙点了点头，正色道：“就是这么厉害！你不知道这毕坤还有一个绰号，就叫剑仙！”

第十三章　上武当山

自古蜀山一带，多有剑仙的传说，传言这些剑仙可以御剑而飞，常年居住在云雾缭绕的山峰绝壁上，来无影去无踪，手中的剑就像有灵性的飞刀一样，心念所至，这神兵就能准确无误地飞击而至，无论破兵杀人，还是开山断水，无所不能，无坚不破！不过这传说毕竟只是传说，就像现在青城派所谓的御剑术，还是要倚靠着雷火淬炼出的磁力来控制，而这御剑而飞，千里之外杀人，秦明真就想不出还能有什么办法可以实现。不过这剑圣毕坤与武当祖师张三丰一样，都是还活在世上的传说级大宗师，这张三丰传说能一日千里，同时出现在好几处地方，或惩戒恶人，或教化弟子，毕坤能千里之外杀人也就不足为奇了。

秦明自幼对这江湖内的事就非常好奇，这次听胡濙说得如此信誓旦旦，便问道："那你见过他吗？"

胡濙愣了下，有些失落道："未曾见过，关于毕坤，江湖中也只剩下'传说'二字了，他已经有好多年未曾出现了，却不知道如今是死是活。不过，我倒是见过另一个绝世高人！"

"谁？"

"自然是武当派祖师张三丰！"

"你见过张三丰？"

"自然，我五年前曾有幸见过他一面，虽然张真人那时候已是一百五十多岁的高龄，但依旧鹤发童颜，精神矍铄，整个人的气度当真是超凡绝尘、不可尽述，就是……"

"就是什么？"

"就是脾气不太好！小子，张宇初那老道这几天正在武当山恭请张三丰下山，武当山上可是挤满了江湖中无数的高手，想不想跟我去武当山走一趟？"

去武当山找张三丰？只怕天下间没有比这更吸引人的事了！秦明的双眼里立即透出满满的兴奋之色，只不过他转念一想到自己还有要事在身，还要跟荆一飞商量试探刘太安一事，双眼又立即黯淡了下来，摇头道："不行，不行，我现在是金吾卫的总旗，身上还有一些事，只怕这几天走不开的。"

胡濙有些不屑道："你不过是一个小小的总旗，能有什么大事，天塌下来又不要你来顶，上面还有指挥使、千户、百户。"

秦明道："可是这件事很重要，我若错过了，日后想要再试探他就难了。"

胡濙更加不以为意道："我当是什么大事，还是因为刘太安的事，我说了，这刘太安没个半个月是绝对下不了床，你现在着急也没用，而且你不要忘了，你上次可是答应了我帮我做一件事的。"

秦明想起来了，上次胡濙说教他鹤鸣一剑，但是自己也得帮他做一件事，却不想，这人要他做的事就是陪他去武当山看热闹，这一下子秦明更为难了，毕竟自己有言在先，也不能不讲信用。胡濙摆出姿态道："小子，做人可得讲诚信，男子汉大丈夫答应了别人的事可不能反悔，对不对？"

秦明点头道："那是，言而无信那是猪狗不如，我秦明自然不做这等人！"

胡濙背着手，摇头晃脑道："是啊，狗尚且讲一个'忠'字，猪还有一个'仁'字，做人怎么能忠义诚信都不讲呢，你放心吧，我已安排了最好的马匹，以你我二人的速度，来回最多也就是七天，误不了什么事的。你想，这一去，既能看到武林盛世，也能履行你的诺言，说不定还可以看到传说中的张三丰。这一行，既可一窥武林之奇，又能饱览山川之秀，可不是一举多得？"

这胡濙毕竟是朱棣派出来游说江湖的人，他的见识、口才以及察人观心的能力都远在常人之上，一番游说，秦明终究还是被他说动了，点了点头道："好，我跟你去，不过我得先回去跟一飞说下，省得她担心我。"

胡濙哎了一声，不快道："怎么这么婆婆妈妈的，荆一飞是兵马司的，与你何干，你是她男人吗？"

秦明腾地一下脸就红了，辩解道："没有啦，就是好朋友……"

胡濙故意刺激道："区区好朋友你脸红什么？再说又不是你老婆，出门一趟都要禀报一通吗？啧啧，想不到威名堂堂的秦总旗原来也有软肋啊！"

这话让秦明又羞恼又气愤，他登即也不管其他了，大叫道："你说的什么话，走就走，与不与她说又有什么关系。"

胡濙一把拉过他，笑道："小子，这才像话，事不宜迟，快走吧，武当好雪也就这么几天，过了这阵便是春寒料峭，山巅可是什么都看不到了。"

他吹了声哨子，围墙外就传来了一阵马嘶声，看来这人连马匹都备好了。秦明顿时觉得有种上当受骗的感觉，只是事已至此，他也没有任何推托之辞了，只好硬着头皮与他走了。

二人策马扬鞭，直出南京。胡濙拍了拍马背道："你看，这马背上我都准备了几壶好酒，女儿红、太白烧、流光醉都是应有尽有，你我一路饮酒赏雪，直上武当，览尽名山大河，岂不美哉？哈哈哈！"

胡濙的马虽然没有荆一飞的追风踏云好，但也是百里挑一的好马，二人且行且醉，日夜不分，不过三日两夜就到了武当山脚下，二人到此才歇息了一夜。翌日一早，这胡濙不知从何处弄来了两件道袍，二人披上道袍后稍稍打扮了下，才正式登山而上。

这武当山自古便是道教名山，有太岳、玄岳之称，唐代时被列入七十二福地第九位，正是洞天福地、人杰地灵之处。这里的地势由于岩层运动，形成了许多悬崖峭壁的断层崖地貌，常常山如壁立，观如悬空，蔚为壮观独特。

一路登梯而上，四周的景色越发地奇美，秦明是第一次来到武当山，或者说他是第一次离开南京城，走到这么远的地方，冬季的八百里武当山披上圣洁的雪衣，银装素裹下的丹墙翠瓦分外迷人，冰雪世界里的琼楼玉宇更似人间仙境。一眼望去，藏于群山之中的殿宇、雪松、云霞、白雾、奇石，演绎出了天地间至美至灵至秀的奇景。

二人边走边赏雪，用了半天的时间才到南天门，此刻道观内外还散落着稀稀拉拉的各门各派前来围观的武林人士，显然张宇初这般浩浩荡荡的恭请，吸引了无数的江湖侠客前来观望，只可惜这么多天过去了，张三丰一直未曾露面，这让专程上山看祖师爷的人多多少少也失去点耐心。毕竟，他张宇初就算在这武当山上待个一年半载，这武当派的人每日都会水米不断地奉上，但这些围观的武林人士可不一样，这山上天寒地冻的，连个歇脚的客栈都没有一家，道观内的寝房也被三百道童住得不剩一间，这没吃没喝，没床没被子的，日日夜夜风餐露宿蹲墙角，谁能熬得住？不过七八日光景，这些看热闹的人就散了七七八八，只是剩下这一带附近的闲杂人士偶尔还会起了性子，登山过来看个究竟，想要一睹祖师爷的风采。

秦明还欲入观看个究竟，胡漤却一把拉住他道：“这道观有什么好看的，天下的庙啊、寺啊、观啊还不都一个样，筑个泥胎，盖个瓦片，不管狐妖蛇仙都能当神仙了，这真正有意思的在山上，跟我来！”

他绕过道观，选择了一条羊肠小道，登山而上，这道路十分偏僻，途中历经七岩、五涧、六洞、三泉、四井、六台，终于到了武当山的最高处，金顶之上的观云台。

观云台上只有一座巍峨的大殿，里面供奉着真武大帝坐像，山巅之上，大殿耸立，赤铜柱擎天耸立，碧玉瓦临檐而飞，人登云台，好似乘风迎雪，大有凌风欲飞的感觉。二人见这山巅还有人在，就寻了个地方暂时隐匿起来，静观其变。

放眼望去，但见这山巅的风雪之中，一名身着紫衣金冠华服的道人安详地坐在云台上，他的前方除了卷动的残雪什么都没有，寒风呼啸，紫金色的衣袂在不停地翻动，如银丝般的须发被吹得也微微有些凌乱，只是雪再大，风再疾，他也是一动不动，闭着双眼神情十分坚定。

这个人自然是正一派的掌门张宇初，当今道教执牛耳者，他的身后还站着十余名精干的道人，想来都是他最忠心的弟子，一个个穿着厚厚的道袍，默默地陪在张宇初身后，寸步不离。

为首的一个弟子端上一木盘，上面盛放着些饭食热汤，他缓步上前，小心翼翼道：“师尊，先喝口热汤吧，你已经两天没吃饭了。”

张宇初摇了摇头道：“不饿，退下吧。”

那弟子一副很担心的样子，最终还是鼓起勇气劝道：“师尊，你的病还未痊愈，又连日劳累，弟子实在担心……”

十几名弟子纷纷跪地齐声道：“请师尊保重身体！”

张宇初头也不回道：“为师心里有数，你们都退下吧！”

那人叹了一声，还想说什么，但他也知道他师父的性子，如何是他几名弟子说得动的，无奈之下只有悻悻退了五六步，站回人群之中。只是这些人依旧不肯下山，都默默地陪着张宇初苦等在大雪里。

第十四章　一代宗师的忧虑

良久，风雪更甚，北风呼呼之声不停，气温更是冷得叫人浑身发疼。张宇初担心这些弟子修为低微，抵不住这冰天雪地的侵袭，只好再度开口道：“你们也别在这站着了，都下山去吧，张真人不喜繁文缛节，这里人多了反倒令人反感，就让我一个人在此等他吧。”

“可是，师父……”为首的那弟子欲言又止，他原本想说，这张三丰在没在武当山都是个未知数，师父这般久坐观云台等他也不是个办法，若是这人远在千里之外，又如何能看得到师父的诚心，再或者，若是这世界上根本就没有张三丰……若早已仙逝了，这一切功课岂不是白做了？毕竟张三丰乃是生于北宋年间，算下来到现在都有一百六十多岁了，人生七十古来稀，更何况是一百六十岁高龄，这怎么看都有些离奇，不太可能。

只是这么大逆不道的话他怎么也不敢说出口，只能咽了后面的话，深深地低下了头，张宇初没有理会他，只是又挥了挥手，下令道：“我说最后一次，这也是命令，你们都下山去吧，金顶风寒，莫伤了身体。”

各弟子见张宇初还关心起他们的身体来，一个个更加不忍：“师父，弟子尚且年轻，还能经受风寒，可是师父身子还未痊愈，更该多多保重……”

张宇初苦笑道：“师父是有命在身，纵然风雪交加，我也不能退却一步，天尹，你带众弟子先下山吧，不必再说了，否则师父真的生气了。”

张宇初的神色颇为坚定，其实出发前，他就预料到会是这般结果，毕竟明朝从朱元璋开始到现在的朱棣，每过几年都会遣人进山恭请张三丰下山，但是次次都是无功而返，很显然这张三丰对明朝的皇帝不是太感兴趣。这次朱棣下谕令安排自己进山再请张三丰，他就已经知道又会是一次无功之旅，只是自己身为正一派的掌门，朱元璋亲封的统领天下道事的大真人，大明帝王的命令是由不得他推托的，而这也是他人生一切悲剧所在。

张宇初心里很清楚，朱棣篡位之后，一直没有重新设立大国师，虽然自己名义上还是道教之首，也安排自己在神乐观和紫金山设道场，但朱棣其实并不是很信任他的。尤其是神乐观出了一个道人王升，协助建文帝逃亡这件事更是让整个正一教和朱棣之间起了层隔阂。这件事差一点令正一教陷入万劫不复之地，所幸的是，魏东侯的建议，以及他自己以修葺大上清宫和编撰《道藏》为代价重新获得了朱棣的重视，可是这份恩宠始终是薄如窗纸，太脆弱了，转眼间就可能会被朱棣一指捅破。

永乐五年，朱棣就亲自封藏区活佛五世得银协巴为西天大善自在佛，统领天下释教，那日封佛大典可谓是这些年来最隆重的一次，那份重视程度，已经隐约有了兴佛抑道的势头。张宇初突然间就嗅出了一丝不安，虽然现在道教还是明朝第一宗教，正处于鼎盛之时，但是修道之人都很清楚，阳极而阴生、盛极而转衰的道理，明朝道教衰亡，佛教兴盛，已是一种不可逆转的趋势，况且现在朱棣的身边还有姚广孝这样一个不怎么正规的和尚，对朱棣而言，佛教是助他兴起的重要宗教，远比道教来得更值得信赖，所以此行张宇初若是还请不来张三丰下山，不只是他正一教，只怕整个道教都将要在皇上面前失宠。想他正一教从朱元璋开始，在大明之内就独得恩宠，凌驾于其他教派之上，正一教的掌门历来都是封为大真人，统领天下道教，如今却要在自己手里面临这等困境，对于张宇初这样的一代宗师而言，心里自然是不甘不愿，也不是滋味的。

他自知此行困难重重，不但要面临请不来张三丰的困境，还很可能要被朝中其他门派的小人谗言，说他嫉妒张三丰在皇上心中的地位，怕张三丰下山会影响他道教之尊的地位，一路恭请心不够诚、礼不够重、意不够坚，这才惹怒了张三丰，所以皇恩再浩大也没能请得仙人下山，指点国运。这样一来，这一行动非但没有功劳，反倒成了一份罪责。

基于如此种种原因，张宇初不得已，才要这般自己一个独坐高台，迎风面雪，只为求得张三丰下山，或者说他求得不是张三丰的出现，而是人间帝王的垂怜，他甘愿一个人受苦受难，只愿求得道教永昌，门派永兴！在帝权为尊的时代里，不论佛神妖邪都要向帝王的权力低头，所有的宗教都难逃帝王喜好的影响，就算他张宇初道法再通天，知识再渊博，性格再孤傲不逊，这一代宗师也总有穷途末路、低头折腰之时。好比如今，他为了维持门派兴盛也不得不向人间的帝王低下了高傲的头颅，颇有几分悲哀！

胡濙感叹了一声："所以人人都想当神仙，当了神仙逍遥自在，不必受人间帝王管束，多么逍遥！"

秦明若有所思道："可是神仙还不是有大有小，当了小神仙还不是一样要被大神仙管着？就算当了大神仙，上面还有玉皇大帝，跟着人世间的皇上又有什么区别？"

秦明的一通话让胡濙瞬间哑然，他笑道："你这想法倒是有意思，那么看来，当大官当神仙都不如当个逍遥自在的人舒坦。你想去哪里就去哪里，想干什么就干什么，这才是有趣的人生！"

秦明问道："就像你吗？"

胡濙愣了一下，而后苦笑道："我吗，我只是有一天过一天，时候未到罢了，人在旋涡之中，又怎么能逃避得了。"

秦明有些不明白，问他这话什么意思，但胡濙这次却没有回答，他只是呆呆地看了看山下，显然他并非如秦明所看到的那样，无忧无虑，想干什么就干什么，他胡濙也身处这权力交织的旋涡之中，不能自已，只是秦明现在还不知道这人究竟是什么来头，有什么目的罢了。

二人一时无言，俱坐在金顶大殿之巅，俯首望去，整个武当山尽收眼底，只可惜现在是风雪交加之时，只有白茫茫的一片。若是阳光灿烂，空气通透，可以一路看到山下，这景物细致到一棵树，一座桥，一条溪涧，千里山河尽收眼底，大有会当凌绝顶的豪迈感。只不过，现在天地间只有灰白与共，呼啸不绝。

秦明突然扭头问道："对了，那张三丰到底还活没活着？算起来他得有一百六十多岁了吧？"

胡濙回过神道："张真人几年前还在扬州一带出现过，我那时还有幸见过他一面，至于现在嘛，真就不好说了。"

秦明摇头晃脑啧啧道："一百多岁的老头儿那得多老了啊，说嗝屁就嗝屁了，若是张三丰这几年身体不好驾鹤西游了，这张老道可不就白等了？"他裹了裹身上的衣服，有些心忧道："这山上这么冷，这老道还穿着这么单薄的法衣，只怕等不到张三丰，自己先去当神仙了！"

胡濙轻轻地拍了一下他肩膀，道："所以，我们才要赶到武当山来！"

秦明惊愕了一下，回头望了望胡濙，道：“前辈，你的意思……”

胡濙嘿嘿笑道：“有人要我假扮张真人，给张宇初这个老道士一个交代，我呢，就是让他早点回家，也算救他一命！”

秦明更惊诧了，原来他们千里迢迢从南京来武当山，竟然是为了假扮张三丰来骗张宇初，这事可真是匪夷所思了，关键是谁这么无聊给胡濙提出这么一个要求，而且胡濙还照办了。秦明用手一会儿指着胡濙，一会儿指着张宇初，惊愕不已道：“你，你居然要假扮张三丰去骗这老道士？！你喝多了吧？”

胡濙不以为然道：“这有什么，我假扮过的人多了去，再说了，你以为这张真人真有三头六臂千万个分身？一会儿在山西出现，一会儿在五台山出现，一会儿又在京城附近出现，这就算是千里马也没有这个速度，还不是人们以讹传讹罢了，对付流言，最有效的办法就是你撒的谎比他们还要真！当然了，最主要是此事有人出了令我行动的代价，我既卖他个面子，又能得到好处，还能救这老道一命，何乐而不为呢？”

说着他从怀中掏出假胡须假眉毛给自己贴上，他只不过稍稍一打扮，整个人瞬间大变样，加上一身灰白色的道袍，乍一看还真有几分仙风道骨。

胡濙交给秦明一包东西，耳语一番道：“你一会儿也按照我刚才的指示行事，切不可记错了。”

秦明又啊了一声：“我也要这么做吗？”

胡濙点点头：“对，你我身材相近，稍加打扮外人短时间看不出来的，一会儿你见我的手势就立即行事！明白了吗？”

秦明点了点头道：“明白了！”

“嘿嘿，现在，我要去会会这张老道了！”说罢，胡濙一个翻身突然直接跃了出去，他轻功本来就十分卓绝，加上一身宽大的道袍凌空飞舞，就像一只白鹤一样轻盈地落在了观云台的石栏上，山风吹动他的衣袍和胡须，猎猎作响，好似神仙踏着风雪突然凌空下凡一样。

他迎着风哈哈大笑道：“张宇初，你这道士可真是迂腐，皇帝老儿要你来这儿求我，你就来求我，若是他要你死，你是不是真就去死？！亏你现在还是我道门宗师！”

这一声音响亮如洪钟，张宇初惊得抬头一看，却见这么一个仙风道骨的道士傲立在风雪之中，论气质、论气场、论外形都与传说中的张三丰一般无二，他登即站了起来，满脸的错愕，但这错愕之中又夹杂了几分惊喜。只是他毕竟阅历深厚，心思也够冷静，这事着实太过突然离奇，就连他自己也有些不信，怎么这张三丰说来就来，莫不是哪个家伙假扮真人来戏弄自己？不过他又转念一想，自己现在可是在武林泰斗的武当山上，哪个人有这么大的胆子敢在武当山上冒充张三丰骗自己，这岂不是要与整个武当派、整个正道为敌吗？

张宇初的神情有些将信将疑，不过碍于礼节，还是恭敬地作了个道揖："贫道张宇初见过张真人！"

胡濙甩了下袖子，不客气道："你是张真人，我也是张真人，何必做礼？再说什么见没见过，你以前没见过我吗？"

张宇初愕然了一声，问道："不知此话怎讲？"

胡濙冷笑一声，心想这老道还想试我一试，却不知他胡濙手下有无数风使，江湖门派中的大小逸事他基本都知晓，这张宇初在二十多年前是遇到过张三丰的，只不过那次见面的场景着实有些特殊罢了，现在这件事刚好可以拿来佐证他就是张三丰。

胡濙仰天冷笑道："难道你忘了，三十年前，龙虎山，蛇鹰缠赤柱，老道我救了你一命的事吗？！"

张宇初听了这话整个人瞬间如冻住了一般，一脸的震惊和不可思议！这件事应该说是只有他和张三丰才知道的，眼前这人突然说起这事，可不是张三丰是谁？张宇初终于脸色大变！

那是三十年前的盛夏，年满十九岁的张宇初刚被朱元璋封为正一教第四十三代天师，此时的他虽然还未执掌天下道教，但朱元璋宠信道教，天师道如日中天，张宇初名震朝野。按照正常的发展，他跟随其师张正常的脚步，敕受大真人、总领天下道事也是指日可待，正可谓是人生得意、意气风发。

只是张宇初这心中的喜悦还未过一个月便遭遇一劫。

第十五章　清风御衣术

自古年少成名，最遭人嫉，更何况是他年纪不到二十便要统领天下道教，许多修行多年的各门派掌门自然不服，加上第四十二代天师张正常已经羽化登仙，不少道教人士开始不服正一教的统领，内心深处已是蠢蠢欲动。

张宇初彼时还未奉命建斋设醮于紫金山，他的道场在正一教的祖庭，江西的龙虎山，自古以来便是中国四大道教圣山之一，其地位之崇高不需多述。张宇初受封天师之后，开始深居简出，在龙虎山上更加刻苦地修行，不论符箓丹术、道书要义，都不落一门，他一心想要振兴门派，不辜负上一代天师对他的期望。

这一日，他修行遇到瓶颈，心中疑惑不得解答，便决定到后山走一走，修道便是如此，有时枯坐数月不如出门看山看水，听风听雨，便能得到一些天地间的感悟。所谓道法自然，这从自然之象中修道本就是一种最原始最质朴也是最有效的方式。

龙虎山是典型的丹霞地貌，山势如屏障、似峰林、像石寨，上下十分不易。张宇初彼时还年少，见远处一山峰石色如朱砂，陡峭如石柱，大有一柱擎天之妙。他起了兴致，涉水而过，再施展轻功，攀爬而上。

这石柱峰上宽敞不过两间屋大小，站立其上，极目远眺，可见信江迤逦，洪湖滔滔，更可见四周层峦叠嶂，红红翠翠，加之清风拂面，暖阳照身，当真是叫人心旷神怡，浑身舒泰。

他一扫连日来修为不前的阴霾，体内通泰，心想此处真乃洞天福地，不若在此打坐冥想，兴许能有一番收获，他便盘腿而坐，闭目凝神，不知过了多久。真气在他体内运行越发通畅，他只觉得自己就要突破这几个月来始终无法突破的瓶颈，突然他耳朵微微抖动，只听得山岩之下传来一阵窸窸窣窣之声，更有一股强烈的腥臭气息涌了上来。

这气味腥臭之中还带着或阴寒或燥热的气息，显然不该是此清净之地应该有的。张宇初暗叫不好，急忙睁眼站起来往山下一探，却见不知何时游来了两条黑白双色的巨蟒，两条巨蟒都有近水桶粗，额头上生有瘤子，黑蛇口中血红，白蛇口内则是一片乌黑，两条巨蟒顺着藤蔓爬上了山崖，吞吐着芯子，一副要生吞了张宇初的姿态。

张宇初大为惊诧，这龙虎山内灵气充沛，虽然因此引来的飞禽走兽甚多，但他在此修行多年，还从未见过戾气如此重的邪物，却不知是从何而来？

思索间，蟒蛇急卷而上，张开血盆大口，直接朝张宇初扑了过来。张宇初年方十九，在道门内主要以博学见长，武功法术还不算特别卓绝，眼见这两条巨蟒古怪凶恶，他急忙从袖中掏出两张符箓，用力一抖，这符箓内暗藏火药，抖动之下瞬间化作两团火球。张宇初双指一弹，火球飞射而出，在半空中爆裂开来，炸出两团醒目的火花，直接将两条巨蟒逼退了一丈。

两条蟒蛇咝咝喷吐后退，不肯作罢。

张宇初再度飞击火符攻击，一人两蛇斗得旗鼓相当、难分胜负。只是这般斗了一阵，张宇初分明又听得空中传来一阵刺耳的尖啸，却见天空中光线一暗，又有十余只巨鹰和上百只的青眼乌鸦来袭。张宇初心中一寒，今日他出门闲逛，未带什么厉害的法器，就连宝剑都未曾佩戴。这两条巨蟒颇有灵性，合力起来尚且不易对付，再加上这些恶禽，自己岂不是更加被动？他奋力抗击，手中符箓狂飞，火花、雷电不断地将这些恶虫猛禽击退，但这蟒蛇皮厚，巨鹰灵巧，乌鸦狡诈，时攻时退，来回有序，一群躲避另一群就又攻了过来，不给张宇初一点歇息的时间，渐渐地张宇初身上的符箓也用得七七八八，鹰蛇依旧围困不止，张宇初已然落了下风。

不过张宇初最担心的还不是这些鹰蛇，他担心的是这些邪物背后的操控者，江湖之中自古就有正邪两道，正道修行多以五行、符箓、丹术、真气为主，而邪派武功则是五花八门、不可尽数。今日这驭灵的本领，显然是滇南灵霄门的手法，这门派从唐末时开始盛兴，到北宋时达到了顶峰，虽然曾经中途衰落，但一直保留着十分神秘的驭灵秘法，不过这些人一向极少在江西一带走动，今日突然出现，只怕是有其他正道人士教唆，要借刀杀人，将刚登上正一派掌门之位的张宇初截杀在兴起状态！

张宇初内力虽然一般，但他自幼博学多采，修炼勤勉，自然也有不少道家绝学，眼见情景这般危急了，他也顾不得许多，只见他身子一晃，这道袍突然脱身而出，神奇的是道袍脱身后，并不瘫倒在地上，而是直挺挺地飘在半空中，好像一面风筝一样，张宇初弹符入道袍，喝道：“借法乾坤，以衣换形，请风助力，急急如律令！起！”

他双袖用力一甩，这道袍借着风力竟然摆动了起来，衣袖化手，群摆如脚，灵巧如活人，这场面就像突然间多出来另一个张宇初，二人动作几乎一致，好似分身之术。

这正是张宇初自创的清风御衣术。

张宇初大喝一声：“风神伏妖！”一人一袍背靠背猛地转动起来，犹如两人四手，威力倍增，这一次直杀鹰蛇阵中，瞬间将这些孽畜打得四下躲避，道袍分身不惧毒牙利爪，很快就绞住了巨蟒，缠住了飞鹰，乌鸦更是被打死打伤无数，张宇初再一击掌，真气喷薄而出，直接将巨蟒打得鳞甲飞溅，口吐黑血，这绝技一出，战局已然改变。石柱峰下，这御兽的人终于按捺不住，猛地吹响了一阵笛声，残余的鹰蛇本欲躲避，这会听了笛声立即目露凶光，再度狂掠了上前。

张宇初冷笑一声，道：“来得正好！”他突然猛拍还在作战的道袍，这袍子里的符箓爆裂开来，化作滚滚白烟喷涌而出，整个石柱峰上瞬间云雾缭绕，迷障遮天，蟒蛇、巨鹰一入迷障身子立即一软，蟒蛇如麻绳般瘫软在地，巨鹰几乎不能动弹，很显然这白烟之中有麻醉毒药。

张宇初贵为正道之尊，按常理来说是不屑于用这等迷魂麻醉的下三烂手法，但事出突然也顾不得这些，这迷障符此刻用来倒是正当其时，他再一掀双袖，风力一鼓，这些毒物连着白雾就全部往山下跌去，噼里啪啦的就像瀑布般涌下。

只是这瀑布还未流尽，石柱之上就出现了十个人影，这些人不仅有灵霄门的人，更有其他门派中赫赫有名的高手，来人均是黑衣蒙面打扮，大多看不出具体的来历，不过他们的目的却很明确，趁张宇初羽翼未丰，杀了他，给正一教以重挫！

张宇初冷笑一声道：“尔等江湖败类！用这等手法偷袭贫道，不觉得可耻吗？！”

为首那人恶狠狠道：“好个张宇初，倒是我等小瞧了你，让你白白杀了我灵霄门这么多灵宠，不如今日你就血债血偿，陪我的灵宠一同上路吧！”

张宇初怒喝道：“我正一教与你灵霄门无仇无怨，为何执意要杀我？！”

那人嘿嘿笑道：“你我虽无仇无怨，但你如今贵为道教之尊，便要经得起这份磨难，匹夫无罪，怀璧有罪，要怪就怪你成名太早招人嫉恨！废话少说，我们速速联手杀了他！”

说着，这些人不由分说杀了上来，张宇初再御道袍分身，他一人力斗十名黑衣人，对方手中皆有兵器，剑、锏、环、笛、匕首皆有，个个都是一等一的高手，这流星剑势如毒蛇，招招致命；阴阳环来回不定，变幻莫测；勾魂笛时高时低，声声催命。如此恶斗下来，张宇初虽有分身相助，但身无兵器，势单力薄，加之符箓用尽，很快便处于劣势。

石柱峰上，空间狭窄，众杀手无所不用其极，张宇初逐渐被逼到悬崖边上，这一边是十名凶神恶煞一般的杀手，另一边却是百丈高的峭壁，杀手再逼近三尺，张宇初双脚已是一半踏在悬崖之外，若是坠落，绝无生还可能。这些杀手眼见张宇初无处可躲，忍不住出言讥讽道：“听说张天师有一招清风御衣术十分了得，可以御风而飞，不若请天师现场给我们示范下，我等倒是很想看看张天师如何在这百丈高崖安然落地？”

“清风御衣？哈哈哈，怎么听起来像是女子洗衣的办法，却不知这正一派竟然还有专门洗衣服的法门吗？哈哈哈！”

“想来是正一派女子稀少，只有自己洗衣服了！哈哈哈！”

这些杀手占尽优势，开始极尽言语侮辱，张宇初虽是修道之人，但本性孤傲又刚烈，最重自己的名节，如何能听得下这般羞辱之辞，他当即怒不可遏，大喝道：“无耻之徒，今日便是战死也不能辱没我正一道法尊严！”他猛地捏动指诀，浑身的真气外溢，直震得道袍鼓胀如球，猎猎作响！

众人不知道这张宇初又要施展什么秘法，一个个神情登即转为严肃。这真气向外狂喷一阵，突然又快速回收，一时间风潮回流，山巅白雾狂收，众人只觉得有一股强大的吸力将他们拉了过去。

有眼尖的道人一见这奇怪的御气法门，惊得大叫道：“不好，这是引气术！他要引气自爆炸死我们！”

引气术，便是先喷气于外抽空内里，再突然引气入体，好似皮球尽情鼓气，一下子胀到最大，直到将人炸裂！这一招后来建文帝的死侍王钺也曾学过，并在关键时刻掩护建文帝完成了惊天逃亡。只是他不曾想过，在二十余年前，道教的最高领袖也曾遇到生死抉择的困境，想要用这一招捍卫自己道门的尊严。引气术乃是自杀卫道之法，不到绝境绝不会使用，而一旦使出，这引气术最终爆炸的威力完全取决于自爆之人的修为和决心，张宇初虽然年少，但内力在同龄人中已是佼佼者，想必拼命间使出这一招威力是非同小可的。各杀手吓得纷纷后退，破口叫骂道："臭道士，想要我等陪你送死，哪有这等好事，不如你先爆了，我等再捡点你的尸骨回去复命！"

"对！你这一招我们已经看穿了，想要炸到我们哪有那么容易！"

张宇初冷笑一声，嘿嘿笑道："那你们可是太小看我的内力了！"他大喝一声，整个人的身体突然暴胀数倍，鼓得像个气球一样，只见这皮下青筋浮现，血脉扩张，整个人好似恶鬼一般直接朝这群杀手冲了过去，这速度快如旋风，所有的杀手吓得惊慌失措，四处逃散。可是山顶就这么大，这些人再怎么跑又能跑到哪里去，眼看张宇初要与这群妖人同归于尽时，突然山中传来一阵叹息声，这声音似在千里之遥的地方，却又像就在耳边一样，颇为奇怪。

所有人都被这一声叹息给惊住了，张宇初不知这是敌是友，他一心卫道，更加决然地朝这些杀手冲去，突然四周空气急变，这天空虽然无云无雾，但张宇初分明看到有气波流转，化作一道柔和的气浪拂面而来，这气浪灌体，犹如八卦旋转，直接把张宇初体内快要膨胀到极致的气体全部逼出体外，他整个人的身形迅速收缩，恢复了原样，只不过他这一胀一收，体内真气已然大乱，一下子便瘫软在地，竟是站也站不起来。

第十六章　偶遇张三丰

峰顶上，真气四荡，最终化作了清风徐徐，一个灰衣老道士出现在众人眼前。

这道人生得鹤发童颜，气度卓绝，但衣着却有些邋遢，似是好多天未曾洗漱一般，只是纵然这老道衣着再不堪，但却叫人都不敢轻看他，他脸上的神情和双眼中的精芒分明透露出一个信号，这是一个绝世高手！

老道士负手而立，摇摇头道："张宇初啊张宇初，你说你多没出息，刚当上正一派掌门，就被这些不三不四的人逼得要去自杀，可不是丢人现眼了？！"

张宇初自问见识广博却也不知这突然出现的高人是何方神圣，他正欲问他尊敬大名，名号几何，来自何门何派，却不想这道人甩了甩手，撸起袖子道："来来来，你们这群小瘪三，一群人欺负一个十几岁的小子算什么本事，不如让老道士来教教你们什么叫狗吃屎、驴啃泥、王八倒着趴！"

他也不等这群人同意与否，是否准备好了，直接就冲了过去。却见山崖上清风瞬间转为疾风骤雨，这风力一凝聚，变成了一道道重拳飞舞而来，拳重如铁锤，拳利如刀锋，一拳一个，一掌一排，这样聚风成拳的手法和力道，当真是世间罕见，这样威猛的拳法与刚才他救张宇初时轻柔的掌法完全不同。

张宇初越发得惊讶，这人的拳法刚柔并济，阴阳相合，重时可破体裂骨，叫人毙命当场，柔时又能引气舒筋，仿佛绵绵春雨沁润肌体，这样达到两极极致的拳法真可谓是世间拳术的巅峰了！

张宇初看地入神，已然忘记了自己还瘫坐在地，这老道人三下五除二便将这群杀手击倒在地，只是他下拳轻重十分精准，一个个都被打中了几处要害，虽然没有毙命，但看模样显然是武功尽废。老道人朗声道："贫道曾向上天许诺，若活过百岁，便不再杀人，你们这群恶贼倒也是运气好，若叫我三十年前遇到，必要叫你们一个个筋骨寸断，死无葬身之地！"

这群杀手眼见这高人如此厉害，哪里还有反抗之理，一个个急忙叫道："多谢高人不杀之恩！多谢高人不杀之恩！"

那道人嘿嘿笑道："可先不必谢我，我虽没杀你们，可我这人呢太过爱憎分明，面对恶贼不杀，手又痒得发疼，但是我当时年幼不懂事，以为活过一百岁是多么了不起的事，就许下什么过百岁不杀人的破诺言，搞得我现在很难做，所以呢，我想来想去，用了刚才那套拳法来教训你们，这拳法刚中带柔，可先废了你们武功，再伤了你们经脉，最后还封了你们七处穴位，这虽不至于让你们惨死，但活着也会很不容易，一天会疼七次，每一次都生不如死！"

这些杀手听到这儿脸色立即都煞白如纸，若真像这道人所说的那样，那自己活着也着实是生不如死了！一个个急忙吓得跪地求饶，更有甚者已是眼泪鼻涕齐飞，只差要喊着老道人爷爷祖宗救命了。那道人哼哧一声，又道："真是没出息啊！就这都被吓成这副模样，可真是有辱你们自己的门派！那我就告诉你们，还有更惨的呢，最疼的是子夜时分这一次，那不是疼了，是痒，犹如百蚁噬心，简直是非人的折磨啊！那痒起来很多人会把自己的皮肉生生地挠下来，第二天白天挠得自己骨头都露出来还不肯停，你们要是谁受不得这种折磨选择自杀了，那可不怪我，与我的诺言无关！"

这些杀手听后不是脸色发白，而是发青发黑了，一个个急忙爬过去求饶的求饶，哀号的哀号，但不想这道人脸色一变，大喝道："滚！再不走，我再封你们一处穴位，叫你们食不甘味，眠不安稳，尝尽人间百苦！"这些杀手听到这话吓得叫也不敢再叫，只是呆呆地跪在原地，不知该如何是好。

这老道觉得这些人着实眼烦，一把拉住张宇初，整个人像一只白鹤一般轻飘飘地点着树枝，落下了山崖。到了山下，张宇初才急忙起身施礼道："方才多谢前辈出手相助！"

道人摆摆手道："不必谢了！恰巧路过，想起往日故友，便想着来看一看，却不想遇到这等事情，便索性练练手。"

张宇初心想这人年纪这么大，还这么喜欢与人动手，看来性情是有些小儿脾气，不过他既然说是来拜访故友，想必是自己师父，甚至是师父再师父的朋友，于是再次施礼，恭敬道："原来是我正一教的故交，晚辈宇初失敬了！"

道人看着张宇初，这年轻人还未满二十，却已经要承担起这门派的大任，甚至他还要担负起整个道教兴盛的大任，他忍不住心生感慨，收了方才放荡不羁的神色，转为正色道：“张宇初，你十九岁封为天师，最多三年便能掌管天下道教。皇帝信道，道教即将转为鼎盛，但你我都是修道之人，更需知道万事万物如太极旋转的道理，阳盛之巅便要转为阴出，教派一事也是如此，没有什么是长盛不衰的。若真遇阴阳交替之时，还望以天下大局为重，以门派之事为小，以个人之事为末，明白了吗？”

张宇初呆呆地望着这道人，那口气分明是一种嘱托，他喃喃自语道：“以天下大局为重，以门派之事为小，以个人之事为末。”这是何等的胸襟和气度！这气度分明早已超过了还在纠结门派兴衰的自己。

张宇初心中有愧，对眼前的老道士更多了几分敬佩，他恭敬道：“敢问前辈尊敬大名？是何门何派的高人？”

那道人哈哈大笑道：“我的名字？不必记了，隔墙有耳，隔山亦有不安分的人，我怕扰了我的自在，我也怕扰了你的自在！罢了罢了！故人不在，进山也无意义，我这便走了，不多打扰了。”说完，他如清风般潇洒离去，张宇初还要挽留他，但这人已经消失得无影无踪，真的就像一阵风来，又一阵风而去。张宇初心中怅然若失，他想起刚才这人刚柔并济的拳法，一百余岁的高龄，这般放荡不羁的性子，他突然脑海中闪过一道霹雳，整个人都极为震惊，他想到这，都恨不得狠狠扇自己两巴掌，怎么刚才未曾想起了这如雷贯耳的名字，他的口中终于迸出了几个字：“他定是张三丰真人！”

这是张宇初一生之中唯一一次与张三丰的相遇，只不过这一次相遇太过离奇和不堪，张宇初从未与外人提起，而那十名杀手更是不日后便被人灭了口，这张三丰在龙虎山一带出现的消息几乎再也无人知晓，对张宇初而言更像一场梦一样令他难以置信。毕竟那古怪的老道士也没有亲口告诉自己他就是张三丰，张宇初只是凭着那人的外形、年龄、修为，以及言谈举止猜测的，这世界能符合这些条件的人只有张三丰一个人不是吗，可是他真的是张三丰吗？

现在这人再次出现在他眼前，还亲口说起当年无人知晓的旧事，这如何不令他震惊，这眼前的人真的是张三丰本人？！

张宇初一时间不敢确定，毕竟他有整整三十年没有见过这人了，心里的印象早已有些模糊不清，现在再看，他觉得这张三丰不但没有衰老，反而精气神更足，似乎变得越发年轻了。

胡濙哼哧了一声，凌空舞动双袖，这双袖旋转，带动气浪和雪花，雪花层层环绕，时柔时刚，刚柔交会，竟然舞出了一轮太极图案，阴鱼和阳鱼浮动，就像有人在空中用水墨画出来的一样，这样的手法和标志，分明是张三丰的太极拳。

张宇初这次彻底信服了，他自然不知道胡濙有很强的模仿能力，他也见过张三丰，所以无论是外形还是招法都能够做到几分相似，眼下这一招太极风雪虽然只是徒有其形，但是迷惑张宇初已是绰绰有余了！

现在张宇初彻底相信这人就是传说中的张三丰，他心中狂喜，一来是张三丰乃是道教的活神仙，又是自己的救命恩人，能够再见自然心中喜悦万分，二来自己这几日苦心相求，如今愿望成真，只当是张三丰也体谅他的虔诚和心意，他欣喜道："真是真人啊！晚辈宇初见过张真人！"

张宇初还欲施大礼，胡濙急忙摆摆手道："哎哎，礼数就免了，老道我最不喜欢这些繁文缛节，看了叫人心烦，可别行大礼了！"

这胡濙虽然只是见过张三丰一面，但是对张三丰的性格把握却十分准确，足以说明这人眼睛歹毒，能够通过细节充分了解一个人。张宇初笑道："真人已非同常人，自然不喜人间俗礼，是宇初失敬了。"

胡濙颇有些不耐烦道："张宇初，你看你，书读得越多越是迂腐不堪，那么多道书可不是白看了？"

张宇初恭敬道："愿听张真人教诲！"

胡濙还真就不客气教训道："须知道法自然，修道之人更要学会自然处事，泰然自若，便是遇了帝王将相又如何，遇了神仙罗汉又如何？便是有一日天地湮灭，宇宙不存，你我又如何？你终归是你，我终归是我，与他人无关，你看这人犹如风中之雪，一生飘零，但终归要飘落大地化作尘泥，这是不可逆转的归宿，但学道就是要明白雪的本质，你懂得雪之轻盈，便可以选择御风而飞，去往更高更远的地方，你懂得雪之变化，便可以选择化作水雾，浸润土地，甚至有朝一日重返天际，再化雨雪，如此生生不灭，永存宇宙之中，此为道之学，长生之学！"

这一番话让秦明都彻底佩服了胡濙，心想这人可比自己还能骗人，若是自己去假冒张三丰，这神态或许能模仿一二，但这对道学的理解，自己是万万做不到的，这可真就靠平日里积累的见识和才华了。

张宇初有道学鸿儒之称，对道学理论的研习可谓当今第一，可是这番话也让他若有所思，胡濙又道："宇初，我知你今日来武当山的来意，只可惜啊……"

张宇初心中一沉，失声道："真人的意思是……"

胡濙假装叹气摇头道："皇帝老儿要举行祭祀天地大典，借机遴选大国师，老道我早已置身事外，早已不问这江湖之事，更不可能登堂入朝。当年他老子朱元璋请我我都不去，现在朱棣想来请我，我自然也不会去，你回去告诉皇帝老儿，我无心朝事，烦他另请高明吧！"

张宇初虽然早已料到张三丰会不肯入朝，但亲耳听了对方这么说，心中还是不免失落，这张三丰不肯跟自己回京，自己就完不成朱棣交办的任务，这声势浩大的恭请之行也就没任何意义了。

张宇初叹道："真人当日劝我要以天下大局为重，以正一门派为次，以个人荣辱为末，晚辈莫不敢忘，这三十年皆是以此为要义，极力振兴天下之正道。今时今日，眼见我道教盛极将要转衰，宇初破解无法，心中焦虑，所以才这么苦求，还望真人拨冗出山，叫皇上高看我道教的无上妙法！"

胡濙冷笑道："道教无上妙法？张宇初，你觉得普天之下，法理千万，何为妙法？何为无上？"

张宇初道："所谓妙，自然是惠国惠民惠己，我道教之法，法自自然，以德而化，便是妙法！所谓上，便是以天地为尊，与天地并存，自然为无上。"

胡濙摇头道："对也不对，你说的只是你道教之法，却并非全天下人之法，好比这道法虽妙，但若是只有你张宇初一人独有，全天下的人都学不会，这又算什么妙法？你要我张三丰进京面圣，告诉他道教乃为当今至尊，可是阴阳轮转向来有定数，若是阳极转阴，盛极转衰，便是自然之规律，你要强行留住这鼎盛的阳，要护着道教永世昌隆，便是逆天而行，你又说什么道法自然四个字？可不是入了自私自利这一恶境？"

胡濙一通话让张宇初愕然当场，这话自然和当年张三丰告知他的完全不同，他不知张三丰为何会这么说，他正欲问张三丰，不想，这胡濙又道："张宇初，你博学多才，道儒皆通，本是通天彻地之才，只可惜你摇摆不定，既想求得皇上恩宠，降下甘霖，又想潜心修道，领悟天机，这人心一颗，如何能一心二用？纵然你修炼清风一术，能分衣化身，可是这道袍分身也是无心之身哪！你既然要求得道教昌隆，就不该说为了天下人来求，你若是为了天下人而求我，就不该再以一个道人身份自居，这你还没明白吗？"

胡濙彻底打消了张宇初的期望，冷冷道："张宇初，今日我来便是给你一个确定的答复吧，你回京吧，此生我是不会进京见皇上的，你我也不会再相见了！"

胡濙说完这话欲走，张宇初心中一哀，但还是想要挽留，但不想这胡濙轻功卓绝，世间罕有人能与之匹敌，他朝对面的大殿处打了个响指，自己就借着风力一飘，直接落下金顶，往道观之中掠去。

第十七章　真真假假

这胡濙一出现，立即引起了其他道人的注意，一个个眼见这老道如此飘逸，身姿如白鹤翩翩，还未反应过来，就听得山顶张宇初跪地行大礼道："送仙人归去！"

这下子所有人都反应过来："是张三……不，是张真人！祖师爷回来了！"

"天哪，祖师爷回来了！祖师爷回来了！"

一个个惊喜地大叫着，追随着胡濙而去，胡濙有意放慢步伐，他要给张宇初一个交代，让大家看到这张三丰确实出现了。同时他也要把最重要的一句话带给张宇初，胡濙飞上大殿的顶上，当着所有人的面高喝道："我听闻皇上要请我进京当这大明国师，但贫道以为，国师乃是天下人的大师，不该以门派以资历来区别，自该摒弃门户之见，遴选天下有能之士来居之，我张三丰闲云野鹤惯了，自然不会再出山当这什么大国师，还请张宇初真人回京告诉皇上，请他另请高明，天下能人甚多，必有合适的人。各位道友，贫道还有要事在身，就此别过了！"

他这话说完就要走，武当山的道人一个个急忙跪地哭道："祖师爷好不容易回武当一次，还望多留几日，待各弟子给祖师爷好好敬香施礼，敬敬孝心才是！"

胡濙哈哈大笑道："什么狗屁！我一活人吃什么香灰！把我当成什么了！你们这些蠢弟子，有时间还不好好研习道教典籍，供奉我做什么？走了！走了！"他一个纵跃径直往山下掠去，他这一次速度极快，整个人犹如白鹤在半空中飞遁一样，各弟子一个个还在跪拜不敢起来，其他门派的道人却是急忙追随而去，只是这追了片刻，胡濙就不见踪迹，不知道跑到哪里去了。再过片刻，就有人在山上指着对面大叫道："祖师爷在那里！天哪，祖师爷到山对面去了！"众人一瞧，这张三丰果然已经站在对面的山崖上，这人轻拂长须，哈哈地笑了几声，慢悠悠地往山中走去。

这两座山峰隔了百丈之远，中间毫无连接，张三丰在众目睽睽之下竟然直接变到了对面山上，这一下自然竟然再次震惊了所有人，都大呼果然是神仙变化之技！尤其是那些其他门派的看客，更是一个个颔首击掌道："神仙！活神仙呀！"

却不知，这对面山上的人乃是秦明所扮，先前胡濙与他耳语一阵，要他提前离去，而后直接到山的对面上去，那边有一条下山的小路，秦明自可以优哉游哉地离去，而胡濙则在秦明转移众人注意力之后，迅速脱了外套胡子，也消失在武当山上。

装神弄鬼这完全是秦明的老本行，自然是表演得入木三分，甚至感觉比胡濙的假张三丰还多了几分洒脱，他装模作样哈哈地笑了几声，引得对面山上的众道士俯首膜拜，更有甚者大呼口号。秦明过足了神仙瘾后，就再也不管其他人，自己笑嘻嘻地往山下走去，胡濙要他在山下的一座茅草亭子里相聚，这一路下山还有些路程，道路皆是又窄又难走，他走了一阵，突然见前面有一老道士坐在一条斜飞的树干上闭目养神，大雪封山，这老道士又一身灰白色的道袍，若不细看还看不怎么清楚。

秦明心想这武当山上果然到处都是道士，也是见怪不怪，只是随口提醒道："喂，老人家，天这么冷还不赶快回观里打坐，在这树上修炼小心冻坏了！"

那老道人一动不动，只是鼻腔里轻轻地哼了一声。

秦明心想这老道士可真怪，大雪天的在这儿挨冻还不理人，他眼看着天色将晚，下山要紧，当即也不管他了，自顾自地往山下走去，只是走了约莫半个时辰，又见一个老道士坐在一棵树上打坐，模样与先前的那人极为相似，或者说就是一个人。秦明心中疑惑，这道人莫非是故意跟着自己，还是他有什么企图？他这么想着，脚步却没有迟疑，这样又走了一阵，转过一片乱石，秦明咦了一声，整个人站住了，因为他又看见那个老道士端端正正地坐在石头上，依旧是闭目养神的样子，一动不动。

这下秦明不走了，这人三番五次出现在自己眼前，肯定不是巧合，而是别有用意，他认真看了看那老道士，突然意识到什么，他急忙摸了摸自己胡子，再看了看自己的衣服，这才发觉这老道士的打扮样子跟自己还挺像，若是在外人看来就像两个人同时出现一样。

他一下子就乐了："这肯定是胡溇那家伙搞的鬼，安排了这么多假张三丰在这候着，估摸这些傀儡是没接到胡溇的命令，还不知道事情已经办完了，可以下山了。"秦明朝那人大叫了一声道，"喂，假道士，还坐着傻吃西北风呢，下山了，下山了！可以收工回家了！"

那老道人还是一动不动，状如泥塑。

秦明心想这人是聋了没听到还是已经被冻死了，不过这人既然是胡溇的手下，那也便是自己人，若是真冻得走不得路了，自己也不能见死不救，他想了想急忙走了过去，用力挥舞双臂，再次大叫提醒道："老人家！听到了没？可以下山了！不要在这假装张三丰了！你家主人喊你回家了！"秦明用足了力气，叫得声如震雷，甚至震得树上的积雪都扑簌簌地落下了不少，但不想这老道士却是一动未动，连眼皮子都没抬起来。

秦明哑然道："看来真是聋子！这胡溇怎么尽喜欢安排些聋哑人给他做事，这样呼喝起来可不是麻烦死人了。"他见这大石头陡峭不好攀爬，索性就捡了一枚小石子朝那个老道士丢过去，心想非得把他喊醒不可，再坐下去，就是神仙都得冻成冰棍了。

秦明轻轻一掷，石头画了一条弧线就飞了过去，以秦明使用暗器的本领，这石子按理说是要打嘴巴绝不会打中眼睛，要打眼睛绝不会打中鼻子，但不想这石头在靠近老道士时突然变道，毫无预兆地直接就偏向了另一边，整个滑了过去落了个空。

秦明咦了一声，觉得有些奇怪，他顺手又丢了两枚石子过去，结果不出所料，两枚石子都是在半空中硬生生地偏离了方向，好像这人的身上有一面无形的气罩一样，可以自动地将偷袭来的石头都弹开。

这下秦明按捺不住了，他的神情也从好奇变成了警觉，毫无疑问，刚才一路看到的老道人都是同一个人，而且这个人不但没有丝毫要被冻死的迹象，反而精气神还好得很，单就刚才浑身未动就能弹开石子这股浑厚的真气，就足以说明他是一个绝世高手，这么厉害的道士断断不会是胡溇的风使之类的，说不定这人真的是武当派的高手。

惨了！惨了！秦明心里咯噔一下，暗叫道会不会是自己刚才太嚣张了，惹怒了武当派的什么隐藏高手了，现在他一路追随，就是要来收拾自己？这可如何是好，当真是猪鼻子插葱装大象，大象没装好，反而插出一鼻子血了。

不行，管他是什么高手，自己还得试他一试！

秦明缓缓转动了下手臂内的机甲，自从练了藏锋式后他就很少去改造升级自己的机甲暗器，不过现在拿来试探一下还是绰绰有余！他突然用力一甩，几十枚袖箭弹射而出，这袖箭威力虽然不大，但是速度极快，锋芒也是非一般的暗器可比，只见寒光闪烁，无数星芒飞击而至，眼看这袖箭就要刺中老道士，却不想这人突然睁开双眼，啵的一声，秦明分明觉得四周的空气震了一下，所有的袖箭都悬停在半空中一动不动。

秦明被这一场景吓得退后了两步，若说有人能一招挡下这些袖箭一点也不稀奇，但说睁开双眼，单凭内力的气息就可以瞬间逼停疾飞的袖箭，让它们一枚枚悬停在半空中，这可真是了不得的本领！那老道士终于站了起来，他轻轻甩了下袖子，所有的袖箭被这真气一震，噼里啪啦就化作了一团团的齑粉，看起来这些袖箭好像不是精铁所铸，而是一把石灰一样，脆弱得不堪一击！

老道士负手朗声道：“小子，你叫什么名字？”

秦明愣了下，如实答话道：“御前金吾卫总旗秦明！老道士，你呢？”

老道士哼了一声道：“金吾卫？原来是个朝廷侍卫，我还以为是哪个门派的弟子，却不知你来我武当山这般装扮有何意图？可是又想糊弄武当派的弟子？”

秦明嘿嘿笑道：“老道士可别血口喷人，到了武当山，到处都是道士，我不得换身道服方便进进出出嘛，再说了，我秦明也没偷你拿你武当山什么东西，老人家不须这么激动！”

老道士冷笑一声道：“方便进出？那你为何还易容了，这又是何居心？”

秦明急忙揪了胡子眉毛，露出一张年轻的脸，他哼了一声道：“你还好意思说我易容，你看看你，还不是装扮得跟我差不多，乌鸦骂母猪黑，五十步笑百步！”

老道士哈哈笑道：“我易容？嘿，我现在就脱了你这假道袍！”他突然袖子一卷，一道强劲的风力袭来，这风卷残雪，直奔秦明胸口，秦明只觉得四周气浪鼓荡，犹如海潮万千，当真是从未感受过如此强大的真气，这气浪袭来也不击打秦明，而后灌体而入，而后开始撕扯道袍，就像有十几双手要替秦明扒了这外套。

秦明哪里想得到这道士一出手就要扒自己衣服，急得大叫道：“老头儿，你还要不要脸了，一来就扒我衣服！”

道士并不回话，单手一转，气浪再度反旋，只听得扑哧一声，秦明的道袍就被这人的风力剥个利落，直接飞了出去。一股寒意瞬间透体而来，这道袍于秦明而言虽然也不是什么要紧东西，只是当众被对方扒了衣服还是很没面子，他下意识就要去抢这道袍，却不想这道袍脱身之后，并未瘫落在地，而是直挺挺地立在半空中，就像一面风筝吃足了风力一样，鼓鼓囊囊的。

第十八章　叫板张真人

老道士道：“这一招是正一派张宇初的成名绝技，叫清风御衣术，以风力控制法衣，犹如一人分身。你们假扮张三丰戏弄张宇初，着实是大为不敬，那我就用他的绝技来教训教训你，也叫你知道对道教宗师不尊不敬的后果！”

秦明瞬间反应过来：“啊！原来你不是武当派的，你是正一派的人！”

“正一派？！哼！”老道士隔空以风力控制道袍，猛地朝秦明扑了过来。秦明疾疾后退，他是第一次看到这等异术，一身空荡荡的道袍就像一个活人一样朝自己狂奔而来，衣服的双臂一鼓气，就像双拳一样发动起进攻，看起来十分诡异。

秦明心里虽然震惊，但手上却丝毫不敢耽搁，他单手一震，藏锋铮的一下迫出指尖三分，他想这道袍再灵活也不过是寻常布料，若是自己破了这衣服，道人的风力不能充盈道袍，这衣服一软下来自然就不受控制了。他心中想定，也不避让这道袍的进攻，身子一旋，直接就朝道袍的心口刺去，那老道士笑道：“小子，好剑法！只可惜刚猛有余，柔性不足，这一招易折也易伤！”

“缠！”

那道袍半路突然泄了气，硬拳变成软袖，直接就缠绕秦明的右臂而去，这衣服终究不是人，鼓足真气时就像一个活人一样饱满，但是这气一泄，又只剩薄薄的一层布料，衣服如灵蛇缠绕秦明，巧妙地化解了藏锋的进攻，再一捆缚，就把秦明的双手反绑起来了，这一招缠绕的法门，正是以柔克刚之法！

秦明还没想明白自己怎么输的，那老道士就冷笑一声道：“狠狠打你的脸！”

缠绕的衣服突然袖子一鼓，嘭的一声化作拳头直击秦明的右脸，这拳头虽然是袖子鼓气形成的，但气体充盈，速度飞快，打在脸上却丝毫不逊色于任何一个硬家拳法，秦明被一拳打中，脑子嗡了一下，痛得简直要炸裂了！但这老道士却不依不饶，频频出手，两个袖子化作双拳，不断地击打秦明的左右脸，只打得噼里啪啦的，脸色很快就青一块紫一块。

秦明双手被捆绑，整个人被打得毫无还手之力，只有气得破口大骂道：“英雄好汉打人不打脸！你个臭道士还讲不讲江湖道理了，喂！还打啊！别以为我怕了你，我是看你年纪大了故意让你的，你再这样打我真不客气了！”

那老道士哼了一声道：“老道我平生最不喜官衙人士，打你脸怎么了？我还打你下体！”他又一甩袖子，这道袍突然裙摆飞起，化作龙抓手，一下子击中秦明的下阴，噉！痛得秦明直接跪倒在地！

“你这臭道士，也太卑鄙了！我，我……”秦明痛得一阵呼天抢地，他哪里想到这看似仙风道骨、修为卓绝的老道士，一打起架来完全没有任何风度可言。江湖上凡是有头有脸的人，比试那都是很讲规矩，比如十剑生之流，比试从不打脸打下阴，大有名家风度，但这老头儿一来就直接打这两处地方，真是好不讲究。秦明气得头皮都炸了，心想这老头儿这么不讲究，自己也别跟他讲什么规矩了，他奋力爬起来就朝那老道士奔过去，但不想这道士再甩袖子，风力涌起，道袍整个像阴魂不散一样又追了过来，现在整件衣服已是完全凌空，手脚并用地打了过来。

秦明提刃便刺，但这道袍在风力的作用下，时柔时刚，时快时慢，无论是拳法、打法都是闻所未闻、见所未见，但每一招冥冥之中似乎又暗合某些阴阳刚柔之理，他一剑刺过去，很快就被轻柔的衣服所泄，他劲力一松，这衣服又立即强硬地还击过来，秦明突然有种感觉，这道士的拳法就像滔滔海流一样，看似柔弱无骨，但是海水汇聚起来时又能化作声势震天的海潮，轻而易举击翻巨船，吞噬陆地，如今自己想要抽刀断水、以拳击水，岂不是徒劳无功？！

秦明终于开始意识到一件难以想象的事，这样刚柔结合的拳法难道就是传说中的……太！极！拳！

这拳法要是太极拳的话，但这老道士难不成就是……秦明的脑海之中立即闪现出如雷贯耳的三个大字，他一开始不是没察觉出一些异样，但是毕竟张三丰在当世只剩下传说而已，见过他的人跟见到神仙的概率差不多，所以秦明才一直没往那方面想，不过，现在这老道士展示出的模样气度、内力手法可是与自己想象中的那个人一般无二！秦明心中震惊，大叫道：“原来你是张……”

啪！

他这话还没说完，自己嘴巴就又吃了一记重拳，这一拳直接打得他鼻血都飙射了出来，牙齿差点都给打落了，秦明一阵吃痛，急忙捂住嘴巴，只是这话不说出来实在又不行，急忙又张口道:“前辈别打，你是不是武当派张三……”

啪!

又是一拳，鼻血又喷了出来！秦明两个鼻孔里的血简直就像泉水一样噗噗外冒，那道士哼唧道：“张个屁！叫你还张嘴！装神弄鬼来我武当山骗人，打得就是你的这张嘴！看我今天不打得你满地找牙！”

道士一阵乱打，秦明简直是毫无还手之力，这道袍打人虽然不致命，但拳拳要害也是十分痛苦，秦明腹背受敌、左右挨揍，整个样子是狼狈不堪，他心里实在是窝火，原本他看出这人是张三丰，心里可是说不出的兴奋，现在这兴奋早已被打成了哀怨，他心想就算真是张三丰这个祖师爷、老前辈、活神仙，那也不能这么不讲道理，一言不合就打脸，连解释机会都不给自己，这算什么修道之人啊！祖师爷就可以肆无忌惮地欺负人了嘛！

秦明气急败坏惨了，他一怒火攻心，干脆也不用什么招式了，整个小儿打架一样朝道袍扑了过去，直接和道袍扭在了一起，这手缠着手，脚缠着脚，完全是像搏斗的两条蛇一样缠绕在了一起，一时间都分不清哪件是秦明自己的衣服，哪件是老道士控制的道袍。

老道士冷笑道：“居然这么蠢，你这样不是自投罗网吗？我现在只要稍稍用力，你这手脚都可以轻易拧下来！”

他一抖衣袖，道袍直接一绕就将秦明扎扎实实捆了起来，这样一来，秦明手脚被制，整个人动也动不了，张三丰道：“说你蠢，我看那真是蠢！现在还敢不敢到我武当山撒野了？”

这话刚说完，秦明就冷笑一声道：“我知道你就是张三丰！但你嚣张个屁！”他的右手突然一用力，藏锋直接脱手飞了出来，这藏锋快速弹出，张三丰以为是要对付自己，但不想这匕首在空中迅速转了一个弯，又飞了回来，唰的一声就割断了道袍，这一下速度极快，张三丰一时间没反应过来，整个人愣了一下，他未曾想到秦明居然还有御剑的本事。

秦明断了道袍的一个袖子，整个右手彻底解放出来，他一手握住藏锋，整个人带着道袍狂卷起来，张三丰还想借风控制道袍，但这道袍已经与秦明缠得死死的，根本解不下来。秦明带着怒意御剑飞舞，藏锋就像斩瓜切菜一样，直接将这道袍撕裂成一道一道的碎片。

张三丰的神色非但不惊反而是一亮，失口叫道：“嗬！小子够贼！骗我捆住你，而后锁死法衣，用御剑术破了我的御衣术，孺子可教也！”

秦明哼哼道：“我敬你是前辈，好好跟你说话你不领情，非得斗真较硬你才高兴，现在你没了破衣服，我这便过来拿下你，当这风物榜的第一名！”他破了对方的道袍分身，顿时信心大增，一个箭步冲了过去，就想把这老道士制服在地，但这张三丰贵为当世的武学泰斗宗师，修为是何等惊天动地，岂是秦明这样的毛头小子能比得了的。他眼见秦明杀过来，也不躲避反倒对冲过来，一个闪动就出现在秦明眼前，这一举动反而把秦明吓了一跳，他还未反应过来，张三丰突然双手一御力，秦明分明觉得眼前的风雪旋出了一道旋涡，这旋涡和胡漋骗张宇初的动作颇有几分相似，正是他最为成名的绝技太极拳法！世人只知道太极拳是以柔克刚之拳，却不知道那是世人内力修为欠缺，只学了拳形，没有拳劲，所以觉得软绵无力，就好比刚才那件道袍，若是风力轻了自然是软绵绵的就像一件薄衣，但若是灌满了强风，这衣服的力量足以推山倒海！

现在秦明就觉得自己面对的不是一层雪花，而是一面山和海的力量！

“倒！”张三丰喝了一声，他一吸一卸，秦明还没反应过来，凌空就被他甩飞了出去，整个人噗的一声直接摔在了雪堆中，像足了一棵倒栽葱。

秦明这一摔，整个人都晕头转向，他破口大骂了一声，又爬起来拍了拍身上的残雪，凝了凝心神，还准备再上前，张三丰却罢了手，用手指头认真地抠了抠脚板，叫道：“小子，你先等会儿，刚才不小心踩了鸟屎，真是晦气！”

这张三丰丝毫不忌讳这污秽之物，直接用手擦了鸟屎，而后在雪上搓了搓，又在衣服上揉了揉。

秦明看得有些傻眼了，心想坊间传言张三丰的行为举止有些邋遢不修边幅，把他的形象说得跟乞丐一样，起初他还不信，心想一代宗师怎么可能这个样子，现在看来世人根本就没有诬赖他，果真是如此啊！他不由得一脸嫌弃道：“鸟屎在脚底你拿手去抠，大真人，旁边都有树枝的嘛，你不嫌脏啊！”

张三丰道：“鸟吃虫与草，可比人还干净些，何来肮脏一说？”

秦明更加不解道：“那你就让它留在脚底啊，还抠什么抠？”

张三丰又道：“这是乌鸦的鸟粪，我最讨厌的便是乌鸦这种鸟，所以只是觉得晦气！并不觉得有什么脏的。”他抹干净了脚底，见秦明还是一副虎视眈眈不肯放弃的模样，不禁笑了下，指了指这人道：“算了，不打了，你能破得了张宇初的御衣术，还是大大超出我的预料，还算不错！不过……”

“不过什么？”秦明握着藏锋有些不爽快道。

张三丰道：“不过，你路子太野，终究难成什么正道，也是可惜！”

秦明更不服气了，脱口而出道：“你这是狗眼……啊，不是……”他觉得这话对这一个祖师爷级别的张三丰来说着实有些大不敬，赶忙改口道：“你这是小看人了啊！”

张三丰哼了一声道：“小看人？我都活了多少岁了，我这双眼睛多尖哪！当初我看朱元璋那样子就是个杀人不眨眼的疯子，你看看他后来杀了多少人，后来我又看那个朱允炆就是个短命的鬼，你看看屁股没坐热就被他叔叔赶下台了，可悲啊！再后来我一看朱棣那样子，跟他老爹如出一辙，也是个杀人如杀鸡的，现在又出了个朱高煦，他们朱家就不该当什么皇帝，应该去当屠夫，杀猪！所以啊，我就不想看到他们朱家的人，你看看老道我看人多准！说小看你，我看我是高看你了！完完全全的野路子！”

这张三丰噼里啪啦地把朱元璋一家三代都骂了个遍，甚至也不顾忌什么皇帝的名讳，当真是一副有恃无恐的样子，只不过骂了一阵，他怒火渐消，也忍不住赞许道：“不过，你天分不错，就凭你这资质，比我武当山现在的弟子都要强！”

他抬头望了望被大雪覆盖的武当山，这山峰现在黑白一片，还有阴云遮盖，完全看不出有什么藏龙卧虎之相，他似有些感慨道：“不仅是武当派，想我正道已经许久未出现什么出色的人物了，非我世间没有良才，而是如今天下之人皆以权贵为尊，人人向往金钱名利，哪有人潜下心来修什么道，练什么功，这道终究是越来越没落，委实可惜啊！”

秦明不知道这人为何就这般感慨，但他见对方严肃了起来，自己也不好再嬉皮笑脸，于是顺势劝道：“这不是还有你老人家嘛，皇上现在要祭祀天地，特地邀请你老人家下山主持盛典，你若能去，势必让天下修道之人为之振奋，皇上一高兴，给你们武当山大修道观，大拨银两，武当派门派一兴，修道的人多了，这道教可不就盛兴了吗？”

张三丰冷笑一声道：“若是广修道观，广纳弟子，那盛兴的只是道教，却不是道，我等修道之人若只为门派，眼界岂不是太小了？须知，道法源自朗朗乾坤，源自开朗天地，更源自万象自然，道既从此中来，自该归还此中去，我活了一百六十多岁，早已看透世间之理，我若还下山为朝廷做事，天下人便要说连我张三丰都屈服于了权贵，试问从今往后，世间修道之人还有谁不向往帝王的恩宠？还有谁愿意心甘情愿枯坐悟道？这世间的道究竟成了帝王的道，还是我自己的道？！”

张三丰的一连串发问，叫秦明哑然当场，以他现在对道的领悟，自然是不可能回答得了张三丰的三个问题，他心中没有答案，回答不出，但眼见这人心忧天下，体内自有风骨，不由得对这邋遢老道士的敬意加重了几分，甚至觉得他那擦了鸟屎的手也不怎么脏了。

张三丰自觉情绪有些激动了，他哼了哼道：“跟你说这些也是白费口舌，你还年轻，不懂这些事情，今日你虽然假冒我行事，但也算替我救了张宇初那个蠢货，而且我也把你打了，消了我一口恶气，这件事就这般扯平了吧……”

秦明一脸委屈道：“哪有前辈一见面就这样对晚辈的，这说出去可是要让天下人笑话的！”

张三丰嘿嘿笑道：“我也是闲来无事，看你资质不错，就想试试你的本事，哪里曾想，你资质虽好，武艺却还早得很，若把练武比作种树，你这还只是破壳而出罢了！不过，你能破了这御衣术，也算不错！嗯……”他突然变了个脸色，用一种很奇怪的眼神死死地盯着秦明，这古怪的表情瞬间让秦明大觉不安，甚至浑身鸡皮疙瘩都起来了，这老道性格古怪，性如小儿，谁也不知道他下一步想做什么，说不准自己一会儿又要吃什么大苦头了。

第十九章　我偏不学太极拳

张三丰咳咳两声道：“这样，你我也算有缘，我看你资质不错，我有一想法，你看我的门人弟子虽然遍布各地，这人数我自己都数不清了，但是偏偏就没有人能把我的太极拳发扬光大，这些人还把我的太极拳变成了什么强身健体的养老拳，真是气煞我也！不如我就把这套太极拳教给你，你好好练练，当我的三宝弟子如何？”

张三丰想的是自己的太极拳法这般精妙却无人能学会，自己门下的弟子虽然万千，但没有一个能真正领会其中精髓的，眼看自己的精髓就要沦为无人能会的绝学，他心里还是有几分不甘和着急的。这秦明路子虽野，但是资质真是万里挑一的奇才，须知练武之人最爱的是武学宝典，若一生能窥探这宝典一二便了无遗憾；而一代宗师最喜欢的却是可塑之材，试想自己好不容易练了一身卓绝的本领，若是无人传递下去，可不是要湮灭在漫漫的历史长河中，成为一大遗憾？所以，张三丰眼见秦明天资聪慧，性格又不拘一格，与自己颇有几分相似，他真是越看越喜欢。

张三丰心里的如意算盘打得噼里啪啦响，满想着终于叫他看到了一个如意的璞玉了，不料秦明却十分不识好歹，直截了当回绝道：“我不要学太极拳！”

张三丰愣了下，一口老血差点喷出来了，想他张三丰是何等崇高的身份？那是旷古烁今的一代武学宗师啊！他秦明又是何等微末的小角色，一个籍籍无名初出茅庐的臭小子而已，他，他居然可以这么不留情面地拒绝自己的授拳心意，而且是当今即将失传的真正太极拳！普天之下，多少习武之人想要学这套几乎是天下无敌的拳法啊，他居然一口回绝！这简直……简直就是不知好歹！不知天高地厚！

张三丰气得吹胡子瞪眼，差点就要动手再揍这小子一顿，但他爱才心切，一心想要收了这小子，所以强忍着压了压自己的怒气，有些不高兴道："为什么？！你是觉得我的拳法不厉害嘛！还是刚才的拳没把你打服气了？"

秦明摇了摇头，如实道："不是，前辈的太极拳虽然还未完全施展，但晚辈也能看出这拳法的精妙之处，只是晚辈以为太极拳乃是刚柔并济的拳法，若是没有足够的内力光有拳法招式，那也是花拳绣腿毫无意义，我现在内力尚浅，再练个十年二十年只怕也不会有多大的突破，我要超过前辈估计就得活个上百岁，但是前辈是天资异禀，万中无一，所以能活这么长时间，我这个人又好酒好肉，还喜欢赌博刺激，估计是活不到那么大岁数了，那么我再学这太极拳又有什么意义呢？不如……"

"不如什么？"张三丰双眼又一亮，他以为这下是有转机了。

"不如你把控制衣服的御衣术教给我！那个有意思！嘿嘿嘿！"

张三丰噗了一声，他分明觉得自己胸口一闷，这下是真的要被气吐血了！他心中万马齐嘶百般咆哮，大骂道，你个臭小子不学我的太极拳法就算了，居然要学张宇初那蠢货的什么御衣术，他张宇初的御衣术是个什么鬼东西，不过是哗众取宠的花拳绣腿罢了，怎么能与我精妙的太极拳相提并论！这不是活生生地侮辱我张三丰毕生的修为吗？！天底下怎么有你这么眼瞎不会掂量的人！

张三丰简直气不打一处来，真真切切地让他有再一次动手打人的念头了。但他转念又一想，不可，万万不可！越是这时候越不能失了宗师风度，自己这么气急败坏，这小子见自己形如小儿，更不会学太极拳法了，他强压了一口气，哼了一声道："不行，这个不能教你！"

"为什么？"

"为什么？！因为这御衣术是张宇初的绝招，不是我自创的，你若要学这招，自己去找张宇初学去，我可不管你了！我能教你的只能是太极拳、太极剑，这一拳一剑要是练成了，即便你现在内力有限，也能以弱胜强，击败一流好手。"张三丰几乎是循循诱导了。

但秦明还是不为所动，他习武一为制敌，二也是自己兴趣使然，这御衣术明显比太极拳有意思多了，他现在满脑子想的就是这个衣服是怎么控制的，若是自己能明白其中的玄机，以后和傀儡结合起来，那岂不是……哎呀呀，一想到这，秦明就开始抑制不住的兴奋，心想他今天无论如何，坑蒙拐骗也要把这张三丰拿下，他嗯嗯两声，问道："既然这御衣术是张宇初真人的，那为何前辈会用？”

张三丰一下子不知该如何回答他这个问题了，这件事说来可就话长了，还得讲起二人第一次见面时的场景，总不能说张宇初用的时候，自己无意间看到就学会了。秦明转了转眼珠子嘿嘿笑道：“哦，我知道了，我听闻道家门派有别，功法都不轻易传授给外门弟子的，想必张宇初前辈也不会把御衣术教给前辈，那看来只有一个可能，就是前辈偷学了张宇初真人的御衣术了！呀！没想到啊，没想到！堂堂一代宗师、武当山的祖师爷居然偷学人家正一派晚辈的武功，说起来还真是有些不太好听呢！”

“放屁！”张三丰登即大怒，也顾不得自己的宗师身份破口大骂道，“我张三丰会偷学他张宇初的武功！他那破功法，还要我去偷学！我都一百多岁了，他才几岁！给我当孙子都嫌他年纪小了！”

“那你怎么会呢？”秦明不依不饶。

“我练功已久，世间的武功大抵原理都八九不离十，我看一眼自然就会了，这有何稀奇之处？！”张三丰愤愤道。

秦明心中暗喜，心想这老道也是性情中人，喜怒完全形于色，这样的人最好欺哄，他摇了摇头道：“以前辈的天资，别人的武功你见了就会，这个理由我是相信的。但话又说回来，这御衣术始终不是你的武学，我听闻江湖门人最重这武功出处，所以才有了门派之别，才有了江湖纷争，而且此事还很关系门派颜面，前辈你想想，一般有些脸面的门主都绝不会学别人的招法，那是怕丢了颜面，而你……前辈却偏偏用人家张宇初的法术来对付我？可不是觉得人家的功法厉害，你才这样做，你这是不告而取，不拜师而偷拳法，啧啧，这就是正儿八经的偷师啊！最关键是你学就学了，还不承认，不承认了还诋毁，把这御衣术说得一无是处，前辈的做法真是……啧啧！”

张三丰被秦明的一顿歪门邪说说得无力反驳，他气不打一处来，也不知该怎么解释才能解释得通，其实他一开始用张宇初的御衣术，一来确实是觉得这法术有意思，刚好替张宇初来教训教训他。二来他没想到秦明会猜出他是谁，所以有意隐瞒自己真实的武功，想借别人的功法一试，日后这小子对外说起别人也只以为是正一派的高人，而非他张三丰，却不想现在这事反倒是被秦明拿来反问，搞得他好生尴尬难受，要知道，这天底下可是有一百多年没人敢这么咄咄逼人地质问他！

“前辈，我想听您怎么解释？”

“我……罢了罢了！”张三丰张口结舌地想要解释，想了半天却没想出什么好词，他气呼呼地一甩袖子干脆就想走了，这个徒弟他也不要了，秦明如何能让他这么干脆就走了，急忙大叫道：“前辈别走啊！晚辈的话还没说完呢！”

张三丰头也不回道：“管你说没说完，今日天色将暗，我懒得理你！”

秦明急忙道：“前辈，你这一走了之可不是又要背上不讲信义的骂名？”

张三丰更加不快道：“敢问我何来背信弃义？！”

秦明道：“你先说传我一招武功，现在又不传了，这可不是言而无信？前辈又说了，御衣不是自己的，是张宇初真人的，可是前辈自己又用的这般自如畅快，明显是功法了然于心，偷偷研习许久，此谓欺骗晚辈，心口不一。前辈又说了，修道之人不能持门派之小见，而该持道门之大见，现在前辈连一个小小的武功都分这么清楚，什么你的我的，什么正一派的武当派的，教晚辈一个武功都分这么清楚，可还谈什么大道的统一？前辈还说了……”

“行了！行了！”张三丰急忙喝止住他，他估摸这辈子活了一百多岁也是第一次看到这么难缠的人，寻常的江湖人士见了张三丰莫不是低头跪拜，唯恐失了礼节，得罪了他，哪里有像秦明这样的，非但不恭敬有加，还一句一句地步步紧逼，简直是逼得张三丰一张老脸窘迫至极、难堪得不得了，哪有这样不知好歹的年轻人！可是张三丰偏偏不是个走寻常路的高人，若是有人真的三叩五拜来求他，他还未必肯教你武学，但是这人这样逼迫他，他尴尬生气之后，反倒觉得这人还有点意思，须知人活久了最怕什么，最怕的就是百无聊赖，一天天睁开眼闭了眼都不知乐趣在哪里。他活了一百多岁，年轻时的朋友一个个都离他远去，只剩下他孤身一人，再见他的人都把他当活神仙一般对待，丝毫没有平等相待的朋友态度，这样的人际关系又何来有趣和吸引人呢，所以张三丰宁可选择隐居山野，与鸟兽相伴，也不想再入俗世，与这些崇拜他的弟子相处。

秦明见张三丰陷入沉思，挥了挥手问道：“前辈，前辈，你怎么啦，我还没说完呢！”

张三丰摆了摆手，定下主意道：“够了！你不必再费口舌了，你不是要御衣术吗？这个我确实不能教你……”

秦明着急道：“前辈你这又要耍赖啊，这做法与你身份大是不符啊！”

张三丰也是怕了秦明的嘴巴，急忙制止道："你听我说完！我虽不能教你，但我可以给你功法，这御衣术并非什么实战技法，而是用内力催动的内功之法，张宇初十七岁时就已经用它名震道门，你天资聪慧，悟性极高，若勤加练习，将来在武功上的成就必然不会低于他，不过……"

"不过什么？还请前辈指点！"

"不过这套功法毕竟是张宇初独创，日后若非遇到绝境，你绝对不能施展，如若不然，你这惹下祸端，必然要给张宇初带来麻烦，你听明白没有？"

秦明想了想，这理确实是如此，当下点头应承道："这是自然！若非绝境，我秦明也不须施展这等奇功。"

张三丰也点点头道："好，那我便把御衣术功法送你！记住，此功法我只是送你，而非教你，所以第一你能领悟多少是你自己的本事，第二你我也没有师徒情分，你更不算我武当山的弟子，听明白了没？"

秦明郑重道："晚辈听明白了！晚辈与前辈不过是一面之交罢了，不算师徒！"

张三丰点了点头，笑道："若非你不肯学，我倒是觉得你的天资是我太极拳的极好传人，唉，算了，机缘不至，也不可勉强啊！"他说完这话突然舞动袖子，原本被秦明切碎的那件道袍借着风力，纷纷飞舞了起来，张三丰双掌一御，这些碎片快速旋转拼接，更有几道力量在其中纵横，很快这道袍就变得如僧人的百衲衣一样，破破烂烂，但每一条纹路似乎又蕴含着某种联系，看起来颇为奇妙。张三丰道："御衣术的功法就在这道袍之中，你好好参悟吧！"

秦明急忙上前接了残破的道袍，他刚一接住这衣服，就觉一阵风涌，他怕这风吹散了道袍，急忙用手护住它，可是就是这么一瞬间，他再一抬头，却见雪地之上已是空空如也，那张三丰早已消失得无影无踪，若非这手里的道袍真真切切地存在，秦明真会以为，自己和张三丰的相遇是一场离奇的梦境。

第二十章　遴选大国师

秦明愣了好一会儿，确认这张三丰不会再回来了，才叹了口气，稳妥地收好道袍往山下走去，此时天色已然黑了下来，秦明又走了大半个时辰才到了与胡潋约定的地点，很显然胡潋在此等了秦明很久了，此处天寒地冻，他却毫不知觉，一个人半躺在凉亭中饮着酒，脸色一片醉意也看不出是什么表情，他见秦明下来了，这才略略歪了头问道："这么晚才下山，可是遇到什么麻烦事耽搁了？"

秦明摇了摇头，又点了点头，不知道该怎么说起刚才的奇遇。

胡潋见秦明不说话，不似平时的他，这才转过头认真地看着对方，见他浑身都是伤，尤其这脸上更是青一块紫一块，好像被人狠狠打了一顿一样，他顿时有些诧异道："怎么，跟人恶斗了？莫非是遇到武当派的人了？"

秦明愤愤道："你还有心思在这饮酒，也不知道上山来找我，方才可是让我吃尽了苦头！差点都下不来山了！"

胡潋笑了一声，郑重道："我胡潋答应在此等你便是要信守这个承诺，若是你真的遭了什么不测，不能来此赴约，我此生也不会离开这亭子半步。"

秦明听了这话心里忍不住揪了一下，想不到这个胡潋是这么信守诺言的人，他收了不悦，如实道："不过我刚才还真遇到了一些事，只不过这事说出来你可能不信！"

胡潋听了这话明显来了兴致："那你倒说说看，究竟是什么事，我会不信。"

秦明脸上的不悦一扫而空，满脸兴奋道："我刚才被张三丰给打了！"

胡潋噌的一下子就站了起来，整个酒劲都消了一大半，嘴巴更是惊讶成一个大大的圆形，而后啪嗒一声，手里的酒壶直接掉在了地上。

胡潋着急道："可是真的张三丰？你没有骗我！你看清了？"

秦明认真道："我骗你做什么，那长相、气度、修为可是骗不了人的，还有他那招太极拳可比你厉害多了！喏，这几处就是被他太极拳打的。”

胡濙又问道：“那他为何打你？你怎么会惹恼了他。”

秦明悻悻道：“他说我假冒他，要给我一点教训……”

胡濙想确认清楚，再次问道：“那他是怎么出招的？”

秦明道：“他脱了我道袍，二话不说就让那道袍来打我，就跟分身术差不多。”

胡濙听到这终于信了，这脱衣分身的技法正是张宇初的御衣术，天下间除了张宇初也只有当年见过这一招的张三丰会了，他啊了一声就急忙往山上狂奔而去，秦明急忙叫住了他：“胡兄留步，张三丰现在早就走了，你这黑灯瞎火地去找根本找不到他了！”

胡濙稍稍顿了下，头也不回道：“只要有一丝可能，我都得去找他！秦贤弟，你不知道对我们练武之人而言，张三丰那意味着什么，劳请你自己回京了，恕我不能陪你了！对不住了！”说着，他也不顾秦明的劝阻，一个人向山上狂奔而去，再也不见踪影。

胡濙再次上山后就彻底不知所终，秦明很长一段时间也没见过此人，仿佛此人已经不在大明界内了一样。这人一向来去隐秘，无影无踪，若是他要来找你，纵然你在天涯海角他也找得到，若是你要找他，当真是大海捞针无觅处。

秦明回京的途中也常常在想这人的身份，他猜想胡濙的身份必然不简单，他身上必然怀揣着某个很特殊的任务，这个任务甚至很可能是与朝廷有关的，只是胡濙不说自己也猜不出来，不过这人的为人倒是义气磊落，对自己也没有丝毫恶意，所以暂时自己与他交往没有什么可担心的。秦明想来想去实在想不出这样一个逍遥的人，会是怎么样的一个身份，他想了几天也理不清思路便也没再管他，他担心金吾卫那边的事，毕竟荆一飞还在南京城里等着自己呢，想到这，他这一路再也没有心思游山玩水，而是快马加鞭急急赶回京城。

路途遥远，秦明白天赶路，晚上就专心致志地研究张三丰给他的道袍，百衲衣一般的道袍上有很多密密麻麻的纹路，纵横交织，既像老根枯枝，又像是龟裂的大地，更像是经络的延伸，就是怎么看也不像某种文字或者功法，更不用说什么具体的图形了，秦明看了几天除了脑涨眼晕，也没看出什么其他有效的信息，这一路他连御衣术怎么入门都不知道，更不用说学会这御衣术了。

秦明参透无果，气得暗骂道：“会不会是这张三丰老儿故意骗他，张三丰知道教别人的功法是门派大忌，所以故意弄了这么个假的东西骗自己，反正看不懂那是你秦明悟性不够，跟他张三丰可没关系。”他愤愤了一阵，又高举起道袍对着月光又看了看，还是没什么特别之处，秦明想了想，自己又摇摇头道：“不可能，张三丰贵为一代宗师，不可能骗我的，这里面一定有什么玄机！这玄机又在哪里呢？总不能真的让我去问张宇初这个老道吧，那他得杀了我！怎么办，难不成我就拿了件破衣服没任何用处？”

七日后，秦明带着一脑子的疑问终于回到了南京，只是他一到京城，屁股都没坐热，就听到了一个重磅消息。

张宇初上武当山恭请张三丰下山无果的事情，很快就传到了京城内，虽然张宇初还在路途之中尚未回来，但宫中已是议论纷纷，流言四起，尤其是张三丰在大殿上说的那段话已经被人一五一十添油加醋地带了回来。汉王朱高煦第一时间向皇上建议，希望可以按照张三丰的意思，摒弃门派之见，在大明内公开遴选大国师，重新主持天地祭祀大典，同时重新设定六脉风水大阵。这个建议让朱棣一时间有些犹豫，毕竟明朝虽然有佛、道、儒等教派的领军人物，但是还没有一个大师能真正统领这些教派，让佛、道、儒等门派真正为朝廷所用，同时重新设定六脉风水大阵，也必然要挑选一名道法高超又忠心耿耿的大师，若是被外人所窥视到六脉风水的奥妙，可不是给自己又平添了许多麻烦？眼下姚广孝杀戮之心太重，不符合德高望重的要求，那该选谁最合适呢？朱棣想不出人选，只得叫道，罢了罢了，一切还是得等张宇初回来再作定夺吧。

又过了几日，张宇初率领三百名弟子终于风尘仆仆地赶回京城，带来的消息果然与汉王的一模一样，正是张三丰不愿意下山主持大局，希望皇上可以摒弃门派之见，公开遴选大国师，以德才兼备之人服众。

眼见恭请张三丰无果，自己身边又没有什么合适的人选，朱棣终于听信了汉王的意思，下令公开遴选大国师之位。翌日，京城内贴出告示，告示称为敬天重地，祈求风调雨顺，国泰民安，三个月后，春分之时，皇城内将举行隆重的祭拜天地仪式，仪式前十日将公开遴选百名高僧、道士，并选中德行最优、修为最高的一名封为大国师，并封六名国师，引领天下百僧、百道主持祭祀活动。

这消息一出，立即震动了整个宗教界，无论佛、道、儒各个门派，无论中原大地、海外蓬莱还是西域藏地，皆是有所震动。朱棣的言下之意已经很明白了，就是要公开遴选大国师之位，这大国师便是当朝宗教的第一人。

永乐时期，佛道分庭抗礼、势均力敌，眼下释教的统领是被朱棣封为西天大善自在佛的藏区活佛五世得银协巴，而道教的统领则是被明太祖朱元璋封为道合无为阐祖光范大真人的正一教掌门张宇初，由于得银协巴远在西藏，远不如张宇初近在京城方便，所以这些门派中以正一教势力最庞大，在声望上略占优势，尤其是张宇初为人博学仁厚，精通儒学，不论在佛、道、儒三教中威望都极高，他虽然因为王升一事遭受过朱棣的信任危机，但是若是说三教之中谁的拥趸者最多，那自然还是张宇初。

祭拜天地的这等大事，请不来张三丰，也必然是要请张宇初这样的一代宗师来主持的，但如今张宇初年龄偏大，近些年身体又抱恙，再勉强让他出来主持大局也不太妥当，所以朱棣才同意了朱高煦的建议，要在全国范围内公开遴选大国师。只是外人不知晓，这次遴选的大国师可不仅仅是要主持祭祀天地大典这么简单，这人还将肩负一项更重要的任务，那便是主持设定六脉风水大阵，重新为朱棣的王朝设定武象脉象，这也算弥补了当年朱棣仓促登基的一个遗憾吧。

遴选大国师已成了南京城内的一场盛事，虽然比试还要在三个月之后才开始，但京城之内，已经陆陆续续来了许多三教九流人士，看衣着打扮，有禅宗、密宗、云台宗的高僧，也有龙虎山、阁皂山、三茅山、太和山的灵官、提点，还有在老子化胡中失利，几乎隐匿山野江湖的全真教派弟子。当然，一些奇装异服不知流派的方术、异士也积极踊跃地参与到这场狂欢之中，毕竟天子开口了，此次国师遴选要摒弃门派之见，有德有能者居之，一部分修真、修道人士其实并没有那么六根清净，这些人一生修行，练到了一些呼风唤雨的本事便不甘寂寞，都想在国师遴选之中能够得到帝王的垂青，从而平步青云，光大门派，让自己的道与法能够让天下人广为得知，甚至成为明朝第二个刘伯温、姚广孝。

古来有读书人科举考试，鱼跃龙门上青云，现如今，这大国师之争也自然就成了修真人士的化龙桥，能否一朝成名便在这三试之中。只是这些对金吾卫而言，这举行什么祭祀大典真不是什么好事，所谓人多事杂，只要有人聚集的地方必然就会有争端有矛盾，尤其是这些理念不同、习性不同的教派人士，目的不一的江湖人士混居一地，京城之内打架斗殴、失窃起火的案件骤然多了起来，想来这些修真之人也都是性情中人，面对挑衅，也是一样会口出恶言，以牙还牙，甚至打击报复。

第二十一章　汉王的阴谋

汉王府，临水榭内。

朱高煦摩挲着断成两截的鹤羽剑，神情有些复杂。

孝陵一战已经过了一个多月了，但是他每次想到自己断剑的这一幕，都会气血翻涌，心中一阵恶恼。他的鹤羽剑无坚不摧，叫天下间多少名刀利剑折腰断首，可是没想到偏偏却让一个名不见经传的金吾卫小子给断了，用的还是与自己几乎一模一样的獬豸之角。

这材质独特的剑是剑圣毕坤独有的，传说中他早年在昆仑山中修炼时，遇到独角恶兽獬豸，毕坤用尽力气也不能斩杀獬豸，无奈之下，他设下陷阱，将这恶兽引诱到悬崖边上，以自己为诱饵，骗獬豸追击，而后顺势将獬豸打下山崖，淹死在深潭之中，毕坤本欲掰下这独角做纪念，但不想，这恶兽跌落山崖时恰巧撞击在一块古怪的玉石上，这独角裂开两半，变成了两个半角。毕坤见这独角坚硬，便起了心意，用这玉石日夜打磨两个半角，最终磨成了两把世间最锋利的匕首，名曰藏锋、追影。

毕坤虽然贵为一代武学宗师，剑中之圣，但为人亦正亦邪，年少时杀戮之心极重，这才能修炼出威力如此强大的剑术，传言他曾收了九个徒弟，这九个弟子都是在不同地方由他单独授艺，互相不知对方何在。

这九人中最让他喜欢的只有两个人，除了分别授予一把獬豸匕首外，毕坤最后还把他毕生的剑术精华，鲲鹏万里苍海剑分别交给两个人，只是据说这鲲鹏剑法威力虽然强大，但是必须鲲鹏合力才能修炼，若是只练半部，根本难得要领，反而会反噬自己的修为。

很显然，朱高煦便是得到真传的二人之一，他拥有着追影匕首和鲲鹏剑法的上半部，现在这另一把匕首也出现了，所以，秦明就是毕坤的另一个弟子？朱高煦很快就摇了摇头，很显然秦明太年轻了，他的招式虽然凌厉，但是根基不稳，一看就不是从小由名家教导出来的弟子，而且以他的修为也不足以得到藏锋和鲲鹏剑法。那这藏锋是秦明的父亲或者师父给他的？而这人就是自己的师兄抑或师弟？

朱高煦的眉头越发得紧蹙，对他而言，争夺皇位重要，但是得到自己师父的鲲鹏剑法显然也是十分重要的大事，只可惜，这秦明现在在魏东侯的帐下，若是没有特别的理由，自己也不能把他怎么样，自己非得想个法子把这人制住，而后把藏锋背后的秘密全部都问个清清楚楚才行！

他正沉思着，突然一阵清微的响声从水榭外传来，却见一名戴着白色面具的男子不知何时潇洒地站在不远处的太湖石上，朱高煦不过是看了他一眼，这男子就立即身形一晃，凌空踏水而来，整个人像一只水鸟般呼啦一声就翻身进了水榭。

男子恭敬道："见过王爷！"

朱高煦收了追影，冷冷道："胡濙，到了我临水榭内就不必再带着你的假面了，这里可没有什么外人。"

男子嘿嘿笑了一声，脱下自己的面具，露出一张英武的脸庞，正是风物社的主人胡濙，他笑道："如今京城内四处都是眼线，王爷还是谨慎点好一些。"

朱高煦冷笑一声，道："你放心，我这汉王府外有上千的赤虎军守卫，内有数百名死侍遍布各处，这里十分安全。"

胡濙颇有些意味地看了看四周，他心想所谓千名守卫、百名死侍还不是让自己这么容易就进来了，这哪里算得上十分安全，他甩了甩衣袖，口中嘿嘿笑道："汉王威武！几千精兵守得苍蝇都飞不进来，真是叫人佩服！"

朱高煦知道这人在讽刺自己，有些不快道："你才叫本王佩服！皇上赐你户部给事中职务，叫你在江湖中打听除君的消息，追查他的行踪，你倒好，整日游山玩水，兼练各门各派的武学，真是潇洒至极啊！"

面对朱高煦的挖苦，胡濙丝毫不为所动，他娓娓道来："除君离开京城已有七年，从皇上安排下官查找除君消息开始，这五年内下官片刻不敢忘了自己的职责，只是王爷不知道这江湖之大，四海之广，想要在这万千疆土中找到一个人谈何容易，下官是跋山涉水、日奔夜行，在王爷口中却成了游山玩水，下官与江湖人士的狭路相逢、生死搏斗，也成了兼修各门各派武学，你说这事下官是不是有些冤枉？"

胡濙的嘴巴向来厉害，否则朱棣也不会找他去四处打探，朱高煦哼了一声，道：“你这嘴巴，真是一百个儒生都不是你的对手。不过，武当山之行，你做得很好，竟然连张宇初都瞒了过去，现在全天下人都相信是张三丰说了这番话，公开遴选大国师一事已是顺理成章了，这算你的大功一件。”

胡濙笑道：“看来王爷早有下一步计策，真是步步为营，令人佩服！”

朱高煦道：“身在朝堂，若不这般，哪有生存之道。”他看了一眼胡濙，随手递给他一块糕点，问道：“所以你今日是来要奖赏了？”

胡濙并未伸手接住这点心，而是摇头道：“王爷此言有些不妥，此非奖赏，而是你我承诺之物。王爷答应我，若我替你做成这件事，你就送我鲲鹏剑法上半卷，这是你我的交易，却不知王爷为何认定这是奖赏？”胡濙这话说得很清楚，若是奖赏，便说明自己是汉王的人，自己给汉王做事便是天经地义，而奖赏不奖赏则完全看主子的心情了，双方地位是不平等的。而交易就不一样了，他朱高煦是朱高煦，胡濙是胡濙，他们只是做了一笔你情我愿的交易，双方至少是公平对等的。

朱高煦越发得有些不高兴，显然他赏识胡濙的本事，有心将他收到麾下，所以一再容忍他的傲慢，却不想胡濙直接拒绝了自己，这人真是不知好歹！

他换了口气，冷冷道：“本王赏赐惯了，随口一说，给事中也不必这般处处要占得言语的先机吧？”

胡濙道：“下官不敢！只是下官一向心直口快，有什么说什么，不想言语冒犯了王爷，还请王爷恕罪！”

朱高煦的脸色这才稍稍好转一些，问道：“我问你，你见过鲲鹏剑法吗？”

胡濙摇头道：“鲲鹏剑法已绝世多年，在下未曾见过。”

朱高煦道：“你未曾见过鲲鹏剑法，那你如何知道这剑法的威力，为何还偏偏要这本书。”

胡濙如实道：“王爷也知道，下官一生最是痴迷武学，一旦听闻有至高的武学宝典，必要想尽办法一窥其真容，王爷也正是因为下官这个喜好才以鲲鹏剑法做筹码，请我上武当山骗张宇初，怎么到如今王爷反而不明白了呢？”

胡濙句句不让朱高煦，让他颇为难受，只是眼前这人官职虽小，但是他的身份却又是十分特殊，乃是朱棣亲自交付密令的探子，专门查找建文帝的消息，同时顺便报告下当朝要职官员以及一些江湖门派的动向，所以他相当于朱棣的一个耳朵，即便是朱高煦也是要让他三分颜面的。

朱高煦道：“看来你真的是很想要这本书，不过你既然没见过鲲鹏剑法，你不怕我现在拿一本假的来骗你？”

胡濙哈哈笑道：“汉王朱高煦是何等身份何等人物，百里沙场几进几出，千军万马一夫当关，王爷的眉头都不曾皱过一次，怎么会做这等不讲信义之事。这鲲鹏剑法虽好，但是与王爷要彪炳千秋的声名相比，当真是不值一提！”

朱高煦不得不佩服胡濙的口才和敏思，他也哈哈大笑道：“不错，我朱高煦历来最讲信义二字，我既答应你的事便一定会做到，这本鲲鹏剑法暂时对我也没什么用，给你也无妨，拿着吧！”朱高煦从自己的怀里掏出一本泛黄的古卷递给胡濙，胡濙也不客气，顺手就接了这本书，在手里简单翻看了下，只是他刚打开这残卷，脸色就微微一变。

这本书确实如传说所述，是个残卷，只有半本，但是与他想的不一样的是，这半本并非上半卷或者下半卷，而是被横着一剑切开的上半本，封面上只留下了四个字“鲲鹏万里”，下半本的苍海剑却不知所踪。这一本书横着切成两本，第一页都看不完整，自然也就无法修炼了。

胡濙啊了一声道：“这书……竟是这样？！”

朱高煦冷笑道：“不然你以为是如何？”

胡濙喃喃道：“我以为……”

朱高煦道：“世人都如你这般以为，只可惜我师父的想法历来与世人大不相同。我师父说要练鲲鹏剑法必要体、意、形、功、术五法达到极致才行，他活到现在已有八十余岁，但这一生中也只教了九个弟子，听闻最年长的弟子到现在都有六十多岁，最年轻的亦有将近四十，这九人中最出色的只有两个，这两个人分别获得匕首和半部剑经，若是想要获得完整的剑经，就要击败另一个人，成为当世的第一人才可以，其中的一个人便是我朱高煦，只可惜我找了十余年，始终未能得见另一个人在哪里，这剑经始终无法完整，也便成了一本无用的残卷。”

这本鲲鹏万里苍海剑乃是毕坤毕生心血所著，蕴含着他对至高剑术的领悟和见解，更藏有世间第一的剑法，但若是只有这半本，确实是毫无意义，不如废纸一堆。但偏偏这事遇到了胡濙，他自然是知道这另一把匕首就是藏锋，而这藏锋就在秦明的手里，只要顺着秦明这条线就不难顺藤摸瓜找到毕坤的另一个弟子，他想到这儿不禁心中一阵狂喜，心想这事只怕自己要给他促成了。只是表面上，他却装得有些痛心疾首道："这等绝世剑法不能复原，当真是天下第一憾事，别说王爷苦练了这么多年的浑元剑经，便是我都觉得十分可惜！却不知王爷的那位师兄弟有何特征，这天下虽大，但凭王爷的人脉和势力，想要打听到一个绝世高手，想必也不会太难吧？"

朱高煦故作绝望，摇了摇头道："不找了，时间太久了，只怕这人早已归了黄土，半本剑经已经带入了棺材之中，就算我遍寻千山万水又哪里找得到？命中无时我何必硬去强求，这半本书你拿去吧，反正对我来说也没什么用处了。"

朱高煦说得十分坦然，胡溁也只有拱手道："既是如此，那在下也不多打扰，这边告辞了！"

他拿了半本剑经，缓缓退出水榭，正欲走时却又道："这剑经毕竟是王爷师父所传，若是来日在下有幸得了全本，必然拓印一份送与王爷，叫王爷此生不必遗憾！"

朱高煦心里冷笑了一声，他暗想此事还需你送给我，若是你得了，我必然是要直接抢走，以自己的本事和势力，想要抢走胡溁的东西也不会太难。但他口中却是笑道："那便多谢了！"胡溁再退到栏杆处，突然一个翻身，便化作一只飞鸟般消失在树影之间，这胡溁掠动树枝，引来了附近守卫的警觉，一个个急忙挥动枪棒高喝道："谁？！谁在那里！"

"好像是有刺客！有刺客！"

这一阵叫声此起彼伏，越发得喧哗聒噪，朱高煦听了不耐烦道："人早走了，你们不必追了，都退下吧！"

这些侍卫这才一个个噤声，退却一边，不敢再出来。

朱高煦转了转手中的追影匕首，他英武的脸上露出一丝与他气质不相称的狡诈："借花献佛，借刀杀人，倒是有趣！是不是张真人？"

一名老道士不知何时出现在朱高煦的身后，他一头黑白相间的头发，看起来颇有几分仙风道骨，正是七煞门的幻象师，张虚吟。

张虚吟点头道："这胡溁好武成痴，如今得到了鲲鹏剑经的上半卷，他必然会极力去寻找下半卷，以他的江湖信息，只怕很快就能找到那个秦明，而后顺藤摸瓜找到幕后的真正高手，只要他一得到这两本剑经，王爷就可以立即将他拿下，完成自己的心愿，超越毕坤成为当今剑术第一人！说不定，还能因此找到那个除君呢。”

朱高煦哈哈笑道：“不错！真人这借刀杀人、一箭双雕的点子确实妙，现在胡濙已经出发了，大国师之争也只剩三个月的时间，还望真人及早做好准备，此事万事俱备，只等真人惊艳登场了，希望真人不要叫本王失望才是！”

张虚吟笑道：“王爷放心，贫道早有迎敌之策了。”他甩了甩衣袖，水榭四周突然水雾乍起，层层水雾弥漫，好似海市蜃楼一般，朱高煦知道这人又要用幻象术，果不其然，这水雾很快就凝结成几个人形立在湖面上，看起来朦朦胧胧，亦真亦假。

张虚吟朗声道：“纵观天下三教九流，能够在辩、术、法三门中有所建树的，不过一个手掌的人数，正一派张宇清、长春派刘渊然、五台山普智大师以及西域的活佛得银协巴，不过西域之人汉语不精，又属于外藩，便是佛学再高深，皇上也不可能让他担任大国师的，余下的张宇清性子急躁、极易被激怒自乱阵脚；刘渊然虽然聪慧，但修为尚浅，未成气候；普智大师性情坦然，佛理也高深，但计谋不足，这些都不足为惧，贫道自信可力挫这些僧道，一举夺魁，拿下大国师的头衔，在今后的朝事中助王爷一臂之力！”

他一收长袖，水榭外风起云涌，不过片刻，这水雾就消失得一干二净，窗外，又恢复一片风清气朗之象。对于张虚吟的幻象术，朱高煦还是比较满意的，这幻象术在真刀真枪的实战对垒中未必有多大用处，但是用来布道讲学，确实能增添出其不意的效果，势必让他在大国师之争中占得优势。

他点点头道：“我听真人这般说了，心里也就踏实了，不过这次大国师之选，来京者众多，不乏有些隐藏的高人，真人务必要知彼知己，切不可有所闪失。若有需要，我府中亦有不少谋士可以相助，真人只需大胆开口便是。”

张虚吟俯首道：“多谢王爷，贫道自有妙计，还请王爷放心！”

“那就好！本王静等你的好消息！”朱高煦收了手中的追影匕首，慢悠悠地站了起来，走出临水榭，口中自言自语道：“这寻找剑经、问鼎大国师都尚有一些时间，眼下可还有一件更重要的事要做！”

张虚吟问道：“却不知是何事？”

朱高煦的眼神蓦地一寒，冷冷道：“联合锦衣卫，拿下魏东侯！”

张虚吟怔了一下，问道：“为何王爷想在这时候拿下魏东侯？”

朱高煦冷笑一声，反问道：“真人这个问题问得有些奇怪，为何不拿下魏东侯？”

张虚吟道：“贫道问的是为何在这个时间。”

朱高煦道：“因为万事俱备，魏东侯便是我的眼中钉，不杀不足以平息我的怒火！”

第二十二章　试探刘太安

时间已是腊月底了，虽然天气依旧严寒，但是新春的脚步日益临近，京城内处处张灯结彩，洪武广场更是成了百姓交易年货的市场，购买门神、春联、灯笼、吃食的人络绎不绝，熙熙攘攘的十分热闹。

翠风阁的阁楼上，秦明和荆一飞分坐在靠窗的位置上，望着窗外发呆。白齐真的就像他当日所说的那样，再也没有出现了，他隐匿在何处，干什么去了，二人也不知道，更不知道怎么去找他，三人组合如今只剩下秦和荆二人，虽然只是少了一个人，但此刻却显得分外势单力薄。

这人都是不见了才开始格外想念，秦明和荆一飞呆呆地望着外面的广场，想起当日洪武广场比试，三人初见还是在盛夏之时，现在，转眼已是快到新春的时候了，想来这时间过得可真快啊。

秦明问道："一飞，你过年怎么过？"

荆一飞眼皮都不抬一下："办案子啊，过年火灾、盗窃案最多。"

秦明哼了一声，叫道："你这生活真无聊。"

他自己转头望了望外面，窗外是冬日里难得的暖阳，烘烤着人很惬意，秦明晒着太阳甚至开始感觉有些睡眼惺忪，荆一飞顺手拾起一枚梅子果脯砸了他一下，问道："怎么，最近在练功吗，感觉你很疲倦？"

秦明道："对啊，在练一门很独特的武功，就是一直参悟不透！"

荆一飞不以为然道："越是独特的武功越不好练，这也是常理，不需着急。况且……"

"况且什么？"

"况且你大字认不到几个，参悟不透的东西多了，有什么可叹气的。"

秦明呸了一声来了脾气道："这你就不懂了，我最近练的这门功夫可是那个谁教我的！"

“谁啊？”

“暂时不能告诉你，练成了，保准两个你都打不过我。”

荆一飞白了一眼，对这种自吹自擂的话题她简直毫无兴趣，她换了口气道：“我听说，刘太安的身子最近好了不少，前几日已经能下床走动，我看差不多可以去试探他了，你准备好了没有？”

这二人迟迟未去试探，执意等到刘太安好了才去也是情非得已，其一是刘太安确实伤得太严重了，若他伤势未愈，秦、荆二人这么试探他，就算他是真的傀儡师，这样力有不逮也使不出什么绝技，看不出什么端倪。其二是，若刘太安不是傀儡师，一试之下这人难免旧伤再添新伤，更是不妥。其三，秦明新学的鹤鸣一剑也需要时间训练，才能以假乱真，若是这一招不够逼真，必然会让真的傀儡师看出端倪，有所防范。经过一个多月的等待，刘太安的伤势恢复得差不多，秦明的御衣术虽然没练出什么名堂，但是鹤鸣一剑却是练得越发地纯熟，若是突然间施展出来，招式又快又凌厉，纵然是熟悉的人也是很难分辨出来。

这一剑，刺得不对不过就是个误会，刺得对了，那可就是个惊天的大秘密！

秦明心里很清楚这后果，所以他宁愿相信是自己误会了，哪怕这一个月白忙活也好，他忍不住叹道：“但愿从头到尾只是一个误会。”

荆一飞道：“若是误会最好，只不过若真是奸细，我们也绝不能手下留情！你明白吗？”

秦明点了点头，道：“这是自然，我自有分寸。”

说话间，一条灰白色的野狗从外面跑了进来，正是阿福传信用的小犬，这小犬见了荆一飞突然站立不动，而后开始抽搐作呕吐状，过了片刻小犬吐出一团黏糊糊的东西，这东西被黏液沾染，颇为肮脏，荆一飞微微皱了下眉头，但秦明一见这东西，却顾不得恶心，直接拾了起来，擦干净黏液，拆开正是一团包裹得很紧密的纸团，秦明看了一眼，说道：“阿福说，刘太安今天上午已经搬回机甲司休养了……”

荆一飞立即站了起来，兴奋道：“看来此事宜早不宜迟，不如我们今晚就趁他阵脚未稳试他一试！”

秦明皱眉道：“你至于这么着急？”

荆一飞冷笑一声道："我可不能让一个可能是奸细的人留在魏大人的身边。"

秦明问道："那若他真是奸细，你要如何处置？"

荆一飞毫不犹豫道："自然是先审再杀，岂能让他痛快了？"

秦明吐了一口气，心想这娘儿们做事可真是狠辣，一点都不拖泥带水，他想了想道："机甲司的人睡得都比较早，唯独刘大人喜欢晚睡，一般会过了子夜才就寝，不如我们就晚些时候行动吧！"

秦明重新写了一张字条塞给小犬，让它回去复命。这小犬很听话地下楼准备往机甲司跑去，只是它刚跑过一条街道，突然就被躺在路边的一名乞丐抓住了，那乞丐一手扼住小犬的喉头，掰开嘴巴一看，却见嘴里空空如也，根本没有字条。乞丐又用力捏了一把小犬，这小犬痛得想要哼叫却呜呜呜地叫不出来。那乞丐瞬间明白了，冷笑道："好一个驭犬术，教小野狗把信函藏在喉头下面，可惜这个法子躲不过我的眼睛！"他另一只手猛地一点小犬的下喉，这小犬突然抽搐，一团纸团就吐了出来。

这乞丐面带喜色道："果然有重要信息，也不枉费我在这守了这么多天。"他又看了一眼手中的小犬，口中转冷道："当条野狗也不挑主人，就不要怪自己死得早！"他眼光突然一寒，五指用力一捏，小犬哼唧了一声就歪了脖子，没了气息。他站了起来，狠狠地弃了死狗，再细心地环顾四周，这才佝偻着背往一条小巷行去，这样行了几里地，待到无人处，才突然撕开褴褛的外衣，露出他的真容和一身锦衣，此人正是锦衣卫内的千面客，他重新化出挺拔的身姿，头也不回急急直接往城东行去，而城东正是锦衣卫所所在的地方。

入夜，机甲司大营内。

此时，机甲司的一干人早已入睡，唯有刘太安就寝的地方还有些许火光。

秦明和荆一飞换了一身夜行衣悄悄潜入机甲司，秦明身材高大，按照朱高煦的样子，在眉眼上稍稍化了妆，乍一看还真有几分相似，而荆一飞则带了一个面具，化装成了七煞门杀手的模样，二人趁着夜色掩护直接往刘太安休息的大营奔去。

二人都来过机甲司多次，对这里的环境都十分熟悉，不过片刻就绕过了守卫，到达刘太安的营房门口，这刘太安平日里就住在此处，外面有道隔墙，进了小院再走三四丈就是他的寝房，秦明和荆一飞掠过院落，翻上屋顶，匍匐在瓦顶上，二人刚揭开瓦片准备查看里面的情况，突然就听得院门外咯吱一声脆响，只见一道黑影已经从院子里朝屋内闪了进去。

大半夜的光线昏暗，来人身形速度也是十分迅捷，根本看不清是什么模样，二人不由得惊了一下，心想这人是谁，难不成是刘太安自己回来了，还是另有其他人这个时候来找他，若是外人，这么晚了，可会是什么人……

疑团重重，秦、荆二人急忙揭瓦朝下望去，却见这房间内烛火骤燃，原本黑漆漆的房间瞬间亮堂了起来，光影晃动处，终于看清这屋里已有两个人，正是那黑衣人和刘太安，从上往下望去，也看不清黑衣人的具体模样，只看得出这两个身形颇为相似，这下子互相对视，一个啊了一声表示震惊，另一个却岿然不动，十分冷漠。

这可就奇怪了。

刘太安惊讶之后，很快就冷静下来，厉声喝问道："你是谁？胆敢擅闯我机甲司大营！真是好大的胆子！"

那人笑了笑道："刘大人这么晚了还不睡，而且衣着还这般齐整，可是想去做什么？"

刘太安道："我一向喜欢和衣而眠，与你何干，你到底是谁？！"他正要呼叫机甲司的侍卫，来人却制止了下，冷冷道："我劝刘大人少安毋躁，不然于己不利啊。"

刘太安怒问道："你什么意思？"

那人哈哈一笑，突然摸了摸自己腰间的长刀，说道："刘大人，你这记性可真不太好，一个月前的这断臂一刀，这么快就忘了？"

刘太安猛然想起上个月，在巷子里，那偷袭他的黑衣人，在暗处一刀卸下了他一条胳膊，让他差点丧命当场，还在鬼门关走了一遭，幸好宋云的医术了得才捡回了一条命，这一个月他亦是冥思苦想不知道会是谁这么狠毒想要置他于死地，只可惜当夜无风无月，对手来无影去无踪，一刀之后自己便失血昏迷，毫无印象了。他这月余来，日日夜夜回想，若是让他知道是谁暗中害他，必要问他个清楚，让他血债血偿！

不想，今日这杀手居然还主动找上门来了，刘太安再也无法冷静，勃然大怒道："原来是你！你究竟是谁，为何要如此害我！"

那黑衣人哈哈笑道：“我是谁可不重要，重要的是你是谁？”

刘太安立即喝问道：“你什么意思？我乃是金吾卫机甲司千户刘太安！你又是谁？！”

黑衣人摇摇头道：“不对，不对，你还有一个身份！”

还有一个身份？听到这话，不仅刘太安惊住了，就连屋顶上的秦明和荆一飞也脸色一变，难不成刘太安真的是细作？！

刘太安脸色更加不解和愤怒道：“你这话什么意思？！”

黑衣人冷冷道：“我知道，你就是七煞门的傀儡师！好一个阴险的细作！”

刘太安大怒：“好一个胡言乱语，血口喷人！”

黑衣人嘿嘿两声，从背后取下一个用黑布包裹的长物，十分爱惜地抚摩道：“并非我胡言乱语，而是你就是傀儡师。”他轻轻地取下这黑布外罩，露出了里面的东西，却是一把色泽紫红，形状古朴的长弓，这长弓好似龙筋所铸，正是傀儡师的虬龙弓，秦、荆二人一见此弓都是大吃一惊，却不知这弓什么时候落到这人手里，另外这人是谁为何要这么做。

黑衣人继续质问道：“刘太安，我问你，这可是你的长弓？”

刘太安并未见过此物，只觉得这弓当真是个神器，但此物毕竟不是他的，所以直接摇了摇头道：“这不是我的，我不认得此物！”

黑衣人哈哈笑道：“你肯定不敢承认了，这就是你的东西！你就是傀儡师！”

这二人的对话句句听在秦明和荆一飞的耳朵里，黑衣人问得斩钉截铁，刘太安答得也是十分坚决，只听得秦、荆二人都有些迷惑了，不知道这两个人究竟哪个说的话才是真的。

第二十三章　真假傀儡师

秦明低声道："我现在怀疑黑衣人才是真的傀儡师！"

荆一飞对过往的细节记得最是清楚，她认真看了看，摇摇头道："好像不是，这个角度虽然看不清正脸，但是傀儡师的模样明显与他有些不同。而且傀儡师是断过一只手的，这黑衣人明显双手是健全的。"

秦明也摇头道："傀儡师既然擅长傀儡术，说不定也会易容术，他要想给自己造一个假肢也不是什么难事。而且最关键的是他的虬龙弓，这长弓当日是落在了太阴穴内，若非傀儡师自己，还有谁会想到拿走这弓箭？"

荆一飞想了下，又道："话虽如此，但你怎知这人不是刘太安故意安排过来，若是他知道我们今日要来试探他，特地安排了这么一场戏给我们看，岂不是就要被他蒙蔽了？"

这话让秦明瞬间惊住了，他还未想过会有这种情景，刘太安自导自演，给他们看了一场精心安排的假戏，然后来洗脱自己是傀儡师的嫌疑？不过若是真这样，其中似乎又有一些说不通的地方。

荆一飞低声道："现在我们在暗处，不如先静观其变，看看这二人到底是人是鬼，若这人真的是凶手，我们再拿下他也不迟！"

房间内，刘太安早已暴怒而起："我刘太安一生未用过弓箭，这武器我可不认得，你莫要血口喷人！你到底是谁！还不从实招来！来人啊……"他陡然提高音量，想要喊机甲司的其他人来相助，但不想这人身形一闪，就逼了过来，刘太安本来武艺就很稀松平常，加上大伤初愈少了一条胳膊，一下子就被黑衣人制住，他一把捂住了刘太安的嘴巴，冷笑道："刘大人，一切都晚了！你只需好好听着，你作为傀儡师，这一生做了什么恶事！你师拜七煞门大剑师，精通傀儡秘术，十岁杀人，十二岁认识敖融，十三岁认识曲叟……"

他絮絮叨叨，说个不停，而后另一只手把弓箭轻轻一送，就丢进了刘太安的床底下，奸笑道：“你可都记住了，从今往后，你就是七煞门的傀儡师！傀儡师就是你！你一身都脱不了这罪名了！”

刘太安已然意识到什么，这人是想要栽赃陷害给自己，他奋力挣扎道：“你……凭什么……陷害我，放开我……原来你才是七煞门的人！你才是真的傀儡师！”

只是他口鼻被捂住，声音断断续续出不来，外人根本听不清楚，那人哈哈笑道：“你可能不知道，七煞门有一个傀儡师在太阴穴内被人废了一条手臂，他跟你一样都是没了右臂，现在你的房间里又藏有傀儡师的弓箭，你又身在机甲司内，这身份很快就要坐实了！”说罢，他又把一堆傀儡零件倒在房间的隐蔽角落里，眼看这人栽赃陷害的法子就要得逞，秦明再也按捺不住，他直接破开屋顶，落了下去，大喝道：“快住手，放了刘大人！”

可是秦明情急之下忘了一件事，他现在不是秦明，他一身的打扮模仿的都是七煞门的大剑师，他现在是汉王朱高煦！

荆一飞想要喝止已经来不及了，她眼睁睁地看着秦明落入房间内，那黑衣人一看到秦明似乎是等了很久一般，忍不住得意地大笑起来：“还说你们不是七煞门的，不想今夜竟然引来了七煞门的门主，大剑师可是别来无恙？”

秦明这才想起自己还化着妆，一身衣着也是模仿着七煞门的服装，他急忙要揭下面具证明自己的身份，突然远处传来了一阵厮杀之声，荆一飞在屋顶上往外一望，心头立即一寒，一群身着锦衣的侍卫已经如潮水般掠了过来，她急忙大叫道：“不好！是锦衣卫的人来了！”

锦衣卫？！

秦明彻底心头一寒，他突然发觉今夜的试探似乎是一个圈套，他和荆一飞都被蒙在其中，但他救人心切，一掌带着锋芒就朝对方劈去，这人还带着刘太安，躲了两下躲避不过，终于被一掌劈中了右臂，只是这一掌之下，并未有血肉迸裂，相反只听得当啷一声，这条胳膊掉落在地，却是一只活灵活现的假肢！

秦明愤愤道：“我果然没猜错，你才是真正的傀儡师！今天便抓了你审问！”

傀儡师哈哈大笑道：“小子，猜对了又如何，你们听好了，从今往后，金吾卫便是七煞门，七煞门便是金吾卫，而傀儡师就是他刘太安，可与我无关！”

说着，他突然奋力一推，直接把刘太安往墙壁摔去，这一下用足了力气，简直是势大力沉，非把刘太安摔个半死不可！

秦明心中一慌，急忙弃了傀儡师，一把扑过去抱住刘太安，傀儡师趁机往外逃去，荆一飞正欲追击，只是她还未落地，一群锦衣卫已经冲了进来，将他们三人团团围住，锦衣卫一个个亮出兵器，厉声叫喝。

锦衣卫如潮水涌来，带队的正是典狱司的千户，胡狄。

“禀千户，这金吾卫内果然有七煞门的人！”

“这人……好像就是七煞门的大剑师！”

“嘿嘿，纪大人当真是料事如神，就知道这些贼人今夜会来此作乱！”

“胡狄，你……”荆一飞终于彻底明白了，今夜的一切都是七煞门与锦衣卫商量好的阴谋，正所谓敌人的敌人便是自己的朋友，原本互有间隙的锦衣卫与汉王为了铲除金吾卫终于达成一致了。

胡狄高喝道：“于百户先带人彻底搜查刘太安的房间，看看有没有什么可疑之物！其余人等与我一同擒拿这两个恶贼，这次可不能再让他们跑了！”

一伙人围了里外三圈，将荆一飞、秦明和刘太安层层包围住，另一伙人急急忙忙冲进了各个房间，开始大肆搜索，床铺、柜子、阁楼、箱子都被粗暴地拆开翻倒，四处噼里啪啦作响，很快他们就找到了掉落床底下的虬龙弓和散落在角落里的傀儡零件，这些物件被一一陈列了上来。

面对一堆的物证，胡狄脸色是抑制不住地兴奋：“我认得此物，这可是七煞门傀儡师的武器，这里果然有七煞门的人！刘太安，想不到啊想不到，原来你就是七煞门的傀儡师！”

“刘大人不是傀儡师，我不是大剑师，我是……”秦明正欲解开面罩解释，荆一飞急忙拉住他，低声道：“别傻了，这都是他们的计谋，他们只要抓住了我们，这些武器、衣服便是铁证，不管你是谁，你今后就是七煞门的杀手，你我就一辈子也洗脱不了这个罪名了！”

秦明道：“这明显是血口喷人……”

荆一飞喝道：“假案成真的还少吗？这锦衣卫摆明着要栽赃陷害，为今之计，我们快带着刘太安走！”

胡狄早就知道这二人的身份，只不过他要的就是这些证据来栽赃陷害，刘太安一听秦明说话便认出了他，他苦笑道：“我有伤在身走不远的，你们自己快走！别管我了！这里我会解释清楚的！”

秦明想要拉刘太安一起走，但锦衣卫的人已经围得水泄不通，锁链、钩子纵横交错飞扑而来，荆一飞奋力抵挡，怎奈这些锦衣卫训练有素，知道荆一飞想救人，所以齐齐攻击她的死穴，让她无力救人。这屋子里空间狭窄，这么多人围坐一团，自己逃脱也是难之又难，更何况救一个大病初愈的刘太安？

荆一飞拉着秦明步步后退，最后被逼得在墙角一时无处可逃。

胡狄冷笑道：“拿下他们，纪大人重重有赏！记得，生死勿论！”锦衣卫众人纷纷大叫着又拥了过来，荆一飞怒喝道：“好一个生死勿论，且看你有没有这本事！”她今夜本是为了试探，未带七漩斧，只得拿着弯刀一阵狂劈，她虽然没有专门练过刀法，但自幼受魏东侯的熏陶，其实她的斧技里已经有了一些流光刀的影子，这般普通弯刀使出来也是大杀四方，叫锦衣卫各个挂彩迸血。

荆、秦二人奋力断杀，终于冲出了刘太安的寝房，只是一出院子，就见这机甲司大营内早已乱成一团，到处是埋伏的锦衣卫，到处是闪动的火光，二人暗暗吃惊这锦衣卫想要杀人栽赃的决心，当下也顾不得什么了，一路只管厮杀突围，好不容易出了机甲司大营，背后的追兵却是死缠不休，这一路狂奔逃窜，当真是如丧家之犬，好在二人对这京城内的道路十分熟悉，轻功也了得，这东拐西躲，一直跑到神乐观门口，才把锦衣卫的人彻底甩掉。

今夜原本是要试探刘太安的真伪的，却不想反倒被他人所利用，很显然是他们的行踪密谋一直被锦衣卫的细作掌握，所以才能这样了如指掌地在今夜来反制住他们，又或许，其实从一开始这件事就是个圈套，试探刘太安便是个被人误导的错误举动。

想到这，又想到现在机甲司内的刘太安的境况，秦明气得狠狠地撕了面罩，他恨不得打自己一顿，打了自己两拳，而后还觉得不解气，又重重地踢打着一棵松树，直打得松叶扑扑落下，双手鲜血淋漓也不自知。

荆一飞有些看不下去了，呵斥道：“你这么做有什么意义？”

秦明气道：“我在想为什么这么傻！要来做这件事！现在不但害了刘大人，还害了金吾卫这么多人！”

荆一飞道：“试探刘太安是我们三个人的决定，不是你一个人定的，你何必自责？”

秦明恶狠狠道：“不行，我们还是得去机甲司，那胡狄手段残忍，不知道他要怎么折磨刘大人呢，我要把刘大人救出来！”

荆一飞此刻倒是更加冷静，立即阻止道：“现在当务之急不是救刘太安，刘太安绝不是锦衣卫的目标所在，锦衣卫的目的肯定是对付魏大人，所以为今之计，是赶快跟魏大人禀明情况，商量好下一步对策！”

荆一飞分析得没错，锦衣卫这举动显然是精心策划的，而且以锦衣卫做事的风格，这么费尽心思不可能只针对刘太安一个人，刘太安只是个机甲司的千户，无论在权势上还是人际关系上都不足以让锦衣卫这么兴师动众。这些人必然是有更大的阴谋，很可能他们的目标是整个金吾卫，所以现在要赶快告知魏东侯，一起做好万全的准备才是上策。

荆一飞冷静道：“事不宜迟，我们赶快换了衣服，取了兵器去大营，晚了只怕锦衣卫的人就要提前一步去问罪了！”

秦明终于也冷静了下来，荆一飞说得没错，现在是亡羊补牢，而不是意气用事之时，二人简单换了个衣服，马不停蹄就往金吾卫大营奔去。

第二十四章　锦衣卫来了

入夜，原本该寂静的金吾卫大营已然被这消息彻底震动了，毕竟在大明之内，锦衣卫是有先抓后奏之权，尤其是朱棣一心效仿朱元璋，彻底恢复了锦衣卫的全部典狱权力，甚至在纪纲的运作下，其职权更甚以往，可以说就连太子、汉王都要畏惧他们三分，金吾卫虽说也是禁军之一，但是若是锦衣卫掌握了莫须有的证据，想要此刻擒拿魏东侯，金吾卫还真的抗御不了。

金吾卫的几大首脑，魏东侯、尉迟敦，辟火司的薛仁德，幽潜司的皇甫寒山等人都迅速集结于大营之内，唯独兵马司的韦衍、六相司的南淮安由于隔得较远，还在赶过来的半路上。

众人开始商议对策，却各持己见。皇甫寒山性子最是刚烈，一听得此事便怒火攻心，急欲与锦衣卫一决雌雄，而尉迟敦和薛仁德则相对谨慎，认为应该先了解了来龙去脉，再图长远计策，实在不行应该及时向皇上禀明情况，取得皇上的宽恕才是最正确的应对之法。

魏东侯则面色更加凝重，他显然已经意识到了有更严重的问题在等着他，或者，他本来就有其他的想法，总之他一言不发，所有人也看不清他到底是什么情绪。正商议不决时，就听得门外一阵喧嚣，有侍卫神色慌张地跑进来通报，说锦衣卫的人已经围过来了，这门外的火光不多时已经是明亮如白昼，目测足有三百多人，当真是好大的阵仗。

此情此景，大营内众人的表情各不相同，尉迟敦一下子慌了，脸色苍白如纸；皇甫寒山则愈加愤怒，恨不得手刃纪纲；薛仁德最是不动声色，开始低着头一言不发，而魏东侯面色则是阴沉如乌云，似乎有万千情绪在他心底翻涌，他最终叹了一口气，似是做了一个决定一般，口中出奇地平淡道：“看来汉王和锦衣卫的人达成共识了，他们要拿我来做替罪羔羊。”

对于魏东侯的这个态度，秦明很是诧异，为何到了这个地步，魏东侯还这般淡然，不怒不恨。

尉迟敦有些不解，问道：“纪纲如何能与汉王合作？这不是与虎谋皮吗？”

荆一飞愤慨道：“锦衣卫一向视我金吾卫为眼中钉，什么事做不出来！”

魏东侯道：“不是锦衣卫要和汉王合作，而是汉王不得已要和锦衣卫合作。你们忘了，七煞门还有两个重要的人质在锦衣卫的手中，只怕这二人已经按捺不住，把幕后的汉王供了出来。这纪纲做事历来六亲不认，更何况是一个王爷，你说汉王会不会屈尊跟锦衣卫合作？”

锦衣卫与禁军虽然都是直接对皇上负责，但锦衣卫却多了一项权力，那便是先审后奏之权，便是这一项权力就叫朝内所有人都闻风丧胆。想必，朱高煦也意识到必须拉拢锦衣卫才能行，现在他们要把过往所有的罪名都推给金吾卫，而后锦衣卫可以邀功上位，汉王也可以撇清罪责，一劳永逸，双方都可以得到自己想要的利益。

魏东侯又道：“锦衣卫一向如此，怪只怪我们低估了他们的手段，还以为此事就这般了了，不想他们早已布下了重重机关，只等我们入局！”

尉迟敦更加惊慌道：“那这下该怎么办？我们岂不是……”

皇甫寒山冷哼道：“怎么办，我说尉迟大人也不必这么惧怕锦衣卫吧，大不了与他们斗上一斗，我不信三百锦衣卫还能吃了我五千金吾卫！”

尉迟敦急忙摆手道：“使不得使不得啊！对抗缉捕的锦衣卫乃是大罪啊！”

皇甫寒山大不快道：“那就由这锦衣卫胡来？我说尉迟大人，你今天怎么这么胆怯怕事？你要怕死趁早脱了衣服，离开我金吾卫！”

尉迟敦面色一变，本想怒骂，但想了想，又叹气道：“非我不想强硬，而是我现在还不清楚情况，所以不如先听听锦衣卫的人怎么说再说吧。”

门外，已有侍卫来报，说锦衣卫在纪纲的带领下，欲强行破门而入，金吾卫守门的人寸步不让，双方争执不下，这争斗已是一触即发。皇甫寒山最是好斗，一听此事，便拔了兵器要出门火并，魏东侯喝止道：“寒山，不可硬来，更不可伤及无辜，速速传令下去，让他们先进来！”

皇甫寒山道：“魏大人！三思啊！”

荆一飞也急忙劝阻道：“大人，锦衣卫明显是来问你罪的，我们既然知道他们想要颠倒黑白，更不能让他们这般耀武扬威！”

秦明也愤怒道：“我金吾卫也是皇家禁军，岂能蒙受如此平白无故之冤！”

这一句话激起众人情绪，一个个都高喝道："大不了杀出去，将他锦衣卫杀个片甲不留！"

以金吾卫现有的数千兵力，对抗区区三百多名锦衣卫，这胜算自然不小，只是这做法和最终酿成的结果显然不是魏东侯想要的。最关键是，锦衣卫乃是按照皇上的谕令要求查办此案，金吾卫不过是守卫皇城安危，无权阻挡锦衣卫的权力，这样会让更多的金吾卫陷入牢狱之灾。

魏东侯担心的不是自己，而是他的下属。果然，他摇头道："这些事还没有彻底查清就硬来，只会伤害更多的金吾卫兄弟，而且纪纲此行必是手持谕令，我们反抗便是违抗圣旨，若是单单我一人受罚也就罢了，连累你们所有人就委实不妥了，不如先让我会会纪纲，看他们有什么说辞吧！"

薛仁德点头道："魏大人说的极是，我金吾卫一向坐得正、行得直，料想他们也没有什么实质性的证据，若是反应这般过激，反倒让人觉得心虚了。"

魏东侯挥了挥手，那两名侍卫终于奔了出去，不一会儿，只听得门外哗啦啦的人流声涌了过来，一时间火光闪闪，刀械叮当，一大群人直奔屋内，正是锦衣卫和金吾卫的人一并冲了进来。

来人拥了进来，锦衣卫入营的足有近百人，加上金吾卫百余人，原本还算宽敞的大营内瞬间站满了各色侍卫，所有人都怒目圆睁，手握各色兵器，一副要打要杀的姿态，场面一时间剑拔弩张。

锦衣卫为首的正是指挥使纪纲，他的身后紧跟的是胡狄等人，纪纲一见魏东侯依旧稳坐大厅中央，一副不急不躁的样子，不禁鼓掌道："魏大人，你可真是稳得住，都这般时候了，还有心思在这安坐喝茶。"

魏东侯抬起眼皮子看了他一眼，问道："不然纪大人以为我该如何？仓皇而逃？！我魏东侯可从未做过什么有违背朝纲之事，心中自然坦然。"

纪纲哼了一声，开门见山道："那你可知道你金吾卫机甲司千户刘太安的真实身份？"

魏东侯道："刘千户乃是我机甲司的负责人，做事一向稳妥，他如今有何不妥，要让锦衣卫这般劳师动众？"

纪纲冷笑一声道："你是真不知还是假不知，我们现已查明这刘太安乃是七煞门的傀儡师，真没想到，堂堂的皇城禁军之内竟然窝藏作乱的贼人，金吾卫这贼喊捉贼的本事可真叫人大开眼界！"

魏东侯早料到纪纲会这么说，反问道："刘太安现何在？"

纪纲笑道："恐怕纪大人是不太清楚我锦衣卫的办事程序，如今这刘太安自然是羁押起来，省得你们串通口供。"

魏东侯冷笑道："那好，你说刘太安是傀儡师，可有何坐实的证据？若是空口无凭，那便是诬陷！"

纪纲道："我锦衣卫办案向来公正廉明，若没有充足的证据绝不会随意诬陷，这事还得请胡千户给魏大人好好说说了。"

一旁的胡狄上前搭话道："禀纪指挥使，早先我等便怀疑这七煞门人与金吾卫有染，共同策划了几起杀人案件，前几日探子截获了一条重要信息，这七煞门的余党将在机甲司内碰头会面，所以我等秘密行动在机甲司外静候，果不其然，今夜，这七煞门的人在机甲司刘太安的寝房内聚头，我等立即围剿，结果诸位大人猜我们发现了什么？"

他故意顿了一下，扫视了一眼金吾卫的众人，姿态得意道："我们居然遇见这七煞门的大剑师与他的手下，不过有些可惜，这大剑师武功高强，还是被他跑了，不过刘太安却被我们制住了，诸位请看，这就是从刘太安寝房中发现的虬龙弓和一些精密的杀人傀儡零件，请问这是不是证据确凿吗？"

他把虬龙弓扔在地上，这弓模样古朴、色泽独特，魏东侯只看了一眼便能确认，确实是傀儡师的武器。他没有见过机甲司内发生的一切，自然不知道这弓怎么会跑到刘太安的房间里，整个人脸色不禁更沉了几分。

秦明眼见这胡狄栽赃陷害，不免又要大怒道："你们这是血口喷人！刘大人根本不是傀儡师，他也不是奸细！这弓是真正的傀儡师放进他房间的！"

胡狄哈哈一笑道："哦，秦侍卫怎么这么清楚其中的情况，莫非你们也参与了吗？难不成，今夜你也在刘太安房中？"

秦明怒不可遏，他很想立即说出真相，今夜他和荆一飞乔装打扮想要去试探刘太安，却发现真的傀儡师栽赃刘太安，只是他话到嘴边却还是忍住了，他想起荆一飞告诫他的话，他这理由说出来，锦衣卫的人会相信他吗？这样做，除了让锦衣卫的人把他和荆一飞也打成七煞门的余党，不会有任何好处！欲加之罪，何患无辞，更何况自己根本没有什么证据可以证明当时的情况，除了他和荆一飞两张嘴。

魏东侯见秦明一时间有些犹豫，出手按了下秦明，说道："我猜，纪指挥使也有话要说吧，不如先听完他们的话我们再细细反驳也不迟。”

纪纲冷笑了一声：“魏大人果然沉稳！都这个时候还能这般镇定，光凭这点也足以叫纪某佩服！不错，我们现在有理由怀疑，这七煞门与金吾卫有染！所谓的雷火案、盗窃案、杀人案，皆是由金吾卫自编自演，一切都是你魏东侯在主谋！”

这话瞬间引起了轩然大波，金吾卫的人一个个再度激愤，他纪纲空口这样污蔑金吾卫，不但一句话抹杀了金吾卫的所有功绩，还说他们与贼人同流合污，这叫人如何能忍受？！

纪纲自己踱着步子，徐徐道：“事情的经过必然是这样，魏大人立功心切，想要博得皇上欢心，但奈何皇城内一片太平，自己的本事没有施展之地，所以处心积虑，想了这个害人的法子。你先是自己制造了惊天大案，而后又自己顺藤摸瓜破案，最后再找几个替罪羔羊，在皇上面前妖言惑众，邀功封赏，一切的一切都是你自己在演戏，魏东侯，你这主意可是高明大胆得很呢！只可惜天网恢恢疏而不漏，你们还是露出了一些马脚！”

魏东侯听到这，终于再也忍不住，噌的一下站了起来，目光冷冷道：“纪大人，你我皆是破案的指挥使，很清楚凡立罪必要讲罪证，方才你所说的一切都不过是自己的臆断罢了，可有什么实实在在、清清白白的人证物证？若是没有，单凭这些猜测，恕我魏东侯不愿再听，要关门送客了！”

纪纲哈哈笑道：“这证据我自然是收集齐了，你既然要证据，今日我就一一列举给你看，也叫你金吾卫的所有人都好好看看，你们的魏大人究竟是个什么真面目！”他拍了拍手掌，背后的人退开两侧，却见推进来了两辆怪异的车子，车子外面覆盖着黑色的布罩，却不知里面是什么东西。

第二十五章　薛仁德出场

胡狄上前掀开布罩，露出了两辆黑漆漆的囚车，囚车里关押的正是奄奄一息的计无花和御兽师，只是这二人早已被折磨得毫无人形，御兽师脸部溃烂好似腐尸，计无花更是下体糜烂，浑身上下没有一片完整的皮肤，叫人触目惊心，不禁心中一阵恶寒发抖。

单看这二人的凄惨模样，就可以想象锦衣卫的刑罚有多残忍变态。

纪纲冷冷道："恶贼，你们自己说，傀儡师是何人？"

御兽师抬起头，裂开口子，看起来像笑不像笑，只是恶狠狠道："傀儡师是金吾卫的刘太安！他是刘太安！！哈哈哈，刘太安就是傀儡师！怎么样，你们信了吗？！"

"不可能！"秦明怒吼道，"你们在撒谎！我看到真的傀儡师了，他还在逍遥法外！"

胡狄冷笑道："那你说你在何处看到，看到他在做什么，为何你不追击他？难不成是今夜看到的？！"

秦明一句话几乎就要冲出来："他……"

荆一飞拉住了他，摇摇头道："秦明，不要中他圈套！"

秦明怒道："此时不说，便是要让魏东侯，让金吾卫永久蒙冤！我们原本也怀疑这刘千户是七煞门的傀儡师，所以今夜打算去试探一下他，却不想我们看到了一幕真相，这真的傀儡师突然出现在机甲司大营内，他带来了虬龙弓和傀儡零件，想要栽赃陷害刘千户，我正准备救刘千户，却不想锦衣卫的人就来了，所以这一切都是你们的一场阴谋！"

纪纲哈哈大笑起来："所以，那名大剑师就是你吗？！"

秦明怒喝道："我不是，我只是假扮他去试探刘太安罢了！"

胡狄冷笑道："你说的这个理由好牵强啊！请问你们试探刘太安的决定是

谁安排的，魏东侯吗，还是你们自己？”

秦明道：“是我自己，与魏大人无关。”

胡狄笑得更欢实：“原来金吾卫里一个总旗可以没有指挥使的命令，随意去试探一个千户，魏大人，秦总旗这漏洞百出的理由，你觉得如何？”

荆一飞说得没错，秦明这样说出来，非但不能解释清楚，反而再度引火上身。纪纲冷笑了一声，显然他觉得已是胜券在握了，他拍了拍囚车，又问道：“不如，再听听这七煞门的人怎么说？敢问这位好汉，你们幕后的主使是谁？是谁让你们犯下这等累累罪行的？”

御兽师怒睁着双眼，一字一顿大吼道：“是金吾卫指挥使，魏东侯！他，就是我们的幕后主使！”

所有人都面色再度一变，御兽师的话对金吾卫的人来说，无疑就像是当头一棒，打得人心直颤！

魏东侯更是骤地锁紧了眉头，他脸上的肌肉剧烈地抖动着，他没想到纪纲为了把罪责推给他，竟然用这等恶毒的方法，用最惨无人道的鼠刑逼迫御兽师和计无花就范。更具体地说，是御兽师心疼计无花被羞辱折磨，不得已开始服软。胡狄作为典狱司的千户，确实很能抓住犯人的弱点，他在折磨这二人中很快就发现了御兽师对计无花心存一些爱意，处处想要护着她，而这却也成了他致命的软肋，御兽师越是想要保护她，胡狄就越加疯狂地折磨计无花，从心灵到肉体，每日每夜，计无花的惨叫声就像是最恐怖最害怕的声音一直在他耳畔回响，终于御兽师妥协了，在御兽师看来，看着计无花被折磨，比他自己上刀山下油锅还要痛苦百倍千倍万倍。

御兽师曲叟，他现在终于把自己变成了一头动物，锦衣卫的一条狗！

他说完这句话，就开始盯着魏东侯哈哈大笑起来，在他看来，这里的人都是一样的，都是该死的，除了一个人，胡狄，他不是该死，而是该千刀万剐！该用世间最恶毒的办法折磨他到最后一口气！

面对御兽师的诬陷，魏东侯很快又冷静下来，一针见血道：“天下人都知道锦衣卫的刑罚有多恶毒，若是这二人受不了酷刑，屈打成招，又或者七煞门的人怨恨我魏东侯与他们作对，特地来冤枉魏某，那又当如何？”魏东侯一双眼睛如火炬般盯着御兽师，喝问道：“我问你，你敢说你没有对锦衣卫的人心存恨意？！你敢说自己方才所说的都是实话？！那女子变成这副样子，你就不恨吗？！”

胡狄懂人心，魏东侯自然也懂。御兽师的双眼里早已是火光熊熊，他的眼里何止是恨，简直是要滴出来的血，是要沸腾起来的杀意，那是满满的血海深仇！他的嘴角蠕动了一下，似乎是下了很大的决心，痛苦道：“其实……其实我说的全都是……”

纪纲突然一掌猛地拍在了囚车上，这一掌力气十足，嘭的一声巨响，把所有人都吓了一大跳，他这一掌就镇住了原本还怒火滔滔的御兽师，他的话也瞬间硬生生地咽了下去。纪纲冷冷道：“魏东侯，我早知你会这般质疑，若是七煞门的人这么说你，你必然会不甘心，说我是屈打成招，那么若是你自己身边最亲密的人也这么举证你，那你又当如何，可是愿意认罪？！”

魏东侯身边的人，这次不知道又是谁？

金吾卫之中有奸细？！荆一飞脑子里冒出这个念头，突然就觉得浑身一寒，她这一生大胆又果断，从来没像现在这么害怕过，她想起了六公子在魇境中跟她说过的话，这金吾卫内有细作，这细作就在他们的身边，会在最关键的时候给他们致命一击！所以，这人就是要在现在出现吗？那他会是谁？！

人群中终于缓缓地走出另一个人，这人身着绛色的朱雀服，他低着头，很是伏眉顺眼，这人不是别人，正是辟火司的千户薛仁德，他的动作虽然缓慢，但却很坚定，薛仁德走到纪纲的身旁，转头神情复杂地看了一眼魏东侯和秦明，而后俯首客气道：“在下辟火司千户薛仁德，见过锦衣卫纪大人！”

“薛千户，居然是你！”

“薛仁德？你想做什么……”

…… ……

薛仁德一出列，整个金吾卫的人都乱成了一锅粥，这人平日里虽然一无是处，但是对魏东侯的话最是言听计从，乖巧得犹如一只鹰犬，却不想他今天第一个站了出来，准备检举魏东侯。尉迟敦惊愕得说话都有些不利索了，皇甫寒山怒喝道：“薛仁德，你干什么，你还不快滚回来！”

薛仁德冷笑道：“我既已经选择站出来，再退回去还有意义吗？”

纪纲点头道：“不错，你今日站了出来，便是愿意选择与公正为伍，无论说与不说，魏东侯都决计不会再容忍你了，薛千户，你不是有话要说吗？现在可是最好的时机！你务必要认真想想，好好说，不可撒谎诬陷，也不可漏掉一丝一毫！”

薛仁德点头，大义凛然道：“时至今日，在下必是要实话实说，绝不包庇撒谎！”他顿了顿道，“诸位都知道，几个月前，京城内发生了几起雷火案，因为涉及比较重大的火灾，我辟火司一直都有在追查，不过其中也发现了一些疑点，只是因为涉及的人比较特殊，薛某一直不敢多说，只是偷偷地留下了一些证据，以防日后有人要查验时如实禀报，以表我薛仁德不愿同流合污，追查真相的决心。”

“哦？什么证据，不妨说来听听。”纪纲耐人寻味地笑了起来。

“薛仁德！你这卑鄙小人！想不到你会在这时候吃里爬外，当走狗！”荆一飞和秦明则彻底怒了，这薛仁德分明是与纪纲串通起来，想要在这时候给魏东侯致命一击，二人如何能容忍，秦明愤怒难当，直接冲了上去，但却被锦衣卫的人一下子拦住了，双方剑拔弩张，气氛再度紧张了起来。

魏东侯眼见薛仁德要与自己为敌，按理说应该是怒不可遏才是，不知为何却还是表情淡然，只是顺口道：“好啊，我倒想听听，你薛仁德留了我什么证据。”

薛仁德依旧是一副低眉顺眼的模样，恭敬道：“属下一直对魏大人心存恭敬之意，只是此事影响太大，又伤及无辜，属下实在不能与诸位合污，所以对不住了，魏大人！”

纪纲高声道：“薛千户，你不要怕，也无须担心，今日有我锦衣卫的人在场，是非公道，由不得他们说了算，就算我锦衣卫奈何不了魏东侯，上面还有皇上呢。你这里要有什么证据，就大胆地说出来，你现在怎么说，明早去了皇上那里，你也该怎么说，只要证据确凿，不管他是金吾卫指挥使，还是无名小卒，都要一同问罪，绝不能例外！”

薛仁德俯首道：“有纪大人这话，在下就放心了！当日案件追查时，下官发现了一条重要的线索，这条线索与魏大人当日与皇上禀报的不太一样，那便是雷火案中其实是出现过火药的。”

“不可能，现场明明没有任何火药爆炸的痕迹！”

“你们错了！我们辟火司的人都知道粉尘爆炸对粉尘的浓度要求非常苛刻，若只是单纯的粉尘爆炸，未必能次次都设计得这么精准，而且威力也不可能这么大，所以七煞门的人在爆炸现场会提前埋入一定量的特殊火药，爆炸之后几乎不会残留痕迹，这特殊的火药整个京城内都很少见，所以你们认不出来也不足为奇。”

“什么火药？难不成连六库里都没有吗？”

“是东海水师用于制造出水上火龙的白火药，这种火药纯度很高，爆炸之后硫黄火硝味消散很快，加上灭火时水流侵蚀，基本上不会有痕迹留下，外人自然是查验不出的。这案子的关键就在白火药上，南京附近极少有这等火药，京城之内我更是未听到有人进过这等货物，因为进出城的货物都要查验，像火药兵器这样的东西都是要清清楚楚地点验的，绝对不会随意进出！这也是我当时的疑点之一，不过功夫不负有心人，经过我的调查，我终于发现，当时魏大人是用了另一种方法来瞒天过海。”

第二十六章　杀人诛心

薛仁德顿了一下道："你们还记得，夏天时魏大人叫东海水师送来了一条鲸鱼的尸体吗，当时魏东侯说的是要制造螭龙水炮，但这水炮造了几个月也不见踪影，而且大夏天的来送鲸鱼尸体，大家不觉得奇怪吗？东海过来路途遥远，这鱼在半路上早就腐烂了，臭不可闻，这鱼皮能不能用还是一回事，如此费心费力，大家说岂不是疑点重重？所以我当时就怀疑，魏东侯其实想要的不是鱼皮，而是另一样东西！是东海的白火药！他与郑公公素来交好，想要讨取一些水师的白火药也不是难事，不过火药进城毕竟不容易，就算能进得来，也会留下进城检查的证据，所以他想到了一个绝妙的办法，他们利用鲸鱼来掩盖，大夏天的鲸鱼腐烂，恶臭难闻，没有人会去破开鲸鱼的肚子查看胃里有什么，所以他们就将火药隐藏在鱼肚子里，顺利过关后，一并拉到机甲司内，由傀儡师负责取出火药，再布下作案现场，你们想想看，这些起火现场多多少少与金吾卫有关，不是金吾卫看过风水，就是地方的主人与金吾卫有过来往，而且破案的过程更是离奇古怪，匪夷所思，这两个不知来历的新丁恰巧在这个时候进了金吾卫，刚好就能屡破奇案，岂不是怪上加怪，敢问诸位，这世间哪有这么多巧合之事？！"

薛仁德一番解读，句句直指魏东侯和秦明等人，这案子在他的解释下，已经变成了魏东侯和秦明等人自编自演，故意制造雷火案，犯下累累罪行，而后自己破案，邀功封赏！薛仁德的话刚说完，在场之人无不目瞪口呆，一方面被薛仁德的"大义"检举所震慑，另一方面更是被这案子的扑朔迷离，真真假假所震惊，毕竟这雷火案金吾卫的人多多少少都是有参与的，前因后果也是知道一些的，表彰大会更是刚开了没多久，莫不是现在一切都要反转吗？！众人心想难不成这魏东侯真的才是幕后主使，若是这样，自己这会儿要如何站队表态，是该一如既往地忠于旧主，还是该及时判断好形势，做好选择？

荆一飞心寒道："好一招杀人诛心！薛仁德，没想到你为了上位，竟是如此处心积虑，你扪心自问，这些年魏大人对你如何，你现在这般诬陷，不觉得太过恶毒了吗？！"

薛仁德面不改色道："魏大人对属下一向恩义有加，属下自然记得清清楚楚，属下这会儿也是纠结难断，只是公道自在人心，属下更不敢忘了金吾卫的职责所在，'真相'二字重如泰山，人命几十条高于青天，属下甘愿承受天下人的恶骂，也要说出这一事实，请诸位见谅！"

纪纲也不禁为薛仁德的临场表演鼓起了掌，这人平日里唯唯诺诺，可是关键时刻却能这般冷静，面对各方的指责质疑，坦然自若，整个兵来将挡水来土掩，完全无惧，魏东侯再次陷入困局之中。

纪纲笑道："魏大人，却不知你现在还有什么能解释的吗？"

魏东侯道："魏某可是真佩服你们的心机，可是这些也不过是薛仁德的臆想猜测罢了，我认为还是没有什么实质性的证据。"

"证据？魏大人口口声声说证据，却一而再再而三地否认。我知道你对我锦衣卫颇有偏见，对薛仁德也是不够信任，那好，今夜我再给你第三个证据，这次必然叫你哑口无言！"

纪纲笑道："这案子牵扯面太多，所以今夜我锦衣卫也不是单枪匹马来的，我早已告知大理寺卿耿通，建议他派人去机甲司搜查，按照大理寺的快马速度，现在应该快到你这里了吧？这证据，一会儿就可以让诸位大开眼界。魏东侯，你今夜插翅也难飞了！"

纪纲已经布下了一层又一层的陷阱，他纵横捭阖，联合了汉王、大理寺、金吾卫等势力，只为了等待一个时机将魏东侯完全制住，让他成为一切案件的替罪羔羊。纪纲的计策确实很完美，现在所有人都只等大理寺的人来，这证据一罗列，他魏东侯的罪名就基本坐实，再无翻身的可能了！

果然，过了不到一盏茶的工夫，门外就有人通报，大理寺的耿大人到了，纪纲命锦衣卫的人速速去请，只是一会儿，耿通就带着二十余名大理寺的人疾步入了大营，这些人面色凝重，脚步匆匆，甚至说是带着一脸愤意而来的。耿通一来直接就将一个皮袋子狠狠地往地上摔去，那袋子扑通一声摔在地上，溅出了些许白色的粉末，好似面粉一般。

不少人见了这白色粉末都吓得退后了数尺，很明显，这就是传说中的白火药。耿通一脸愤怒，指着魏东侯的鼻子当即臭骂道：“魏东侯，没想到你是如此阴险小人，当日你我合查雷火案，你还装模作样，分析得头头是道，真是枉费我对你敬佩有加！结果没想到啊，这幕后元凶竟然就是你自己！你利用雷火案受赏，我大理寺却被连累受罚，真是一出好戏！我耿通看错了你这阴险小人！”

纪纲劝道：“耿大人暂且不必动气，有什么话还须好好说才是。”

耿通高声道：“经验实，这袋子里确实是东海水师的白火药，我等可是从金吾卫机甲司的神机坊内搜出的，那个什么螭龙水炮早就毁坏得不成样子，丢弃一旁，显然是没什么实际用处了，我看薛千户说的是句句属实，制造螭龙水炮是假，偷运火药进城是真，这幕后元凶正是你魏东侯！”

锦衣卫和大理寺的人纷纷趁机高喝道：“严惩元凶！严惩元凶！”

纪纲站前一步，他的身后站着耿通、薛仁德等人，一干人等将他簇拥在最前方，仿佛都在等他做最后的决定，他高瘦的身姿拔地而起，目光如鹰隼般凌厉，口中缓缓喝问道：“魏东侯，你现在还有什么话可说，还不速速认罪！”

魏东侯也跨前几步，毫无惧色道：“魏某一向行得正，站得直，从未做过这等自编自演的恶事，你们这些所谓的证据不过是栽赃陷害，我愿与你三人一同进宫面圣，请皇上来定夺此事！”

一旁的胡狄冷笑道：“你还想要皇上来给你主持公道，想得倒是容易，纪大人，这人诡计多端，若是让他进了皇宫，狗急跳墙指不定要做什么危害皇上的坏事，此事万万不可！建议大人速速拿下，严加审问，以正视听！”

耿通也道：“是啊，这魏东侯武功高强，不说进宫作乱，就是这路上他突然要抵抗逃窜，我们也不易擒拿，赶快给他上了枷锁再说！”

说着，几名锦衣卫手持铁枷就准备上前，荆一飞突然一步跨出拦住，大怒道：“谁敢动魏大人？！金吾卫的人何在？！”

只是她这一叫，除了皇甫寒山、秦明和十余名贴身侍卫响应，其他的人都明显有些犹豫，尉迟敦更是不知该怎么做，秦明显然看出这人的犹豫，急忙大声责问道：“尉迟大人，锦衣卫今日在我金吾卫内耀武扬威，意图颠倒黑白，你还在犹豫什么？”

荆一飞悲戚道：“只怕尉迟大人早已露了怯意，下了决心了吧……”

果然，尉迟敦嗫着嘴犹豫道：“此事……此事还不好说，我想是不是应该先查明真伪再下定论，若是魏大人真的……真的犯了罪，我想还是……”他这话虽然没好意思说完，但众人也明白了他的立场和意思，尉迟敦怕引火烧身，准备明哲保身了。

纪纲哈哈大笑，笑中毫不掩饰自己的得意，他更是不失时机地提醒道：“好个深明大义的尉迟敦，金吾卫的人不是天天叫着天子犯法与庶民同罪吗？怎么，如今魏大人犯法了，你们是要包庇还是要大义灭亲？”

尉迟敦急忙俯首道：“我等绝无包庇之意，只求纪大人查明事情，还诸位一个公道！若魏大人真的犯了罪，我等绝不姑息！”他这一表态，更多的金吾卫开始选择了自保的立场，许多人都随着尉迟敦的脚步退后数尺，场子中央只剩下魏东侯和他最忠心的十几名手下了，这一举动颇有几分划清界限的意味。

常言道最寒不过人心，最毒也不过人心。

荆一飞身在金吾卫多年，自觉金吾卫与其他禁军不同，有情有义，荣辱与共，现在看来却并非如此，她大觉失望，更觉心寒，想往日里，这些人何等敬重魏东侯，对魏东侯又是如何的恭敬有加，只是大难临头，一个个难免选择独善其身，你若不肯相救也便罢了，但尉迟敦、薛仁德却这般鼓动，当真叫人心寒绝望到底！

她咬牙切齿道：“想不到我金吾卫也有今天！更想不到尉迟大人也有像条狗一样的今天！”她和秦明一把护住魏东侯道：“今日，谁也别想动我金吾卫的人，更别想动魏大人！想要动魏大人，必要先过我荆一飞这关！”

皇甫寒山也怒喝道：“别说我金吾卫无人，还有我皇甫寒山在此！姓纪的，我早看你们锦衣卫不顺眼了！”他率领着十几名金吾卫也齐齐守护在魏东侯身前，丝毫不肯退让半步。

薛仁德这时候也是异常坚定，他摇头劝道：“皇甫兄何必如此冥顽不灵，与贼人为伍，又有什么好下场呢？你若没有参与此事，不如速速划清界限，回头是岸！”

耿通却叫嚣道：“纪大人，这几个人可都是同党，务必速速拿下，一个都不能让他们跑了！”

现在，所有人都把目光聚焦在纪纲身上，而他却未做可否。

纪纲的左手缓缓地摸了摸右手的指节，他的手指关节十分突出，看起来就像鹰爪一般遒劲，映着烛火之光，更有一种铁铸铜浇的光泽感，过了片刻，他的唇齿间终于吐出了几个字，道：“锦衣卫出手，历来不留漏网之鱼，逃出去，那便是我朝廷的祸害！奉命，擒人！”

“阻挠者，杀无赦！”

几十名锦衣卫直接冲了上前，弯刀长剑铮铮出鞘，一时间寒光四射，杀气纵横，魏东侯的侍卫也拔刀上前，在双方下属就要交织在一块时，突然就见两道人影大喝一声就飞旋而出，这两个人一个御斧，一个御短刃，一声怒喝中完全是积攒了一整晚的恶气，现在二人再度合力出击，只见大厅内或星星点点闪耀，或横杀一片，十几声叮当脆响过后，第一批上前的锦衣卫手中的兵刃已经被悉数击断！

纵然有锦衣无数，依然难当金吾双雄。荆一飞虽是女子，此刻却比所有男子都强横百倍，她长眉飞扬，凤眼一瞪，大喝道：“还不给我滚出金吾卫！”

耿通被荆一飞的气势所震慑，有些惊慌失措道：“反了！反了！这人竟然公然违抗命令，连锦衣卫和大理寺的人都敢打，纪大人，还不速速擒住他们！以重刑惩处！”

纪纲冷笑一声，只是使了个眼色，一旁的胡狄带着鸩使、力士等人就立即蹿了出来，荆一飞和秦明二话不说，带着十几名金吾卫也冲了过去。

大堂之内俨然已变成了武斗场，众人拳脚对拳脚，兵刃对兵刃，丝毫不留情面，鸩使、力士等人将荆一飞齐齐围住，而胡狄则带人直接冲向了秦明，这胡狄与荆一飞、秦明二人打过多次交道，次次都百般受挫，尤其是在地泉穴内，秦明还曾刺了他一剑，令他几乎丧命于深渊之中，这件事他至今都还记得，所以今日早已想好要报这一剑之仇！此时得了命令，胡狄出招自然是毫不余力，他手握两把短匕，脚下的饕餮金靴内还藏有两刃，舞动之间，手脚共有四刃，好似四只手同时舞剑一样，又凌厉又狠辣。

秦明手中只有一把藏锋，以一刃对四刃，乍一看是吃了亏的，但比武对决，讲究的是窥破弱点，一击必杀，胡狄虽然武器多，但是秦明的招法却更简洁实用，而且藏锋相比胡狄的短刀，更加锐利不可阻挡，两人交锋不多时，秦明就找出破绽直接击断了胡狄的一把短匕。

金匕一断，胡狄登即大骇，毕竟他手中的匕首也不是泛泛之品，而是精钢混合精金所铸，锋利非常，只是没想到依旧是抵不住藏锋的锋锐，这其貌不扬的兵器可真是叫人胆寒。

二人再对十余招，秦明越打越疯，胡狄已是节节败退，他眼见自己抵挡不过，突然伸脚凌空一踢，一道寒光就疾射而出，这道光正是他金靴内藏着的匕首，这短匕出其不意飞射而出，秦明急忙挡了一下，但不想胡狄又凌空一脚，又一道寒光射来，这一把秦明是来不及躲避，直接被刺中了小臂。

胡狄大喜，手脚一收，这三把匕首竟然齐齐收了回去，犹如十剑生的御剑术一般，他见自己绝招一出，形势瞬间回转，整个人兴奋异常，身子开始以十分怪异的姿态旋转踢踏，这手脚收放之间，三把匕首不断地飞射而出，又快速收回，匕首在空中犹如流星一般飞旋，胡狄的这一招飞剑术，又诡异又凌厉，观感掠人眼球，好似三把飞剑随着他的身子掠动不停地在周边环绕飞击。其他尚未动手的锦衣卫见状纷纷喝彩叫好，纪纲更是拍手道："好一招疾星剑，胡千户的剑术可是又精进不少！"

纪纲一夸赞，胡狄更加卖力地飞剑，誓要将秦明就地拿下。

第二十七章　七决剑

只是胡狄这一卖弄，秦明也终于看出了破绽，这三柄匕首并非像十剑生的剑术一样全凭吸引力控制，胡狄控制飞剑时是有介质的，这东西就是他的蛛丝！只是这蛛丝十分特别，乃是肚内未吐出的丝团所炼，所以十分细软，肉眼很难察觉出来，他用这细小的蛛丝缠绕匕首控制来去，速度一旦快起来，就好像凌空御剑一样，十分花哨。

若是这人直来直往地飞射，秦明未必能这么快发现这个秘密，但胡狄有心在众人面前尤其是纪纲面前卖弄，一雪前几次失败的耻辱，所以故意变换着匕首前进的角度，想要以更高难度的曲线射杀秦明，但不想这匕首一转，连接的蛛丝在火光下微微发亮，这痕迹就被秦明发现了！

匕首蜿蜒飞击而来，秦明也不去管这匕首，他直接将藏锋破入这三柄匕首飞行的轨道之间，他的招法就是干脆利落，一招破百招！他用力一绞，三把匕首突然方向全乱，秦明速度加快，再一切，坚韧的蛛丝直接被切断，匕首在距离秦明还有数寸的地方瞬间力竭，叮叮当当全部掉在地上。

胡狄大惊，他未曾料到秦明会这么快发现自己这一招的破绽所在，他急忙抽出身旁一名锦衣卫的暗月斩，想要斩杀过来，但秦明速度更快，两步掠了过去，浑身的力道汇聚于指尖，不过一点一切，铿锵一声，暗月斩再度裂成两半。

这一招更是干脆利落，立即叫在场之人都惊呼了一声，纪纲更是面色冷峻，显然，秦明的这一招让他瞬间想起了一个人，一个他曾经视为一生之敌的人！那人曾有恩于他，但又重创了他，给他身上留下了至今无法抹去的伤痕，所以纪纲曾把他视为了一生中最想杀掉的人，可惜，那场大火和惊天的秘术，最终还是让他逃走了，成为今生都不能实现的遗憾！但不想，今时今日，在这里居然能再度看到这人的绝技，这一劈一斩，可不是与岳松的分金掌十分相似？

这是巧合，还是命运特别的安排？

“嘿嘿，看来老天真是会做安排。”纪纲的手已经不自觉地摸向了自己的腰带，他的七决剑面对宿敌，已然是蠢蠢欲动了！

场子中央，秦明和胡狄的决斗已然就要分出胜负了！秦明先断兵刃，手指再顺势一扬，一道青黑色的光芒直逼对方的喉头而去，这一招已是要见血封喉了！其他锦衣卫急忙冲了上去，想要解救胡狄，但是秦明已经杀红了眼，藏锋在手，好似神兵无敌，无论是暗月斩，还是绣春刀，触之皆断，光华所及之处皆是斩瓜切菜，无人可以匹敌！

十个人，二十个人，三十个人，越来越多的锦衣卫冲了上去，但都无济于事，秦明似乎已经与藏锋完全融合在一起，意念所至，锋芒所及，已是攻无不破、无可抵挡，他突然身子一旋，整个人如一道狂风一样朝胡狄飞击而去，这一招硬是破开了十余名遮挡的锦衣卫，再次直逼胡狄的喉头！

胡狄的脸色已然如死灰状，冷汗更是涔涔而下，他退无可退，这一战非但没能耀武扬威，反而是让他狼狈不堪，只是可恨这秦明不但要他输，还要他付出性命的代价！胡狄突然有些后悔，不该这么傻地去单挑秦明，他一生歹毒狠辣惯了，似乎无所畏惧，可是临死之际，却也还是起了恐惧之意，他突然意识到自己不是不怕死，而是没遇到比自己更狠辣的人，这打怕自己的人就在眼前，因为他分明感受到秦明就是要他胡狄死！

秦明如鬼魅般而来，藏锋迫在喉头，胡狄的性命已是悬在一丝线上了。这一剑该是毫不犹豫就刺了下去，只是这时候，纪纲突然出手了！他右手猛地一抽，只见一道白光从他的腰带中闪了出来，白光快速凝结，化作了一条如丝带如闪电般的软剑，正是诡谲无双的七决剑！

七决剑，天下软兵中的第一，传说中分金掌的克星！

“缠！”

随着纪纲的一声冷喝，七决剑犹如丝带一样直接缠住了秦明的手腕，这剑又快又利，而且软如丝带，若是这么让他缠住，只消稍稍一拉，秦明的手就会像刀割断豆腐一般被切下来。秦明骤然一寒，这剑实在是太诡谲可怕了，自己现在要杀胡狄，也必然要被纪纲断掉一手，这可不值得！区区一个胡狄如何能让自己这么去赌！

这想法和变招都在电光石火间，他急忙收招，纪纲也是快速一扯软剑，这一剑缠绕虽然未伤到他，但一撕拉下，衣服和皮腕已经尽数撕裂。秦明瞬间起了一身冷汗，这纪纲的剑形状古怪，剑不像剑，鞭不像鞭，时柔时刚，变化无度，方才自己收招只要再慢一点点，这手就已经不在自己胳膊上了，好险！好险！

纪纲既是锦衣卫的指挥使，也是锦衣卫内的第一高手，即便是在皇城所有侍卫中，他的身手也是数一数二的，其修为其功法显然远非秦明这个初出茅庐的小子可以比拟的。不过一招就叫秦明差点吃了大亏。

魏东侯见纪纲出手了很是着急，但现场乱作一团，他一时间也有些分身乏术。这边纪纲不依不饶，持剑再击，七决剑看起来柔弱如鞭，但一震之下，却又能坚如钢铁，最关键是它快得就像狂风，就像闪电，就像无处不在的毒蛇，十分难以捉摸预料，这样的软剑是天底下最可怕的兵器，因为你根本无法预测它的方向和轻重，它来时轻如风，攻时却又坚如铁，当真是无处不在，挡无可挡，避无可避！

唰！唰！唰！

不过三剑，纪纲就把秦明逼退到角落里，一剑一杀，三剑在秦明的胸口划出了三道血印，犹如一个叉子，显然这三剑纪纲都是手下留情了，不然以他的修为，这任何一剑都可以直接将秦明劈成两半，剑剑都足以要了秦明的性命。

纪纲的剑离着秦明不过几寸距离，这么近都可以清楚地看到这剑薄得近乎透明，就像蝉翼一样，滴血不沾，还带着一股清冷的寒光，真是好可怕的杀器！

纪纲道："你的藏锋招法我可是有些眼熟！告诉我，这分金断玉的本事是谁教你的？！"

秦明呸了一声道："我凭什么要告诉你！"

纪纲冷冷道："你不肯说，那便随我回锦衣卫好好想想！"他再刺一剑，依旧快得肉眼几乎不能辨别，秦明急忙狂旋身子，先是一招莲底藏鲤想要借机躲开，而后紧接着便是连上一招风中藏羽，刺中关键一击，这两招虽然一个重守、一个重攻，但连用起来却是十分流畅，几乎没有任何空当，仿佛本来就是连在一起的一个招式一样，这样的攻防融合的招式寻常高手根本难以抵挡。

但不想纪纲的七决剑太细太薄了，这狂风旋动，直刮得人衣袂翻飞，却根本奈何不了纪纲的剑，纪纲心中不禁冷笑，他对这招式实在是太熟了，他当年为了击败岳松，日夜研究他的分金掌，创造出这独一无二的七决剑法，他的剑就连岳松都难以抵挡，更何况这半路出家的秦明。

软剑犹如水中的鳝鱼泥鳅一样，从一个刁钻的角度直接破开风力朝秦明刺去，一剑便又破了两招藏锋式。

这一剑又是与方才一样，在秦明身上划出了一个大口子，却并没有就地击杀他，很显然纪纲心里也有太多的疑问没能得到解答，这魏东侯的真实身份，当年谜案的真相，以及全天下都关心的建文帝的去向，而眼前的秦明似乎是这些谜团里很关键的一环，所以他有必要留下秦明问个究竟。

纪纲再出一剑，这一剑依旧是未使出全力，速度上比上一剑甚至还稍稍慢了几分，或许纪纲觉得秦明的修为不过如此，不必这般费力就可以击败他了，只是这速度一慢下来，就被秦明看清了剑势，秦明突然一个翻身，单掌合着藏锋的锋锐就朝七决剑的中间点去！

七决剑，长三尺三，一尺三分处正是剑心所在，所谓的剑心便是一把剑力量汇聚的核心，点杀此处好比击破一张蜘蛛网最关键的节点，必教兵器登时碎裂，再无重铸的机会！秦明瞧准了时机，奋力一击，意图击断七决剑，挫一挫纪纲的锐气！

这千钧的力道汇聚，终于交融在一点，而后猛地下切！两柄兵器再度交碰在一起，藏锋的锋芒猛地抵住了七决剑的剑心，只消再用力往下，以藏锋的锐利，这剑必然会碎裂，毕竟到现在为止，秦明还未遇到能够挡住藏锋的兵器，就连朱高煦的鹤羽剑、胡濙的冰魄剑都不行！这纪纲的七决剑也一样不行！

秦明用力往下一点，只是他脸上的神情却是突然变得惊愕起来，从决绝变得难以置信！

七决剑与秦明之前遇到的所有剑都不一样，它是一柄软剑，秦明只是稍稍一用力，藏锋就把软剑的剑身顶成了弧状，这奋力一击就像重拳打在了棉花上，利刃劈向了海水，再刚猛的力道都瞬间被泄得一干二净，无影无踪！

秦明满脸错愕，他自从学习藏锋式以来还是第一次碰到这种情况，自己的剑势居然无法使出，仿佛是被石头沉入了大海，这七决剑柔若皮筋，软弱无骨，以刚克刚的藏锋又如何能断得了这鞭子一样的七决剑？自古柔能克刚，但却从未听过刚能克柔，这该如何是好？！

难道，这就是七决剑被称为藏锋克星的原因所在？！

纪纲早已预料这一剑会如此结果，他一身苦修，练成了七决剑这样诡谲的剑法，就是为了对付藏锋这样的刚锐之物，当年的岳松不行，现在这个叫秦明的小子又怎么可能有机会？他冷笑一声，再一抖七决剑，寒光一闪，这剑力瞬间反弹，锋芒直接换了方向，扑哧一声就刺入秦明的胸口，只是他显然刻意留了下力道，剑尖只是没入几分，并未全部刺入，这一剑是要制住秦明，叫他不要再轻举妄动，而非要他秦明的性命。

薄薄的利剑入体，秦明只觉得心头一寒，转而便是钻心的疼痛！

这剑不但锋利，还很冰冷，但这冰冷与朱高煦的鹤羽剑又有所不同，鹤羽剑是纯粹的低温寒冷，而这七决剑似乎是杀的人太多了，以至于阴气不散，让剑的内里透着一股阴森森的寒气，就像无数冤魂汇聚起来化成了一种死亡的气息！秦明已经觉得死神在靠近他了，他浑身都开始发冷，甚至身子都不由自主地发抖起来。

纪纲的剑还在缓缓刺入，他的脸色在摇晃不定的烛火照耀下显得尤其阴鸷，仿佛他天生就是一只吃人的秃鹫，一条杀人的毒蟒，一个乱世中的恶魔，这样的人历经了太多的风雨，见过太多的生死场面，他想要击败秦明这样初出茅庐的小子，真的太简单了。

“小子，我纪纲的七决剑正是你分金掌的克星！以前，有个人跟你一样，以分金掌而成名，但最终他还是败在了我的手下！他连一分赢我的机会都没有！你现在更不可能有！”

“分金掌？！”秦明第一次听说这个招法，他心想这不是藏锋四式吗，为何叫分金掌，那纪纲口中所说的用分金掌的人又是谁？难道魏东侯教他这藏锋式时没有跟他说实话？这并不是魏东侯姑苏三十六路刀法中的招式？

纪纲冷笑一声，七决剑缓缓刺入秦明的胸口，这剑太薄太锐利了，想要破开人的胸口，就像一根锋利的针轻轻地插入一颗木瓜里，毫无阻挡，鲜血已经汩汩而出，染红了衣裳一片。

荆一飞见状急忙弃了其他锦衣卫想要过来救护，但纪纲只是一个手势就叫她不敢再靠前。她若敢再上前，这剑就会直接穿透秦明的心脏，叫他毙命当场，场上气氛一时冷凝如霜，所有人都不敢再动一步。

“小子！看来你也逃不了了！你先告诉我，这分金掌是谁教你的！”

“够了！”魏东侯喝了一声。

第二十八章　御兽师的愤怒

一直忍耐的魏东侯终于也按捺不住了，纪纲虽然了得，但他魏东侯也不差，即便他现在没有了流光刀，也一样是不可小觑的一等一高手！

魏东侯整个人就像一道黑影狂卷而来，只是用了双指猛地夹住七决剑，用力一弹，这剑啵的一声就被抖了出来，纪纲还想借机舞剑破了魏东侯的五指，魏东侯反应却也快，腋下的弯刀已经飞出，这弯刀虽然普通，但配合他的招式、力量和速度，只见这两兵相交，铮的一声，团团花光绽放，如群星璀璨，逼得双方都纷纷退后一步，这第一招谁都没能占得便宜。

若论武功，二人恶斗起来当真是不分伯仲，只是这样恶斗对纪纲而言可就毫无意义了，他一向不做没有十全把握的事，哪怕自己手里比魏东侯还多了一把七决剑，纪纲迅速收回了软剑，左手掏出一张镏金令牌，大喝道："我锦衣卫办案，历来有先审讯之权，我现在怀疑金吾卫指挥使魏东侯等人与七煞门私通，意图谋反作乱，还请魏大人、皇甫千户、荆百户以及秦总旗随我回锦衣卫接受审讯！若是再敢反抗，以忤逆罪杀无赦！魏东侯，你是不是还要执意反抗？！"

耿通见这场面到现在已然失控，两卫相斗后果不堪设想，他现在是越发地有些担心，口中毫无底气地喝道："魏……魏东侯，你……你真是胆大包天，现在证据确凿，你还不肯认罪，还想以武力对抗朝廷吗？！"

薛仁德更是怂恿众人道："魏大人，你自己若是犯罪了，便自己一人承担好了，何必连累这么多无辜的金吾卫兄弟，若是皇上因此震怒，这金吾卫上下五千六百余名弟兄可都要陪你受罪！你于心何忍？！"

荆一飞气得痛斥道："薛仁德，你这只锦衣卫的走狗！"

薛仁德毫不畏惧道："我薛仁德乃是从大义出发，还请魏大人为大局着想！自己身犯重罪就该一人做事一人当，何必为了一己之私害了这么多兄弟！"薛仁德这话很有鼓动性，这鼓动的不仅仅是金吾卫的人，更是让魏东侯的心里一阵内疚，他从入金吾卫开始便是受人恩惠，或者说是一场错误，到现在他已经分不清自己在做的事究竟是对还是错，他能做的只是坚守当年许下的诺言罢了。

可是他又觉得眼前，这些与他同生共死的金吾卫将士是无辜的，他们与自己不一样，不需要承受这样的矛盾的折磨，他们是无辜的……片刻魏东侯眼中的怒火逐渐熄灭下来，他冷冷道："此事还未明朗，我愿意跟你回锦衣卫接受调查，不过金吾卫的其他人是无辜的，还请放了他们吧！"

魏东侯乃是金吾卫的蛇头，斩了魏东侯这个头，整个金吾卫便也废了，纪纲自然最想要的就是让魏东侯跟自己走，他点了点头道："好，那现在便跟我们走吧！"

"不可！"一旁的薛仁德突然罕见地暴喝了起来，他一双眼睛恶狠狠地盯着秦明，一字一顿道："纪大人，我认为光审讯魏东侯一人可不太妥当！"

"哦，薛千户的意思是？"

"纪大人，这几个小子一入伍就在调查雷火案，想来与魏东侯定是同谋，可千万不能放过他们！秦明、白齐，还有这个荆一飞，属下以为都是嫌犯，必须一并逮捕审问，不可漏过一人！"

胡狄附和道："属下以为薛千户说得极是，此案关系重大，宁可错抓一千，不可放漏一个！"

纪纲冷笑道："既然如此，那就一并拿下，一同带回我锦衣卫受审！"

众锦衣卫连同大理寺的人纷纷上前，魏东侯勃然大怒道："纪纲，你……"

纪纲冷笑道："魏东侯，其他人我可以放过，但是荆一飞和秦明可不行，你放心，我锦衣卫一向公正严明！"

"嘿嘿……还想抓我吗？"秦明突然面色一横，他常年混迹市井积累而来的求生意识，让他很清楚地意识到，若是今夜他进了锦衣卫，就永远不可能再有出来的机会了！魏东侯毕竟是金吾卫的指挥使，纪纲即便再怎么下狠手也要注意分寸，但他秦明不过是一名小小的金吾卫总旗，胡狄、薛仁德都不可能放过他，进了锦衣卫何止是死，简直是要生不如死！

不行！自己绝对不能进锦衣卫！一飞也不行！

秦明突然一下想通了，他魏东侯不走是有自己的苦衷，毕竟他若逃走了，便永远是大明的罪犯，一辈子都洗不脱这罪名，而且这金吾卫上下其他五千多条人命便会随着魏东侯的离去而身陷绝境。不过，他秦明可不一样，他不过就是他自己罢了，但他现在又不仅仅是他一个人！

“一飞，想不想去锦衣卫走一走？！”秦明大声喝问道。

荆一飞目光都是火焰，她冷冷道：“想！我的七漩斧很久未大开杀戒了。”

秦明哈哈笑道：“不过今夜只怕是不行了，如今六脉一事，除了魏大人，只有你我和白齐三人知晓具体内幕，你说若是你我死了，白齐不知道今夜发生的事，还有谁能替魏大人翻案？”

这个问题让荆一飞不寒而栗，若是他们三人死了，魏东侯再也没有人可以替他翻案了，一方面其他人不知道魏东侯当初叫他们去查案的真正目的，另一方面金吾卫内诸如薛仁德、尉迟敦之人不在少数，也不会为了一个戴罪之人去努力争取，甚至对抗汉王和锦衣卫。

秦明道：“所以，我们得活着！至少还有一个人可以救我们！”

他拉着荆一飞突然猛地往前冲去，胡狄大喝道：“反了反了！金吾卫反了！杀！”锦衣卫手中的弯刀如飞鸟般旋转而出，秦明和荆一飞二人联手，一个匕首如夏雨点点而落，一个玉斧如秋风狂扫落叶，十余把绣春刀登即碎裂。

锦衣卫再围，秦明藏锋在手，已是不管不顾，一击一切，便斩下了一个人头，再一划一劈，又是一个人头。秦明七八招间便已杀了七个锦衣卫，鲜血溅染了整个大厅。一时间，全场哗然！永乐至今，还未有公差敢当场杀锦衣卫，杀锦衣卫便是公然与朝廷作对！这秦明太大胆了！

纪纲震怒，他也没想到这人有这么大的胆子，敢如此肆无忌惮地杀人，他一拍腰带还欲出手，却不想自己的手被人用力地制住了，一把弯刀已经抵住了纪纲的腰带。魏东侯冷冷道：“纪大人的七决剑沾的血太多了，还是不要再用的好！否则……”

“魏东侯！你这是公然与反贼为伍！”纪纲怒喝道，魏东侯哈哈大笑道：“你锦衣卫权力是大，你说黑就是黑，说白就是白，要想说我金吾卫是反贼，又有何难？不过天下乾坤朗朗，我魏某自然有沉冤昭雪的一天！”

纪纲迟疑间，秦明已经和荆一飞杀出了大营，这二人杀气冲天，震得各锦衣卫和大理寺的人也不敢怎么上前，二人竟是一路突围到了大校场中，胡狄大怒，紧跟而出，大叫道：“各锦衣卫听令，速速擒拿荆、秦二人，纪大人有令凡擒拿一人，重赏百石，品升一级！”

薛仁德却大叫道："谁能杀了秦明，我薛仁德再加黄金百两！"

门外，各锦衣卫听了这些句话，一个个终于回过神来，从最初的惊愕变成了振奋，所有人都纷纷翻出武器冲了过去。而薛仁德更是指挥辟火司的金吾卫全力协助锦衣卫缉拿这两名疑犯。一时间大校场内人流如潮，面对锦衣卫和金吾卫的两面夹击，二人想要突出重围，简直难如登天。

荆一飞道："此处距离大门还有三十丈距离，若实在不行，我必然全力护你安全，你只须记得出去后替魏大人沉冤昭雪就是！"

秦明摇头道："不会，我不会弃你不顾的！"眼见前有堵截、后有追兵，他二人很难再突破这三十丈的距离了，秦明突然想起一事，他一转身拉着荆一飞又杀回了大营的门口，荆一飞正纳闷这秦明又想什么鬼主意，抬头一看，却见这门口摆放着两具黑漆漆的囚车。

秦明道："我想有人会愿意助我们一臂之力！"秦明手起刀落，毫不犹豫地击杀了守卫囚车的锦衣卫，又快速地破开了囚车，御兽师和计无花就像两摊软泥一样摔了出来。

荆一飞明白了秦明的心思，御兽师被胡狄这么折磨，自然是恨死了锦衣卫的人，但她一见这二人的样子，实在很怀疑他们两个现在还有没有力气站起来。

人群中，胡狄见秦明非但不逃跑还敢回来放出囚犯，心头更怒，大喝了一声，带人再度冲了过来，只是他刚奔了几步，就急忙止住了脚步，因为他分明看到瘫软在地的御兽师挣扎着站了起来……

这御兽师浑身已经溃烂不堪，尤其是嘴巴被撕烂得不成样子，仿佛一说话下颚就要掉了，御兽师浑身扭曲着爬了起来，整个人都是颤颤巍巍的，不过他的手里却不知什么时候提了一把刀，一把锦衣卫的绣春刀。

所有人都以为御兽师要去杀胡狄，毕竟这胡狄在典狱司内是百般折磨这二人，这恨只怕已是血海深仇，不共戴天了。但不想，御兽师爬起来后第一件事却是靠近计无花，他蹲了下来，很温柔地抚摩着计无花的额头，只是计无花的额头早已是一片结痂的血水，看起来就像长了一层层开裂的树皮，想她原先也是个婀娜妖娆的女子，如今却变成了这人不人鬼不鬼的模样，御兽师心痛到难以自制，他的手都在发抖，他的双眼里甚至还有泪水流下，他悲极反笑，突然仰头哈哈大笑起来，只是这笑声比哭还难听，整个声音就像漏风的风斗一样，呼哧呼哧的，让人听了都要起鸡皮疙瘩。御兽师右手握刀，而后高高扬起，猛地劈向了计无花的胸口，扑哧一声，计无花只是闷哼了一声，浑身就软了下去。

计无花终于也死了！

“这……”所有人都被御兽师的举动震惊了，因为没有人会想到他获得自由后杀的第一人，竟然是自己一直苦苦想要保护的计无花，御兽师摸了摸计无花的双眼，猛地抬头望了胡狄一眼，只这一眼，就叫胡狄浑身恶寒！胡狄也是一个疯狂的人，他现在心里很清楚，御兽师为什么要杀计无花，因为只有杀了计无花，他才能了无牵挂，才能更加无所顾忌！对于计无花而言，这样痛苦地苟活不若痛痛快快地死去，能死在御兽师手里也算是有个善终。

现在，这里便是御兽师曲叟的杀戮场了。

御兽师冷笑几声，终于开口说话了，他说话的时候很艰难，很痛苦，但是他还是要说：“胡狄，你现在是不是很后悔，当初为什么不杀了我！”

“你现在，是不是很后悔，为什么光折磨小师妹，却不折磨我？！”

“你一定很后悔为什么没有砍断我的手脚，却只用这鼠刑？！嘿嘿嘿！你只伤了我的皮肉内脏，你没有伤了我的筋骨，这是你最大的失误！”

现场所有人都感受到御兽师疯狂的杀意，他现在只有一个目标，那就是杀了胡狄，将这个人碎尸万段。而一向肆无忌惮的胡狄终于感受到了什么叫真正的恐惧。

第二十九章　杀出重围

现在，纵然有近百名锦衣卫环绕在自己身边，但胡狄还是止不住自己内心的颤抖，他故作强硬道："曲叟！你还想要我胡狄性命，你这残废的死狗也配吗？！"

"胡狄！我御兽一门还有最后一招玉石俱焚的招法，叫化兽，今日便要你试试！"御兽师这话刚说完，猛地咬破口腔内的一物，这东西就像一颗假牙一样一直隐藏在他嘴巴的最里面，不到关键时刻绝不会使用，如今已到了生死相搏的时刻，御兽师自然是毫无顾忌了，硬壳破裂，药物缓缓流出，一股血腥味开始充盈整个口腔，他用力吞下，一股热流瞬间充沛全身，随着这热流的激荡流窜，他只觉得自己伤痕累累的躯体开始变得力大无穷，所有的伤痛都毫无知觉，甚至他的面容也剧烈地发生变化，双眼血红，青筋暴，整个面色也扭曲可怖，现在的御兽师就像一个索命的厉鬼，又像一头饿了几个月的猛兽，在他眼里，只有杀戮和复仇才能让他满足和痛快！

御兽师凌空一跃，整个人手脚并用，就像一头疯狂的猎豹一样朝胡狄冲去。

胡狄大惊，快速后退，口中大叫道："快给我杀了这条死狗！"各锦衣卫欺身而上，手中的绣春刀、暗月斩如雨点般招呼了过来，但这御兽师疯了一样，根本不躲避，他手握两把弯刀，整个人就像陀螺一样旋转了起来，瞬间血肉就像暴雨一样在人群中飞溅了出来。

御兽师的武功未必能比锦衣卫的人高出多少，但是他毫无畏惧，不惧生死，一颗杀戮之心远胜所有的锦衣卫，这百名武装到了牙齿的锦衣卫竟然围困不住一名小小的御兽师，御兽师杀了不知道多少个锦衣卫，锦衣卫的刀剑也纷纷刺入御兽师的大腿、胳膊、后背，甚至还卸下了他的一条胳膊，鲜血四溅，流了一地，像一条红色的毯子一样挂出了一丈，但这个人却毫无知觉，拼了命地向胡狄逼近。

二人之间只隔了不到三丈，但中间却还有几十名围堵的锦衣卫。

此情此景，面对御兽师的疯狂，胡狄早已吓得浑身冰冷，他从未见过如此疯狂的人，若是常人中了这么多刀早就死了，但这个人却丝毫不受影响，反而每一次受伤都会让他更疯狂、更残暴！这样的人远比自己疯狂百倍千倍！这样的人就像一个阴魂不散的恶鬼一样，就算湮灭了也会时时出现在自己的噩梦里，让他睡不安稳！

御兽师也察觉出了胡狄的恐惧，更加狂妄地笑道："胡狗！你怕了吗？！你也怕死吗？！"

胡狄一向以残暴冷血自居，但现在他发现自己比任何人都怕死，他杀人，他折磨人，只是因为享受凌驾于其他人之上的快感，如今他觉得自己反而像个待宰的羔羊，这种心理的折磨让他十分屈辱和惊恐。

他失声怒吼道："快杀了他！快！"

扑哧！赶过来的鸩使黑翅一闪，直接斩断了这御兽师的一条大腿，那力士一斧头劈下，也斩断了另一只胳膊，御兽师整个人只剩下一条腿了，他突然用力一蹬，整个人猛地弹了起来，直接从众人的上方跃了过去，像颗炮弹一样朝胡狄弹射了过去。

嗷！御兽师不偏不倚，一口咬在了胡狄的喉头上，胡狄痛得仰天惨叫，但他喉头被撕裂，这声音却像漏气了一样，十分沙哑惨烈，刀剑就暴雨一样刺中御兽师的后背，把他扎成了一只刺猬。但他却丝毫未曾感觉到任何疼痛，他疯狂地吮吸着胡狄喉咙里的鲜血，用力地咀嚼着胡狄的皮肉。

锦衣卫的人彻底慌了神，这御兽师仿佛一个杀不死的怪物一样挂在了胡狄的身上，嘴巴连着喉咙，鲜血在喷溅四溢，根本不可能拉开，若是强行拉开，必然要把胡狄的整个脖子都扯断，胡狄的声音越来越弱，双眼圆睁着，充满了惊恐，无奈之下，力士用力一掰，终于扯下了御兽师的头颅，刺啦一声，连着扯下的是胡狄半张脸皮，他的脸一片血肉模糊，露出微黄色的牙齿，像极了没有脸皮的御兽师。

胡狄哼了一声，终于跟御兽师一起断了气。

大校场内，御兽师与胡狄同归于尽，状况惨烈。锦衣卫更是死伤无数，而秦明和荆一飞则利用御兽师转移了注意力，成功地往大门狂奔而去，大门口还有一群锦衣卫在此守候，这算是最后的一道防线了，秦明和荆一飞正欲大开杀戒，突然一阵马蹄声传来，正是皇甫寒山带着幽潜司的金吾卫冲了出来，鲛兵、都船这些原本不善于陆战的人都纷纷操起兵器前来解围，两路兵马混战在一起，让场面越加地混乱不堪。皇甫寒山大喊道：“魏大人有交代，要护你二人周全，快走！”

秦明和荆一飞也不致谢，只是不顾一切地狂奔着杀戮着，终于冲出了金吾卫的大营。这大营之外就是街道，若是顺利的话，趁着夜色以他二人的身手足够逃到城外避一避风头了，只不过他们一出营门却看到另一幅景象，一大片绛红色映入眼帘，那是埋伏在此处的三百余名辟火司的卫兵，这些人个个面带寒光，手握兵器，他们才是今夜最后的一道屏障。

辟火司带队的正是丁恒和张玉，这二人齐声高喝道：“薛千户料事如神，特命我们在此守候，就是要缉拿你二人，还不束手就擒！”

荆一飞一见这次来阻挡的竟然是金吾卫的人，心中又恨又怒，她强忍怒意道：“我荆一飞不想杀金吾卫的弟兄，你们赶快让开！”

秦明也喝道：“丁恒，快让开！”

丁恒冷笑一声，叫嚣道：“让开？哈哈，如今你二人已是丧家之犬，还敢这般口出狂言，秦明，当日一剑之仇我还没报呢，今天落在我丁恒手里，还是赶快下跪求饶，我还能考虑让你死个痛快！”

张玉也吆喝道：“我金吾卫岂能出你们这些恶贼，弟兄们，杀了这二人，清理门户！”

“杀了他们！”

…… ……

秦明怒喝道：“我们虽有旧怨，但好歹也算同门一场，你们不要逼我！”

人潮之外，薛仁德不知何时带着一部分金吾卫和锦衣卫也追了出来，他一脸阴狠道：“逼你？秦明，你就没想到自己也有这一天，昔日，你重伤我侄儿薛晋，令他终身残废不能站立，今日新仇旧恨便要教你一并偿还！这是你自作自受，应得的报应，一切都是你逼我的！辟火司诸位听令，若谁能杀了这秦明，我薛仁德赏金百两！”

重赏之下，众人齐声高喝，杀声震天！

这丁恒首当其冲，大叫道：“薛大人已发话，诸位放手一搏，杀了这二人邀功领赏！杀啊！”

只是这叫声刚喊了一半，就戛然而止！因为一把飞斧突然疾飞了出来，直接劈中了这人的脑门，浑圆的脑瓜子犹如西瓜一样被直接劈开了，白色的脑浆混着鲜血迸裂了一地！

所有人一下子都吓得鸦雀无声，更惊得退后了两步，一旁的张玉也是面色青白，差点摔倒在地，他未曾想到对方出手这么狠辣，这丁恒才叫了几声，还没出手就直接命丧黄泉了！

荆一飞飞旋锁链钩回玉斧，她甩了甩斧刃上的血渍，冷冰冰道："一条狗罢了，死了又如何？！"她手挂玉斧，眼泛青光，神色冷酷得就像地狱杀神，众人虽然都常见荆一飞一张冰霜脸，但却也是第一次看到如此杀气腾腾，如此恶恼于面上的她。

荆一飞纵身上前，一脚踏在丁恒的身上，一字一顿道："你们听好了，挡我荆一飞者，死！"

辟火司的这些人已经完全被荆一飞的气势压倒了，一个个不由自主地后退闪避，薛仁德挥舞着手中的长鞭，奋力击打退后的侍卫，双眼通红大吼道："不准后退，不准退！给我杀！给我杀！杀一个人赏金一百两，不，二百两黄金！品级再升一级！"

薛仁德为了除掉秦、荆二人已经是丧心病狂般，而秦明和荆一飞二人则开始先发制人，二人犹利箭一样冲向了围堵的人群，一群人再度冲击在一起，短匕和利斧化作了两道利芒，奋力挥击劈砍，一阵阵哀号声传来，鲜血和骨肉在空中飞溅，化作了寒冬里最惨烈的花。秦明的藏锋式本就是暗杀之术，一招一杀，干脆利落，毫不留情，而荆一飞却是大开大合，风火山林雷五式招招威力惊人，每一招使出，都有一批人应声倒下，这二人合力，直杀得对手四肢撕裂，身首分离，惨叫连连。

这二人也不知道自己现在杀的究竟是锦衣卫还是金吾卫，锦色的飞鱼袍和绛色的朱雀袍都被鲜血染红，变得更加难以辨认，秦明只知道，自己想要活着就要杀！杀！杀！这是见神杀神、见佛杀佛，纵然天子在前，自己也不能退让犹豫一寸一分，他要让自己杀气充盈，怒火满怀，要让满满的恨化作了无尽的杀戮，让喷薄的怒火成就了更狠辣的杀招，管他是骨肉碎裂修罗天，还是血海翻腾阿鼻地，只有杀才能解恨，才能逃出生天！才能沉冤昭雪！

二人也不知杀了多少人，身上都是一片血红，早已分不清哪些是对方的血，哪些是自己的血，这一路冲出两条街道，直往南面狂奔而去，可依旧还是甩不掉锦衣卫和辟火司的纠缠，这些人在赏金的鼓动下，已到非要杀了秦明二人不可的地步，无奈之下，秦明拉着荆一飞一路狂奔，拐了一个街角，突然又有一队人马杀了过来，这些人也是身着朱雀服，骑着高头大马，二人心中不由得一寒。

这队人马在二人之前定住了身形，为首的正是兵马司的韦衍以及宋枫等人。秦、荆二人杀疯了性子，又见金吾卫里已经有了诸多叛变之徒，好恶难分难辨，心里猛地一咯噔，还在想这兵马司的人现在究竟是敌是友，这么晚在这里出现是何居心用意，想到这，手中的兵器不由得更捏紧了些，倒是韦衍冷静，急忙摆手解释道："一飞、秦明，速速冷静，今夜的情况我已听说了，你二人赶快走。这里，我们先帮你顶着。"

"大人……"

荆一飞这才知道韦衍并非来对付他们的，她这才稍稍放松了情绪，一脸凄色道："魏大人被锦衣卫抓走了，你们快去救他！"

韦衍犹豫了片刻，摇头道："一飞，我知道你和魏大人情同父女，但纪纲现在联合大理寺，手握大量证据，已是处处占得先机，这次只怕魏大人真的是凶多吉少！我也是爱莫能助啊！"

荆一飞摇头道："那些证据都是假的，是纪纲与耿通、薛仁德三人合起来污蔑魏大人的！那傀儡师根本就不是刘太安，而是另有其人，我和秦明都是见过的。"

秦明也点头道："那螭龙水炮里也根本没有什么白火药，制作这螭龙水炮时我也在场，根本不存在这东西，是他们故意要诬陷魏大人！"

韦衍听了这些话，不禁叹息道："一飞，秦明，你们说的话我都信，我相信在场的诸位也都信你们的话，但是你我都很清楚凡事要讲究证据，就算这些全都是锦衣卫捏造出来的假证据，但你如何能证明他们所列的证据都是假的？你又有什么新的证据可以反驳他们？况且纪纲身为锦衣卫指挥使，还有皇上谕令在手，任何人敢公然抵抗锦衣卫的逮捕行动，都是违天子之令而行！一飞，时代不同了，锦衣卫的权势已大大不同除君时期，现在，你我手上没有足够的反驳证据，这样去硬拼实非上策，只能是以卵击石啊！"

兵马司多有跟荆一飞熟络的，也纷纷劝道："荆百户还是要冷静考虑，不如先出城避避风头，再图翻身之计。”

韦衍想了想，又道：“今夜一事必然是汉王和锦衣卫的合谋，这汉王一向和太子不和，魏大人与太子也算有些交情，若是你们能求得太子相助，魏大人或许还能沉冤昭雪，若是求不来的话……这事便于没办法了，你们就好自为之吧！世界广阔，江湖处处，凭你二人的本事，也并非只有金吾卫才是容身之所！”

荆一飞摇头凄然道：“我荆一飞若只求容身之所，又何须这般较真！”

说话间，远处又传来了阵阵杀声，正是锦衣卫和辟火司的人循着声音冲了出来，宋枫起初还以为来追捕的都是锦衣卫的人，再定眼一看，却见还有辟火司的人掺杂其中，当即呸了一声，大骂道：“真是白养了辟火司这群走狗！到如今别的不干，吃里爬外倒是这般熟练，老子非要上去教训教训他们不可！”

说着，他提刀就要策马上前，韦衍急忙喝住他：“宋枫，你想做什么？”

宋枫咬牙道：“老子要亲自拧下这些叛徒的脑袋当球踢！”

韦衍呵斥道：“你杀他们，是不是也想进天牢？眼下掩护他二人离去才是正事！明白吗？”

宋枫这才狠狠地啐了口痰，骂道：“正好，他们怎么滚出来，我们就让他们怎么滚进去！”

韦衍嘿嘿笑道：“正是这个法子！一会儿我等自会挡住这些人的去路，两位就请速速离开吧，若有缘分，再相会吧！”说着，他突然拍了下马背，也不管三七二十一直接朝对面冲了过去，身后兵马司的人见状，一个个也是这般呼啸而来，马蹄踏踏，声势震天。韦衍在马队之中口中高喝道：“兵马司千户韦衍来迟了，请无关人员速速闪开！”这一群高头大马横冲直撞进去，毫不避让，吓得这些锦衣卫和金吾卫纷纷避让后退，带队的锦衣卫和辟火司百户还要自报家门，兵马司金吾卫就已经手持棍棒，一路击打，大叫道：“金吾卫有要事急召，天黑无光，无关人员请不要挡道，速速让开！”这些人奋力敲打，直打得这些冲过来的人一个个满地打滚，呼叫连连，追兵瞬间溃不成军。

而秦明和荆一飞则趁着这空当，咬咬牙，终于消失在街角尽头。

第三十章　寻找白齐

聚宝门外，千禧寺废墟上。

残月早已隐没在乌云之内，夜色浓浓未开，四处一片暗沉。此时距离天亮还有一两个时辰，荆一飞和秦明一个靠着古柏，一个则坐在断墙下，二人俱是沉默无言，他们的身上是累累的伤痕，一大片一大片的血红色也不知是自己的血还是他人的血，这些污血连着汗水糊成了一片，现在已是又腥又臭。出了金吾卫大营，秦、荆二人犹如丧家之犬一路狂奔，不知不觉竟逃到了这片废墟上，昔日他们在此破解了雷火案的秘密，也力挫了七煞门的围攻，但不想今时今日，自己竟然成了别人口中七煞门的同党，猎手终究是成了别人的猎物，追逐变成了反追逐，想来这也是十足的讽刺。

世间的阴阳颠倒，黑白混淆，有时不过几个关键人物的几句话就可以，韦衍说得很对，现在魏东侯是七煞门主谋的罪名几乎已经被坐实，汉王、锦衣卫、大理寺甚至金吾卫都有人来指证他，无论是在人证、物证，还是作案动机上都是一应俱全，这一件件证据就像万箭穿心一样，叫人根本无力反驳。

魏东侯就算明天见得到皇上，也根本不可能有翻盘的机会，所以眼下想要化解朱高煦、纪纲、薛仁德等人串通诬陷的阴谋，只有靠太子和姚广孝了。只是太子一直深居皇城东宫之中，外人是很难见到的。永乐年初，朱棣册立朱高炽为太子后，担心朝中大臣与太子走得太近，特地立下规矩，任何人要进东宫会见太子都必须经得朱棣的同意，所以想要私自面见太子，比见皇上还难上三分。

荆一飞毕竟还是女子，她现在也觉得有些疲惫了，她走到不远处，找了个水池用冷水激了激脸庞，而后冷静道：“我听闻，太子作风孱弱，并不是很得皇上的信任，要他去找皇上说情只怕他并不一定会同意，相反他的老师，姚少师在朝中很有分量，当年靖难之役，皇上最信任的人便是他，这人往往一句话就能改变皇上的心意，此番，找太子还不如去找姚少师。”

荆一飞说得没错，朱高炽虽然名为太子，但是在朝中势力尚不如汉王朱高煦，他被册立为太子以来，一直唯唯诺诺，对皇上的政策言听计从，从不敢违逆，生怕惹怒了皇上丢了太子一位，魏东侯一案涉及面广，案情复杂，加上太子与魏东侯关系一般，只怕他不会这般努力帮忙，而姚广孝却不一样，他虽然只是一个太子少师，但天下人都知道，姚广孝才是朱棣真正的心腹，若说天下间还有人可以让朱棣乖乖听话的，也只有姚广孝一人。最关键是，荆一飞知道白齐是姚广孝的徒弟，若是能让白齐去求姚广孝相助，这一次危机或许还能得到化解。

荆一飞主意已定，头也不回道：“走，我们去找白齐！”

秦明抬起头纳闷道：“找白齐？不是要去找姚少师吗，找白齐做什么？现在我们都不知道白齐这小子在哪里。”

“其实……”荆一飞欲言又止，她不知道该不该把这件事告诉秦明，毕竟这是她和白齐之间的秘密，只是眼下局势特殊，荆一飞思来想去，还是咬咬牙道：“其实，白齐就是姚少师的弟子，我们可以叫白齐帮我们引荐……”

果然，听到这话，秦明眼珠子都瞪得浑圆，他大叫道：“你说什么？白齐这小子是姚广孝的徒弟！怎么可能，上一次我们都在六相司见到过姚广孝的啊，他们两个感觉完全不认识啊！”

荆一飞反问道：“想要伪装成不认识又有何难？你觉得你对白齐了解有多少？”

秦明瞬间哑然，是啊，他对白齐又了解多少呢？秦明脑子里回想起他与白齐的种种经历，从当初白齐一门心思要入金吾卫，来找他帮忙，在遭遇困境时白齐数次显露出非同一般的见识和气度，烛龙丝、解衣术、破解魇术、破骨扇等，现在他终于恍然大悟，原来这家伙一直不简单，是大有来历的。

秦明不由得愤愤道：“好你个白齐，原来一直在骗我！”

荆一飞道：“哪有什么骗不骗的，他不过是奉姚少师的命令来金吾卫打探消息，而你不过是他刚好可以利用的一个棋子罢了，你没有他也进不来这金吾卫，你何须怨他骗了你？”

秦明依旧不爽快道：“这一码事归一码事，总之让人很不舒服！对了，你说他来金吾卫是有什么目的？”

荆一飞道："准确地说，应该是问姚少师有什么目的，不过这事我也不是很清楚，只是我直觉这事一定是和魏大人有关，姚少师想要查魏大人的一些信息，所以才安排白齐进金吾卫。"她突然用一种很奇怪的眼神盯着他，"又或许，这所有的事都是跟你有关系？"

"怎么可能？"秦明立即反驳道："这事摆明了是与六脉有关嘛，姚广孝要找魏大人的麻烦！"

姚广孝？魏东侯？

二人纷纷暗忖，这二人究竟是敌是友？内里有没有什么恩怨，若是有什么不共戴天的血海深仇，自己再去找姚广孝帮忙可不是要雪上加霜，进一步把魏东侯推入绝境？若是二人没有恩怨，又何必派一个莫名其妙的白齐来金吾卫探查？

秦明想了想又摇了摇头，毕竟孝陵一战，姚广孝可是和魏东侯联手合作过的，应该说这二人是不会有什么太大的过节的。只不过，现在自己要认认真真重新开始打量魏东侯、姚广孝和白齐这三个人的关系才行，尤其是这白齐，原先他一直把他当作一个弱不禁风的少年，却不想，这人是大明第一谋士姚广孝的关门弟子，那他有什么通天彻地的本事？

秦明不痛快道："不管怎么样，看来这次我们非得找到白齐不可！"

荆一飞点头道："不错，皇上前些日子张榜要遴选大国师，我猜白齐突然消失肯定与此事有关，很可能是姚少师要白齐助他顺利当上这大国师。所以，现在的白齐肯定是和姚少师在一起的，找到他就能找到姚少师了！"

秦明拍了下脑袋道："对啊！我怎么没想起这事，现在满京城都是和尚道士，这姚少师本来也是个黑衣和尚，他一定也很想当这个大国师！不过……"

不过这南京城山重水复，城郭内外寺庙道观足有数百座，却不知道姚广孝和白齐会待在哪一处。姚广孝作为朱棣的心腹，太子的老师，在朝堂内和江湖中的地位自不必说，京城之内想跟他攀附的人何止千万，但这老和尚偏偏性子寡漠，不喜与这些趋炎附势之徒来往，所以这人每一天都会住在不同的地方，有时是在无名古刹，有时是在道观，有时又会在野外露宿，居无定所，很少有重复的时候，所以除了朱棣外，其他的人想要找他真的比登天还难。

秦明叹气道，若是胡濙在便好了，这人手下有那么多风使在，江湖之中的大小事务他都一清二楚，想要问清姚广孝和白齐现在隐居何处还不是易如反掌，只可惜武当山一别后，胡濙就彻底消失不见了，就好像这个人从来没出现过一样，秦明也曾去郊外古寺找过他，但是古寺内空空如也，这人彻底渺无音讯了。

荆一飞沉吟道：“白齐临别的时候可有透露什么信息没有？比如他要往何处走，要去哪里？毕竟姚广孝作为太子老师，不可能走得太远的！”

秦明想了想，那天自己也问过白齐要去哪里，好像白齐回答了一句什么废话来着，他想了半天，终于想起来了：“他说他要去雪花飘落的地方！”

“大雪飘落的地方？这是什么地方？”荆一飞想了想，直接跃上巨大的柏树，这古柏就像一座塔一样高大，她站在树枝上俯视南京城，虽不能双目穷尽城郭，但也能看见大半部分。

荆一飞喃喃自语道：“现在京城之内雪都化得差不多了，哪里是雪花飘落的地方……该不会是往江北走了？”

秦明道：“你也知道他这个人，喜欢风雅之物，当时我们分别时正下着大雪，他看见了落雪突然就说要去雪花飘落的地方，会不会是他一时乱说的？”

荆一飞摇头道：“不会！白齐做事一向谨慎，绝不会随口胡诌的，他这话必然是有所指。”

她跃了下来，分析道：“这雪只有冬天才有，不可能什么时候都出现，他既然说要去一个雪花飘落的地方，那说明这里一年四季，时时刻刻都会有雪才是。而且以姚广孝如今的身份，他经常要进宫面圣，所以这地方距离皇宫也不会超过五十里地。”

秦明挠头道：“时时刻刻都有雪，那是不是这个地方的名字里带了个雪字？或者跟雪有关。”

荆一飞想了想道：“以白齐的个性，这地方应该不只如此，不过我们可以先从跟雪有关的地方收集信息。”

秦明问道：“怎么收集？明日挨个去盘问吗？”

荆一飞道：“我觉得有个更好的办法，白齐的地图还留在我那里，我们先看地图，说不定这地方白齐早已经画在了地图上！”

秦明击掌道：“这个是好办法！”

二人议定，再也不敢耽搁，直接唤了踏云追风，便往兵马司疾奔而去。不过，现在金吾卫处处都已被锦衣卫所监视包围，这一去少不得又是一场冒险。

第三十一章　审问魏东侯

锦衣卫内，魏东侯端坐在牢狱最里面的一间，这是最干净也是最宽阔的一间牢房了。魏东侯进来以后，纪纲对他还算客气，并未对他上手铐脚铐，也未与他穿囚衣，更未上刑拷打。不一会儿，纪纲命人端来一桌好酒好菜，酒是新酿的女儿红，菜是扬州的八宝鸭、狮子头、叫花鸡和西湖醋鱼，看得出纪纲还是花了些心思的，这魏东侯不喜饮酒，唯独女儿红还稍微喝几盅，醋鱼和八宝鸭更是他最喜欢的菜式，面对纪纲刻意的示好，魏东侯直截了当道："纪纲，你我相识已久，彼此是什么样的人都很清楚，你又何必如此惺惺作态与我看？"

纪纲自顾自摆好酒菜，叫走了看守的锦衣卫，笑道："看来魏大人对我纪纲颇有偏见，其实我纪纲与你一样也不过是皇上身边的一把刀、一条狗，所作所为岂是自己的心愿？好比今日之事，证据般般在列，要逮捕你魏东侯可不是我纪纲一人说了算的，所以你大可不必怪我，要怪就怪你得罪了太多人，现在大家都要你来受这份罪，担这份责。"

魏东侯道："证据般般？我魏东侯自问一向对皇上忠心耿耿，从未做过任何忤逆之事，既然你要审问我，就随你审问，明日上朝，我会向皇上禀明情况，一切罪责由皇上定夺，我问心无愧！"

纪纲的鼻腔里哼出两声，似有些冷嘲道："你真以为，你明天能见得到皇上？太天真了！"

魏东侯的眼神里露出一丝惊愕和愤怒，他噌地站了起来，目光灼灼地盯着纪纲道："我身为金吾卫指挥使，有权面见皇上，替自己申诉冤情！"

纪纲冷笑道："有权申诉冤情？你还不知道吗，有人想这几天就直接取你魏东侯的性命，你照搬朝纲律令又如何，还不是一样见不到皇上了！"

魏东侯冷冷道："所以，你今天是准备来杀我了？"

纪纲道："杀你？我倒是不想这么快杀你，魏东侯你身上还有我想知道的秘密，所以我可以多留你几天，不过，再过几天就不好说了，若是事情真不可预料，我的剑也只好割下你的头颅了！”

魏东侯听到这不免冷笑道：“就算我现在没有流光刀，但你以为能这么轻易杀了我？！”

纪纲不以为意道：“不错，你的武功是很高，若真刀真枪地对决，这朝廷之内还真没有几个人能杀得了你，就连我纪纲也没有十足的把握，不过你忘了，你现在已经不是什么江湖侠客了，你现在是朝廷禁军正三品的指挥使，魏东侯你还没明白吗，当官的就是当官的，行走江湖的就是行走江湖的，你可以选择现在越狱逃跑，但你的家人、你的下属、你的弟兄呢？他们能陪你一起逃亡吗？朝廷会放过一个江湖草莽，但绝不会放过一个意图造反的官员！魏东侯，现在是朝堂容不下你，江湖也容不下你了！你想逃，那其他人便要替你来承受这份罪！”

纪纲的话说得很清楚了，没人可以杀得了魏东侯，可是你魏东侯有家人、有朋友，有那么多有关联的人，所有的这些人都会因为魏东侯的一个举动而全部受到牵连，甚至株连九族！魏东侯自己不惧生死，可是他有妻儿父母和朋友，一想到这些人要替自己一个人的安危付出巨大的代价，他的心立即就软了下来。贪生苟活不顾他人之事，他魏东侯真的做不到！

纪纲知道自己已经抓住了魏东侯的软肋，这人虽然本事了得，但是始终过于仁慈，这便是一个人最大的弱点，现在他要做的就是趁机攻破这个人的心理防御，让他亲口告诉自己所有的秘密，他纪纲可不是甘心只做一个锦衣卫指挥使的人，他有更大的野心和抱负！只不过这件事必须要魏东侯相助不可！

纪纲面色转缓，轻轻靠近魏东侯身边，俯下身子凑近他的耳畔，低声道：“魏东侯，你还不明白吗，现在整个朝廷内能救你的人只有一个人，这人不会是皇上，因为皇上历来最恨欺君造反之人，他知道了这些事杀你还来不及，根本不会念及旧情分的！这个人也不会是太子，太子这么懦弱，你觉得他敢力排众议来救一个与他不相干的人吗？这个人也不会是汉王和姚广孝，他们知道了真相，只会比我还想杀你！所以，能救你的人只有一个，那就是我，纪纲！”

纪纲的话里明显带着许多信息，他说的真相，究竟什么才是这件事的源头和真相？这姚广孝和他纪纲寻找的到底是什么？到现在还无人得知，魏东侯听到这，不禁冷笑一声：“就凭你？！”

纪纲嘿嘿一笑，坐了下来，自酌自饮一杯："你不信吗？现在所有的证据都在我纪纲手里，我说你有罪你便是有罪，我说你无罪你便是无罪。不论汉王、太子还是赵王都要敬我三分，耿通、薛仁德之流更是墙头草、风中舵，没什么要紧，若是我帮你翻案，足可以保你魏东侯安然无忧，甚至还可以官复原职！"

魏东侯早已知道这场大戏，不会只是为了查案这么简单，魏东侯反问道："但你纪纲从来不做亏本买卖，你救我必然就要我给出更高的条件，不是吗？"

"你错了，此番我只有一个条件，只要你老老实实回答我几个问题，我便会替你洗清一切罪责，让你安然无恙，甚至可以安安稳稳地当你的金吾卫指挥使！魏大人，怎么样，你自己先好好想想，只要几句话就可以！"他也给魏东侯倒了一杯女儿红，提醒道，"不过你要清楚，你现在剩下的时间可不多了，明日一早，汉王、耿通、薛仁德等人必然要进宫面圣，联名痛斥你的罪行，让你陷入万劫不复的地步，到那时候，就算是我也不一定能帮得了你。"

魏东侯冷冷地盯着纪纲，这人先自饮自笑起来，他就像草原上的一头狼一样，双眉高挑，眼窝深陷，一对眉眼之间皮肤暗沉，像黑眼圈又像沾染了烟灰，看起来说不出的奸邪可怖，又藏着无限的杀机，这人的心机城府之深是常人难以料想的。

魏东侯很清楚，靖难之役前，纪纲也是锦衣卫的一员，但他为了赢得功名利禄，改头换面，直接杀了原先的锦衣卫指挥使，而后用自己老大的人头换取了朱棣的信任，在之后的数次大战中，纪纲都极力表现，无论暗中刺杀还是刺探线索，都无所不用其极，一直活跃在朱棣的身边，现如今，他荣升锦衣卫的指挥使，虽不说像姚广孝这般一人之下万人之上，但光凭"锦衣卫"三个字的名号也足以震惊四海、权倾朝野了。

只是，这锦衣卫指挥使的权力还是让纪纲觉得不满足，正三品对于他来讲还是太低了，他想要的远不是这些，现在不知道这头恶狼还想知道魏东侯的什么秘密。

魏东侯没有说话，他心中开始有一种很不好的预感，几个问题就可以换他全家人的性命，甚至换来以后的同盟，那这几个问题必然是十分难回答的，甚至比让他死都难！魏东侯大概已经知道这纪纲想要什么答案了，但这件事他如何能说出来，这是他一生都要守住的秘密，便是万劫不复也不能说出口。

他心中一沉，顿觉惴惴不安。纪纲率先发问道："魏大人，我想问你的第一件事是，你和岳松是不是有很深的交情？”

果然，这第一个问题便是一道晴天霹雳！

试想这岳松是谁，乃是建文时期的金吾卫指挥使，建文帝朱允炆的天章六侍之一，最后跟着建文帝一起逃亡海外最忠心耿耿的余党。魏东侯如果跟岳松有很深的交情，那他就要被打上建文帝余党的标签，即便他这次可以洗脱七煞门的罪名，但是今后的日子里，他时刻都要提防纪纲利用这层关系，给朱棣检举他的立场，也就是说，魏东侯要用一个将来更大的威胁换取眼下暂时的苟活，这完全是饮鸩止渴！

只是事实上，魏东侯确实是和岳松有过很深的交情的，甚至是这交情已经超过一般兄弟的情谊，他们是知己、是战友，是生死与共的朋友，只可惜命运使然，让一个人成了建文帝的死侍，而另一个人却成了朱棣的禁军首领。对于岳松，魏东侯是满怀内疚之意的，他二人的交情之深以至他当时做了一件足以让他背负千古骂名的恶事，所以当他看见秦明的藏锋时，就已经掀起了内心的波澜。很少人知道岳松分金掌的秘密就在于藏锋这把匕首，不过魏东侯知道，所以他特地留下了秦明，并传授给他藏锋四式。

魏东侯与岳松的交往虽深，但却十分隐秘，外人绝难知晓，却不知这纪纲是从何得来这个消息，单是这第一个问题就已经让魏东侯心中为之一寒。

魏东侯冷冷道：“纪大人何以就认定岳松与我相熟，岳松乃是前金吾卫指挥使，认识他的人也不在少数，而且我若没记错的话，纪大人在改头换面之前，也是认识岳松的，而且还打过不少交道！”

第三十二章　往事

纪纲改头换面之前不过是建文时锦衣卫的一名百户。

朱棣起兵造反后，纪纲敏锐地觉察到朱允炆性子文弱又不善用人，而朱棣常年征战，兵强马壮，又有姚广孝、朱能、张玉等良才在手，这一战朱棣必然要攻破南京为王，他见机行事，果断带着几名心腹，开始暗中刺探关于天章死侍的消息，想要把这个秘密作为见面礼送给朱棣，以换取他的信任。在刺探天章死侍的行动中，他无意得知了这些天章侍卫正在实施一场秘密行动，即重新启动一座六脉风水大阵，更改大明的江山风水，这些行动由另外六名文象死侍负责，具体怎么行动除了这些人就再也没有其他人得知了，而且这些文象死侍彼此都不认识，只是靠着一名易容术很高明的侍从给他们每天送沟通的消息。纪纲在朝中潜伏许久，终于得到了一条十分重要的信息，三月二十一日中午，这个密探将经过南京城外的荆家村，给天禧寺的一个和尚送信，纪纲急忙带领几名随从在此埋伏守候，想要截获这条重要的情报，却不想在屠村之时，遇到了赶来的岳松，让他的秘密行动功亏一篑。

截杀六脉的信息不成，纪纲无奈之下，转而去暗杀了当时的锦衣卫指挥使杜华泗。据永乐时的史官记载，纪纲与同乡穆肃改名结伴投军，在临邑遇朱棣大军，冒死抠住燕王坐骑，献上了杜华泗的人头，请求自愿跟随燕王效命，朱棣见纪纲胆略过人，又献上了锦衣卫指挥使的人头做礼，遂将他收为帐下亲兵，一直重用至今。

知道纪纲徒手勒住燕王战马的人不少，但是知道纪纲原名，并敬献锦衣卫指挥使杜华泗人头的却寥寥无几，因为大多数知道这件事的人，纪纲上台后都被以各种莫须有的理由秘密处决了。现在魏东侯又说起了这件事，反将他一军，令纪纲不由得脸色一沉，他冷笑一声，也不否认："不错，我是认识岳松，我在荆家村与他还有过一战，若不是他，我早已截获关于六脉的重要信息，这除君也不可能顺利逃跑！”

他猛地扒开自己的衣襟，露出腹部一道丑陋的疤痕，那是被一种十分锋利的武器所伤，伤口十分平整，至今都无法痊愈，纪纲恶狠狠道：“我这一剑就是拜他所赐！他的分金掌能断天下所有的利器，几乎攻无不克，我的精钢绣春刀竟然挡不住他一招，所以我为了击败他，专门炼制了天下第一软金剑，七决剑，这一兵器便是为了击败他的分金掌而生！功夫不负有心人，七年前，在皇宫内我终于是遇到了他，我的剑也终于击败了他的分金掌！哈哈哈！一想到他的分金掌断不了我的七决剑，我就抑制不住地畅快，只是遗憾，当年我没能一剑取下他的头颅，让这人侥幸得以护着那个假皇帝逃亡，是为一生的遗憾！”

纪纲说到这，突然眼神倏地一寒，颇有深意道：“没想到，魏大人还知道纪某的这件事！”

魏东侯冷冷道：“想要人不知除非已莫为，纪大人以为杀了几个人这全天下就不知道你以前做的事？天下悠悠之口，你如何堵得住？”

“魏东侯你不必再转移话题，我可以很确定，你和岳松的交情不一般！”

“何以见得？！无凭无据随意捏造，可算不得什么真本事！”

“好，那我就说一点，那小子的招法与岳松的分金掌几乎一模一样！”纪纲一语点破道：“岳松有一门绝技叫分金掌，但是他身为金吾卫指挥使，平日里轻易不出手，所以也没什么人见过他的掌法，就算有见过的也极少能知道这分金掌是怎么施展的，但我却很清楚，因为我与岳松交过几次手，所以我第一眼看到那小子手里的武器，我就怀疑他学的是分金掌！魏东侯，我调查过这小子，在南京城里无亲无故，只有一个年过六十毫无背景的老奶奶，进了金吾卫之后突然就学会了这分金掌，很明显这分金掌是你教给他的！你骗他说你教给他的是姑苏三十六刀里的藏锋四式，其实你姑苏三十六刀里根本就没有藏锋式，他的藏锋式重在藏形聚气、一击必杀，跟你的大开大合的流光刀法完全不一样，你这可骗不了我！魏东侯，你现在告诉我，你为什么也会分金掌？！”

“那你也告诉我，你为什么想知道这个秘密？！”

“因为，我怀疑你与天章六侍有染，这几年，姚广孝一直怀疑当年七人行动中有一个细作，导致刺杀行动失败，我猜那个人是你，对不对？！”

魏东侯的神色依旧是镇定自若，他心中十分坦然，这份坦然并非他刚正不阿没留下任何污点证据，而是因为他早已清楚，自己是绝对不会告诉他，这个秘密从一开始就与他生死相依，他早就立下死誓，绝不会告诉任何人，哪怕是赌上自己的性命，哪怕是株连九族也不会说一个字，既然自己已经做了抉择，那还有什么好害怕的？他魏东侯在六七年前就该是一个死人的，他已经比他的同伴多活了这么多年，享受了这么多年的高官厚禄，还有什么放不下的？

魏东侯冷笑道："纪大人可是很会诬蔑人，想诬蔑我是细作，可是不要忘了，当日进了皇城，我杀的人比你还多！你说我与岳松关系非同一般，可是你忘了，岳松的妻子刘云溪当初发现了我们的身份，是谁第一时间杀了她，送上了她的人头，是我魏东侯！那个时候，你纪纲又在做什么？！"

魏东侯说到这里时已是一副恶狠狠的样子，好像现在这些人又出现在他眼前，他满腔怒火，马上就要拔刀相向，杀他个痛快。

纪纲怔了一下，魏东侯的话让他的心里也抖了下，确实，当日入皇城暗杀，魏东侯杀人如麻，虽然稍稍有所保留，但也是毫不留情，不过半个时辰就杀一百零九人，排名第二，仅次于朱高煦，这样的杀人狂魔，你说他是建文帝的亲信，未免让人难以相信，纪纲自己心里不免有些动摇了，他暗忖这人究竟是什么身份，为何会这般难以揣测！他到底是敌是友？！

纪纲不甘心道："那你的分金掌从何而来，岳松不会平白无故把这掌法交给一个泛泛之交吧？"

魏东侯冷冷道："你说得没错，这藏锋四式确实不是我姑苏三十六刀的刀法，岳松也没义务把他的秘技送给我，因为这藏锋四式是另外一个人赠予我的。"

"是谁？"纪纲喝问道，"这世间还有谁会这一独门秘技？"

魏东侯轻描淡写道："这世间自然是有人也会这掌法的。我实话告诉你吧，这四招是另一个故人赠我的残卷中记载，我见这残卷的技法虽然精妙但却与我流光刀十分不合，所以我便只是留了下来，却没有认真研习，直到我看到秦明的短匕，才想起这残卷的法门与他匕首十分契合，便起了心意，教他这四招，如此做法并未有何不妥吧？"

纪纲不依不饶道："你说的这故人是谁？"

魏东侯冷笑道："一个江湖人士而已，纪大人难不成还想亲自找他问话？

只怕以纪大人的本事不一定找得到他，即便是找到了他也不一定听你的。”

纪纲有些狂傲道：“这江湖中除了张三丰，还有我纪纲问不到的人吗？”

魏东侯冷笑一声道：“这人虽不如张三丰真人声名远播，但也是一代宗师，你确实也奈何不得他！”

纪纲问道：“是谁有这等本事？”

魏东侯掷地有声道：“剑圣毕坤！汉王朱高煦的师父，也是岳松的师父，鹤羽剑法和分金掌都是他传授的，怎么样，你还有何异议？”

这下轮到纪纲错愕起来，他惊愕的倒不是这人是大名鼎鼎的剑圣毕坤，他惊愕的是，汉王朱高煦和岳松竟然是师出同门，都是剑圣毕坤的弟子，所以这藏锋也是毕坤传授给他们独有的兵器吗？这江湖原来也就这么大，来来回回高手也就这么几个！只不过，如此一来，这事可就更玄妙了！

毕坤这个人与张三丰一样，行踪飘忽不定，世人多有寻觅其仙踪的，但却甚少有人见过，若说魏东侯偶遇毕坤倒是有可能，但毕坤好端端的就送藏锋残卷给魏东侯，却没有任何理由，纪纲相信自己的直觉，这魏东侯必然是与岳松有着说不清道不明的关系，只是眼下纪纲也找不到其他有力的证据，他也无法证明这魏东侯与天章死侍有什么关系。不过，他在靖难之役期间毕竟探查过这一事情，所以他一直怀疑一件事情，这件事便是朱棣他都未曾告诉，他觉得现在这个答案的关键就在魏东侯身上，若是他能解开魏东侯这个关键的口子，所有关于六脉风水大阵、建文帝何去何从的秘密都将一一揭开，甚至他还可以利用这件事威胁太子、汉王和姚广孝，让他们彻底为自己所用。

可惜，现在的魏东侯已经在心底做了决定，他是永远不可能告诉对手了。纪纲眼见拿出再大的诱惑，魏东侯也不可能透露只言片语给他，他有一种猎物到手却被跑了的感觉，想到这，心中越发地郁结，最后怒得一掷杯盏，恶狠狠道：“魏东侯，我知道你有所保留，你既然想死守着秘密，那我也帮不了你了，你便等着明日皇上的判决吧！”

魏东侯淡淡道：“生死有命，富贵在天！君要臣死臣不得不死，臣亦死而无憾！纪纲，你也好自为之吧！”

第三十三章　恶战辟火司

千禧寺废墟内，秦明和荆一飞好不容易拿回了那张地图，这地图乃是白齐一个人花费了数月的精力所绘，地图上大到山脉河流，小到一个酒肆茶楼都清清楚楚，甚至一些比较重要的景点、府邸、宫殿他都专门标注。

荆一飞双眼如电，借着晨光快速地扫描着，只是这地图上有名有姓的地点何止上千处，这般密密麻麻的文字图案看下来也有些费时间。

秦明则干脆从下往上看，嘴巴里念叨着："雪，雪，雪，雪，雪……"这一路看上去，南京城内跟雪有关的地方着实不多，不过是一些商铺景点如望雪楼、梅雪肆、团花如雪处、落雪阁等，并不太像是姚广孝师徒会去的地方。秦明看了几遍，而后指了指钟山道："你说他们会不会是去了这钟山上，钟山梅雪倒是一处盛景，这山上庙观也多，距离京城也近。"

荆一飞摇头道："钟山上共有十八座寺庙七座道观，俱是有名气的去处，以姚广孝的性子是不会选择这样的地方修炼，而且这钟山冬天虽有落雪，但其他三季却是与雪没有丝毫关系，我认为不会是这里。"

秦明抓头挠腮道："那你说会是哪里？这个猜名字的游戏可真不适合我！"

荆一飞也皱眉道："这种事，要是白齐在就好了，这是他最擅长的。"

秦明也叹了一声道："关键是我们现在要找的就是他啊。"

二人絮絮叨叨，还要再细究，突然荆一飞一收地图，变了脸色道："糟了，有人来了！"

秦明也急忙摆好架势道："难不成刚才去兵马司被发现了？"

千禧寺门口果然传来了一阵窸窸窣窣的声音，听声音判断，这伙人足有上百人，却不知道是锦衣卫还是金吾卫的人追了过来，荆一飞急忙掠上柏树一望，却见一群身着锦衣的人隐藏在殿宇之下，正在蹑手蹑脚而来。她登即低喝道："不好！是锦衣卫的人来了！我们快走！"

秦明惊道："我们一路未曾留下什么蛛丝马迹，他们如何能找到我们？"

荆一飞环顾身上，终于发现了衣着上有一些星点的亮红色粉尘，道："是画押！我们中了他的千里追踪尘，他可以循着这遗落的荧光粉，追踪到我们！"

秦明拍了拍自己身上，果然自己的衣服上沾染了一些粉尘，粉尘飞舞，落在地上，沾在树叶上，星星点点，发出极为微弱的光芒，秦明暗叫了一声，心想若非荆一飞提醒，自己还以为只是一些不起眼的灰尘，却不想这正是大名鼎鼎的千里追踪尘。

这二人急忙策马欲走，突然另一队人马从树丛中跃了出来，却是薛仁德带着辟火司的人也追赶了过来，薛仁德骑着高头大马，率先呵斥道："泼贼，早就知道你们会回金吾卫拿东西，果不其然，现在还想往哪里逃？还不乖乖束手就擒，免得多受皮肉之苦！"

其他金吾卫将士也齐声大喝道："哪里逃！快快束手就擒！"

秦明一见是薛仁德，气不打一处来，简直是比见了锦衣卫还愤怒，立即怒骂道："薛仁德，你这八辈子走狗转世的主，好意思来训斥我们，看我秦明今天不宰了你！"

秦明意欲策马过去杀薛仁德，突觉得浑身一痛，这才发觉他身上早已经中了不计其数的刀剑伤，方才没觉得多痛，现在一用力就觉得皮肉都要完全裂开一样，简直使不上力气。他暗叫糟糕，他身子强健，尚且撑不住，荆一飞一个女子，只怕情况比自己还要糟糕些，若是现在再恶斗这百名禁军，只怕没那么幸运能够全身而退了。

秦明浑身虽然伤痕累累，但他亦清楚，这个时候万万不可露了怯，否则这群人会更加有恃无恐，他一咬牙，猛地策马上前，大喝一声。他这一举动，吓得辟火司的一干人呼啦啦就后退几丈，薛仁德更是面色一变，急忙躲入人群之中，大骂道："泼贼，还想杀我！你……你有这本事嘛！来人哪，给我抓住他！死活不论！"

辟火司的侍卫正欲策马而上，秦明大喝道："一飞，你快走！这里我先顶着！新仇旧恨今天就一并了了！"

"想跑吗？哼哼，你们两个都跑不了！"不远处，鸩使站在高墙上，阴阳怪气地厉叫着，一群锦衣卫就像彩鸾凤鸟般翻飞入废弃的院落中。不过眨眼间，这残垣断壁间就站满了各色的锦衣卫杀手。

鸠使双臂一挥，呵斥道：“力士听令，擒敌！”

两名强壮的力士首当其冲，这力士分别手持铜锤朝秦明和荆一飞锤击而去，秦明还骑着踏云马，这马通人性，反应也快，他猛地一拉缰绳，踏云马的上半身猛地拔起，而后双蹄用力一踹，咔嚓一声，马蹄直接踏碎了力士的肋骨，而后再踢一脚，就将这人蹬倒在地。另一边，这力士人还未到，就飞出手中的铜锤，荆一飞也甩开玉斧，她以锁链控制着斧头，好似飞刀一般，先是嘭的一声就劈开了偌大的铜锤，而后锁链控制斧头在空中一转，犹如回旋刀一样，扑哧一声，便干脆利落地斩下了力士的脑袋，二人几招之间就连杀两名力士，倒是比锦衣卫出手还要狠辣些。

果然，辟火司的人见到这幅场景，一下子就先灰了，他们很清楚这种场面谁上谁先死的道理，所以一个个眼巴巴地望着锦衣卫，不肯先出手，而是期盼着锦衣卫替他们先上，薛仁德虽觉这做法有些尴尬，但奈何保命要紧，大叫道：“狂妄小贼，竟敢杀朝廷锦衣卫，当真是无法无天！鸠使，还不速速动手，替锦衣卫两位兄弟报仇雪恨！”

鸠使虽然知道这薛仁德不可靠，现在又把自己当敢死队撺掇，但锦衣卫毕竟是带着命令来的，昨夜的一场大战，已经死了上百名的锦衣卫，就连千户胡狄都命丧金吾卫大营，此事非同小可，纪纲已经十分震怒，要求锦衣卫倾巢出动，务必要活捉秦、荆二人回卫所审问。所以，薛仁德他可以在这搅浑水，锦衣卫不可以，鸠使一招手，大喝道：“四象卫何在？！”

“属下在！”十三名模样几乎一样的青衣锦衣卫翻腾了出来。

“擒敌！”

“不动玄武！锁！”这十三个人迅速列阵，将秦明和荆一飞环绕其中，而后纷纷飞出手中的玄铁锁链，这锁链上下左右交织而来，就像白齐的烛龙丝法阵一样，布得密密麻麻，秦明还想拍马跃出这个圈子，却不想这些锁链一交织，直接把八只马腿全部牢牢地绞住，踏云追风一下子就被困在原地不得动弹。

这四象卫一个个身着奇装异服，三三两两会聚，拼成一只只巨大的怪兽在四周环绕，马匹一见这景象更加惊恐，不断挣扎，奈何这蹄子被锁链锁住，这般挣扎下来直磨得马蹄伤痕累累血迹斑斑，只怕再交缠下去，马腿都要被直接绞断了。

荆一飞大为心疼，这两匹神驹自己一向疼爱有加，何时受过这等摧残，她怒从心头起，大喝一声，便从马上跃起，朝四象卫冲了过去，她手中七漩斧飞击而出，化作一道绿芒，这四象卫急忙鼓胀身子，衣服充盈真气，就像一个皮球一样，斧头虽然势大力沉，但一击打到这些人的衣服，居然是噗的一声擦着衣服直接滑了过去。

鸩使咯咯地媚笑道："就凭你二人这本事，还想破开四象卫的玄武阵，痴心妄想，呵呵呵，速速锁阵！不可让他们跑了！"

四象卫再度收紧铁索，锁链上下交织，犹如天罗地网，已是无处可逃。而后辟火司的人也趁机纷纷拉弓搭箭，想要取了这二人性命。

现在，秦、荆二人被困玄武阵法之内，无处可逃，若是这轮箭矢疾射下来，非被射成两个马蜂窝不成！

鸩使急忙喝止道："纪大人要求带活口回去审问，还请薛千户先住手！"

薛仁德冷笑道："住手？哈哈哈！这个秦明害得我侄儿薛晋双腿残废，你们如何能明白我心中之痛！今日，我就是要他们死无葬身之地！放箭！"一声令下，一百名辟火司弓箭手纷纷射出手中的利箭，这利箭如飞蝗般袭来，箭矢划破长空，居然爆燃而起，变成了无数的火流星飞击而至，整个空气中一阵爆破撕裂的呼哧声。

这薛仁德杀人心切，也不管对面的锦衣卫如何，数百支火箭疯狂飞出，四象卫见状急忙弃了锁链，一个个合拢起来，青色飞鱼服迅速膨胀，每个人就像一片龟甲一样，十三个人团成一个玄龟形，将这利箭都挡了下来。

但秦明和荆一飞被困在锁链中间，四周空空荡荡无处可躲，荆一飞还奋力甩动着旋锁链挡下飞来的利箭，只是她连日来都没有休息，加上她还要护着自己的两匹马，这样防御十分耗费体力，不过片刻，终究是有些力竭。

她胸口一闷，终于喷出了一大口血。这一吐血，手中动作放缓，剩余的利箭就已经飞疾而至，秦明惊了一下，正欲过来替她挡住这几箭，但此刻四面八方都有利箭飞来，以秦明的速度无论如何也不能完全挡下这么多流火箭矢。

万般危急之时，突然空中有人暴喝了一声："休要伤我师父师娘！"这声如洪雷炸裂，而后一道五光十色的光芒飞旋而至，只听得一阵叮当作响，这一轮近百支利箭竟然都被彩色光芒斩了下来，无一幸免！

所有人都被这飞旋的彩色光芒震慑，也不知道是哪个高人出手，居然有这等威力，辟火司的人一个个都伸长了脖子朝高空中望去，秦明更是一脸愕然，他心想我什么时候收了个徒弟啊？这到底是谁，又是唱的哪出戏?

所有人目光灼灼，齐齐聚焦，却见那百年古柏顶峰处，一皂衣剑客身姿傲然地站在树冠上，他十指上带着九枚乌青色的戒指，方脸浓眉上是写不尽的刚毅，数不尽的傲气，此人正是许久未见的蜀西十剑生。

第三十四章　好徒弟

十剑生的鼻腔里重重地哼了一声，右手剑指一戳，义正词严道："锦衣、金吾两卫以多欺少，以男欺女，实为无耻无道，我十剑生焉能坐视不理，今日可是不得不出手了！"他双臂一展，这飞舞的彩光迅速飞了回来，只听得一阵铿锵作响，这彩光分裂成十把形状各异的神剑应声入了他背后的剑鞘。

彩光熠熠生辉，现在他看起来真的更像一只孔雀了！

秦明率先震惊道："十剑生，你刚才乱喊我什么？"

十剑生似乎也觉得有些难堪，想他师出名门，其师乃是现在青城派的新掌门蒋道升，他十剑生在中原一带虽然名头不甚响亮，但在蜀西一带，那可是响当当的御剑奇才、剑道高手，如今却要叫一个名不见经传的无赖小子为师父，当真是毕生之耻辱！若是早一年前，要他知道有这事，估计是打死一万次也不会相信的，但偏偏他就成真了。

一切的一切只是因为自己有言在先，许下了比武的承诺。昏鸦林一战，自己败得彻彻底底，输的也是心服口服，所以这诺言便是再离经叛道，自己还是要守的，他狠狠地别了下脑袋，有些讪讪道："我十剑生素来以称霸武林为己任，如今面对这千金一诺，我又岂能儿戏？！岂能失信于武林？！我也想清楚了，'师父'二字虽然郑重，但又不是喊不得，不过你须记得，这师徒关系只是暂时的，来日我想出弥补我十变九化缺陷的方法，我必要再找你挑战，洗脱这一奇耻大辱！"

秦明哑然失笑道："那等你想出来了再说，不过现在，赶快救我们才是正事！"

十剑生道："这何须你多言！你既然是我师父，她荆一飞便是我师娘，我救你二人那便是天经地义！"

他这话叫荆一飞再度脸色一变，她也顾不得自己胸口剧痛，嘴巴血迹没干，张口便臭骂道："谁是你师娘，你胡说八道什么？"

十剑生愣了下，问道："我叫错了吗？你这妮子休要得寸进尺，我十剑生可是第一次喊人师娘！"

荆一飞呸了一声道："我跟他男未婚女未嫁的，师娘个屁！"

十剑生哦了一声，很认真道："原来是如此，现在还只是情投意合，芳心暗许，却还未明媒正娶，如此一来，'师娘'二字确实是叫得早了，该叫准师娘才是。"

荆一飞胸口再度一闷，一口血简直就要再喷出来，这三人絮絮叨叨，一旁围剿的锦衣卫和金吾卫大觉受辱，似乎这剑客根本没把他们放在眼里，原本这局势是何等危急，四周又围了这么多的禁军侍卫，可是他想聊天就聊天，想叙旧便叙旧，完全无视对手的存在，可不是太侮辱人了？！

薛仁德怒喝道："你是谁？什么生的熟的，还不给我滚开，否则连你一并捉拿了！"

十剑生哼了一声，道："临阵对敌，连我十剑生的名字都记不住，此乃行走江湖之大忌也！"他晃动手指，再一御剑，只听得铿锵几声，十把神剑再度凌空而起，颇有几分震慑人！

这些人刚才都见识过十剑生飞剑的厉害，一个个吓得急忙后退了一丈，大叫道："妖人，不要乱来！"

"妖道，我们可是皇城禁军，你出手可要慎重！伤了我等，叫你……叫你吃不了兜着走啊！"

辟火司的人乱成一团，锦衣卫的人也有些动摇了军心，鸩使见状不对，急忙跃出一步，重整队形，他兰花指一戳，厉声呵斥道："哪来的杂鱼，敢在我锦衣卫面前放肆！四象听令，列朱雀阵！诛杀此妖人！我要亲自拍断他那些花里胡哨的破剑！"

四象卫迅速换阵，十三个人再度叠起了罗汉，这衣襟相连，一只偌大的朱雀立即在衣服上展翅而起，朱雀炎炎，舞动双翅，一阵阵铿铿锵锵的声音连绵而出，正是十三卫衣袖上密密麻麻的朱雀翎互相摩擦所致。

鸩使再喝了一声："朱雀啸南天！"

四象卫快速甩动衣袖，无数红色的朱雀翎疾射而出，一圈圈火光闪烁，就像流星飞驰，更似火箭凌空，这朱雀翎虽然小如柳叶，但威力却更胜方才辟火司的箭矢，所有的雀翎都集中朝十剑生飞去，就像秋风卷起了万千的树叶，密密麻麻煞是壮观。

眼见万翎飞击而来，这十剑生还不急不躁，甚至有时间潇洒地甩了下衣袂，吐出一句话：“雕虫小技，何足挂齿？！”

“剑守十方！”

他猛地喝了一声，双掌合拢，十把剑就像十指一样迅速汇聚起来，而后这十把剑在他的身前化作了一面巨大的剑盾，十剑生单手御剑，快速转动剑盾，就像一面巨大的盾牌快速轮转。他先前的十把剑在与秦明对决时都已完全碎裂，所以这十把剑都是重新铸造，这一次十剑生有意让每一把剑的颜色都有所不同，赤橙黄绿青蓝紫，各具花样，这十剑合拢，转动之时，好似彩虹流转，锦绣铺陈，散发出五光十色的光影，果然是更加地璀璨炫目。

朱雀翎飞击而来，叮叮当当，瞬间都被这剑盾挡了下来，十剑生冷哼一声，再变化剑指，疾疾戳动，只见这剑盾铮的一声就分化出来，变作十把模样各不相同的利剑朝四象卫飞去，这一变招又快又帅，辟火司的人很不争气地又惊呼了一声：“哇！厉害！”

鸩使急忙叫道：“变阵，玄武镇北方！”

十三个人立即翻动衣袖，合拢在一起，抱成一个龟形，衣服鼓胀起来，真的就像一个巨大的乌龟壳一样，神剑飞击而来，被衣服一弹，纷纷偏了方向，鸩使正要得意一番，嘲笑这十剑生的飞剑徒有其形，但不想这十剑生突然凌空跃下，在空中再度御剑一合，十剑重新化作了一柄巨大的神剑斩了下来！

“十方俱灭！”

十剑生大喝一声，这神剑犹如霹雳天降，直击四象卫而去，唰的一声，这巨剑猛地插入龟甲之中，而后突然撕裂，巨剑就像炸药一样突然爆裂开来，十把利剑扩散而出，直接把十三名锦衣卫击飞了出去，现场一片惨叫，这些锦衣卫一个个身中各色剑伤，有的被穿腹，有的被斩断手脚，还有的重伤当场，已是瞬间倒地不起。

十剑生这一剑破了四象卫，着实叫人大开眼界，辟火司的人一下子又退了两三丈，有的人神色慌张，眼神闪烁，已是起了临阵逃脱之意；有的护紧盾牌，裹紧甲胄，生怕自己被一剑洞穿；还有的人眼巴巴地望着薛仁德，只期他来一句：“赶快撤退。”便要溜之大吉！

十剑生潇洒地一引，十把神剑再度飞旋入鞘，他翘起下巴，傲气道："我念及今日神剑初成，心情大好，便不杀你们这些锦衣卫，还不快滚！"

鸩使表情极为难看，黑漆漆的脸上时而变得灰白，时而又气得发红，只是眼见这剑客了得，防御力最强的四象卫都被他几剑破解，自己又有何本事可以杀了他，况且这荆一飞和秦明还没出手，若是这三人联手，自己岂不是要吃大亏？！他朝薛仁德叫道："薛千户难不成是来看热闹的，到现在还不想出手吗？"

薛仁德推了推手下的人，叫道："这说的什么话，我们百余人，还抓不住他们区区三人吗，可笑！可笑！辟火司人员听令，速速擒拿这三个妖人！"众辟火司的侍卫正欲策马进攻，十剑生突然再动神剑，只是铮了一声，就已经把这些人吓得急忙再度后退几步，这一进一退，反倒又退了一丈有余。

薛仁德大感脸上无光，气得大骂道："一群废物！快给我上啊！快啊！"

十剑生突然眉头一拧，单手一拍，只听嗖的一声，一把薄如蝉翼的青剑弹射而出，扑哧一声就刺入薛仁德战马的脖颈处，这马中了一剑，瞬间大惊，一下子把薛仁德甩了下来，而后开始在人群中暴跳狂奔，十剑生顺势转剑，这剑光一闪，直接就切下了整个马头，鲜血狂喷而起，犹如血雨哗啦啦地落下，溅了薛仁德一身。十剑生冷傲道："你这蠢胖子听不懂人话吗，你若敢再多说一句话，这剑便要割了你脑袋！如同此马！"

薛仁德吓得浑身发抖，抖索道："大胆！我乃……我乃……"

十剑生呸了一声，罕见地爆粗口道："你奶个屁！我又不认得你金吾卫职务高低，我就看你手无缚鸡之力，在我眼中便是低贱如蝼蚁一般！根本不值一提！杀你与杀一只鸡有何区别？！你还奶！"

秦明哈哈大笑道："薛仁德，没想到你也有今天，那日我伤了薛晋心中尚且有些内疚，今时今日看来，你们薛家真是一丘之貉，没什么可惜的！你再多说两句，我这一条筋的徒弟说不定真要杀了你祭剑。"

十剑生反问道："师父，这一条筋怎么个说法？"

秦明想了想，胡诌道："一条筋便是筋骨直通头足，连贯阴阳，全身七十二穴位，七大命门都连通起来的，十分了不得，哎呀，反正就是很厉害就是了。"

十剑生哼唧一声："那是自然，我十剑生的天资可是万里挑一，蜀西第一！"

秦明也笑道："那是必需，你师父我的天资也是江南第一，徒弟自然必须西部第一，第一加第一，那才是强强联手，天下无敌！”

这两个人互相吹捧，毫无节制，荆一飞是完全听不下去了，她见对手已经溃不成军，自己率先策马道：“秦明，我们先走！”

“好咧！”

二人策马狂奔而出，锦衣卫和金吾卫的人还要围堵，只是十剑生剑指一点，这群人都吓得退避三舍，十剑生神情严肃，拱了拱手客气道：“今日碍于承诺，多有得罪了，来日神剑若成，必要杀秦明以泄今日之耻，还请诸位做个见证，莫要侮了我的名声！”说罢，他飞身一掠，直接跃上树梢，又点了下树，便飞出了十几丈远，再几下就消失在密林之中了。

第三十五章　飞雪寺相遇

三人在昏鸦林再聚首，此处荒凉，当初也就是因为张贴风物榜，才有人到这里来，秦明和荆一飞再度打开地图，准备研究白齐的去处，突然十剑生凑过来瞄了一眼，问道：“你们是不是在找一个跟雪有关的地方？”

秦明点头道：“对啊，你怎么知道？好啊，你在跟踪我们？！”

十剑生有些不好意思道：“非也，非也，我十剑生好歹也是名门之后，岂能做尾随跟踪这等龌龊之事，其实我……”

“其实你怎么着？”

“其实是我见你二位有难，还在犹豫要不要出手救你们，若是救你们难免要与你相遇，当日约定便要兑现，我就得喊你师父，这着实叫人难堪！若不救你们，你若被这些人所杀，我一辈子都没有机会战胜你，你徒弟的名分便要一直跟着我到死，而且按照规矩，每逢初一、十五，我还要给你烧香烧纸，这就更加不妥，所以思来想去，我就一路跟着你们，等待时机……”

秦明更加不高兴道：“好啊！原来你小子一直跟着我们，见我们落难不但不及时出手，还在打自己的小九九，这算什么徒弟！这算什么有情有义！”

十剑生眉头一竖，心想老子刚救了你，你这人非但不感激还来训我，他正欲反责，但转念一想，现在自己是人家的徒弟，对师父又怎么能如此不敬，虽然这师父并没有什么传道授业之实，但也是自己许下的诺言，如何能这般不信守承诺？不妥不妥！但他着实又咽不下这口气，又碍于师徒礼节，纠结了半天，只有愤愤道：“是弟……弟子一时三心二意做错了，还请……还请师父恕罪！”

他这话说得已是低不可闻，脸色更是红彤彤一片，显然心中也是觉得很没面子，秦明见状觉得这人又好笑又有点意思，笑的是他迂腐不堪，不思变通，可是笑过之后又觉得这人绝无二心，对自己言行极为克制和负责，倒不失正派君子所为，当真是个磊落的汉子。

秦明摆摆手道："罢了罢了！看在你救了我们的分上，其实我们该谢谢你才对。"这秦明和荆一飞二人恭恭敬敬地对这十剑生说了声："多谢相救！"

十剑生急忙摆摆手道："使不得！使不得！你我已有师徒之名，哪里有师父谢徒弟的，万万使不得，还请师父、师娘收了这礼节。"

噗的一声，秦明笑了出来："你乱喊什么，什么师父，什么……师娘……哈哈哈！"

荆一飞脸色微微泛红道："我可不是你师娘！"

秦明嘿嘿笑道："这事我可管不了，十剑生这么觉得，那想必就还有更多人这么觉得，你管得了十剑生，也管不了悠悠之口啊。"

荆一飞气得满脸通红："秦明……"

十剑生有些好奇，小心试探道："那你二人究竟有没有……"

荆一飞啪地给了十剑生一拳，怒喝道："住口！"

十剑生委屈道："在下还没问呢……"

荆一飞道："我知道你想问什么，好个伪君子！"

十剑生悻悻道："不问便不问，此事也不足为奇，便是道士也是可以的。"

秦明咳咳两声，示意十剑生不要再说了，而后他正经道："十剑生，当日你我比试，师徒一说也是我随口说的，你知道我这人说话没个正经的，你今日也救了我们，这事就算扯平了，以后你还是你十剑生，我还是我秦明，算是交个朋友，师徒嘛就不必了！"

"那可不行！"十剑生震怒道，"好男儿岂能言而无信！岂能随口胡诌！说拜师便是要拜师，如何能当儿戏！你我比试那是赌上我性命和尊严，如今你以一句玩笑便带过了，如何能行？！"

秦明瞬间愕然，他不知道十剑生对此事的重视程度，他讪讪道："那……那……你要怎么样？"

十剑生正色道："你现在就是我师父，我十剑生也心甘情愿当你秦明的弟子，这是暂时不能更改的事情，但你须记得，我终有一日要再次挑战你的，若有那一天，我必要取你性命！以洗当日断剑拜师之耻！"

荆一飞听了这话，不禁扶了扶额头，摇头道："真是越来越麻烦了！"秦明却毫不畏惧，他收了脸色，正经道："好！我也记住你今日所说的话，若是有朝一日你要再次挑战我，我秦明一定奉陪到底！不过，你这辈子都赢不了我了，为了你，我也得好好练剑，我要叫你真正佩服我！”

十剑生拱手道：“胜负就在一年后来见分晓吧，弟子会谨记今日之事，来日再战必定不会手下留情！”

他正欲扭头离去，只是走了两步，突然又停下来道：“对了，你们要找的那个与雪有关的地方，应该是城东三十里外的飞雪寺。”

“飞雪寺？”秦明和荆一飞愣了下，心想在这地方为何从未听说过，地图上似乎也没有标注。

十剑生道：“因为飞雪寺不是它的本名，它的本名叫凤鸣寺。因其寺庙之下有飞泉，形如飞雪，故又名飞雪寺，这飞泉一年四季皆有，可不正是雪花飞落之地吗？”

秦明好奇道：“你一外地人怎么知道得这么清楚？”

十剑生笑了一声道：“我亦喜欢借宿孤山寒刹，我也是无意间遇见这地方，不想今日于你们有用。”

十剑生几句话解开了二人的谜团，秦明和荆一飞急忙再度致谢。

十剑生道：“我的新剑才淬炼了七次，还有不少缺陷，所以这几日我还要去重新淬炼一番，就不陪你们去飞雪寺，弟子告辞了！”

二人心中大喜，拜别十剑生后，就赶紧按照地图上的指示，急急策马便往城东的飞雪寺赶去，因为这白齐消失已有两个多月了，二人担心这师徒修炼成了再换地方，那真就无迹可寻了。

快马疾驰，不过一炷香的工夫就到了鸡笼山脚下，按地图所示，这飞雪寺就在这鸡笼山中，这山形虽然不高，但是十分陡峭，上山的台阶歪歪扭扭，十分难行。

二人藏好了马匹，一路徒步向上，走了一阵，就听到一阵哗哗之声，却见是一道清溪出现在几棵云松树下，此时虽然春光未至，但眼前松柏青青，奇石嶙峋，溪水清亮，景色倒是十分清幽。有清溪之处，必然是山上有石泉，二人便沿着溪流而上，这一路群山黛绿嵯峨，树木苍郁荫翳，风光是越发地秀丽了，又走了半炷香的时间，终于到了这清溪的尽头，只见一道清澈的泉水从两颗巨石交会的缝隙处飞溅而出，泉色雪白，远远看去，真的就像雪花在飞舞一般，一座黄墙黑瓦的庙宇就建造在巨石之上，大有凌空飞渡之感。

秦明大喜道：“看来就是这里了！”

泉从石中出，寺在泉上立。说的便是这座寺庙了。二人一鼓作气攀上石岩，轻叩山门，良久终于有一个十二三岁的小和尚前来开门，那和尚一袭黄袍，圆头圆脑的，长得还有几分秀气，他一见荆一飞和秦明的模样，就不慌不忙地合十道："见过两位施主！"

秦明愣了一下，问道："怎么，小和尚见过我们吗？"

这小和尚虽然是小门小庙出生，但是气度却很不一般，飞扬着眉毛，噘着嘴巴好像是这个寺庙的小主人一样，他朗声道："未曾见过，不过方丈昨日说这几日会有一男一女两位施主前来叩门，若是遇见了，便说你们要找的人已不在此处，所以还是请回吧。"

二人听了这话神色一变："不在此处了？那是去哪了？"

小和尚依旧不着急，口中絮絮叨叨，就像背书一样摇头晃脑认真道："佛家弟子四海为家，往东往西皆可，往南往北也行，天涯这么大，你们真的不必再找了。不过那人给你留了一个锦囊，要你们带回去看，说这是他给你们的答案。"

荆一飞接了锦囊，问道："是谁给你的，姚少师还是白齐？"

小和尚依旧摇晃着他那颗有些偏大的溜圆脑袋道："佛门净地没有少师也没有什么黑白之分，只有师父和沙弥，因果和轮回，阿弥陀佛。"

秦明见这小和尚一说话就跟书童背书一样，不停地摇晃着大脑袋，话里更是云里雾里的又没个重要信息，登即有些烦躁，凶神恶煞道："小秃驴，你少在这啰嗦，我就问你，那两个人是不是还在这飞雪寺里！快说实话，不然我就给你脑门上再戳几个窟窿当戒疤！"

小和尚被秦明一吓，瞬间就没了方才的趾高气扬，哆哆嗦嗦地退了两步，声音都变小声了："你，你想干什么！佛门……佛门净地，岂由得你乱来！"

秦明装作恶狠狠道："佛门净地怎么了！出家人不是不打诳语的吗，那你还撒谎？！明明这两人就在寺庙里，你说没有，你这就是破戒了，我要替佛祖老人家管教管教你！再不说实话，小心我拿你脑袋来当香炉！"

小和尚一下傻眼了，他一开始以为师父交代的必然是个极有素质的贵客，还专门装模作样一番，但哪里想到对方会是这么一个不按常理出手的人，跟自己寺庙里那些满口佛经、一脸慈眉善目的师父师兄完全不一样，这人两句话不合就要打要杀的，还要把他的脑袋当香炉，岂不是活脱脱的一杀人狂魔。小和尚纵然再果敢也没见过这场面，哇的一下子就哭了出来："这个……姚少师他们，他们去哪里了……我真的不知道……我真不知道……你们不要杀我！"

说完他把门嘭地一关，就赶紧往院子里跑去，这哭声哇哇震天，估摸整个飞雪寺的人都能听见了。秦明骂了一声兔崽子，还要踹门进去，荆一飞拉住了他，道："算了，既然他们有意拂客，便是进去了又能如何，再求他也是求不来结果的，相反若是他们有意帮我们，说不定这法子就在这锦囊里。"

秦明一拍脑袋道："对啊，还有一个锦囊呢，这一定是他们留给我们的救命办法，我就说白齐这小子不会见死不救的，我们快打开看看。"荆一飞立即打开锦囊一看，这里面只有一张字条，字条上只写了三个字，但就这三个字分明让秦明和荆一飞二人感受到了深深的绝望！

这三个字是："不可救！"

简单的三个字犹如当头一棒，打得秦、荆二人头晕目眩、不知所措，这三个字意思再明显不过，姚广孝也认为魏东侯救不了了，或者姚广孝是觉得魏东侯不能救，总之就是他不会出手帮忙了。

荆一飞神色一哀，面色灰白，显然是极为失落。若是姚广孝都不愿意帮他们了，她实在想不出来还有谁会愿意帮她去救这魏东侯。秦明更是破口大骂道："这老秃驴，要我们金吾卫帮他的时候倒是千方百计，现在我们有难，他却这样袖手旁观，好没良心！不行，我一定要找到他，管他是太子少师还是什么高僧，我都要当面问问他，什么叫不可救！到底是他不肯救还是救不了！"

秦明一转身便要再上飞雪寺，只是刚走了几步路，突然岩石上就传来了一个清冷的声音："秦施主不必再去问了，我师父不会见你们的。"

这声音十分熟悉，秦明和荆一飞急忙抬头一望，只是看了一眼便瞬间惊呆住了，这石岩上站的人不是别人，正是许久未见的白齐，只不过他们惊呆的原因，不是白齐突然出现，而是这白齐现在的样子。

第三十六章　三条计策

只见白齐身着一袭白色僧袍，手捏紫檀珠串，最关键的是他的头发全部削去了，九点戒疤十分显眼，他居高临下，面色依旧白净，神情却已是清清冷冷，仿佛一名遗世而独立的年轻高僧，冷冷地看着世间纷扰的一切。只不过两个月未见，这文弱书生就变成了山中隐居的高僧，这变化让秦明和荆一飞一时间有些接受不下来。

秦明率先愕然："白齐，你……你怎么也变和尚了？"

白齐双掌合十，微微点头道："贫僧法号妙空，秦施主别来无恙？"

秦明啊了下，他一向话多，肚子里更是有一大堆问题要问白齐，可是此情此景却叫他一时间不知该说什么，一个好端端的金吾卫战友就变成了一个出家人，然后这人现在都开始叫自己施主了，仿佛他和白齐的关系是以前的事，跟现在的这个叫妙空的和尚毫无关系，自己纵然有再多关于白齐和自己的话，又怎么说给一个不相干的人听？这岂不是人世间最尴尬的事。

秦明最终只是蹦出了一个问题："你，为什么要去当和尚啊？"

白齐淡然道："我本就是师出佛门，回归佛法也是再自然不过的事，没什么奇怪的。"

秦明又问道："一定是你师父逼你当和尚的对不对？那个老秃驴自己当和尚了，还要逼你跟他一样，好继承他衣钵对不对？"

白齐笑了一声："众生向佛，本是出于真心，若是逼，又有何用？"

荆一飞心忧魏东侯的安危，上前问道："白齐，呃……妙空法师，姚少师一定还在飞雪寺内对不对？可否引荐一下，我有急事找他相助。"

白齐的神情虽然很寡淡，但是他却还是不怎么敢看荆一飞，只是有意无意地扫了一眼，余光便不再逗留，他冷冷道："我说了，我师父不会见你们的，你们即便是硬闯飞雪寺也是徒劳。"

“为什么？魏大人被锦衣卫诬陷了，现在已经被关进锦衣卫的典狱司内……”

“魏大人的事我已听说，不过正因为是事关魏大人，我师父才不想过问，这‘不可救’三个字，便是他的原话。”

“这……魏大人与姚少师似乎并没有什么恩怨情仇，姚少师又何必如此绝情绝义。”

“对啊，魏大人怎么说也帮他夺取了六件法器，你师父也不能这样翻脸不认人啊！”

白齐叹了一口气，如实道：“你们有所不知，魏大人的身份特殊，我师父现在是不可能去救他的，或者说这魏大人落难正合了他心意。”

这话让秦明和荆一飞都觉得有些不可思议，为何魏东侯落难会合了姚广孝的心意，他二人这是有过什么过节吗？这魏东侯不是在孝陵一战中刚帮了姚广孝吗？

秦明想不通，还想再问，白齐却摇了摇头道：“很多事你们现在还不明白，日后终归会明白的，时间终归会解释一切。”

秦明气道：“我们不明白那你就说明白啊！说白了，你就是不想帮忙！”

白齐缄默不言，神情毫无变化，他就像一尊泥塑的佛像，丝毫不起任何波澜，纵然二人再怎么说他都不为所动。荆一飞见此自然是十分失望，她以为以她三人的交情无论如何也该勉力一试，但不想白齐是如此斩钉截铁地拒绝了他们，一点机会都不留给他们。

荆一飞拉了下秦明，低声道：“强人所难就算了吧，我们自己再想办法，大不了，到时候去锦衣卫抢人便是！你我也不当这金吾卫了，天地之大，不信没有我们的容身之所！”

秦明看了一眼白齐，心中也有些失望，他不明白这人怎么突然就变了一个人似的，这个人跟以前的白齐完全不一样，这么冷漠寡淡，毫无怜悯之心，甚至毫无情感，难道修佛修道就要这样无情无欲、六亲不认了吗？

秦明有些愤愤地拱了下手，道：“即使如此，那我们便不打扰了，白……妙空师父了，告辞！”他扭头便跟着荆一飞往山下走去，白齐站在山顶上，捏紧了佛珠，其实从一见面开始，他的佛珠就没有转动过，白齐潜心不问世事两个多月，终究还是舍不断他与秦明、荆一飞的情感，一个是至情至性的兄弟，一个是深埋心中的所爱之人，他如何能无动于衷，只是强忍罢了。

“等等！”终于，白齐叫住了他们。

“哈哈哈，我就知道你不会不管这件事的！”秦明也不管白齐还要再说什么，是不是同意帮自己了，自己就先大喜了起来。

荆一飞倒是很平静地问道：“不知妙空大师还有什么事？”

白齐道：“此事我师父不肯帮你，但并没有说我不能指点你们一二。”

二人都听出了弦外之音，荆一飞又问道：“还请言明。”

白齐朗朗道：“魏东侯犯的是谋逆的死罪，以皇上重典狱之刑的作风，此番判决的结果必然是聚宝门外斩首示众，严重的甚至株连九族，不过眼下大国师选举迫在眉睫，朝中有臣子劝告皇上，当下六脉风水大阵缺失，文武[illegible]乱，更应当持德守孝，在祭祀天地大典之前，不可再多血光之气，以保社稷平稳。所以，这段时间内，魏东侯暂时不会有性命之虞，不过祭祀天地大典之后，一切就难说了。所以你们要救魏东侯，时间只有这一两个月。”

二人急忙又问道：“那怎么救？”

白齐正色道：“要救魏东侯必然不能用一般的办法，我有两个计策，其一曰弃卒保帅，其二曰暗度陈仓。”

“如何个弃卒保帅，又如何个暗度陈仓？”

“所谓弃卒保帅，便是牺牲一两个人，来保住魏东侯的性命。现在所有人不是都认定刘太安是七煞门的傀儡师吗？那不如就让刘太安自己承认这一罪行，而后反口咬定七煞门的主使并非魏东侯，而是朱高煦！刘太安有充足的证据可以证明自己是傀儡师的身份，而我们也有一定的证据可以证明朱高煦确实参与了这些事，到时候朱高煦为了避免引火烧身，必然要安排真正的傀儡师出面，以指证刘太安并非真的傀儡师，这便是翻转的关键，我们可以抓住这个契机，一步步洗清魏东侯的罪名！其第一法也，不过此法有个难度，便是要谁来跟皇上提起翻案重审一事，本来此事可以打击汉王的声势，对太子大有好处，但我师父对魏东侯有些想法，必然不肯，他老人家不肯太子便也不会同意，所以这便成了最大的难事。”

“姚少师与魏大人似乎并无什么大的恩怨，魏大人还替姚少师夺回了六件法器，为何姚少师还要这般绝情？”荆一飞大为不解，为什么姚广孝铁定了心不肯救魏东侯，救了魏东侯打压了朱高煦，明显是对他有百利而无一害的好事。

白齐摇了摇头道："此事你们便不必多问，内里牵扯的便太复杂了。"

秦明问道："那姚少师不肯帮忙，这法子又如何实施？"

白齐笑道："这才是关键，此法若要成，必是要等我参与大国师遴选，登顶大国师之位才行。我将以大国师的身份来向皇上提议重审魏东侯一案，如此一来，便有了机会！"

白齐说的这个办法确实是兵行险招，要刘太安自愿牺牲，而后白齐登顶大国师之位才行，不可谓不艰难，另外其中太子、姚广孝还必须从中不反对才能成事。此法只能称之为奇策，却绝非上策。

二人又问道："那暗度陈仓呢？"

白齐道："所谓暗度陈仓之法，便要简单得多。我有一师兄在朝内做事，历来与我关系交好，我若委托他帮忙，可带我们一同进入锦衣卫的监牢中，我师兄擅长易容术，他的易容术与当年除君的教授杨益能同为当今之最，外人根本看不出来。届时，选一个可靠的人易容成魏东侯的样子，再贴上另一张脸皮，而后与我师兄一同入狱探望魏东侯，到时候我师兄会找一个借口支开看守的锦衣卫，不过一盏茶的工夫，就能完成真假置换，假的魏东侯戴着面具留在监牢之中替魏东侯行刑，真的魏东侯便带着另一张假面出来，此谓暗度陈仓之法！不过此法亦有缺点，其一只能救一个人，我师兄的易容术在这一盏茶内只能完成两个人的假面置换，皇甫寒山、刘太安以及金吾卫其他官兵都不能救，其二，要找一个甘愿做替死鬼的人，自愿给魏东侯替换，另外在往后的日子里，任是严刑拷打这个人也不能透露只字片语，败露了情况。从此，魏东侯便隐姓埋名消失在南京城内，做一个江湖中的活死人！此谓之下策！"

这个办法实施起来虽然简单，但其实比弃卒保帅更加险恶，且不说只能救出魏东侯一个人，单是要找一个身材相近甘愿送死的人就太困难了，而且为了救一个人再杀一个无辜的人，用这样的方法救与不救又有什么区别，所以白齐说是下策也不为过，秦明和荆一飞不禁有些沉默了。

片刻，秦明道："那就没有其他更好的办法了吗？"

白齐笑了一声道："若是这两个法子都不可行，那只有最后一个办法了！"

二人异口同声问道："什么办法？"

白齐道："劫法场！"

"劫法场？！"

“不错！锦衣卫处决这些秘密的犯人一般都会在聚宝门外，若是这两个办法最后都失败了，那就只有沿途截杀锦衣卫，救走金吾卫的人，从此远走他乡，永生永世不要再回南京城了，不过这是下下之策，最是凶险，若是救不走人，便是要全军覆没！”

秦明沉吟道：“问斩魏东侯是件大事，这沿途驻守的兵力……单凭我和一飞只怕是很难救下魏大人的。”这二人再救人心切，但现在也是有理智的，单靠两个人的力量想要从一众锦衣卫和其他禁军手中救下魏东侯，那确实是以卵击石、痴心妄想！

白齐道：“单凭你二人自然是救不了魏东侯的，不过，锦衣卫出城处决犯人的路线一般有三条，这三条路线都有几处是可以打算打算的，若真到了需要劫法场的那一天，这几处便是你们唯一的胜算了！”

白齐神情肃穆，问道：“现在我这三个计策都告诉你们了，一个为奇策，一个为下策，一个为下下策，却不知道你们想要选哪条路？”

这三个计策都有很大的风险，不过要救魏东侯本来就是个十分艰难的事，能有一线生机已是难得，更何况是有三个办法，秦明想了想道：“这三条计策我都要！”

白齐眉头一皱，道：“你都要？”

秦明点头道：“不错，我觉得可以三计并施。”

荆一飞立即问道：“可是这暗度陈仓，要找谁去当替死鬼，现在对魏大人稍有些忠心的人都被打压囚禁，只怕没那么好找了……”

秦明道：“远在天边，近在眼前，我与魏大人身高相近，再易容打扮，应该不容易被看出来。”

荆一飞急忙回绝道：“不行！你不能去，此事太危险了！”

秦明道：“可是眼下也没有更好的办法了，魏大人待你如师如父，对我也有恩情，我知道如果不救魏大人，你以后肯定会内疚难安一辈子的，一飞，其实为了救魏大人，你也是愿意牺牲性命的是不是？”

荆一飞点头道：“是，不过那是对我而言，魏大人与我的恩情毕竟与你们不同，我便是千死万死也是应该的，可是你，却没道理承受这些。”

秦明笑道：“纵然魏大人对我的恩情还不足以让我以性命相许，可是为了你，我觉得也是足矣的，你救过我那么多次，这一次也该我来还你的恩情了。”

秦明指了指山下，靠近外城有一处不起眼的地方，他声音罕见地低沉道：“反正我秦明也没什么牵挂的，我若撑不住了，你有空替我照顾好我奶奶，她就住在那个地方，门口有一棵大樟树，很好找的。”

荆一飞心中翻涌起五味，不知道是该感动还是该悲戚，她一个劲地摇头，说不可以，这事绝对不可以！现在她只恨自己是女儿身，不然这件事她便自己去做了，那是最好的结果。

秦明握住荆一飞的手，劝道：“一飞，若两计真的都失败了，大不了你来劫法场救我便是了！我们一同杀个痛快也没什么！”

白齐原本想说这计策救一人死一人慎用为妙，但他见秦荆二人的关系日益亲密，他心中突然就有些隐隐作痛，不知不觉间他生出了一个有些恶毒的念头，这念头就像一粒有毒的种子快速地发芽生根，充盈他的心间，让他不能自控。

白齐神色淡淡道：“不入虎穴焉得虎子，秦侍卫当真是肝胆侠义！不过此事还需魏大人配合才行，若是他不愿意，这事你一厢情愿便也难成。所以，看来得找个时间你我一同进监牢走一走才行。”

荆一飞急忙喝止道：“此事万万不能做！我们已经失去很多人了，为了救魏大人不可以有更多无谓的牺牲了！”

秦明却昂首道：“白齐，就这么定了，找个时间我们去锦衣卫的监牢走上一走，我秦明对这传说中的锦衣卫监牢可真是很有兴趣，嘿嘿。”

白齐颇有深意地看了看荆一飞道：“可是，荆施主貌似并不是很赞同这个计策。”

荆一飞斩钉截铁否决道：“对！我不赞同！若是第一策救不了，我便是自己去劫法场！”说着她硬是拉着秦明下山而去，白齐笑了笑，俯首合十道：“既是如此，那便不送二位了，山路崎岖，还请二位一路慢行。”

第三十七章　新仇旧恨

三日之后，皇宫内果然传来消息，汉王会同锦衣卫、金吾卫、大理寺联名检举金吾卫指挥使魏东侯谋逆作乱的罪责，面对累累罪证，朱棣果然勃然大怒，他拍案而起，又推倒了金龙案桌，案桌翻滚下丹陛，轰隆一声将殿内的地砖砸出了一个大坑！

朝堂之上，文武百官吓得噤若寒蝉，没有人敢正眼看朱棣一眼。

想他朱棣当年便是靠篡夺了侄子朱允炆的皇位当了皇上，最讨厌最害怕的也是手下的人不忠诚，何况还是金吾卫这等皇城禁军，简直是犯了大忌。翌日，午门外便贴出告示，金吾卫指挥使魏东侯、千户皇甫寒山、刘太安等人私通邪派七煞门，以职权之便，利用白火药炸毁蔡、沈、刘等府邸，还恶意毁坏千禧寺和火神观，甚至意图谋杀皇上，罪不可赦，本该株连九族，即日问斩！但由于祭祀天地大典在即，皇恩浩荡，决定在大国师遴选完毕后，于四月初，在聚宝门外问斩魏东侯等人！告示还悬赏缉捕荆一飞和秦明二人，白齐虽然也在三人小组之列，但碍于姚广孝的权势，纪纲和薛仁德未敢将他纳入罪犯名单之中，单是通缉逮捕荆、秦二人。

告示一出，满城震动，这一消息不亚于皇上公开遴选大国师一事，毕竟雷火案一事，京城之内的居民都是或亲眼所见、或亲耳听到，坊间都传言是天谴之故，未承想却是金吾卫自编自演，从中作乱，当真是叫人都惊愕不已。

金吾卫大营被查封，魏东侯等人被抄家，金吾卫上下共有一百余名将士被囚禁，又过几日，朱棣下令提拔纪纲为都指挥佥事，兼掌锦衣卫。而薛仁德顶替魏东侯，接任金吾卫指挥使一职，薛仁德担任要职后，第一件事便是联合锦衣卫开始大肆缉拿魏东侯余党，并不遗余力追拿荆一飞和秦明二人，过往凡是与薛仁德有过嫌隙的人，大多被贬职或者削籍为民，就连六相司的宋云等人都被逐出了金吾卫，不知去向。

大国师之争日益临近，京城内每日热闹非凡，居住在南京城内的居民不会因为一支禁军的兴衰而影响自己的生活，最多不过是多了些茶余饭后的谈资罢了。反倒是会聚在京城内的各色法师、术士、高僧充分利用各个寺院、道观、广场开展布道宣讲，无论大街小巷、广场楼宇，每天都有无数的信徒围观，这些人或口灿莲花、或吞云吐雾、或点破天机，营造出一幅名师齐聚京城的盛世繁华之象。

一个月后，在皇城内奉天大殿前的广场上，将正式举行前无古人后无来者的大国师之争，当朝天子，永乐大帝朱棣将亲临现场观看，亲自挑选振兴国运的大国师和六名国士，共同举行祭拜天地的大典。而后再过七日，聚宝门之外，秦淮河畔，纪纲就将带领锦衣卫典狱司的人就地斩杀魏东侯、皇甫寒山、刘太安等一百余名金吾卫作乱囚犯，以儆效尤！

按朱棣的话说，这叫恩威并重。

锦衣卫卫所内，魏东侯和纪纲面对面而坐，依旧是满桌的好酒好菜，这纪纲虽然在皇上面前用尽心机害他，可是在这典狱司内，他却对魏东侯客气有加，非但不上刑具，每日三餐安排上等的酒菜从不间断，这与金吾卫其他被关押的人形成了鲜明的对比，比如皇甫寒山、刘太安等人日日严刑拷打，早已是奄奄一息了。

纪纲自然是有他自己的目的，他太想知道建文帝朱允炆去了哪里，他一直怀疑魏东侯与岳松有很深的交情，甚至这魏东侯很可能就是建文帝的余党！姚广孝也怀疑当年入宫刺杀朱允炆的七名杀手中有细作，才让这一次行动功亏一篑，所以他才专门安排白齐入金吾卫刺探这魏东侯，可惜这魏东侯一向深藏不露，任何信息都不曾透露出，所以姚广孝那边也是毫无进展，如今这人落在了自己手里，他如何不近水楼台先问个清楚。

不过纪纲深知，魏东侯这个人向来吃软不吃硬，若是硬来根本无法让他屈服，也决计问不出任何问题，所以他纪纲必须用暖心计来软化他，让他自己把缘由说出来。

纪纲斟满一杯酒，推了一下，客气道："魏兄还没想清楚吗，你这时间可只剩下一个月了，若是再不愿意跟我合作，你这金吾卫内一百八十一名弟兄都将跟你一起共赴黄泉了！"

魏东侯紧闭双目，整个人好似入定了一样，他似乎根本没有在听纪纲说话，早已将生死置之度外。良久，一片沉默，纪纲见魏东侯还是一副活死人的样子，始终不开口，也没有任何表情，他终于按捺不住，冷哼一声道：“你以为自己闭着嘴巴，我就得不到想要的答案吗？魏东侯，你可是太小看我锦衣卫了！想当日七煞门的两个人也是何等地执拗，到最后还不是一样乖乖地做我纪纲的两条狗？！”

他起身走出了典狱司，只是不过片刻他又转身回来，手中多了一件包裹。

纪纲把包裹重重地往桌上丢去，这包裹撞翻了杯盏，当啷作响。纪纲冷冷道：“魏兄，打开好好看看吧！”

魏东侯鼻尖分明闻到一丝丝的血腥味，可是这血腥味已经带着些许的腐臭味了，说明这东西已经放了很久了。他的心里微微有些不安，毕竟这锦衣卫做事无所不用其极，杀几个人对他们来说就是家常便饭。魏东侯按捺不住，睁眼一看，却是一个不大不小的包裹，青蓝色的粗布里也不知包裹的是什么，但他的反应何等之快，只是再轻嗅几下就猜出了一二，问道：“是谁的血衣？可是有些年头了。”

纪纲笑道：“不错，这血衣已经放了很久了，我没记错的话应该有八九年了吧。”他用筷子一挑，包裹打开，露出了两件麻布衣服，看起来十分简陋，只是这麻衣上有几个明显的血洞，像是被锐利的箭矢所伤，鲜血喷溅沾染衣服，到如今早已化作焦黑的一片。

魏东侯再细看，发现这焦黑的血迹之中还有一丝丝如蜘蛛网般的鲜红血线。这血迹黑中带红，看起来颇为触目惊心，却不知是何人留下的，纪纲又把它翻出来做什么？纪纲饶有兴致地打开麻衣，这血衣的样子一下子变得更加清晰，两件衣服五处箭伤，血迹喷溅痕迹清清楚楚，光看这衣服就能想象出当日这人遭到利箭所伤的惨烈模样。

魏东侯问道：“这两个人是被你所杀？”

纪纲点点头道：“不错，我当日在锦衣卫任百户，还没炼成七决剑，平日里也用些弓箭，但我的箭与别人不同，我的箭锋上必要涂抹一种毒药，叫千日红，这种毒药一旦入体，会让血液凝固成红色的丝状物，红色血丝交缠，首先会让人行动迟缓，很快就不能动弹，而后眼睁睁地看着自己变成一具蜡人，千日红毒药还有一个特点，那就是中毒的人，即便是一段时间后血迹干涸后，这红丝都不会消退，一丝一丝十分鲜艳，所以叫千日红，这二人明显是中了我的毒箭，我一开始还不知道他们是谁，只是再一想，我就记起来了！”

他缓缓靠近魏东侯道：“真没想到啊，世间还有这么巧的事！魏兄，你可知道这两件血衣是从谁的住处找出来的吗？”

魏东侯脸色一变，心中已然知晓了一些，毕竟与他亲近的人就那么几个，而曾经家人被锦衣卫灭门的人，就只有一个。

“荆一飞！”纪纲终于吐出了这三个字。

“洪武三十四年三月七日，我获悉了一条消息，除君的天章死侍要实施一场秘密行动，这个秘密行动十分机密，便是这些天章死侍都不知道其他人要做什么，所有的消息都是由几名没有姓名的侍卫在负责暗中呈送，我手下的鼠探打听到一个关键的消息，三月七日这天，其中一名侍卫刚好要经过金陵城外的荆家村，他要在这里与其中一名天章死侍接头，所以我和我的手下早早埋伏于此，想要提前屠村截取情报，但不想当天接头的天章死侍竟然是岳松，他提前出现，让我们的计划最终功亏一篑。

“荆家村上下一共是一百一十五人，我们每杀一人就记下一个符号，最后我们杀的是一百一十四人，全村只活下了一个人，那是个十来岁的小女孩，在我要杀她的时候，岳松来了，他把我打成重伤，并救走了那个小女孩。我若没猜错，那女孩便是现在的荆一飞！

“我说这妮子怎么每次看到我眼神里都带着一股强烈的恨意，原来原因就在此！只是我有些不明白，这荆一飞明明是跟着岳松走的，怎么如今又拜在了你的门下？其中可不是蹊跷了？秦明、荆一飞、分金掌、阳明穴，你说你跟岳松没有交情，我可是打死也不会相信！”纪纲因为开始不断地接近真相，情绪变得有些兴奋和焦躁，一双眼睛更是如鹰隼发现了猎物，瞬间激发出灼热的目光，他恨不得要剖开魏东侯的腹，挖开魏东侯的心，直接看到这人心中到底藏着什么样的秘密。

纪纲厉喝道：“真相是这样的！魏东侯，你才是天章六侍之一！你和除君有着不可告人的秘密！你这个除君的余孽，大明的叛徒！”

魏东侯突然哈哈大笑起来，他笑得很快意，笑得纪纲不明所以，魏东侯站了起来，同样厉声道：“纪纲，成王败寇，你要杀便杀，要诬陷便诬陷，可是说我是天章六侍？！那请问杨益能、叶希贤、梅殷、岳松、程济、王钺又是谁？！你觉得他们哪一个是假的？又请问，入皇城刺杀行动，是谁带着你们走捷径第一时间直逼皇宫的？！我再请问，在汉王的杀人比试中，我杀的一百一十九人又是谁的部下，你纪纲立功心切，可有比我杀得多？纪纲，你想要诬陷我，可得找一个能令人信服的理由，否则的话，我魏东侯断然不服！”

纪纲的脸色微微抖了一下，魏东侯的三个反问很有力量，一时间让他也不知如何反驳，而这也正是为什么魏东侯在靖难之役后可以直接荣升金吾卫指挥使的原因所在，但是纪纲有着很敏锐的直觉，他还是觉得这里面就是有很多不妥之处，他恶狠狠道：“很好！你的理由很充足！可是，这又能如何？张榜公布斩你魏东侯的消息早已传遍四海，你猜，一个月后，聚宝门外，你们这些除君的余党会不会舍命出来救你？你那些天章死侍的朋友会不会全部出现？魏东侯，杀你太容易了，关键是揪出你的余党，找出除君的下落，这才是我的目的所在！不管你怎么隐藏，你这一局都是输定了！”

魏东侯也恶狠狠道：“那不如，你就等着那一天，看到底是你的软剑够快，还是我的流光更璀璨！”

第三十八章　易容术

城东鸡笼山上，飞雪寺。

早春的气息已经悄然而至，飞泉依旧潺潺，柳枝却已经吐露出一抹抹鹅黄淡绿，向阳一侧的山脉上更是翠绿一片，看过去颇是生机勃勃，只要再过几天，这山上的野杜鹃也该开放了，满山姹紫嫣红，团团簇簇，是这山中独有的美景。

白齐站在石亭内，呆呆地望着叮咚的泉水，似在沉思。

距离大国师之争只剩下几天的时间了，他的心反倒越来越静不下来，自己的心里总是有个声音在阻挡着自己更进一步，他的手轻轻地捏着一张信函，这信纸薄薄一张，捏在手里却觉得重若玄铁，真的是重若玄铁！

他以为自己削了发，点了戒疤，披上了僧袍，就可以六根清净，斩断一切烦恼丝，就可以一心一意地修行，可现在才知道自己太高估自己了，人的七情六欲真的不是凡人能够掌控的，便是一个小小的情、一处小小的恨就能叫无数人躲不过绕不开，所以大彻大悟才那么难。

这几日，白齐的脑海中总是会无数次回想起上次山中相见的场景，其实当时他们分开才不过几个月而已，可是为何，自己与荆一飞再次见面，心中还是起了波澜，当他看到秦明握住荆一飞手的时候，心里就已经升腾起了一股恨意，尽管他极力在隐藏，可是这恨就像病毒在蔓延，野草在狂长，怎么除也除不掉了。

多可笑啊！他跟姚广孝说自己心如止水，如古井、如深潭、如平湖，现在看来，不过是这古井未曾有人经过，这深潭未曾遇到一株落红的桃树，这平湖未曾掠过一只鲜艳的候鸟，只是一片桃花瓣，就掀起了止不住的涟漪，层层荡漾，叫他无法再静止。现在，爱难消，恨难除，自己还修什么佛，念什么经！一切的一切都是假大空，悟了一场假奥义罢了。

白齐回头一望，飞雪寺内只留下他和三名僧人，今日一早，姚广孝就带着几名僧侣进宫教导圣孙去了，这山中人丁稀少，更显得冷清寂静，好似一个深深的冷宫。他低头又看了那张纸一眼，那是秦明暗中送来的信函，他决定了，跟自己一起去锦衣卫找魏东侯，完成这次置换。毕竟，祭祀天地大典之后，就要问斩魏东侯、皇甫寒山、刘太安等人，这所剩的时间已经不多了。现在，秦明一个人就在山下等着自己。

白齐的神情有些戏谑："想不到我跟秦明还有这一天，真是命运弄人呢。"

"这是你自己的决定，我不过是给你们指了条路罢了！"他抖了下手指，有山风吹来，这信函如一只泛黄的蝴蝶一样顺着清风飞舞，呼啦呼啦，很快就消失在或黄或绿的树影中。

姚广孝这一进宫，至少要三日之后才能回来，自己想要带着秦明实施暗度陈仓的计策应该还有时间，若是错失了今次的机会，他师父一回来，他也没有了自由之身。

白齐想定了主意，终于迈步走出了石亭，他路过小院时，朝那扫地的僧人随口道："我有事下山一趟，三日后便回来。"

僧人愣了一下，正想说姚少师不让你下山的。但白齐并不管他，已经阔步走出飞雪寺，僧人急忙上前想要阻止，但不想，这一道烛龙丝已经挡住了他的去路，这三个僧人都被挡在大门之内，一个也出不来。

白齐整个人像一阵风一样往山下走去，他的脚步很快。

到了山下刚好是正午时分，路口处秦明已经在一棵柳树下等他了。

二人再度聚首，白齐问道："你真想好了？"

秦明点头道："早就想好了！算我还了他们的恩情，再说了，这也不一定是死路一条，大不了最后杀人越狱，一了百了！"

白齐心中冷笑：想要越锦衣卫的狱，那简直比登天还难。但他口中却淡淡道："你自己想清楚了便好，此事非同小可，但愿你不要后悔，否则没有人可以再帮你了。"

秦明笑道："你放心吧，我秦明做事从不后悔，便是死了又如何？"

"好！"白齐点了点头，也不再多说话，二人带着斗篷，径直往城中走去，过了护城河，进正阳门，一路向左，途经太常寺和钦天监，前方便是赫赫有名的锦衣卫卫所。

锦衣卫的卫所建在皇城之内，宫城之外，寻常百姓是到不了这里的。不过，白齐有姚广孝的令牌，在这皇城内几乎可以畅通无阻。白齐此番并没有直接去锦衣卫，而是变道去了右前方的兵部。白齐说过，自己有一个师兄在朝内做事，若要实施这暗度陈仓之法，就必须先找他师兄，一个可以带他进锦衣卫的人。

这个人就是兵部尚书、詹事府詹事，金忠。

金忠也是当年靖难之役的主要谋划者，更是朱棣的得力谋士，当朝数一数二的权贵人士，很多人只知道金忠精于占卜，但却不知道金忠与姚广孝的关系非常特殊，姚广孝是金忠的推荐人，更是他在玄学方面的老师，也就是说金忠也是姚广孝三大高徒之一。

白齐知道自己去找姚广孝，他肯定不会出手相助，对于魏东侯，姚广孝始终是心存疑问，他可是比纪纲还想看到这场好戏的幕后秘密是什么，试想一个几乎破坏了自己全盘计划的人他姚广孝怎么可能还会去救他，所以白齐不能去求师父，但他可以求他的这位师兄，金忠是太子朱高炽的拥趸，一向主张行仁政，对酷吏尤其是锦衣卫深恶痛绝，而且最关键的是，金忠还是当今世上数一数二的易容术高手，若是能求得他相助，这事便成了一半。

果然，金忠一听此事，便来了兴趣。

他冷笑一声道："纪纲小儿，狼子野心，世人皆知，只是这朱高煦慌不择路，竟然还要与他为伍，可不是自寻烦恼？师弟，你今日既然来找我，我必然要帮你，说吧，你想师兄替你做什么？"

白齐道："白齐只求师兄带我二人入锦衣卫天牢看望下魏东侯，而后替这位兄弟与魏东侯完成易容置换便可。"

金忠瞧了瞧秦明道："这小子怎么看起来有几分面熟啊。"

秦明笑道："在下长了一张大众脸，金大人自然觉得有几分面熟。"

金忠摇头道："非也！非也！我擅长易容术，自然对人的五官面貌很敏感，你这五官绝非普通人能有的，应该是我见过你父辈！"

秦明愣然了下，脱口而出道："你认识我父亲？！他是谁？"

金忠也是一愣，满脸狐疑道："你不知道自己父亲是谁？"

白齐替他答话道："他自小便是孤儿，懂事时便无父无母，所以不知道自己父亲是谁。"

金忠尴尬地笑了笑道："原来如此，不过少年命运多舛，老来才能享尽清福，我看这位年轻人倒是一副气运兴旺的样子，怎么也不该来走这一遭啊。小子，完成人员置换，并非难事，只是你想好了这可能承受的后果了吗？”

秦明点头道：“我早就想明白了。”

金忠点头道：“那就好！果真是个重情重义的人，不过越是这样，老夫越是觉得可惜啊……”

秦明摇头道：“其实没什么可惜的，人活一世，若不能为情为义，与禽兽又有什么区别，便是学乌龟苟活千年又有什么意思？”

金忠听了这话哈哈大笑道：“这话说得老夫爱听！既是这样，那我一会儿便可以过去，不过现在得先给你们换换装容才行。”

金忠将这二人带进书房里，他挪开一面花梨木书柜，里面是一面壁画，画的是一面巨大的八卦，他单手连连点击几处按钮，八卦缓缓打开，墙内露出了一个暗室，金忠道：“此处便是我易容之所，两位请进。”

三人进了密室，见这密室内是一个六角形的狭窄空间，每一个角都有一面巨大的铜镜，六个面互相反射，看起来层层叠叠，繁复纵深，令人眼花缭乱。金忠推开其中的一面铜镜，却见这铜镜之后又是一处一模一样的场景，如此几轮，秦明已经彻底不知道自己究竟是在几重镜中，此番若要他自己出去，只怕兜兜转转，要永远困死在此处。

这样走了二十几道，才最终进到一个一丈见方的六面密室内。

这密室虽然也是六面巨大的铜镜组成，但空间明显比刚才的更宽敞，白齐赞叹道：“这便是师父所说的无边阵法了！常人一进此处只怕早已晕头转向不知方向了，却不想师兄已经运用得如此纯熟。”

金忠笑道：“一点小小的防范计策罢了。现在这里才是真正的易容之所。”他拍了拍铜镜，六面铜镜登即翻转，露出了无数的人面，这人面有男有女，有老有少，更有无数的头发、碎皮、眼珠子、手套甚至假肢。若是普通人一见这场景必然要吓得惊叫出来，但秦明和白齐见了却忍不住齐声赞叹起来。

金忠环顾这六面人面墙，侃侃而谈道：“当今的易容术共有三门，第一曰乔，主要是用蜜蜡、彩泥等更改人的脸面五官，此法面色僵硬，只能在夜间使用，在白天光亮处一瞧便原形毕露，谓之易容术之下法。第二法曰画，乃是以胶、泥等做出假的脸皮，而后敷面，最后用画笔对细节处进行描摹，此法乍一看与常人无益，但也不能近看细瞧，谓之易容术之中法。而这第三种称为易，是用真的脸皮来改头换面，就像换了一张脸一样，这才是易容术的上法。”

他指了指满墙的脸皮道："我这里有一千七百二十七张脸皮，都是我托人从不同的犯人脸上扒下来的，新鲜的脸皮拿下来后要用药水浸泡防腐，而后重新上色，以生人血气滋养，如此几年才能历久弥新，看起来鲜活有生气。有的脸皮养护得好，甚至还可以缓慢地生长毛发，与活人无异，这样的面皮才是易容术的最佳道具。你看这张脸，我刚拿到时不过是个少女，现在看起来日渐丰腴，似乎都有几分少妇的富态了。"

金忠所指的这张脸皮白里透红，肤如玉脂，看起来确实已有几分富态美感，秦明看得啧啧称奇，他问道："那我要化装成魏大人，应该用哪一张？这张吗，看起来与魏大人有几分相似。"

金忠点了点头道："小子，眼睛倒是很尖。魏东侯的鼻子高挺，脸色偏古铜，还有些须髯，用这张确实最好。"

他单手取下这张脸皮在秦明的脸上比画了下，笑道："确实合适，不过还要再给你稍微修改修改！"他先在秦明脸上粘了蜡和胶，而后敷脸，再用特殊的画笔根据魏东侯的模样进行描画修改。这金忠的易容术十分精湛，但却有一个特点，他只用一只手来易容，看起来很不习惯，但过程却是又快又准。

金忠一边画皮一边道："真正极致的易容术，可不是这样贴上去，而是叫易脸，是要把自己原来的面皮撕掉，而后把这面皮种上去，用自己的血气重新滋养这张脸，不过这法子非要一年半载才可，还有极大的风险，你们现在急用，先贴上去应应急吧。"

金忠给秦明和白齐都换上了一张新的脸皮，这秦明换上了这新面皮，果然乍一看与魏东侯一模一样，这样的面皮在灯光昏暗的囚牢里任是再眼尖的估计也看不出差别，就连白齐凑过来仔细看也未能看出什么端倪，足可见这金忠的易容术十分高明。

而后金忠在已改成魏东侯的假脸上又贴上一张陌生的脸皮，这张脸皮既是为了盖住秦明的魏东侯样子，也是为了一会儿撕下来，置换给真的魏东侯，真正完成换脸。

第三十九章　秘密托付

半个时辰过后，两个人就完成了易容。金忠拍手笑道：“成了！一会儿我叫人给你拿来两套兵部的卫服，你们穿了就可以跟我去锦衣卫了。”

这二人看看镜子，现在他们已经完全变成了另一个人，这样的易容术比秦明、白齐之前用的不知道高明了多少倍，自己看久了甚至觉得都有些恍惚，好像再面对面地看另一个活生生的人。

“走吧，时候也不早了。”金忠率先推门而出，三人一道，一前两后，终于不急不缓地朝锦衣卫卫所行去。

锦衣卫卫所就在六部的对面，这不算太大的地方，对朝堂内的所有人来说却是谈之色变的禁地，尤其是朱棣当政后，有意加大了锦衣卫的职权，并下令由锦衣卫大肆缉捕建文余党，许多冤案错案由此产生。朝廷命官不论品级，只要被锦衣卫盯上，一家上下近百条人命的生死就全部掌握在纪纲一个人手里，所以纪纲虽然只是正三品职级，但很多时候他的权力已经远远超过了许多正二品的官员。

不过，这朝堂内还是有两个人例外，一个是姚广孝，另一个就是金忠。这二人都是朱棣的心腹，又都是太子的拥趸，加上师徒关系，自然是团结成一个十分牢固的势力团队，这样的势力团队便是纪纲也要礼让三分。

果然，锦衣卫的人见金忠来了，立即禀报纪纲，纪纲听了这事，竟然一反傲慢的常态，亲自出门来迎接。

纪纲见了金忠，又见秦明、白齐二人，只觉得这二人的双眼有些眼熟，人的脸面虽然可以易容，但是眼珠子却很难改变，所以纪纲一见这二人的眼眸都觉得似乎在哪里见过，只是眼前的这二人已是一身兵部守卫的衣着，眉眼嘴巴又完全是陌生的，他疑心虽疑心，口中还是很恭敬道：“不知金忠大人今日来我锦衣卫有何贵干？”

金忠不客气道："还能干什么，来看看死囚魏东侯一干人等！"

金忠是个不好惹的狠角色，纪纲自然很清楚，所以他出言更加谨慎道："金忠大人想看看这干死囚自然是可以的，却不知有没有皇上的谕令？"

金忠哼了一声道："谕令自然是有的，皇上说要我代他过来看看魏东侯，毕竟这魏东侯当年也是为皇上立下过功劳的，皇上还是有几句话想要我来问问他。"

纪纲嗯了一声，更加尊敬道："那请金忠大人出示口谕。"

秦明的心立即揪了一下，这口谕虽说是皇上口头说出来的，但却有太监在一旁随时记录在案，现在纪纲要口谕，金忠又上哪里去拿？不料，金忠一听这话立即翻脸，很是不快道："纪大人这可就是故意为难本官了！我与皇上不过耳语数句，又无记录官员在旁，你叫我如何拿口谕，可是要我再去叫皇上写一个吗？纪大人若是不信，大可自己现在就去问问皇上，我在这等你便是了。"

说着，他一震长袖，自己搬了个凳子就坐下了，他那大发雷霆的模样，叫一旁的锦衣卫都有些惧怕，纪纲笑道："金忠大人误会了！纪某做事一向谨慎，尤其是这魏东侯乃是关系重大案件的死囚，所以难免多问几句，既然金忠大人要进去看看魏东侯，这也不是什么大事，即便没有皇上的口谕，这人情我纪纲也是要给的，请进吧！"

纪纲见只有金忠和他侍卫二人，料想在锦衣卫大牢内也不可能发生什么意外，他比了个手势，金忠便带着二人大摇大摆地走了进去，这锦衣卫卫所虽然不大，但却设有一个地下的监牢，专门用于审问拷打要犯。魏东侯、皇甫寒山、刘太安三人都被关押于此，金吾卫的其他犯人则被关押在皇城外的另一处监牢。

石梯盘旋而下，四周光线越来越暗，气息也变得潮湿和压抑，空气中郁结的是着常年散不开的腐烂味，多闻几下都叫人烦闷作呕。这一路向下，还有多重关卡，沿途转角关卡皆有锦衣卫的人把守，人若是被囚禁在这下面，想要逃出来可真是难之又难。

一直向下走了五层，才终于到达监牢所在地，这里共分成十余个隔间，灯光昏昏暗暗，四周气味难闻，偶尔还有老鼠臭虫在腐烂的草席铺盖中穿过，境况当真是十分糟糕，秦明心想要他自己在这里待上几个月，还要忍受酷刑，可真是非人的待遇，只是他转念又想，自己是替魏东侯来送死的，既然死都不怕，难道还会怕这恶劣的条件不成?

纪纲指了指最中间那个监牢，喏了一声道：“魏东侯就在那，条件污秽了些，还请金忠大人挑点重要的话说了，免得污了自己身子。”

金忠点点头道：“这是自然，这鬼地方我是一刻也不想多待。对了，纪大人，皇上这几句话我只能告诉魏东侯，另外魏东侯以前与我也有几分交情，我也有一两句私心话想要跟他说说，这人都要死了，安慰安慰也是应该的，只是这样一来还请纪大人……”

纪纲嘿了一声道：“金忠大人的意思是请纪某回避片刻吗？”

金忠道：“正是！”

纪纲道：“金忠大人来探望魏东侯已是特许，若还要私会只怕纪某很难从命啊。”

金忠笑道：“堂堂的锦衣卫指挥使纪纲也这么谨小慎微吗，不过就是一个魏东侯罢了，这锦衣卫监牢重重，你是怕我放了他，还是怕他自己跑了？也太胆小了吧？”

纪纲不动声色道：“并非纪某胆小，而是谨慎起见。”

金忠变了个脸色道：“你也应该听说，姚少师与魏东侯有些嫌隙，所以我金忠对这魏东侯必然不会有什么好话，只是有些事若是当了你们面做必然不太好看，也有辱我金忠的名声，所以……”

纪纲笑了起来：“纪某明白了，即是如此，还请金忠大人说完了话就上来吧，我在上面等你们。”

金忠道：“那是自然，这等地方，你要我多待片刻都是折磨！”

“纪某先告退！”纪纲带着锦衣卫的人上了楼梯，这第五层的监牢里只剩下金忠、秦明、白齐以及魏东侯等人。

三人走进了细瞧，魏东侯整个人憔悴了一圈，想几天前，这人还是一身朱雀锦衣，意气风发，现在却落魄如斯，沦为了阶下囚，众人也是大为感慨。

秦明一时间竟无语以对。

白齐低声催促道：“时间紧迫，还请师兄速速实施易容术吧。”

金忠点了点头，走过去直接道：“魏东侯，现在这小子自愿来与你换脸，救你出去，你可愿意？”

秦明道：“魏大人，是我，秦明啊，我来救你出去。”

魏东侯听到了秦明的声音，终于认出了他，他惊愕了下，急忙握住木栏，道："秦明？你来做什么？！"

秦明道："我来救你啊！"

魏东侯摇了摇头，面色冷冷道："不必了！我魏东侯死了便死了，又有什么可惜的，你们快走，不必来救我！"

秦明道："我这次来可不是只救你一个人的，魏大人，你听我说完。"

秦明附在魏东侯的耳边说了一阵，魏东侯听完了过后，表情开始有些变化，只是他想了想，依旧是摇了摇头，一副欲言又止的模样："秦明，其实我……我已做错了太多，不能再连累其他人了，尤其是你……"他原本想说的话很多，关于秦明的父亲，关于他们的恩恩怨怨，他想说自己其实是认识秦明父亲的，他魏东侯对秦明、对金吾卫的兄弟都是深怀愧疚之意的，现在自己死了便死了，如何还能再让秦明等人替他身犯险境。人的一生，若是做过一件后悔莫及的事，都会终身愧疚不安，他魏东侯本是磊落肝胆之人，怎么可能会去做第二件？这事他是万万不能答应的。

秦明却依旧坚定地劝道："魏大人，你就信我一次吧！"

一旁金忠也着急地催促道："你们两个，再不做决定已经来不及了！我的易容术也要时间的！"

白齐也劝道："此番距离大国师之争已不到十多日的时间了，我将代表我师父参加这大国师的遴选，一旦我夺得大国师之位，就会第一时间提请皇上重审此案，届时我定会想尽一切办法救秦明出来的，还请魏大人放心！"

可惜，众人的劝阻并未能让魏东侯有丝毫的动摇，显然这人对自己的生死已经看得很淡了，这样的宿命安排他早就有所预料，但他转念又一想，自己死倒也无所谓，他魏东侯本就是个戴罪之人，死又有什么可遗憾的，不过他身后还有其他无辜的人，他们本该过着太平幸福的生活，如今却因为自己而受到牵连，纵然自己要死，也要想方设法护得这些人的周全才是。

或许，今天秦明的出现，正好是根最后的稻草。

魏东侯突然招了招手道："秦明，你过来，我有几句话要单独与你说。"

二人走到另一处角落，魏东侯靠近他耳朵低声道："我这里有一件要紧的事要你去办，你若真想救我和金吾卫这些人，你就一定要按我的命令去行事，金忠乃是姚广孝的徒弟，白齐眼带杀机，皆不是可信任之人，你此番出去后一定要避开他们！”

“你听好了，你要选一个阳光正好的时候，到阳明院的天井里，到了午时三刻，你在阴鱼和阳鱼的位置各放一面镜子，这样天井里就会有奇异的光影变化，这些光影会同时指向一个地方，这个地方里有我留下的一封信函，你把它交给六相司的高灵言，他自然会去处理。秦明，你替我做好这件事便够了，现在你赶快离开！”

秦明一脸的愕然，他不知道魏东侯藏着这封信函是做什么用的，他把这信函交给一个疯疯癫癫的高灵言又有什么用？况且，六相司现在早已被废，高言灵更是不知所踪，他去哪里找这个疯老头儿？

他既疑惑又不能理解，他还欲多问几句，但魏东侯已是面色一横，高声道：“你们走吧！不必再来见我了！纪大人，下来送客吧！”三人还欲劝他，这楼上的纪纲已经带人下来了，三人无法，唯有一脸不甘地转身离去。

出了锦衣卫，秦明便要匆匆离去，白齐有心要留秦明，但这人神情郁郁寡欢，也不想多说什么，只是拱了拱手，便出了皇城不知所踪。

第四十章　秘密信函

翌日，天气晴好，正是魏东侯所说的阳光正好的时候。

自从魏东侯出事之后，这阳明院日夜都有锦衣卫和金吾卫的人在四周森严守卫，很显然，各方的人已把此处当作一个搜集罪证之地。现在，是午时一刻，秦明和荆一飞借着卫兵换班的时机，再度潜入了阳明院。

院落之中已是残破不堪，假山、石像几乎都被人推倒了，湖水也被抽干，回廊坍塌过半，甚至还有被焚烧过的痕迹，书阁的大门是紧闭着，二人撕了封条，进入书阁，只见里面比之外面更加破败，高耸的书柜有一半被翻倒在地，碎木残条四处堆叠，密密麻麻，这原本如迷宫一般的书柜现在看起来就像是地震后的废墟。

荆一飞见此自然是心痛不已，她回想以往自己在金吾卫时的光景，不免悲从中来。秦明不知该如何安慰，他知道，对荆一飞而言，这金吾卫就像她的家一样，而魏东侯就像她的父亲，家道中落、父亲受难，任谁都是不能接受。秦明拍了拍她的肩膀劝道："一飞，我们还是找东西要紧。"

荆一飞收了情绪，点点头道："我不知道魏大人要我们这么做意义何在，但是他既然有交代，这事我就一定要去做，走吧。"

二人重新提气，在这废墟上飞快地跳跃着，这层层倒塌的书架就像一座座的小山丘一样，若是下脚用力不当，十分容易再度倒塌，好在二人轻功都算不错，一阵飞跃，很快就到了最里层的八卦天井处，这里的八卦大门机关早已被人用火药炸开，露出了一个巨大的洞口，二人闪身入了天井，却见这里原本茂密的阴阳草，已经被人挖得七零八落，显然这些锦衣卫的人为了找到所谓的证据，当真是掘地三尺，不放过任何一个线索。

原本设计精妙的天井此刻看起来是一片残破不堪，委实令人叹息，只是秦明看到这幅情景，除了叹息，更是瞬间傻了眼，魏东侯告诉他，午时三刻时在阴阳草的阴阳鱼眼内各放置一面镜子来反射光线，可以找到那份密函所在的位置，可现在归阴还阳草都被锦衣卫给挖掉了，天井内一片糟乱，自己还如何来判断阴阳鱼眼的位置？

现在已经过了午时二刻，很快便要到魏东侯所说的午时三刻的关键时间节点了，要是再不找准这两个鱼眼所在的位置，两个人只有再等明日了。

荆一飞指了指两个地方，说道："我大概记得鱼眼所在的位置，便是这里和那里，但是时间过得有点久了……而且这人眼都有误差的，只怕会差个一到两指的距离。"

秦明摇头道："这可不行，这光线反射必然是一丝一毫都不能偏差，不然折射过后，误差就变得越来越大，到最后根本没法判断了。"

荆一飞沉吟道："现在时间有些来不及了，只有今日先试了，若是不行只有明日再来试一试了。"

说着，她按照自己的感觉摆下了两面镜子，这两面镜子反射天井上射下的光线，果然在四周的墙壁上反射出一道道光影，只是不知道是时间未到午时三刻还是镜子的位置不对，这光影零零散散，始终未能看出有什么明确的指向。

荆一飞不断地调整着镜子的位置，光影不断变幻，可是总是差那么点意思，眼看午时三刻已是越来越临近，再找不出来，真的只有明日再来了。只是，这阳明院的守护一日严过一日，二人进进出出只怕也没有那么方便。

午时三刻将至，突然秦明站了起来，他想起了一个什么事，大叫道："我好像有办法了！"

荆一飞忙着摆弄这镜子，头也不抬，道："什么办法？自己快说！"

秦明解释道："你还记得吗，当日我学的藏锋式脚步便是按着这场子中央的八卦纹路来练的，我藏锋四式，中间有两步是要踏在这双鱼的鱼眼上的，第一步是莲底藏鲤的锦鱼穿莲，锦鲤穿过莲花后左脚脚跟以阴鱼眼为轴转动，第二步是风中藏羽的最后一击，千羽现后的右脚落地，就是踏在阳鱼眼上，魏大人每次都要求我的脚步必须不偏不倚落在这鱼眼的最中心，差一丝一毫，便是不成功，便是这两步我都足足练了几天，应该不会有什么分差的！"

荆一飞噌的一下站了起来，惊喜道："我怎么没想到这事！那你赶快再演示一次，我来看你这脚步的落点。"

秦明点了点头，自己跃上了门口所在的位置，当日学习藏锋式的脚步，自己便是从这个地方开始的，藏锋式乃是以小搏大的招式，所以对脚步、手法要求极高，不能出一点点偏差，否则这藏锋四式便是自己上去送命。现在想来，当日魏东侯的严格传授对自己还真是大有裨益。

秦明闭上了眼，整个人深深地吸了一口气，感觉自己瞬间又回到了去年的秋天，四周的气温在缓缓降低，甚至他觉得这魏东侯、白齐此刻也还在自己身边，魏东侯就在他的右手边背负着双手冷冷地看着自己，白齐则坐在二楼的栏杆旁，百无聊赖地翻着烛龙丝，至于荆一飞，她还是一脸的醋意，有些不高兴地想着，为什么魏东侯教秦明比教自己更认真。

那时候的日子多好啊，自己一度以为，以后也会成为魏东侯一样的指挥使。

只是这时光总是不留情面，他想到这不免又有些心悲，站在他旁边的魏东侯突然开口呵斥他："秦明，你又走神了嘛！我告诉你多少次，练武必须全神贯注，不可有一丝一毫的分心！你听好了，今日我要教你的招法名为藏锋四式，藏锋式要做的便是杀机内藏，锋芒不露，刀尖凸出指间三分，露出掌下一分，刺可以指为剑，劈可化掌为刀，刀随掌势，所及之处，攻无不克！"

攻，则会当击水三千里；

守，则气形不动稳如山。

动，则扶摇直上九重天；

静，则潜心蛰伏九幽下。

此法，断兵破甲，随心所欲，攻无不克，杀无不至！

"秦明，看清楚了吗？"

"看清楚了！"

"好，你现在来演示一次！"

"嗬！"秦明突然动了起来！他整个人就像一道旋风一样在天井内快速掠动，手中的藏锋化作一道乌光在他的周身流转了起来，他的双脚就像两匹在草原上互相追逐的骏马，一步一步，追风逐花，却是片叶不沾。

这藏锋四式秦明早已运用得如火纯青，每一招每一步，在秦明的心里都像烙印石刻一样清晰，纵然他闭上了双眼什么都不看，可是自己的眼前依然有一张完整的阴阳草八卦图，八个卦象、两枚鱼眼，都是看得一清二楚的，秦明整个忘记了现实世界的存在，忘情地舞动藏锋，空气中甚至发出一道道尖锐的嘶鸣声，这是因为他修炼了朱高煦的鹤鸣一剑，让他的每一次出招，都带有压迫空气的撕裂声。

荆一飞顾不得赞叹秦明的进步，她紧盯着秦明的脚步，这锦鲤穿莲和千羽现两招过后的落脚点，一招一踏，正好在两个方位，荆一飞这把看得一清二楚，迅速摆下两面镜子，叫道:“不用舞了，位置找到了！”

秦明睁眼一看，却见两道光束从这两面镜子反射而出，光线射到天井上的屋檐，而后再开始四处反弹，由于这天井之内暗中设下了许多可以反射光线的水银镜，这些四处激射的光影就像蜘蛛结出的光网一般，十分奇异，两道光线在经过无数次的反弹之后，最终在三楼屋檐下的一处隐秘角落汇合。

“难道是这里？！”

二人大喜，心想可算是找到地方了，荆一飞率先飞出锁链，跃上了屋顶，她细瞧了下这光影，却见这光线的汇聚点并非是一个秘龛或者匣子什么的，而是屋檐下的一片十分寻常的黑色瓦片，与所有瓦片一样，层层叠叠地码放在一起，只不过这光线就端端正正地射中了它。

“难不成是这个瓦片？”荆一飞有些诧异道，若这东西真是个瓦片，那锦衣卫的人就算翻遍了整个阳明院也不会找到这个东西，因为这瓦片实在是太普通太多了，她不禁有些佩服魏东侯的心思。

荆一飞轻轻地取下这个瓦片，认真看了看，发现瓦片上没有任何的文字或者特征，完全就是一片最普通的青黑泥瓦，如果硬要说差别的话，荆一飞掂了掂，发觉这瓦片比寻常的泥瓦要轻上一些。

所以……里面是空心的！

荆一飞瞬间明白了，这泥瓦里面肯定藏了什么东西，有人在很早的时候就把东西用泥裹上烧制了这片瓦，再用特殊的方法放置在这天井之上的屋檐上，所以魏东侯说的秘密一定就在瓦片里。她跃了下来，拿起瓦片轻轻一掰，果然，这泥瓦里藏了一封用金箔纸折叠的信函，信函之中似乎还夹了一张更薄的金属信纸。

秦明拿过信封，对着阳光照了照，说道:“看来就是它了！”

他还想要看看这里面究竟有什么，荆一飞却收了信函，道:“这里面必然是很绝密的信息，魏大人既然没说给我们看，我们还是不要打开了，先找到高言灵再说吧。”

秦明撇了撇嘴巴，问道:“你就一点不感兴趣？”

荆一飞用很奇怪的眼神看着秦明："我们是在执行魏大人交办的任务，如何能用'兴趣'二字来说？"

秦明刚想说，看一看又没什么。突然天井上就传来一声冷笑："两位，东西都拿到手了，不看就收起来，岂不是可惜了？"

二人急忙抬头一看，却见不知什么时候，这天井上出现了一个人影，正是七煞门残余的傀儡师。

第四十一章　一刀破敌

秦明见只有他一人，不禁冷笑道："原来是你，就你一人吗？"

傀儡师道："秦总旗觉得呢？"

秦明道："你这么贪生怕死，若是只有你一个人，你决计不敢来，我猜着屋顶上还有其他人！"

傀儡师嘿嘿笑道："贪生怕死我不承认，不过还有其他人倒是真的，你们识相的话就把手中的密函交出来，否则休怪我不客气了！"

秦明哈哈笑道："就凭你？！也配！"

话刚说完，一旁的荆一飞已经率先飞出利斧，她冷喝道："与他这样的恶贼还废什么话，杀了他，叫他即刻闭嘴！"这傀儡师是引发金吾卫案件的罪魁祸首之一，她见了这人自是心中恶恼，出招更是毫不留情，飞斧在空中一分，就化出七柄分斧，直接就朝傀儡师击杀了过去。

傀儡师自知自己现在的实力远不是荆一飞的对手，他手持长剑挡了两下，就急忙往屋顶上逃去，荆一飞丝毫不怕有埋伏，利用锁链一钩一拉，整个人就像飞鸟一样蹿出了天井，也顺利地登上了屋檐。

秦明急忙大叫道："一飞，等等我，小心有埋伏！"

他轻功不如荆一飞，只好顺着台阶和柱子，快速往屋顶上跃去，屋顶无路可上，他直接破开了瓦片也跳了上去。

一上屋顶，却见四周果然已经埋伏好了十余名黑衣人，只是这些人却不是汉王的死侍，而是一个个身着阴阳法衣，这些人虽然都蒙着脸，但看装束，明显应该是道教某个门派的弟子。

傀儡师道："识相的就快交出密函，今日便饶你们一命，不然非要你们葬身此处，化为无人问津的尸骨！"

荆一飞冷冷道："这话恐怕该是我说给你听！"

傀儡师哼了一声，单手一拍，喝道："不知天高地厚，杀了他们，夺下密函！"

十余名术士纷纷快速移动，就像列阵一般，这些术士手里都各持不同的法器，有葫芦、有玲珑塔、有阴阳飞环、有宝鼎等，均是稀奇古怪的东西，不像是寻常的打斗兵器，但是越是这般古怪的法器，威力越是不容小觑。

荆一飞率先发动进攻，她以锁链御斧头，第一斧就朝持阴阳环的术士劈去，这术士不慌不忙，两环一交，突然这阴阳环上就生出阴阳两股力道，飞斧一飞过来，整个就被这力道夹住了，瞬间停滞在半空中动弹不得。

另两名术士分别拿出葫芦一吸一吹，一个喷出一口巨大的火焰，一个却吐出一大堆黏糊糊的液体，这黏液在空中撕裂，犹如天罗地网盖了下来，最奇异的举鼎的术士往鼎内一吹，这鼎中就爬出一个如烟尘一般的长蛇怪物，却不知这东西是怎么炼成的，力大无比、不惧刀剑。秦明暗暗吃惊，这些术士个个都是修行十分奇异的玄术，有些招式甚至是闻所未闻，见所未见，叫人应付起来十分吃力。

荆一飞还要还击，但不想自己刚收回了斧头再劈出去，就粘在了术士黑乎乎的黏液上，整个拉都拉不回来。秦明的藏锋式更是几乎不能近身。

傀儡师哈哈大笑道："天下玄门，最擅长奇门异术，我看你二人今日要往哪里跑！"

十几名术士各施奇术冲了过来，为首的那个驾驭烟灰长蛇直接就朝秦明扑了过来，秦明弹出藏锋，身子一旋，一刀便斩下了这怪物的脑袋，但不想，这怪物从断头处再长出一个脑袋，而跌落在地的烟灰还在继续爬行，一条长蛇瞬间变成了两条蛇，这模样看起来十分诡异。

秦明不知道这是什么东西，他正欲再杀，另一旁手持阴阳环的术士就已经飞出双环，这飞环飞来，秦明欲弃了怪物以藏锋断他，另一个术士早已甩出锁链，直接就将前面缠绕住，这术士用力一扯，秦明差点摔了个狗啃泥。他重心不稳，其他术士更是见机欺身而上，各色法器直接便往秦明身上招呼过去。

眼看秦明就要遭此一劫，不想半空中有一道人影冲了过来，这人行如风，力如虎，双手持一丈长的青黑大长刀，在空中十分霸道地一劈，铮啷两声，为首术士的阴阳双环竟然当场碎裂几瓣！

这一招干脆利落，以长刀断飞环，霸道十足，立即引得所有人都纷纷惊呼了起来，一个个术士暗暗惊叹，却不知是何人会在这等关键的时刻出现。

只见那人花白的头发在风中乱成了一堆杂草，破烂不堪的衣服更是形如乞丐，但是即使形象再这样不堪，他长刀一横，光是这持刀的姿态，就已是气度万千，叫人暗自佩服不已。

秦明终于看清了这人的脸，这一刀断环的人竟然不是别人，正是六相司的疯子，高老头儿高言灵。

高老头儿现在是一脸的肃杀，完全不像往日的疯疯癫癫，显然他现在人也不疯了，脑子也不傻了，而且从刚才的力劈华山的一招来看，他还是一名很厉害的高手。

这简直叫人匪夷所思！

这家伙装疯卖傻隐藏在六相司内是想干什么？秦明嗫口嗫舌道："高……你真的是高前辈？"

高老头儿头也不回，只是口气冷冷道："小子，东西拿到了吗？"

秦明愣了一下，他实在是有些不能适应这老头儿现在这样的说话方式，在秦明的印象里这老儿就是个嘻嘻哈哈的疯子模样，没有一天是正经的，他何曾有过这样高冷的姿态，何曾有过这么了不得的武功。

秦明急忙摇了摇头，心想自己是不是眼花看错了，他又认真看了几眼，发现还是那个邋里邋遢的高老头儿，头发、衣服、鞋子都是一模一样，一点都没有变化。

高老头儿见秦明没有答话，有些不快道："怎么，才几日不见，就认不得我了？"

秦明急忙点头道："认得，自然是认得，这东西就在我们身上。"

高老头儿道："那就好！现在，我要先清理下这些败类！"

秦明听他的口气似乎是想一个人单干，有些愕然道："前辈，你的意思……是叫我们别插手吗？"

高老头儿哼了一声，道："正是！老头儿我为了魏东侯装疯装傻了一辈子，可是太久没有用这把春秋刀了，现在正是它亮亮威力的时候，刚好也叫你们见识见识，老头儿我当年的风采！"

他缓缓转动手里的长刀，这大刀上雕刻着一头猛虎，青铜绿的虎头在日光下熠熠生辉，当真是把杀人的好兵器。持长刀者，必是刚猛忠义之人，性烈而傲，如此傲烈之人，心甘情愿在六相司装疯卖傻这么多年，当真是匪夷所思。

“嗬！”他突然持刀飞奔而出。高老头儿个头不高，一把刀比他人还高出几个头，力气却大得惊人，沉重的春秋刀在他手里舞得就像一面风轮，他蹚着脚步，每一步踏出，脚下的瓦片都被踩得碎裂飞溅，一路疾奔，犹如车轮滚滚向前，极有气势。秦明现在不担心这老头儿打不过他们，而是担心他浑身都是力气，会不会自己一个不小心踏碎了屋顶直接掉下去。

但事实证明，这人的步伐虽然沉重，但用力却刚刚好，一步一步，一招一式都很有名师的风范。

高老头儿挥舞着大刀就像一阵狂风一样朝十一名术士和傀儡师杀了过去，这些术士一个个急忙再展异术，烟尘怪物再度扑了过来，高老头儿大刀如狂风斩击，只见这烟尘怪物就瞬间就被劈成几十度段上百段，怪物化作一团团碎肉四处摔落，只是这次这些怪物没有再变化汇聚，而是在远处不断地扭动收缩，最后化作一摊污水。

秦明终于看清了这个怪物的原貌是什么了，那是一只秘术养大的巨型黏虫怪，黏虫不怕刀剑赤铜，但却怕青铜，高老头儿的大刀上有青铜绿，正好让这怪物的复生本领受到了抑制。

其他术士见怪物已死，急忙纷纷围拢起来，宝塔、锁链齐飞，烈焰、黏液喷射，大有倾囊而出的感觉，可是这些依旧挡不住这老头儿的进攻势头，哪怕是让他稍稍滞缓一下他的脚步。这人太久没有活动筋骨了，他的心里积压着太多的力量和欲望，所以每一招都是毫无保留、用尽全力，这样的招式就是至刚至猛，不可抵挡！

高老头儿越杀越兴奋，到最后整个人开始哈哈大笑起来，十一名术士早已吓得脸色发白，他们都没见过这么一个糟老头子竟然有这么狠辣的刀法和这么充沛的精力，有些术士躲避不及，直接就被拦腰斩死刀下，傀儡师更是惊得目瞪口呆，他怒喝道：“高言灵，没想到你也是埋伏的奸细！”

高老头儿冷笑道：“说我是奸细，为何不说你自己才是？！”

傀儡师大惊道：“你知道我是谁？！”

高老头儿道：“老头子我平日里虽然疯癫，但是朝廷的事，我可是一直在暗中观察，你以为我每次都是在疯疯癫癫地胡言乱语吗？你以为我高言灵说对的话都是我瞎猜的吗？！你要我揭露你的真面目吗？！”

他大步一迈，手中的长刀化出一道白光，又是两名术士被拦腰斩断！

鲜血飞溅，洒在青黑色的瓦片上，触目惊心。

现在，十一名术士都被高老头儿一一斩杀，对方只剩下了傀儡师一个人，傀儡师千算万算，没想到中途会杀出一个高言灵，而且还是个杀神一般的高言灵。

面对高老头儿的喝问，傀儡师显得十分心虚，他心知大势已去，慌慌张张后退十几步："你不可能知道我是谁的？！你不可知道！"

高老头儿冷笑道："不仅我知道，魏东侯也很早就知道你的身份了！"

傀儡师道："知道了又怎么样，还不是一样要死！"

高言灵哈哈笑道："这天下人谁不死？死得其所，又怕什么！"说着他提刀便要再杀，傀儡师急忙单手一甩，一团暗器化作无数的针雨飞击而来，高老头儿破开针雨，正要继续追杀，不料这细针之中暗藏玄机，纷纷爆裂开来，炸出了团团的烟雾。

傀儡师趁着烟雾的阻隔，急忙飞遁下屋顶。

高老头儿臭骂了一声，还欲追他，但这傀儡师轻功极好，不过几个跳跃就隐遁在闹市之中。高老头儿这才呸了一声，大刀一立，回头朝秦明道："那信函呢？"

秦明将信函递给高老头儿，他打开匆匆看了一眼，整个脸瞬间就变得阴沉起来。

秦明问道："高前辈，这信里说了什么？"

高老头儿捏着信函，叹息了起来："此事说来话长，我却不知该不该告诉你们。"

秦明自然是很想知道的，哪怕这个秘密再怎么危险，自己也一定要知道，因为他现在已经没有选择了，与其这样东躲西藏，他不如弄个明白。

"请前辈告知我们真相吧。"

"其实你们真不该去救魏东侯……尤其是你，秦明，因为……"高老头儿正欲多说话，突然就听得阳明院内叫喊声此起彼伏，显然是傀儡师离去的时候故意惊动了守卫的锦衣卫和金吾卫，现在这些人纷纷拥入阳明院，高老头儿一收信函，当机立断道："此处不是说话的地方，快跟我回六相司。"

高老头儿举起术士的铜鼎，用力一劈，而后再一甩，两片巨大的残鼎和着大量的烟尘飞舞而下，直接将这群侍卫逼退了一丈，三个人在烟尘的掩护下，迅速逃遁不见。

第四十二章　善恶之辨

眼下已近立春，春风渐暖，京城之内处处桃红柳绿、莺歌燕舞。当朝天子朱棣也即将举行明朝建国以来第一场大国师之争，以公开比试的方式遴选当今最具德品才华、最有威望的第一宗师。

一时间，来自全国各地的佛、道、儒、神、术等教派名师纷纷会聚京城，南京城内可谓莲花灿灿、禅语处处，秦淮河两侧，三清未走，佛陀又至，佛、道、儒、兵学说时而交锋、时而融汇，当真是盛况空前、热闹非凡。这些来京的人不乏诸多门派的宗师级人物，比如正一派的张宇清、长春派的刘渊然、武当山的天门道人、五台山的普智大师、峨眉山的慧因师太，甚至还有仙姑焦奉真，以及西域阐化、赞善、护救、阐教、辅教五王，大室、大乘二法王等。这番景象，大有三教会聚、八方来贺的气势，而这也是朱棣举办大国师之争的另一个目的所在，叫天下归心，无论神佛尽归他朱棣所管辖。

古来本无国师，“国师”二字始于北齐的高僧法常，而后南朝的天台智颤法师，唐代的神秀、惠安、杨筠松，元朝的丘处机等都是赫赫有名的大国师，这些人皆是以知图国、以言兴邦的高僧、真人，朱棣在永乐五年虽然也册封了西僧哈立麻及其徒孛罗为大国师，但此国师与彼国师大有区别，一个是安定外邦的宗教使者，一个则是要巩固自己的对内政权，是犹如姚广孝一般的心腹，真真正正掌控大明王朝命运走向的关键人物！

大国师位高权重，遴选的比试，自然是千人会集，举世瞩目。

比试的项目经过朱棣和姚广孝的亲自审核，共分为三轮，曰：辩、术、斗。

第一轮曰辩局，考的是各选手对治国安邦、济世救民以及各教派理论知识的见解，此为舌战群师。第二轮曰术，展示的是各选手门派法术修炼的境界，此为技压群雄。第三轮曰斗，考验的是各选手真刀真枪的本领，虽然大国师理应以德才为先，但奈何朱棣尚武，对这些门派高人的武学修为也是看得极重，所以这三轮层层递进，缺一不可，正所谓以德为基础，以才见高下，唯有言战群师、技压群雄之人，才能担得上大国师之名。

时至三月二十一日，皇城之内，奉天大殿前。

杉木和红毯搭建起巨大的圆形法坛矗立在广场之上，赫然醒目。来自全国各地的数百名僧侣、道士、方士围绕这圆坛而坐，一个个神情肃穆。而朱棣以及文武百官则亲自出席，高坐在圆坛之外的看台上，见证这一盛况。

今日是比试的第一局，辩局。

这辩局的比试规则很简单，所有选手打乱顺序，而后按照名籍，两两上台抽签选中一个辩题，两人互执一方，公开辩法，这辩论若是一方有理有据，占得明显上风，甚至直接把对手说得灰头土脸、抱头而逃，这人自然就赢了，若是双方辩得不可开交，难分胜负，则由姚广孝、解缙、张宇初三人共同评定分出高下。

台上这三人，虽然一个是和尚、一个是道士，还有一个是儒生，但姚广孝、解缙曾一起主持修编《永乐大典》、张宇初也在主编《道藏》，这三人都是精通佛、道、儒、兵等诸家之学，作为评判，对各教派人士倒也比较公允，众人心里也是比较信服的。

这比试从一早便开始，两两对决，不论佛家禅学、道家理学、儒家思想、方士之理，在大庭广众之下公开叫板，可谓别开生面。先前比试的选手中，有妙语连珠者，如舌灿莲花，精妙哲理纷沓而出，叫人听了不禁击节叫好！有来自西域的高僧，虽然学识渊博，但毕竟口齿不清、语言不通，上台后叽里呱啦，唾液横飞，台下之人却是个个木讷，不明所以，掌声不过寥寥，令人颇为失望。也有理论不精者，被人说得面红耳赤、节节后退，差点跌落高台，可谓颜面尽失。更有胸无点墨，只知习武炼丹者，一言不合便要拳脚相对，被人大骂有辱门派之风。如此种种，捉对厮杀，可谓百人百相，千人千面，时而令人听了振奋，时而又让人昏昏欲睡，不过一上午，这第一轮就淘汰了百余人。

解缙早已听得有些发昏，他问了问报幕太监："这还有多少组？"

太监答道："还有一百零一组。"

解缙更昏，随口问道："那下一组是谁？"

太监道："下一组是杭州焦奉真道人对阵飞雪寺妙空僧人。"

解缙双眼倏地一亮，道："焦奉真，可是杭州来的焦奉真？"

太监点头道："正是！"

解缙也抚了抚须，笑道："焦仙姑名号可不小，这佛道对辩，可有意思了。"

一旁的姚广孝嘿嘿笑道："世间欺世盗名之人可不在少数，光有名号可不算什么，我等还是好好听听他们的辩论才是。"

圆坛之上，报幕太监高喝道："辩术第一百零七局，杭州焦奉真道人对阵飞雪寺妙空僧人。时间一炷香！"

看台下，众人一听"焦奉真"三个字，个个都忍不住发出一阵欢呼声，这焦奉真乃是当朝颇有名气的女道士，人称焦仙姑，平日里就隐居在杭州天目岭一带，自幼跟随师父采药炼丹、医病救人，在江南一带名声颇大，不想遴选大国师一事，她也亲自来参加了。

自古修真的女子毕竟是少数，加之这焦奉真年轻貌美，颇有几分姿色，就更引人注目了。只见她束着点翠嫩绿冠，身着一袭素色鹅黄道袍，身子盈盈，步伐款款，缓缓走上圆坛，只是这么一站一施礼，整个广场上就已是一片沸腾，更有眼露淫光、口中啧啧之徒，显然这些修真人士也不能免俗的，一见这道姑如此清丽脱俗，顿时心生几分好感，这内心深处，已经把自己神圣的一票毫不犹豫地投给了焦仙姑了。

另一个角落，白齐身着一袭白色僧袍也走了上来，飞雪寺乃是无名小庙，几乎所有人都认不到这个妙空僧人到底是何方神圣，师从哪位高僧，又有什么本事，一个个只不过粗略地瞟了两眼，见他虽然生得眉清目秀，但始终年少，显然今日是翻不出什么大浪花的，这些观众立马又把目光转回到风采卓绝的焦奉真身上，继续摇头咂舌。甚至还有不知哪个门派的人难以抑制心中的敬佩，大喊了数声："焦仙姑才思敏捷，此番必胜！必胜啊！"

焦奉真听了，只是轻轻一笑，谦虚道："奉真只是见这名师会聚，机会难得，过来与各位大师讨教罢了，可不敢说什么必胜，国师一事，也从未奢望，呵呵。"她回头看了一眼白齐，刚才那份谦虚已然变成了骄傲和自信，这眼前毫无名气的小和尚怎么会是自己的对手，自己当真是抽了个好签。

白齐如何看不透焦奉真的心态，他心中冷笑一声，而后在台子中站好，也不多说话。只是他心想，芸芸众生啊，个个好似井底之蛙、书中之蠹，双眼只见方寸之地，又如何能知道天地之宽阔、寰宇之广袤，她焦奉真不过是因为美貌提升了名气罢了，又有多少真才实学呢？以貌观心，可笑可笑！

白齐笑了笑，今日想要一鸣惊人，登上大国师之位，不如就先从这女道姑开始吧。他不急不缓地走了过来，朝焦奉真施了个礼，淡淡道："见过焦仙姑，阿弥陀佛！"

焦奉真妙目一转，神情颇有几分清冷，不过碍于礼节和形象，还是轻轻地点了下头，声如莺燕婉转道："只可惜，贫道深居山中，未曾听闻过大师的名号，倒不知该如何称呼。"虽然先前太监已经报过了名号，她还故意这般说话，便是暗讽白齐毫无名气，不如自己，虽然她焦奉真也是深居山中，但却依旧阻挡不住自己名声在外，犹如江湖中的大红人一般。

白齐笑了下，道："焦仙姑的名号贫僧倒是如雷贯耳，今日一见果然颇有风采！"

焦奉真依旧不动声色，头微微一侧，回应了一句大师见笑了，那模样甚是冷傲，好似山中一枝寒梅，孤峰一抹积雪，便是三春暖辉照来，那都是化不开的。

白齐又道："我若没记错，永乐三年，仙姑见杭州城外瘟疫横生，以丹符入水，制成神水医病救人，救下了二十多条人命，做了一件人人称道的大善事，着实叫人佩服。"白齐举例说明，表达了自己的恭维之意，这让焦奉真心中着实有几分得意，她只道这和尚是真心敬仰她的，所以才能打听得如此清楚。

事情发展到这地步，按照礼尚往来，她也该夸夸对手几句，以表客气礼貌，这也是人之常情。只是她心想，我焦奉真是何许人也，乃大明第一道姑是也，岂能如寻常女子一般，被一个男子恭维几句就心花怒放、喜形于色的？这不成了莺莺燕燕之流了吗？断断不可！所以，她不但不领情，反而故意紧绷着脸蛋，好像一切事都无动于衷一般，口中淡淡道："小事一桩，何足挂齿？若非大师提及，贫道只怕早已忘了。"

台下的人听了这件事，又见焦奉真姿态孤高，好似山中孤鹤一般，着实是一代女师的模样，心中又喜欢了几分，这些人立即就要高喝焦仙姑菩萨心肠真乃九天仙女下凡也！结果不承想，白齐话锋一转，也变了口气道："不过，据我所知，焦仙姑救人所用的神水并非只有丹符的符灰，里面还有提前烧制好的麻黄汤，麻黄治疗风寒本来并没有什么问题，可惜焦仙姑似乎对诸类草药习性不是特别了解，偏偏又自己加了一味枯草做药引，枯草能够散风驱寒，但能与麻黄作用，生成慢性毒药，俗称百日断肠，二十三名被你医治的村民，最后好像无一幸免，都一一断肠而死！不知道这事是不是真的？”

白齐的话一个字一个字地吐出来，说得很慢，只是一说完就立即让整个场面大变！

第四十三章　焦奉真败

焦奉真的脸色也是唰地一白，红唇用力咬着仿佛要滴出血一般，她如何能想到这些不堪的陈年旧事还会被人在这么关键的场合给翻出来，她心里着实是又心虚又害怕又愤怒，她狠狠地盯了下白齐，却见这和尚一副人畜无害的模样在那笑着，这更令她火冒三丈。

当下，这道姑也顾不得什么清冷形象了，猛地一叉腰窝，失口训斥道："你个小和尚休要血口喷人！我焦奉真从六岁跟随红姑修炼丹药，如何连麻黄和枯草两味药理相克都不懂？你……你……你个臭……你个泼皮和尚，竟然想用这等手段诬蔑我，当真是无耻至极！"

她杏眼一瞪，突然提高了声调道："哦，是了，你见自己名气不如我，口才也辩不过我，就要用这等下三烂的泼脏水手段，可不是太无耻了？是不是，各位大师、各位真人，如此做法，岂能服众？"

她奋力呼和，场子中的人虽然大感惊愕，但毕竟这女子名气甚大，姿态也美，多少是有支持她的，三三两两也跟着呵斥了起来，一时间场面颇有几分难看，除了姚广孝，张宇初和解缙二人早已是皱起了眉头，只觉得这哪里是辩论，分明是要演变成街头巷尾的骂街了，解缙作为儒学泰斗，本就对女子登台一事有些偏见，这会更是看不下去了，急忙喝了一声报幕的太监叫他赶快开始比试，那太监这才反应过来，急忙跑上前，高喝道："这辩论题目未出，二位暂且息鼓，不如一会儿在辩论上好好一较高下，才是明智之举。"

焦奉真见太监来了，口气立马转缓，柔声问道："这位公公，却不知这一轮是什么题目？"

报幕太监摊开卷轴，念道："辩术第一百零七局，人性本善，抑是本恶？"

这一道题目并不算什么新鲜，孟子荀子就曾为了性善性恶各抒己见，各有拥趸者，这话题千百年也是一直议论不休，几乎就没有定论，所以今日再一出，众人皆翘首以盼，想看看这两位能给什么不一样新的观点。

报幕太监手捧一竹签桶道："请二位抽签择题。"这竹签筒内有划痕数各不相同的十根竹签，抽得数大者可优先选择一方论题，另一名就自动选择对立面，焦奉真正欲抽签，不料白齐比了下手势道："你我虽然都是出家人，不过毕竟男女有别，焦仙姑不必抽签了，请先选题吧！"

焦奉真愣了下，但随即也不客气，毕竟这辩论胜负关乎自己能不能晋级第二轮，自己可不能错失任何优势，她想了想，就直接选了人性本善的论方。

这性善一说始于孟子，千百年来，孔孟儒学已成了帝王治国治民之学，儒家文化远比荀子的思想更加深入人心，所以人性本善一说，自然也更得在场修佛、修道、修真人士以及评判官员的支持，毕竟这是主流价值取向所在，是要占点优势的。

白齐也默许同意，其实他早就知道焦奉真会选择人性本善这一论断，而对于他自己，一个身怀阴阳心的人来讲，择善择恶又有什么区别呢，若说喜好，他还真的更喜欢人性本恶这个观点，人生来就是恶徒，生来就带有恶意，这该多有意思！

焦奉真率先发难道："孟子曰，恻隐之心，仁也；羞恶之心，义也；恭敬之心，礼也；是非之心，智也。仁义礼智，非由外铄我也，我固有之也，弗思耳矣。故曰：'求则得之，舍则失之，人性皆善也。'"她这话直接背诵了孟子的原话，大意便是仁义礼智并非外人给我的，而是我自己天生就有的，你还不知道自己仁义礼智，是因为你没有探求过它们，你一旦探求了，就会发现它们，变成一个有德之士；而一旦放弃了，就会失去它们，变成一个人不仁、不义、不礼、不智之人，所以人之初，是性本善的。

白齐嘿嘿一笑道："我以为，人之性，生而有好利焉。"他并未直接阐述自己的观点，而是问道，"敢问焦仙姑，你为何修道？"

焦奉真朗声道："自然是为了探求天地之玄机，乾坤之奥妙。所谓修道便是修行，便是修心！"她这句话瞬间又赢得一群拥趸者的掌声，白齐紧接着又问道："既然仙姑六岁就开始修道修心，却不知是为得长生还是求天地仙法？"

焦奉真道："修道之人自然都是求长生之法，修得与山岳齐寿。"

白齐笑道："这我便不懂了，仙姑六岁时不过盈盈三尺身高，便知道生老病死之苦，要求得长生之妙，与山岳齐寿、日月同辉，由此可见，人皆有好利而恶害之本能，小儿饥而欲食，寒而欲暖，劳而欲息，乃是一样的本性，须知凡天性者，天之就也，不可学、不可事，所以仁义礼智，乃是圣人教化，后学之物，不谓之本性，何来人性本善一说？”

焦奉真脸色一变，现场之人也纷纷哑然，但这焦奉真也并非毫无学术，她杏眼一转，又冷笑道：“照你这么一说，人人都是自私自利、奸猾之徒，人人都是恶徒坯子、恶贼之心，那又怎么出现这么多大贤大德之人，又如何有当今的太平盛世？！此仁义礼智本就存乎人心，你发现不了，那是你探求不够，浅尝辄止罢了！”

这焦奉真呼来喝去的本事确实了得，一会儿一个鼓动，现场之人又被她给调动了起来，白齐巍然不动，反问道：“焦仙姑这是意图颠倒黑白主次，只有知人性之恶，才显得法度的重要性，若帝王将相不以法治国，只求人人自善，则人人都向利而弃善，这天下何来太平盛世？我等自知人心之中存在恶念，所以才要修佛修道学圣贤，步步泯灭恶念，修得仁义礼智。我佛慈悲，又说度化众生，那度的是什么，便是人心之恶，人心之魔障……”

焦奉真争辩道：“佛说魔障，道说自然，我修道之人心中可没有这魔障！”

白齐心中起了一丝恶意，冷冷问道：“敢问仙姑心中真的没有魔障吗？”

“没有！”焦奉真斩钉截铁道。

白齐嘿嘿一笑，又问道：“仙姑还记得自己六岁之时，为何学道吗？真的只是为了探寻天地之玄机、乾坤之奥妙吗？”

焦奉真一时间不明白白齐想要做什么，突然神色就变得有些紧张道：“小和尚，你什么意思？”

白齐靠近了焦奉真，低声道：“仙姑六岁时，曾染恶疾，浑身皆是毒疮，被红姑所遇，红姑以药术治愈了仙姑，并传授仙姑修道之法，不过我听闻这过程可有些特别！”他顿了顿道，“当时你还有一个妹妹，跟你一样，也是染毒疮将毙，红姑身上的药只能救治你们一人，红姑问你们，该先救何人？你妹妹病重不能言语，你说愿先救妹妹，红姑深感你二人姐妹情深，便答应你先救妹妹，不过在红姑转身去熬药之时，你却狠心掐死了你妹妹，而后痛哭道，说妹妹恶疾突犯先去了，而后独得仙药，存活下来。焦仙姑，你说一个六岁小儿，便知道要杀妹妹而独活下去，你说你是性善还是性恶？！你说这恶是不是天生就在你心中？！”

白齐的眼光突然就变得阴狠而锐利，仿佛一个无所不知无所不晓的先知一样，焦奉真瞬间吓得脸色发白，浑身都在哆嗦，这件事自然是真的，只是她未承想这么多年过去了，她师父红姑也早仙逝了，居然还有人知道当时的情况，她感觉自己在白齐面前就像赤裸裸的完全没有遮掩一样，她突然觉得眼前这人太可怕了！他哪里是什么佛家弟子，分明是个地狱来的恶罗刹，专门要来勾自己的魂魄的，自己这点道行又怎么是他的对手。

焦奉真又惊又怕，急忙后退两步摇头道："这不可能，这不可能，你这是血口喷人！"

白齐缓缓打开他的阴阳扇，摇了摇，慢悠悠地问道："真是假的吗？焦仙姑不记得自己是如何掐死自己的妹妹了吗？"这纸扇中突然传来一阵淡淡的香味，焦奉真只觉得自己眼前一恍惚，分明看到那扇子上竟然画了一对小女孩，大一点的女孩跟自己小时候一模一样，那女孩突然站了起来，她原本颇有几分可爱的脸庞开始变得扭曲而怪异，双眼尤其阴狠，就像一个恶鬼，她伸出了手，猛地掐住更小一点的女孩子，不断地用力，直到把那个女孩子掐死在地上，变成一具面无血色的冰冷尸体……

四周的空气变得极为阴郁，原本千人会聚的广场鸦雀无声，焦奉真只觉得这扇子里似乎伸出了一双蜡黄色的手，发出了一声声凄厉的哀号，那是她的妹妹想要拉住她，把她拉回当时的情景，让她把命还给自己。

"不！不是我杀的！"焦奉真尖叫了起来，她捂住了自己的脸庞，开始节节后退。台下的人未曾听到白齐方才的耳语，自然也不知道台上发生了什么事，出了什么状况，只觉得这女子突然就跟疯了一样，大喊大叫了起来。三名裁判，除了姚广孝，其他二人也是诧异不已，众人窃窃私语，只道是焦奉真辩论不过，突然神志崩溃，这女道姑再也顾不得什么辩论了，整个人连滚带爬就逃离了法坛，她大叫道："人不是我杀的！我不是坏人，与我无关！与我无关！"

这焦奉真疯了一样逃遁走，很快就消失在广场之外，只剩下白齐站在法坛上。他的神情颇有些复杂，似是自言自语道："对一个弱女子这般狠辣，是不是有损大将之风？"

"嘿嘿，她天性本恶，我不过是提醒了那一点恶，又算什么很辣？"

"可是你也说，人性皆恶，所以更该戒律自勉，努力祛除恶意，她多年修道，已是有心向善，这不正是修道的目的所在吗？况且你辩论之时胜局已定，你又何必如此以恶激恶，伤她害她，你不觉自己本性也是恶吗？”

“世间善恶皆可转换，哪里有只善不恶的道理，这善人就留于你做吧，这偶尔的恶人还是让我来做吧，嘿嘿嘿，作恶也是人间一件乐事，你不觉得吗？”

白齐昂首阔步而下，姚广孝也面无表情，这第一局对他们师徒来说，太简单了，只是未承想第一局对阵的是个女子，所以这手段看起来着实有几分恶毒，不过正如他内心自辩的情景，他也不知道自己什么时候就会恶念涌现，这也是他的本心所在。

这一局胜负已定，报幕太监又上台道：“辩术第一百零八局，五台山普智大师，对扶娄道人张虚吟！”

第四十四章　虚实之辨

台下再次掌声雷动，这掌声自然是送给五台山的普智大师的。普智大师乃是大明一代高僧，学识渊博，为人慈善，很受人尊敬，所以一上台就赢得台下众人的欢呼鼓掌。

不过他对面的道人，却是无人认得，当真是一个人都认不得。

这道人身形消瘦，穿着再普通不过的青衣道袍，头上束着发髻，插着一支玉簪，站在圆坛的另一边，好似一阵风就能把他吹跑。

白齐一见这道人，就觉得好似在哪里见过，只是一时间想不起来。他在人群外特地驻足观看了一阵，终究是看不出端倪。

普智大师首先恭敬道："见过张道长！"

这张虚吟也客气道："久仰普智大师大名，今日一见，甚是荣幸！"

普智大师道："却不知你我的辩题是什么，佛道有别但又殊途同归，料想此次辩论必定十分有趣。"

张虚吟笑道："有趣，有趣，贫道历来喜欢有趣！"

报幕太监展开卷轴高喝道："辩术第一百零八局，题目万物始于虚或始于实？请抽签！"

普智大师正欲抽签，他的手指刚触碰到竹签，张虚吟突然就笑道："大师此番抽到的是九，数字之中，九为最大，贫道先输一筹，请大师先选题吧。"

众人皆愕然，普智大师抽出竹签一看，果然是九，他哑然笑道："张道人好厉害的眼神，不过这竹签中还有一根十签，张道长未必先输一筹。"

张虚吟道："一化三，三化九，九为最大，若是十便是归于虚了，所以在我看来，这十是最小的，还是大师赢了。"

普智大师愣了下，笑道："既是如此，老衲便不客气了，我看道长说十归于虚，料想你喜虚多一些，那我就说实吧。"

张虚吟也俯首道："那贫道便说虚。请！"

普智大师道："《金刚经》有云，如来所得法，此法无虚无实。佛法便是虚实互抱，以和为贵，万事万物可以感知，却是虚妄，万事万物都是虚妄，却一样可以感知，也是实存，此谓之无虚无实！不过既然无实无虚，便印证了佛法永存之理，佛法不言虚，便是实！"

这普智大师好似绕口令一般，论证了万物始于实的道理，张虚吟道："贫道以为，万物皆是虚幻，大师如何判断眼前所见是真是假，是虚是实，你所说的佛法，究竟是从虚妄中生出的，还是真的确实存在？"

普智大师道："眼前所见未必为真，两耳所闻未必为真，口舌所触也未必为真，因为世界有层层魔障，犹如迷雾障碍，让你看不透、听不清、触不到，那是正常之事，所以我佛弟子要诚信修炼，祛除杂念，祛除世间魔障，让心中越发澄净，虽不能毫无障碍，但至少也能如平湖观月，镜中看花，一清二楚。此便为真，便为实！"

张虚吟哈哈笑道："大师竟说水中月、镜中花是实，岂不是可笑可笑！"

普智大师回应道："水中月虽不可捞起，镜中花虽不可闻，但须知水中月必是天上有月才可在水中显，镜中花也是须镜前有花才能在镜中映。若是天上无月，镜前无花，这水中、镜中必然是空空如也，何谈这二相，由此可见，水中月镜中花亦是实！"

张虚吟冷笑一声道："如此一说便着实有趣，大师既然说水中月镜中花必是天上有、镜前有才行，那不如我们就来试试，看是否真是如此？"他从袖子中直接翻出一个白瓷碗，然后朝报幕的太监道，"请公公借我一碗水。"

众人不知这张虚吟要做什么，报幕太监就叫人端上一壶水，给这白瓷碗倒上，碗中盛满了清水，看上去普普通通，并没有什么特别之处。

张虚吟端着水碗，道："大师，你说水中月必是要天上有月是不是？那请大师好好看看，现在是不是有月亮？"

普智大师摇头道："这青天白日的自然不会有月亮了。"

张虚吟笑道："那便好，现在请大师好生看看。"他把水碗端了过来，普智大师往里一瞧，却见这水碗里干干净净，一眼就望到了底，他正想说这水中还是空无一物，只是下一瞬间，这碗中的水就起了变化，平静的水面似乎起了变化，有一道淡淡的水雾笼罩在水碗上，不断地扩散，普智大师再多看两眼，便觉得这水碗仿佛变得越来越大，就像一面宽阔的湖面，湖上有淡淡的水汽晕染，这水汽轻轻卷动，就像天上的流云浮动一般，普智大师心底微微一惊，他知道这必然是道人的眩术，只是他双眼犹如被吸引住了一样，一点都无法挪开。

瓷碗缓缓转动，这水汽开始流转，就像天上的流云逐渐云开雾散，而后一轮巨大而明亮的月亮出现在碗底，这月光璀璨，穿透层层水雾，似乎要辉耀万里，展示它无尽的光芒！

“好一轮明月！这……”普智大师忍不住喃喃自语，他急忙默念佛法，想要驱除这幻术一般的奇怪景象，但是他越念佛号，心中却越慌乱，这月光在他眼前也变得越加地明亮。

张虚吟问道：“现在我问大师，你可看到这水中月了？”

普智大师有些不可思议地点了点头道：“老衲虽不相信，但也从不打诳语，这碗中确实有一轮明月。”

张虚吟又问道：“那大师以为这明月从何而来，可是映照天上之月？”

普智大师愕然了，他沉吟半晌，始终无法猜透这道人眩术的玄机所在，最终只有摇摇头道：“道长法术高明，老衲确实猜不透其中的玄机，这明月自然不是天上的月亮。”

张虚吟哈哈笑道：“普智大师方才自己说了，水中月必然是天上有月才可在水中显，现在天上无月，水中有月，敢问这水中之月是不是从虚无中来？”

普智大师依旧固执己见道：“可是即便这水中月不是映照天上的月，这水中月如今也是真实存在，它也是实，并非虚。”

张虚吟道：“那敢问大师这水中月又是从何实处而来？”

普智大师一下子便说不出话来了，这张虚吟以幻象术结合他的理论让他的辩论变成了一次次的论证，若是普智解不开这幻象术的原理，自己便是无论如何也说服不了对方了，他原本是极为泰然自若的人，此刻心中也有了几分焦急。

张虚吟最是狡猾，他眼见如此，深知乘胜追击的重要性，紧接着便端着碗朝围观的评判官和围观的众人走去，这水碗中明月依旧清朗，淡淡的光芒透水而出，甚至还可看到月亮上有流云经过、有光影在变动，所有人都被惊住了，便是姚广孝、张宇初、解缙三人也暗暗吃惊，心想这人好厉害的幻象术，可比当年的西山幻象师高明不知道多少倍。

张虚吟眼见众人已被他的幻象术折服，更加得意道：“敢问诸位，这水中月从何而来？可是天上，可是水中？都不是，这是从虚无之中而来，道家有云，天地先有一，而后有三,三生万物，可是这一又从何而来？这一便是从虚无中来，其实世间万物何止这最开始的太一，便是一切一切的万物都是始于虚，这个虚便是虚无之境！”

现场对张虚吟的表现予以了雷鸣般的掌声，辩术论道，虽然根基在佛理道学的研究掌握，但每个人不同的表现形式、号召力却也起着至关重要的作用，张虚吟成功地引诱普智大师进入探讨水中月镜中花这个话题，而后不失时机地要了这一手水中变月的幻术，让自己的命题瞬间更有说服力，普智大师深知自己大势已去，他双掌合十，客气道：“张道长本事了得，老衲甘拜下风，这局是老衲输了，阿弥陀佛！”

张虚吟也客气道：“大师学识渊博，贫道也是十分敬佩，辩术历来不说高下，只是学术有别，还是大师客气了！”

这二人，一个高僧、一个高道，均是极有本事的人，自然是很注重自己的言谈举止，虽然胜负已分，但始终和和气气，未伤对方颜面，不禁让在场的人更加敬佩，输的人不算丢人，赢的人更是叫人印象深刻，这扶娄道人张虚吟，当真是一鸣惊人，一战成名！

白齐在人群之外目睹了整场比试，张虚吟的口才、手法都十分了得，他的双眼之中露出一抹诡异的光彩：“扶娄道人张虚吟？这可是有意思的对手！”今日不过是第一局辩局，所有的参赛人员都初露峥嵘，明日将是第二局术局，后天才是最后一局的斗局，这三局只会一局比一局竞争激烈，一局比一局精彩，这参选人群中不知还有多少藏龙卧虎之辈，自己万万不可懈怠。

第一日，辩局结束，除了淘汰对阵出局的一百六十一人，剩下的一百六十一人中，三名执裁人员还根据这些人的表现予以评判，最终选取了八十八名进入第二日的术局，张宇清、刘渊然、张虚吟、白齐等人理论功底深厚，自然毫无悬念入选。

第四十五章　术局

入夜，皇城之外洪武街，来此参加选拔的人员大多数住在这一条街的客栈内，白齐出了客栈便直接往正阳街外走去，他一袭白衣，在夜幕中显得尤为明显，他的出现，让隐匿在夜幕的许多人虎视眈眈，毕竟今日辩局上，他击败的是颇有名气的道姑焦奉真，这让他多多少少有些引人注目。

白齐不急不慌地走着，背后已经出现了几名不知哪个门派的尾随者，这些人时而隐匿在阴影处，时而用障眼法遮盖，以白齐在金吾卫锻炼出的反侦察本事，自然很快就发现了有人在跟踪他，他也不着急转身出了一道拱门，停了片刻，两袖不过轻甩了两下，好似抖了抖身上的尘土，而后就朝秦淮河走去。

那些追踪的人怕跟丢了，急急狂奔了几步，只是这些人还没穿过门，就听得哎哟一声，第一个人的一只手已经被切了下来，后面的人更有刹不住车的，猛推一把，这第一个人直接就被切成四五块，哼都没来得及再哼一声。

黑衣人大惊，白齐头也不回，只是冷笑一声，便消失在夜幕之中。

他到了秦淮河畔，这里有一座临水的亭子，对面是一面巨大的白墙，原本有嵌着一幅圆形的巨大青瓦图案，现在这青瓦一半脱落，看起来颇为丑陋。白齐站了一会儿，忽觉背后一道寒风袭来，而后四周黑幕笼罩而来，他已知道是谁来了，急忙转身，双手合十，恭敬道："拜见师父！"

亭子中，不知何时又出现一个人影，正是黑衣宰相姚广孝，玄门七子见这座临水的亭子用影障遮盖了起来，现在外人看来，这里就是一团若有若无的黑影，什么都没有了。

姚广孝问道："路上可遇到什么心怀不轨之人？"

白齐俯首道："果然不出师父所料，有人已开始暗中痛下杀手，想要打击这些排名靠前的选手了。"

姚广孝道："世人皆为名利所驱使，这大国师之位，多少人想要得到它，对有的人来说，区区杀几个人，又有什么难处？不过，你还是太冲动了！”

白齐以为姚广孝批评他刚才用烛龙丝杀了几个尾随者，下手太重了，于是低声问道：“师父是觉得弟子方才做得太过分了？”

姚广孝哼了一声道：“白齐，你以为师父会因为你杀一两个人而责备你吗？此番我气的不是你夜间杀人，而是你白天斗气！你要牢记你是去当选大国师的，而不是去为所欲为、卖弄技艺的，你我虽然都身怀阴阳心，但你与我不同，你体内的阴阳二心开启得太早，两心与你一同成长，现在几乎是不可兼容，这有利有弊，既能让你比其他人聪明数倍，也会给你的决策带来很多烦恼，所以自己万万要掌控好，尤其是这阴心，虽然冷静果断，可助你度过很多绝境，但是若一味任由阴心壮大，为人也会锱铢必较，处处留恶，这便是犯了大忌，尤其是今日在法坛之上，如此乘胜追击不留后路给他人，将来如何能以德服天下之人？”

白齐这才明白姚广孝说的是他今日对阵焦奉真时的不依不饶甚至以秘术差点逼疯了对手，他现在阳心主导，良知善意充盈心间，亦是觉得有些惭愧，当即俯首道：“师父教诲的极是！弟子一时纵容，便做了错误举动，虽然赢了焦奉真，但却也伤了弟子的形象，叫人觉得弟子过于阴狠，委实不妥。”

姚广孝道：“还好这第一局无伤大雅，明日便是术局，这术局以你的修为，过关问题也不大，关键的第三局斗局，可要切记，你上台的目的是什么！”

白齐再次俯首，应了一声弟子明白。

姚广孝缓缓走到亭子边缘，亭子下就是缓缓流动的秦淮河了，不过现在眼前罩了一层薄薄的影障，看过去这水流朦朦胧胧，好似河面上起了水雾一般，他似是陷入了沉思，不再说话，这世间每个人都有自己心里解不开的谜团，他姚广孝也有一直想要破解的谜团，这谜团一直就像眼前的影障一样，影影绰绰，好像近在眼前随时可以掀开，但伸手时却又远在天边，根本找不到突破口在哪里。

良久，姚广孝回头问道：“白齐，今日第一局，数百名高人会聚皇城，可有什么人让你印象深刻？”

白齐略略一想，便回答道：“有两个人叫弟子印象颇为深刻，一个是西山朝天宫的掌门刘渊然，一个则是扶娄道人张虚吟。”

显然这个答案正合姚广孝的心意，今日辩论比试的还有许多名气很大的佛道门派掌门和宗师，比如张宇清、蒋道升、徐知正、丘玄清等，但都不如这二人出彩，姚广孝故意问道："为何？"

白齐道："天下名师虽多，但大多天资有限，而且基本已达到他们的巅峰期，但刘渊然和张虚吟确实令人印象深刻，刘掌门虽然年近甲子，但依旧风采卓绝，对道家典籍十分精通，道法亦是精妙，果真是一代宗师。只是，张虚吟却刚好相反。"

姚广孝饶有兴致道："哦，你以为他如何？碗中化月的本事可是连普智那老和尚都给糊弄过去了。"

白齐道："这碗中化月的玄机并不难，他的瓷碗下面有个隔层，藏了玄机可以发出光芒，而后再加上他的幻象术迷心，就造成了碗中水波转动，映照明月的效果。普智大师一心钻研佛法，对解衣术涉猎不多，所以看不透其中的玄机也在情理之中，不过我觉得这张虚吟的道行远不止如此，他似乎还在极力隐藏自己的实力，只怕这些人中，他才是最可怕的对手！"

姚广孝问道："难不成比刘渊然还可怕吗？"

白齐道："刘渊然的厉害众所周知，所以他在明，而张虚吟却无人知道他有什么本事，这便是在暗处了，在暗处的高手自然更可怕，更难对付！"

姚广孝点点头道："不错，这张虚吟无门无派，没有人知道这道士从何来，又有什么本事，这才是他最令人担心的地方，今日普智这么容易败下阵来也是因为对他完全不了解，太轻敌所致，所以日后你碰了他必定要万分小心。不过他的出现，倒是让我想起了另一个人，你说我大明最擅长幻象术的道人，除了那人还能有谁？"

白齐想了想，突然惊道："啊？师父说的是他……可是他不是一直被关押在九层天牢的最下面吗？难不成他已经逃了出来了？！"

姚广孝面色凝重道："天牢有九道关卡，都是我亲自设计的，就连一只苍蝇都飞不出去，更何况是一个活生生的道士，那人自然是关得好好的，只不过现在关押的那人早已不是原来的他！"

姚广孝甩出手中的一样物品，却是一张栩栩如生的薄薄脸皮，这脸皮上还带着血渍，显然这假面贴在脸上太久了，早已与这人的皮肉粘连在一起，现在连皮带肉，看起来委实触目惊心。

"今日我一见这张虚吟立即心生疑问，所以我傍晚的时候特地去天牢走了一趟，嘿嘿，一试之下那人果然是假的！一招易容术骗了老衲这么多年，难怪这人这么多年不论如何严刑拷打，始终是不言不语，害得我一直猜不透其中的玄机，现在看来，当年的一局，这些人可真是费尽了心思！白齐，我们可都是猜错了方向了。”

“那师父以为该如何？将计就计吗？”

“不错，现在敌在明，我在暗，我等自然是将计就计最好，若不出所料，这最后的术斗必然是你与这张虚吟，到那时你就倾尽全力与他斗法就是，为师会在暗处助你一臂之力，这人必然是想借着这众人瞩目的关键时刻做一些令人出乎意料的事，那我们不如也借着这个机会，将当年的谜团彻底解开！”

姚广孝所说的谜团，自然是当年建文帝逃遁的惊天秘术，六名天章死侍合力，把偌大的一栋奉天大殿连同建文帝以及天章六侍一块转移消失不见，这样的秘术是姚广孝到现在都参悟不透的，他太想知道这个问题的答案了，只可惜这么多年求索，始终不能破解，而现在，这个秘术的最终秘密有可能就要在奉天大殿前重新解开，这不能不说是一次冥冥之中上天注定的安排。

是胜是败，是一举破除阴谋，还是让对手得逞，都在这几场斗法之中了。

翌日，旭日高升，东方一片耀白。

大国师遴选的第二场也即将开始，这第二轮是术局，比拼的是各参赛人员最得意的术法，佛、道、儒、神各有各的本领，有的精于炼丹，服丹之后，可炼气凝神、延年益寿，甚至还有百般变化之能；有的擅长五行之术，在法坛上控制五行变化，御火遣风，叫人瞠目结舌；还有的精通变化之术，千里取物，缩地成寸，画里乾坤，实实虚虚叫人莫辨真假，叹为观止。这术一局虽然没有什么具体规矩，但须知有朱棣在场边观摩，这变戏法、施道法与戏弄皇上也只是一线之隔，若是变得好了自然是博得龙颜大悦，若是变得不好，那便是戏弄欺骗，难免被扫地出门，甚至就地羁押。

八十八名选手按照第一天辩局的成绩倒着出场，这最后四名依次是张宇清、白齐、刘渊然、张虚吟。这个成绩着实有些出乎很多人的意料，毕竟这四人之中，有两个人是无籍籍名的人，尤其是这排名第一的张虚吟更是击败了大热门，五台山的主持普智大师，叫人刮目相看。

现在排名第四的正一派张宇清走上了法坛，之前上场的人虽然法术各有精彩，但平心而论还不足以震惊全场，所有人均对这最后四个出场的人寄予厚望。

第四十六章　蓬莱仙境

只见张宇清身着一袭紫金道袍，带着金色莲花冠，缓缓步上了法坛，他这一身装扮华贵庄严，加上神情孤傲，颇有些道教之尊的意味，法坛比试，虽然众人在着装造型上大都十分考究，但大多数人都选择飘逸和庄重的正式衣着，敢穿紫金衣、金色莲花冠的道人，张宇清是唯一一个。

姚广孝见此，不禁冷笑一声："宇清道长真是好风采啊，大有青出于蓝而胜于蓝之势！"

解缙直接摇头道："道录司颁布的道人衣着要求，明文写着只有封为天师的道人才可着紫金色道服，戴金色莲花冠，宇清道长这装扮固然神气，却有些违规，着实不妥！"

张宇初则有些尴尬地笑了笑，他师弟张宇清为人刚烈正直，修为也极高，但就是有个缺点，虚荣心很强，很显然他有心想借今日这个平台展示自己的风采，来个一鸣惊人，只可惜凡事过犹不及，他却不是很懂得这个道理，反倒让一些观看的文臣颇为诟病。

法坛之上，张宇清的神情自信而高傲，他轻轻摆动双袖，朝奉天大殿下的朱棣和众百官作了一个道揖，而后朗声道："贫道正一教张宇清，今日给皇上献上一场神龙拜天子！"他袖子一舞，袖子中有几团朱红色飞花飞散在空中，张宇清内力从指尖逼迫而出，这气流化作一股疾风喷涌，他用力一转一点，大喝道："神霄玉清，降命火龙。赐我玉帅，金火天丁。金生火旺，交链元神。内炼龙灵，外筑火形。急急如律令。"

随着他口诀念毕，却见他的指尖猛地有一道火焰蓬勃而出，这火焰在半空中借着四处扩散的飞花，迅速化作了一轮猛烈燃烧的火圈，火圈不断扩散，在空中就像一个巨大的火轮。张宇初最擅长的就是火法，他能够用内力灵活地控制飞花在空中的走向，从而引导火焰幻化成各类神乎其技的形状，今日天子当前，自然没有什么比幻化出一条火龙敬拜天子更讨皇上欢喜的了。

他神情肃然，三尺青须随着他内力的鼓荡而激扬飞舞，张宇清再一卷长袖，大喝道："现龙形！"火焰在空中突然会聚起来，化成了一枚璀璨制热的龙珠，张宇清一手控制龙珠，另一只手猛地在空中画圈，一条火龙轰隆一声从这火焰中咆哮而出，这火龙无论龙须、龙角、龙爪、龙鳞都栩栩如生，乍一看当真是神龙天降，加上这内力火焰的快速挤压，空气中爆裂出轰隆隆的声响，好似天龙长吟震天彻地，一招火中化龙的本事立即叫在场的所有人都不禁鼓掌喝彩起来。

张宇清心中更加得意，他用内力控制着火龙，手掌再一抹，这偌大的火龙突然在空中遨游纵横，发出震天彻底的响声，张宇清有心卖弄，他双掌一推，这火龙直接朝朱棣飞了过去，大有直击朱棣的势头，这一下除了朱棣，所有文武百官都吓得脸色大变，张宇初更是大喝道："师弟，你做什么？"

张宇清闷哼一声，他双掌再一御，却见这火龙凌空就蜿蜒而下，整个龙形躬下了身子，好似一个人叩首俯拜一样，张宇清朗声道："贫道没有什么能献给皇上的，唯有招来神龙给皇上鞠上一躬！"

说罢，他也恭敬地作了一个道揖，众人这才知道张宇清的真正目的所在，原来是给朱棣献上一场火龙敬拜的好戏，这术法惊天动地颇为玄妙，自然引得文武百官啧啧称赞，就连朱棣都站了起来鼓掌道："好道行！"

朱棣这一鼓掌，所有人都跟着起立鼓掌，一时间场面颇为热烈，让张宇清成了到目前为止表现最为出色的选手，张宇清颇有些得意地看了看姚广孝、解缙、张宇初三位裁判，想要等待这三人的夸赞之词，但不想解缙却轻轻地摇了摇头，他觉得这火龙敬拜的场面着实有些过于恭谦，虽然当前权贵当道，但也不可完全失了修道者的本心，他再次摇头道："过了！太过了！"

姚广孝则冷笑道："宇清道长真是兵行险着，皇上这下虽然表面欢喜，但先前以火龙冒犯，只怕皇上心里并不会多么痛快，张天师，你师弟与你在道行上不相伯仲，但性情上当真是差了不少，还需磨炼啊！"

对于张宇清的问题，张宇初自然是最清楚的，但他无力改变，也只能无奈地叹了口气。

张宇清表演完毕，接下来便是白齐和刘渊然，原本他二人的排名一致，还要通过抽签决定上场次序，但不想这刘渊然今日却没能到场，听闻是昨夜遭到了一群异教徒的袭击，重伤不能参加今日第二局的比试，白齐第一时间想到那些尾随他的黑衣人，一个个身材精壮、真气内敛，却不知道是哪个门派的弟子，竟然会做这般恶毒的事，幸好自己昨夜当机立断，以烛龙丝退却了这群人，不然自己今日就与这刘渊然一个下场。

报幕太监高喝道："术局第八十六局，飞雪寺妙空僧人。"

白齐慢慢地步上法坛，朝众人恭敬地双掌合十："张道长的道法着实叫人大开眼界，不过这火龙术僧曾有幸在神乐观内见过一次，所以无意间也学了些皮毛！"他抖了抖衣袖，一些残留在地上的飞花被他重新震飞在半空中，白齐打了一个火折，不过一转，火焰果然再度爆燃起来，只不过这残留的飞花数量有限，火焰自然不如原先张宇清的庞大。

"诸位见笑了！"白齐一上来便破解了张宇清的道法，叫张宇清颜面尽失，他几欲发作，但这白齐只是就地取材，模仿了他的招法，却也未说其他，一时间让他也无处发火，无力可施。

白齐抬头望了望天空，今日的天气十分阴沉，天空中铅云如墨，层层叠叠，好似有人在空中画了一幅泼墨画，好在这云层虽厚却没有下雨的痕迹，不然可就要苦了这些参加比试的选手。白齐朗声道："今日天色不佳，不如贫僧就给皇上献上一道云中蓬莱仙境吧！"

他双臂伸向天空，轻轻晃了晃长袖，就听得天地间一阵嗡嗡之声越来越响，好像有无数的蜜蜂汇聚而来，颇为嘈杂，众人急忙抬头朝天上望去，却见这天上依旧是乌云密布，云层如铅如幕，低低地压在皇城之上，除此之外未见其他状况，白齐喉间快速抖动，发出奇异的声音，而后单手一抹，就像以指为笔开始书画一般，这天上的乌云随着他手中的运动，慢慢地也出现了一个横过来的笔迹，看起来就像是白齐凌空在云层间画了一笔。

所有人见此异样，都忍不住哇哦了一声，表示惊叹！

朱棣也饶有兴致地站了起来，喝道："好一个仙人指！"白齐继续用手指书画，不多时这天上的乌云开始快速变化，一笔笔，一画画，速度越来越快，乌云凝聚处出现了波涛滚滚的大海，大海之上又出现了层峦叠嶂的山峰，这云层集结成的大海孤岛上，又细化出惟妙惟肖的树木、亭台、殿宇，甚至还有缓缓走动的修真人士，这些影像十分真实，乍一看就像一座海岛被挪上了天空，煞是神奇。

“这是……海市蜃楼？！”终于有人惊叫了出来，这白齐竟然在皇城之上直接变化出了大海之中才能出现的海市蜃楼，所有人都站直了身子，仰起了脑袋，一个个张着嘴巴，目不转睛地盯着天上的奇景观看，生怕漏掉了一个细节。

白齐继续比画着双手，这云层不断地变化着，突然间，云层中有人似是发现了地下观看的人群，这些人一呼百应，一个个围拢在栏杆旁边争先朝地面望去，为首的一个道人长须飘逸，好似画中的神仙，他带头朝围观的众人作了一个道揖，口中一开一合，似是在问候一般。

白齐轻笑了一声，道：“蓬莱仙人与皇上及诸位问好。”

广场上的修真人士一个个急忙回礼，高喝道：“见过蓬莱仙人！”

白齐道：“此乃蓬莱海市蜃楼，虽在天上化作幻境，却是映照了蓬莱海中仙岛的真实情况，这些仙人祝皇上龙体安康，祝诸位吉祥如意！”他再一招手，袖子一甩，却见这空中的仙景逐渐开始消散模糊，楼宇、树木、奇花异草都化作一团团的烟雾消失在乌云之中。

眼看这仙境消失，天空中又只剩下乌云朵朵，所有人都不禁露出失望的神情，甚至还有人高喝道：“还请妙空大师多留这仙境片刻，让我等与这天上的仙人说说话，问问他修真之法。”

白齐笑了笑，俯首道：“贫僧法力有限，蓬莱仙境只可在天上映照，却不能搬到皇城之中，若要对话，只怕这距离有千里之遥，仙人可以听到诸位的声音，诸位却听不到仙人的话语。”

朱棣带头再次鼓掌道：“大师虽然年轻，但佛法高深，技艺更是卓绝，朕还是第一次看到这般真实的海市蜃楼，妙！妙！妙！”

其他人员也跟着鼓起掌来，这一次掌声雷动，明显比张宇清表演时更加热烈，就连朱棣的神情也是满满的惊喜，不似张宇清的火龙术时暗藏不快。

白齐再次致谢，而后缓缓退场，这一次的表演，让姚广孝十分满意，他也微微地点了点头表示了赞许，解缙和张宇初更是感叹此人年轻有为、前途不可限量。

第四十七章　扶娄秘术

第二轮术局只剩下最后一人，无门无派，扶娄道人张虚吟。

张虚吟在众人的期盼目光中昂首登场，前面两场，张宇清的火龙术和白齐的空中蓬莱都十分惊艳，尤其是白齐的蓬莱仙境布满天际，犹如山海倒悬，让很多人都觉得这已是这术法的极致了，却不知这自称扶娄道人的张虚吟又会有怎么样令人赞叹的演出。

张虚吟朝众人俯首道："今日天下名师会聚京师，贫道无门无派，来自南陲之南，名曰扶娄，扶娄之人善机巧变化，能易形改服，大则兴云起雾，小则入于纤毫之中，张口则吐云喷火，鼓腹则雷霆阵阵。伏地或化为犀、象、狮子、龙、蛇、犬、马之状，无所不能，是为天下之奇也！贫道生自扶娄，也略懂变化之术，今日不如弄些法术与诸公瞧瞧。"

他站在场子中央，双袖一展，就见这袖子里纷沓而出无数的鲜花，这阳春三月有鲜花不足为奇，但是这鲜花飞上半空中，随风一摇就变成了一片又一片的雪花，五颜六色的花瓣瞬间变成白雪，这也是奇异至极，靠得近的人士只觉一股寒风扑面而来，真的就好像隆冬腊月又来了。

张虚吟嘿嘿一笑，口中念道："大雪飞，大雪飞，一片一片似琼花，落入大地真干净！现在请诸位后退三丈，以免伤及无辜！"他这话一出，偏有几个人不信邪，要往前凑近了瞧，结果这大雪落在地上后，突然就像火焰一样燃烧了起来，一点点火光从雪花中烧了起来，白雪迅速转成一片片火花，这火花飞舞，落在法坛上，很快就将整个法坛都引燃了。靠得太近的几个人被这火苗一撩，只觉得脸上一痛，哎哟两声就急忙往外滚了起来。

这火焰爆燃而起，把众人吓得不轻，今日术法一局，在这法坛上表演御火摆烟的何止是一个两个，小的如云门宗的智上和尚玩弄手中火，大小不过黄豆般，大的如张清宇的天降火龙，足有十余丈，这些火焰都不曾把场子给点燃了，这张虚吟倒好，一来就把这立足的地方都引燃了，最关键还把自己包裹在其中，火苗越烧越旺，这整个法坛都是由木头和毯子搭建的，一烧起来，呼呼作响，噼里啪啦，很快整个场子就化作了一片火海。

围观的人都吓得退后一丈，大喝道："这老道想不开，玩火自焚了！赶快救人啊！"

一旁的侍卫太监都开始奔向围墙下的门海准备提水扑火了，姚广孝伸手示意了下，表示现在还不必惊慌。

果然，火焰中传来张虚吟的笑声："这火还不够旺，大明属火，就该以火旺社稷江山！"他在火焰中狂舞双袖，火焰快速旋转，就像一道龙旋风一般直冲云霄，这火借风势，风助火威，整个火焰龙卷就像一条巨大的火龙盘旋贯穿于天地之间，张虚吟道："这火取自九霄，通入九幽，又入九洋，纵横九州天地，无处而不至！遁！"

他突然双袖一压，这火焰快速收入法坛之下，整个法坛上只余下一片灰烬，什么都没有，就连着张虚吟也消失不见，所有人都惊得站了起来，不知道这老道士突然间就跑到哪里去了，明明刚才还是火势通天，怎么现在一瞬间就都不见了。

所有人正欲上前细看，却见有人惊呼一声："快看那边！火焰从那边冲上天了！"却见这皇城之外的火神观方向，一道一模一样的火柱从地下冲了上来，这火柱盘旋，再次通彻天地，隆隆之声，皇城内的人都清晰可闻。

"这火焰遁到那边去了！好像，好像是神火观……"

"这道士说，他的火焰可以通天彻地，还能通入九洋之中，你看他明明从这里消失，又立即跑到那边去，难不成他真的有御火行走千里之能？"

"这怎么可能！那不成了活神仙？"

"活神仙又怎么了，传言这张三丰真人也是日行千里的，前段时间张宇初真人去武当山请他，几百个人都亲眼目睹，那张真人刚才还在武当山的真武大殿上，一眨眼就变化到对面的山峰上，两座山隔了足有百丈，你觉得神奇不神奇？"

众人议论纷纷，这火焰如柱，把原本暗沉的天色照得一片火红。

这一法术，让原本以御火见长的张宇初、张宇清都有些目瞪口呆，这二人自问，自己也不能有这样的御火本领，若只是控制火焰狂卷到天上倒也可以做到，但是要利用火焰遁行，瞬间到达几乎是一里地外的神火观，这个真的就做不到了。

火焰还在旋转，火焰中隐约还有张虚吟的笑声传来，朱棣极为震惊，大喝道：“司马指挥使何在？！”

司马城急忙站了出来，答道：“属下在！”

朱棣道：“快，给我以最快速度赶到神火观，给我看看那张虚吟是不是在那里，还是他以眩术戏弄本王！”

司马城俯首道：“属下这便去办！”

他招呼几声，一队左金吾卫跟着他冲出皇宫，驾上黑马急急往神火观奔去，这一路疾行，片刻也不敢耽误，但这司马城人还刚到神乐观门口，突然天上的火焰一收，再次钻入地下消失不见，这火焰似乎能遁入土地中四处游走一般，司马城急忙冲入神火观，但可惜这余火未尽，烧得原本就已破烂不堪的道观更是一片灰烬，他正准备叫人先灭火再进入察看，就又听得轰隆一声，这火焰又从城南烧了起来，这一次是从千禧寺的废墟上烧起的，司马城大惊，急忙掉转马头道：“快，去聚宝门外！”

这火焰时东时西，时南时北，一连烧了六次，每一次都是在一些意想不到的地方燃烧起来，通向天际，司马城追得极为狼狈，可是始终也跟不上这火焰的速度，皇城中的人更是看得目瞪口呆，一个个都不知道这张虚吟究竟想做什么，朱棣的脸色越发地阴晴不定，也看不出究竟是高兴还是愤怒。

解缙更是连连叹道：“如此术法，真是大胆！”

姚广孝一言不发，只是原本他一直是镇定地坐着的，现在他也站了起来，想要往这烧得残破的法坛走去，想要看看这里究竟有什么机密，在皇城几千人的面前，眼睁睁地逃遁，这样的秘密自己可是追查了有好几年了！

他正要靠近法坛，突然残破的法坛之内一阵震动，而后一股热流狂喷而出，姚广孝急忙往后退却几步，只听得轰隆一声，一道火焰再次冲天而起，火焰旋转扩散，最后竟然化作千万点的火星四散而出，这火星就如流星雨一般朝众人飞击过去，看台上的侍卫一个个急忙大叫道：“护驾！护驾！赶快保护皇上！”

台下广场上，姚广孝和其他人急忙以双袖遮眼，想要躲避这流星一般的火点，但不想这火焰射到众人眼前时，却突然力道一泄，变成一片片纸屑飘荡在空中，漫天的火花变成了漫天的红纸。

“哈哈哈哈！”一阵笑声从广场正中央传来。

姚广孝急忙撤下袖子一看，却见这广场中间，张虚吟端端正正地站在法坛上毫无变化，他脚下的法坛也是完完整整，毫无损破，更无烧焦的痕迹，所有人都惊得不知该怎么表达，刚才明明众人都看到这法坛被火焰烧成灰，也看到这张虚吟随着火焰遁地消失不见，怎么现在一个遮眼的时间，这张虚吟和法坛都完好如初地回来了，感觉这道士根本就没有离去，他一直就站在这里，只是众人经历了一场幻术罢了。

“这不是幻术……”姚广孝震惊道。

张虚吟并未管这些人的表情是多么震惊和不可思议，他径直走下法坛，朝朱棣的看台走去，俯首作揖道：“回禀陛下，贫道方才施展的正是五行飞天遁地之术，不知皇上觉得如何？”

朱棣惊得到现在还有些合不拢嘴，说实话，他身居帝位，又比较宠幸道教，每年都有无数的道士请求进宫来献宝献艺，无论是吞云吐雾、撒豆成兵，还是五行变化、千里取物，什么样千奇百怪的道法没见过？但像今天这样离奇玄幻的道法他还真是第一次看到，这火焰从冰雪之中变化出来，化作了通天的火柱，而后这火柱遁入地下九幽之中，在皇城之内随意游走，并在或远或近的地方喷涌而出，而且这道人选择的地点，是神火观、千禧寺废墟、刘府废墟……虽然并非完全正确，但冥冥之中似乎有些暗合六脉风水大阵的几个地方，朱棣心中开始翻腾出异样而复杂的情绪，他一半是被震惊，另一半却是开始害怕，这世间难不成真有这么巧合之事？！

朱高煦见他父亲还沉浸在震撼中没有回过神，忍不住上前轻轻咳嗽两声，提醒道：“父皇，这张道长还在给你施礼呢。”

朱棣收了心神，嘿嘿笑道：“好个扶娄道人，这通天彻地之法太妙了，可谓今日最佳！赏张道长玉币一百枚！”

张虚吟急忙叩首道：“谢皇上赏赐！”

这两局比试里，能够让朱棣高兴得直接赏赐的，张虚吟是第一个，这份殊荣自然引得他人暗自羡慕不已。第二轮术局，自然又是张虚吟列为第一，白齐列为第二，刘渊然弃局，张宇清升为第三，这三人大有鼎足之势，其余人等虽各有精妙，但还不足以撼动这三人的位置，眼下最关键的便是明日的最后一局，斗局，所谓斗局便是两两捉对厮杀，或比拼内力，或卖弄丹术，不一而足。姚广孝、解缙、张宇初三人综合两日比试，又挑选了一人参加明日的斗局比试，这人正是青城派的新任掌门蒋道升。

这蒋道升是蒋道如的师弟，他新任掌门之后，一改之前蒋道如隅居蜀西一角的低调作风，率领百名门人弟子风尘仆仆赶赴京城，一则是参加大国师比试，扩大门派影响力。二则是向朱棣表忠心，期许能得到朝廷助力，扩大自己在江南以及中原的影响力。

翌日斗局的对阵图已经抽签出来了，张虚吟对阵张宇初，蒋道升对阵白齐，两两对决，胜利者便进入最后的大国师角逐。

第四十八章　对阵蒋道升

皇城之中，风云交会，已是瞬息万变。

大国师之争已成了眼下最紧要的事情，所有的势力都纠结其中，汉王为了推荐张虚吟上位，已经多次向朱棣传递信息，表明了张虚吟的忠心和能力；太子、姚广孝、金忠等人也是极力推荐白齐，而原先的道门人士则是一致地拥护正一派的张宇清，至于蒋道如虽然呼声没有这几个人高，但他有心向着帝王靠齐，也笼络了不少官员给朱棣进言，处处夸赞蒋道升为人忠良，道法卓绝，是当世难得的奇才。这四人各有本领和背景，第三局还未开战，这背后的势力就已经在做角逐。

眼下，第三轮斗局也即将开始了。

斗局共分两轮，第一轮白齐对阵蒋道升，张虚吟对阵张宇清，胜者晋级第二轮，最终决出的人便是当朝的大国师，由朱棣亲自授予纯银国师法印，以及秘密经文一卷。

今日天公不太作美，乌云密布更甚昨日，这黑压压的云朵低得感觉要压到了宫殿的飞檐上，很显然有一场大雨即将来临，春令时节，江南常有小雨，这样暴风欲来的声势却是十分少见。

白齐和蒋道升齐齐步上了法坛，这法坛不过直径三丈，二人各立一角，互相施礼，蒋道升虽然年纪不小，但穿着一身修身的青色道袍，背负着两柄袒剑，气势汹汹，也不遑多让年轻的侠客。而白齐依旧一身雪白色的僧袍，只是与往日不同的是，他手中还拿了一把扇子，若非他是僧人打扮，但见这少年眉目清光婉转，嘴角似笑非笑，还以为是江南来的一个翩翩佳公子。

不过他现在毕竟是个僧人了，僧人清心寡欲，而扇子乃是文人雅物，出家人拿扇子确实比较少见，这样子自然引来了蒋道升的暗暗冷笑。

一旁的报幕太监高喝道："术斗第一局，飞雪寺僧人妙空对阵青城派掌门蒋道升，此局为斗法，法术点到为止，切不可伤及对方性命，甚至波及无辜。”

这一局，虽然说的是斗法，也没有太过规矩，但众人都很清楚，这毕竟不是武林大会，为了求一胜可以大开杀戒滥杀无辜，这里选举的是大国师，这国师一位，“德品”两个字就占了很大分量，所以双方对决之时，既要各展所能，击败对手，也要考虑到点到为止，叫人心服口服。

白齐双手合十道：“蒋掌门年长我一些，算是贫僧的前辈，这术斗虽然道术无眼，但礼数万万不能少的，所以还请前辈先出手吧。”

蒋道升哼了一声，心想你这小和尚倒是会做人，要我先出手，不过我蒋道升乃是青城派掌门，又年长你这么多，我若真按你说的先出手了，岂不是要叫全天下人笑我蒋道升以大欺小、以长欺幼，说我失了风度，嘿嘿，你这小小伎俩我如何能上当！他当即回绝道：“嗳，妙空师父青年才俊，又是晚辈，我如何能先出手，这样岂不是叫人笑话，还是请妙空大师先出手吧，我蒋道升毕竟早修行了几十年，倒是可以先让你三招！”

白齐笑道：“蒋掌门好大的度量，一上来就说要让贫僧三招，你我虽然年龄辈分差了一些，但在修行上却相差无几，蒋掌门说让我三招，我只怕这三招内就要败了蒋掌门，让蒋掌门都没有机会施展青城派的御剑术，那岂不是太可惜了？”

蒋道升本就是个沉不住气的人，他一听这话，就更冷静不下来了，他勃然大怒道：“甚是狂妄！甚至狂妄！你一小和尚，如何能在三招内败我，若是你三招内能逼得我出剑，我蒋道升就直接认输了！”

白齐笑道：“这可是蒋掌门自己说的，不过，三招逼你出剑太容易了，这话还请蒋掌门慎重！毕竟青城派距离南京路途遥远，蒋掌门来京城一趟也不容易，何必这样盲目作下决定。”

白齐越是这样激他，蒋道升越是不能容忍，他踏前两步，高喝道：“让你三招，这已是高看你一眼了！我若真心想杀你，这三招内就可取了你性命，不过皇恩浩荡，礼贤为先，我就让你三招，再叫你看看什么才是青城派的御剑术！”他双手一运气，浑身的道袍立即鼓胀起来，裙摆衣袖处甚至还猎猎飘动，这一架势已可见这人内力的深厚。

白齐轻抚着扇子围着蒋道升缓缓走动，口中不急不缓道：“蒋掌门果然好内力，不过我不知道这人的皮肉能不能硬过自己的刀剑。”

蒋道升愕然道：“你怎么意思？”

白齐突然利用扇子往空中一挑，冷笑道：“不如试试这第一招，七星汇聚成七杀！”空气中突然传来轻微的咯吱声，蒋道升只觉得四周倏地一寒，却见无数的极为细小的细丝就像密密麻麻的蜘蛛网一样围了过来，他心中大骇，不知道这和尚是什么时候布下的这个可怕的陷阱，自己的身边什么时候出现这么多锋利的蜘蛛网，蒋道升急急后退，只是刚退了两步，就感觉背后的剑抵到了什么东西，他再一转身，衣襟飘动，触碰到丝线，这些裙摆袖子等瞬间就被割成无数的碎片飘落了下来。

“蒋师弟小心，这是烛龙丝！”在台下的张宇清忍不住提醒道，虽然同为四强选手，但蒋道升的师弟蒋道如与张宇初、张宇清关系甚好，所以眼见蒋道升陷入困局，这张宇清忍不住出口提醒了他。

蒋道升初来中原，未曾见识过白齐的烛龙丝，自然是心中大惊。现在他只觉得自己像一只落入陷阱的猎物一样，上下左右都没有去路了，若是此刻自己能及时拔剑，说不定可挥剑破开这烛龙丝，一举破敌，可惜自己有言在先，要让他三招不出剑，这，这……这可真是作茧自缚了！

张宇初见此不免看了一眼姚广孝，冷冷道：“贵派的烛龙丝可真是天下第一杀人利器，蒋道升这把是吃大亏了。”

姚广孝不喜不哀，只是摇头道：“上了擂台，便如战场，这般狂妄大意可不是咎由自取！”

张宇初点了点头，又道：“不过蒋师弟也是极有本事的人，这一招未必能杀得了他。”

姚广孝道：“三招能不能击败蒋道升，我也是很期待，你我还是静观其变吧。”

法坛上，白齐用扇子不断地绞拉着烛龙丝，口中冷笑道：“蒋掌门现在似乎有些进退两难，我若直接收网，你必要被绞成一团肉泥，你说你是输了还是赢了？”

蒋道升第一招就被白齐制住，心头一股怒火无处发泄，气得只有怒喝道：“你这丝线虽然厉害，但我的剑还在我背上，我若以剑抵住这丝线，奋力一顶，也未必没有破网之机！”

白齐道：“蒋掌门说得没错，你若不怕受伤，这样奋力冲击，自然是可以逃脱的，那不如再试试这第二招，千线化千杀！”

他用扇子挑动丝线，一手拉一手挑，只见层层丝网回收，很快就要把蒋道升捆成一个粽子，这下子所有的丝线都围拢过来，一些丝线破开道袍，割破了蒋道升的皮肉，瞬间渗出一丝丝的血珠，看起来颇为惨烈。

白齐冷冷道：“蒋掌门，已是第二招了，你背后的剑也被我所制，我若再拉紧些，你可真要被我的烛龙丝碎尸万段了，你还不投降吗？！”

白齐说得没错，现在这情况蒋道升已是无处可逃，他只要再往任何一个方向挪一步，自己都要被凌迟成肉片，不过这蜀地来的道士性子倒是十分强硬，他暗忖这时候若是自己服了软，那可就真是一辈子都抬不起头，他蒋道升今后也别想再踏足江南一带了，所以今时今日哪怕是战死此处，他也是万万没有投降的道理。

想到这，他心中颇有几分大义凛然的壮烈感，口中怒喝道：“怕你不成！便是死也不会认输！”

白齐嘿嘿笑道：“死了便是尸体一具，输了赢了又有什么用呢？蒋掌门可是太执拗了。”

蒋道升冷笑道：“你废话少说，看我如何破你的阵法！”

这话刚说完，他突然手指一弹，飞出自己的一枚戒指，这戒指乌溜溜的毫无光泽，正是他自己的御剑指环，蒋道升弹出指环，突然用力一拍，这指环立即被拍成碎片，而后他竟然以其他的戒指御动碎片，猛地向四周飞击出去，只听得噼里啪啦一阵脆响，这些丝线被戒指碎片击打得四处抖动，甚至严重错位，瞬间拉开了不小的空间。白齐大吃一惊，他未承想这道人竟然会选择毁坏自己的一枚戒指为代价，来破解自己的烛龙丝法阵。

御剑指环乃是青城派御剑术的核心所在，一枚戒指的修炼都要经过几十年甚至数代铸剑师的接连淬炼才能成功，像蒋道升这样级别的高手，手中的御剑指环基本都是祖师爷传下来的，极其珍贵难得，现在他为了脱困，不惜以毁坏一枚戒指为代价，足可见他既不想失信于人又不想输掉比试的决心！

蒋道升再御碎片，这些碎片突然一转，直接就朝白齐射杀了过来，这以戒指御戒指，远比以戒指御剑来得更快更凌厉，白齐急忙打开扇子上下格挡，噗噗几声，这些碎片被金扇险险地挡了下来，蒋道升趁机要脱网而逃，白齐急忙拉动烛龙丝想要再度控制住蒋道升，但不想这道人哈哈大笑起来："小和尚，三招已过，现在可是轮到贫道拔剑了，你输定了！"

他双掌交错，迅速捏了一个剑诀，只听得铿锵两声，背后的两把铜剑立即弹射而出，就像飞龙一般蹿上了半空中。

蒋道升的这两把剑名曰青铜子母剑，虽说是青铜所铸，但内里加了不知名的金属和矿物，比寻常的金银铜铁都要硬上几分，而且更容易被御剑指环所控制。这铜剑色泽青中泛金，有些类似春秋时代的铜剑，只是更加锐利和坚韧，双剑一大一小，如影随形，就像母子同心不离不弃，故名曰青铜子母剑。

双剑飞上半空，蒋道升以指御剑，双手一合，这两把剑铮的一声就剑尾相对，合成了一把一人多高的双头长剑，蒋道升手握长剑中间，奋力舞动起来，这烛龙丝虽然坚韧，但被他这么一用力搅动，四周固定的原木、基座纷纷断裂，这丝阵失去了发力点，瞬间溃散下来，变成一团软丝，再无一毫威力。

蒋道升一招破了白齐的烛龙丝法阵，终于吐了胸中一口恶气，他方才被困阵中当真是又危险又尴尬，现在逃出生天，可再也不能大意，他高喝道："你这雕虫小技，也想害我，现在我看你还有什么本事！疾！"他猛地飞出手中的长剑，而后以指御剑，这长剑在空中瞬间分裂成两剑，他一手控制一柄剑，右手一拍，这母剑率先朝白齐的心窝刺去。

白齐急忙再挥动双臂，手中的丝线再度缠绕而出，现在没有了法坛四周柱子的支撑，这次他只能以戒指和扇子为支撑点，布下了一个小小的法阵，烛龙丝猛地一收，青铜母剑瞬间就像飞蛾落入了蜘蛛网一般，被丝网死死地卡住了。

长剑悬在半空中，被无形的丝阵困住了，这样的一攻一防都很妙，众人不禁发出阵阵喝彩声，蒋道升冷哼一声，左手再一送，青铜子剑也飞了出去，这剑当的一声直接没入母剑之中，双剑再度合一，力道猛地增大，白齐饶是用丝网接下了这两剑，但整个人依旧被巨大的力道一带，连连后退了五六步，身形颇有些狼狈。

比拼内力毕竟不是白齐的强项，蒋道升自然也看出了这一点，所以更是有恃无恐了，他哼了一声，指诀立即再度化掌往前一推，这子母剑带着丝阵再度往前顶了一大步，这一步差点就把白齐直接顶下法坛。白齐急忙转动手指，用扇子奋力一压，他想的是以自己烛龙丝来切断对手的子母剑，但不想这外层包裹的母剑乃是十分坚硬之物，丝线奋力摩擦切割，也不能断这剑分毫。

蒋道升颇有些得意道：“小和尚，我的剑乃是天外玄铁加铜矿用雷火淬炼，一剑坚硬逾真金，一剑灵活如蛟龙，你这丝线虽然厉害，但想要断剑却也是痴心妄想！你还不快快认输！”

他御剑一路向前，白齐艰难地调换了一个方向，稳住身子再缠双剑，看样子白齐是要抵抗到底了，蒋道升颇有些不快道：“还不认输？！再不认输我可真不客气了，你要知道，我现在只要再用一点点力道，这子母双剑就要在你身上捅出两个血窟窿！”他不想这般残忍地当场击杀白齐，有意放缓速度，靠着吸斥力，一点一点地推着双剑把白齐往边缘顶去，这烛龙丝虽然把这两柄剑交缠得死死的，但却依旧挡不住这剑迸发出的力道，再退几步，白齐一脚已经踏出了边缘。只要把白齐推下法坛，蒋道升自然就赢了。

第四十九章　破子母剑

“下去！”这道士大喝了一声，他单手一拍，突然发力，这剑的力道又突进几分，眼见这一招就要将白齐推下法坛，突然白齐冷笑一声松开了烛龙丝，所有的丝线瞬间回收，众人登即都惊呼了起来，毕竟在场之人有不少都是武林高手，这二人的比试细节都是看得一清二楚的，现在白齐松开丝线，中户大开，岂不是要引剑入体，自寻死路？！

就连蒋道升都错愕了下，毕竟没有人会这么傻在这时候这么做，现在白齐把毫无防御的胸膛露给了他，他反倒是镇住了，不知道这时候是不是该一剑杀了他，还是留点力道只是打伤对手的好，毕竟当着皇上的面杀人可是有违一代宗师的作风，只是在他犹豫之间，白齐已经打开了破骨扇，他目露精光，御扇猛地一拍，只听当当两声直接将这两把剑在空中击飞了起来。

又是一阵惊呼，既有替白齐死里逃生庆幸，也有对蒋道升不趁机痛下杀手的惋惜，蒋道升勃然大怒，心觉一时仁慈竟然被对方戏弄，一扇子拍飞了自己的双剑，当真是可恼！他恼羞成怒，再也顾不得许多，手中翻飞剑诀，子母双剑在空中急转，再度发出一阵阵尖锐的啸声。

双剑在空中再度合并刺杀过来，白齐再御扇一扇，只听得噗的一声，似有什么东西从扇子中飞了出来，蒋道升以为只是这人放出的什么暗器罢了，心头并不以为意，他一手御剑一抽，子剑直接脱离母剑而出，分成两个方向，一把继续攻击白齐，一把则来格挡这暗器。

这两剑时分时合倒是十分灵活，只是子剑刚飞击而来，就听得噼啪一声脆响，只见半空中有什么东西爆裂开了，一道波纹就像水中的涟漪一样快速荡漾开来，青铜子剑碰到这波纹，光影一晃，只听得噼里啪啦的响声，这剑在空中稍稍停滞了一下，而后就爆裂成一堆铜绿粉末飞散了出去。

“我的剑……”蒋道升大惊，他不知道这是什么暗器，一个小小的波动竟然就可以将他软韧无比的青铜子剑直接震碎成粉末。这一圈波纹继续扩散开来，很快就波及残余的青铜母剑上，蒋道升急忙御剑掉转方向想要躲开这诡异的波纹，但不想白齐再扇一下，又一枚破骨针飞了出来。

这一针不偏不倚，正中青铜母剑的剑脊上，又是一声脆响，波纹荡漾开来，蒋道升的最后一把剑也瞬间化作一团齑粉凌空爆炸，眼看碧金色的铜剑变成了一团粉末，此刻蒋道升的脸色已是一片土灰，毕竟这子母双剑是他最得意的利器，出山以来凭借这双剑的威力，自己也是无往不利，更是在蒋道如遇害后顺利接任了掌门之位，他以为自己今后必然是平步青云，怎料到今日一战，非但没有一战成名，反而叫人几招之内就连毁两剑，当真是灰头土脸，心中一片惨淡！

他踉跄两步，后退到法坛边缘道："你，你这是什么暗器，居然可以直接毁了我的青铜子母剑！"

白齐如实道："此乃破骨针，以气破剑罢了！蒋掌门，你这次真的输了！"

蒋道升的剑一毁整个人就没了斗志，他也无力反驳，但不想这时候白齐突然一甩长袖，这两圈气浪交迸而出，就像两个罩子一样朝蒋道升飞去，蒋道升一见这气浪铺天盖地而来，惊得急忙一掠身子，飞下法坛，大叫道："小和尚快快住手！"

白齐冷笑道："蒋掌门不是死也不肯认输吗？不如以血肉之躯试试我的破骨针如何？"

他再甩长袖，这两轮气浪速度猛地加快，直接就朝蒋道升身上扑去，蒋道升面色一暗，大叫道："吾命休矣！"但不想，这气浪扑面而过如同清风，只吹得自己的衣服四处飘动鼓荡，自己的人却是一点异样也没有。

白齐哈哈笑道："蒋掌门果然好志气，叫人佩服！其实这气浪早已是强弩之末，伤不得人，晚辈就以清风相送，祝蒋掌门一路走好！"

蒋道升这才发觉自己被白齐戏弄了，他脸色一阵白一阵红，颇有几分尴尬，他正欲发话，当一旁的报幕太监已经高喝道："这一局，青城派蒋道升出了法坛，飞雪寺妙空僧人获胜！"

蒋道升一见自己已经败了，唯有摇头恨恨道："罢了罢了，阴沟里翻了船，真是命里无此机缘！我蒋道升此生就在蜀西安心修炼，再也不来这是非之地了！"他也不顾众人安慰，自己低着头冲出人群，便往皇城之外疾奔而去，其余青城派弟子见状一个个高喝掌门等等我们，也急急忙忙追了出去。

蒋道升败北大国师遴选，自此以后，青城一派果然就很少来中原走动了，而蒋道升在蜀西大山内苦心修炼御剑术，据说后来竟然突破了历代祖师的修为，成了蜀地御剑术的第一人，当然这是后话了。

四强赛，第一局已出结果，白齐险胜蒋道升，进入了决赛。而第二局，扶娄道人张虚吟对阵正一派的张宇清则刚刚要开始，应该说这一局的比试比方才的更吸引人！毕竟，一个是道教总领事张宇初的师弟，将来正一派的第四十四代天师，一个是不知来历，但道法高深莫测的神秘道人张虚吟，这二人的对决充满了更加不可预料的未知。

张宇清依旧是身着一袭华丽的紫金道袍，处处展现了他高人一等的气势，相反张虚吟却是穿着普通得不能再普通的青蓝色道袍，他今日除了腰间多别了一个葫芦，与往日也没什么不同了，不过造型虽然朴素，但张虚吟透露出来的气场当真比华服加身的张宇清更加强大。

这二人的对决令人备感期待。

在昨日术局的比试中，张宇清输给了张虚吟和白齐，心中自然是大为不满，在他看来，自己的火龙术远比这二人华而不实的障眼法更为厉害，道门之中能让他心甘情愿佩服的，也只有他师兄张宇初了，其他的人诸如刘渊然、蒋道升那都不过是平起平坐的道门好友罢了，要他敬重万万是做不到的，况且眼前这籍籍无名的张虚吟用的还是他最为厌恶的幻象术，要他服输于这种人，那是完全不可能的！

想起幻象术，他就想到那个让他在朱棣面前丢尽了颜面的西山柳常玉，若非自己一时疏忽，中了那妖人的诡计，现在的他早就得到了朱棣的宠信，早就该顺利接替他师兄成为当今第一道士，哪里还需要与这些人一起参加什么大国师的比试？想起往事，张宇清的神情是抑制不住的愤慨，他微睁的凤眼瞄了一眼张虚吟，口中冷冷道："张道长昨日的障眼法倒是壮观，却不知是师从何门何派？"

张宇清一来便说张虚吟的道法是障眼法，足可见这人正如张宇初所说，性子有些焦躁冲动，不够圆滑，并非很会讨人喜欢之人，面对张宇清的出言讥讽，另一旁的张虚吟倒是显得更加地冷静，他毫不动怒，而是颇为恭谦道："贫道来自扶娄，并无什么门派，也没拜过什么名师，不过是自幼喜爱翻阅些经书黄卷，学了一些粗浅的道法罢了，倒是叫宇清师兄见笑了！”

张宇清哼了一声道：“你也不必过分谦虚，你这障眼法虽然是虚，但也绝非一朝一夕能成，我看若非有个好的师父来教，光凭你自己琢磨，也很难有此本事！”

张虚吟呵呵笑道：“宇清师兄这话说得便有些不对，我这一身法术还真不是哪个师父教的，而是我自己感悟天地之玄机领悟出来的，你我皆是修道之人，都知道道法最初便是源自天地乾坤五行之变，观天上星辰，看山岳沧海，而后悟出千百种道法，难道宇清师兄就没有过这种感悟天地而妙手偶得的感受吗？”

张虚吟的话虽然很是恭谦，但言语中也开始暗藏机锋，这样不动声色的反驳显然比张宇清的直来直往更加高明，张宇清颇有些尴尬，只是这尴尬很快就化作了恶恼：“我张宇清自幼修道，到如今也有四十年了，如何会没有感悟天地之时机！我看你对自己的道法颇为自信，那不如闲话少说，今日就速速一战，我倒要看看，你这障眼法能不能迷了我的心，你这幻术能不能伤了我张宇清！”

他长袖一震，只见一身紫金道袍瞬间鼓荡起来，这衣服此起彼伏，就像层层波涛一样，一阵一阵，猎猎作响，加上他面色紫红，一头发须皆白，当真有几分神仙降临之感。

围观之人见他风采卓绝，无不暗暗赞叹，这老道士不愧是张宇初的师弟，果真了得，看姿态已是一代宗师的模样，若假以时日统领这正一派，只怕更不得了！

张宇清神情极为高傲道：“张道长，来吧，你我就在道法上见高下吧！”

张虚吟嘿嘿笑道：“宇清师弟这么着急，是急着想要当大国师吗？不过可惜，贫道除了擅长幻象术，还很擅长占卜看相，我看宇清师兄眉锋粗长，面色铁青，乃是焦躁不安之人，最多也就承兄之贵，当到正一派天师一职罢了，大国师你是无福消受了，所以你暂且不必心急！”

张虚吟说张宇清当不了大国师，只能当正一派的天师，关键是这天师之位还是靠的他哥哥张宇初的面子，这话着实是打到了张宇清的痛处，叫他心中怒火顿起，他再也沉不住气，双掌猛地一震，口中大喝道：“胡言乱语，委实可恼！今日我必要大败你这道士，让你见识见识，我正一教的无上道法！”

他单手一抖，一枚乌黑色的玄铁令直接飞了出来，这铁令就像暗器一样直奔张虚吟的胸口而去，张虚吟身子一旋转，整个人就如一道风一样轻而易举就躲了过去，张宇清猛地一捏五指，空中似乎有一只无形的手直接把这玄铁令牌捏碎，轰隆一声巨响，令牌登即爆裂开来，化作一团炙热的火焰腾空而出。

这正是张宇清最擅长的玄火铁令，但张虚吟也毫不示弱，他狂舞双袖，袖子间似乎形成了一个旋涡，这火焰飞击而来，直接就被他的旋涡收了进去，这人再舞袖子，这道火力就被重新挥洒了出来，这一进一出好似借力打力一般，倒是有几分斗转星移的神妙。

张宇清本来也没指望一枚玄铁令就能击败对方，他双手突然加快速度，频频弹射，余下的十一枚玄铁令也一一飞击而出，空中持续爆裂出团团巨大的火焰，整个广场的气温陡升了十几度，张虚吟不急不缓，见招拆招，这火焰收的收，拂的拂，扫的扫，不过片刻间，就将这些火焰尽数扑灭。

现在场子中央，烈焰已经悉数熄灭，不过也遗落了一地的黑色碎片和灰烬，这样留有后招的道法汉王朱高煦是见识过的，上次在神乐观内，张宇清也曾施展出这一招天干地支火囚阵来困住朱高煦，不过朱高煦剑术显然更加凌厉，他一剑就破解了这个声势浩大的阵法，叫张宇清完全败下阵来。

再见此阵法，他的脸上露出颇为不屑的表情，喃喃自语道：“又是这中看不中用的法术，有个屁用！”

第五十章　囚龙火阵

场子中，张宇清猛地挥动双手，果然这散落在地的碎片和灰烬突然再度爆燃起来，十二道火焰冲天而起，化作了十二道火柱一样，这一变招，叫未曾见过的人都大声惊呼起来，一个个直叫道："宇清道长好法术！"

火焰盘旋，现场的温度陡然升高了十几度，叫人一个个都不能直视。法坛之上，这火焰没有凝聚成十二名神将，而是聚成了十二条巨大的火龙，张宇清得意道："这是我的囚龙阵，便是海中的恶龙我也能将它降伏，更何况是你一个小小的扶娄道士！"他御气控制十二条火柱开始逼近其中的张虚吟，想要逼迫他就此弃局认输，但不想这张虚吟根本就不为所动，只是哈哈哈笑道："你的火龙术虽然了得，不过却依然奈何不了我！不信你试试！"

张宇清自然不信，他也没有蒋道升这么多顾虑，他毫不犹豫双掌一合，十二条火龙怒吼一声就朝中心绞杀去，这火焰滚动着火焰，火焰绞杀着火焰，让现场瞬间变成了一片火海，血红色的火焰迅速翻滚，发出巨龙一般的怒吼，叫在场之人无不胆战惊心，就连原本满口不屑的朱高煦也被张宇清的这一招给惊讶到了，很明显这囚龙阵比之前他遇到的天干地支火囚阵还要厉害，若是当日他遇到这一招，只怕单用鹤羽剑去劈斩，也很难一下子破开这个阵法。

他皱了下眉头道："这可有点意思了！"

现场，火焰化作的巨龙还在火海里翻腾，整个法坛都被张宇清烧成了一团烈焰，如此猛烈的进攻下，按理说张虚吟即便不死也要被烧得呼天抢地才是，但奇怪的是，这火焰之中根本未曾听到张虚吟一点点的呼叫声，张宇清的心头突然掠过一丝不安，这人该不会是……他急忙摇头，心觉不可能的事！这道士可没有这样的本事，他面色一横，再加大力道，火龙直烧得整个法坛都化作了一片废墟。如此又烧了片刻，张宇清才收了这火焰，所有人都伸长了脖子往中间瞧看去，心想这张虚吟究竟是被烧成了一堆白骨还是安然无恙。

火焰退去，解缙第一个站了起来，毕竟这种斗法可是大大超过这个读书人的认知范畴，烧得乌黑一片的广场上空空如也，除了一些残余的木炭灰烬，什么都没有，既没有张虚吟的尸骨，也没有他的痕迹，这个人就好像活生生地消失在火焰之中。

现场瞬间哗然，一个个长嘴短舌议论纷纷，毕竟一个大活人就这么活生生地消失不见，任是谁也是心生疑问，猜测不透。不过这下子最震惊的自然还是张宇清，他几步踏入这场子中，用脚四处猛踏猛踹，这下面是奉天大殿前的广场，铺满了整整齐齐的青砖，四处都是十分实沉的，他怀疑这法坛之下是有一条不为人知的密道，这张虚吟就通过这下面的密道逃跑了。

张宇清这么怀疑不是没有根据的，传说当年朱棣围困南京城，除君朱允炆就是在奉天大殿下的一条密道逃跑的，他沿着密道一直逃到了神乐观，而后乔装成了和尚逃出了京城，并流亡海外。张宇清暗忖，莫非是这道士知道了这条密道，所以利用这个秘密逃遁了？

他心中一横，也管不得这里是不是皇城禁地，赶紧叫正一派的弟子送来一把宽口宝剑，张宇清对地一阵猛击，只砍得火星四溅，但这地砖比铁还硬，根本就没有传说中可以逃脱的缝隙或者密道。

可这人就是这样眼睁睁地不见了！

朱棣也大为惊讶，他转头问太子和朱高煦道：“这人去哪了？”

朱高炽摇头道：“这儿臣就不知道了，估摸这皇城下有什么密道吧。”

他这话一出来，朱棣就不禁脸色大变，想当年那个朱允炆就是在这个地方突然消失不见的，他朱棣掘地三尺都未曾发觉这密道在何处，这奉天大殿包括后来的这片广场都是重新建造出来的，这里的每一块石头、每一处地基自己都检查过，不可能存在什么逃生密道，他张虚吟想要突然这样消失在广场上那是绝对不可能的！

但是现在这个道士偏偏就不见了！他怎么做到的，他用的方法是不是就是以前朱允炆逃跑时用的法术？

朱棣越想越觉得可怕，急忙摇头道：“不可能！这广场上是没有密道的！这个朕是亲自检查过的，便是暗渠都没有经过这片区域。”

朱高炽有些尴尬，不知道该怎么回答。

一旁的朱高煦则劝道：“父皇，我是见识过这道士的本领，真是十分了得，父皇现在莫要心急，稍等片刻，他很快就出来了！”

果然，门外传来了哈哈哈哈的笑声，这笑声高亢而通透，正是扶娄道人张虚吟的，他大摇大摆地从大门口走了进来，整个人干干净净，丝毫没有任何被火烧过的痕迹，甚至连一点烟熏之气都没有，张虚吟神清气爽道："宇清师兄的囚龙阵果然厉害，不过可惜，这火看来是白烧了！”

张宇清惊讶得目瞪口呆，他如何能相信这人就这么凭空消失在自己的囚龙阵中，而后又从门外出现，张宇清又看了看被烧得一片漆黑的广场，大怒道："你，你究竟用了什么邪门歪道！竟然可以从我的囚龙阵中安然逃脱！我知道了，一定是你在这下面挖了什么密道，对不对？！”

张虚吟摇了摇头道："宇清师兄此言差矣，此处乃是皇宫禁地，日夜有守卫巡逻，我一个道士如何有本事在皇宫的奉天大殿前挖出一条密道，你这想法可不是太荒谬了？”

张宇清道："那就是原本这里就有一条密道，恰好被你知道了！”

张虚吟道："那就请宇清师弟自己挖挖看，看看这下面到底有没有所谓的密道？”

张宇清果然又检查了一遍，但这下面确实不是空的，奉天大殿前的广场都是几层砖石和硬土夯起来的，别说密道了，就是一只蚂蚁都爬不进去。张宇清一扭头，喝道："即便如此，我不信你逃得了第一次还能逃第二次！”他双袖一舞，又一道火焰喷了出来，这火焰正是借用了飞花的特性，飞舞空中燃烧成火焰，而后张宇清以气御火，大杀四方！

火焰如巨龙盘旋，层层包裹，再度把张虚吟重重围住，张虚吟也不逃跑，更不惊叫，就任由这火焰激烧，如此一直烧了一刻钟才停息。张宇清毕竟年龄也不小了，他这两次御火大招几乎是倾尽了全力，这样的大战自然是耗费了不少内力，他脸色青中发白，暗暗地吐纳了十余次，胸口的烦闷才稍稍减轻了一些，只是这火焰退散后，这广场之中依旧是空无一人，什么都没有！

若说第一次大家还觉得是有什么不为人知的机密，这第二次换了一个地方，张虚吟依旧消失得无影无踪，这可就让人不得不更震惊了！仿佛这个人可以随时随地瞬移一样，他想去哪里就去哪里，根本不受空间限制。

张宇清这次是真的猜不出来了，现在他自己也相信了张虚吟不是利用密道逃脱的了，他心里的愤怒开始慢慢地转化为惊讶和恐惧，这究竟是练了什么邪术，竟然能够这样毫无道理地在眼皮子底下逃掉，不，不可能，一定是什么障眼法，这绝不可能是真的！

他喘着粗气，怒喝道："张虚吟，你这一次又藏在哪里了？给我滚出来！"

依旧有笑声从外面传来，这次是在左侧的大门，张虚吟依旧穿着一身青色的道袍，步态潇洒地走了进来，一身清爽，毫无烟火气息。这一场面仿佛时间倒流，与刚才看到的一模一样。

张宇清后退两步，突然再出招狂烧，只是这一次他留了个心眼，烧了一半便收了火焰，他想提前收招看看这人究竟是用什么办法逃跑的，只是他虽然收了火焰，但却见这人已经消失不见，只剩下残余的道袍还在燃烧，张宇清急忙冲了过去，但可惜这火焰一卷，便是这残片也烧了个精光，什么都没有了！

这一次虽然没能看到张虚吟如何逃脱，但至少让张宇清知道了，张虚吟真的是被烧没的，只是这样一来，他就更不能解释张虚吟为何会一再复生，逃遁到外面去了。

不出所有人的意料，这张虚吟又步态款款而来，这次他直言不讳道："宇清师弟，看来你的飞花已经用完了，你的内力也消耗得差不多了，你我胜负已分，还用再斗吗？"

张宇清怒喝道："谁说你我胜负已分，你这障眼法就要被我识破了，还敢在此说这答话，不如先吃我一掌！"

他猛地拍出一掌，这一掌按理应该有火焰喷涌而出，可惜他袖子里的飞花已经用完了，这一掌猛虽猛，但却只是单纯的掌力，张虚吟闪动身子，轻巧地躲了过去，而后也飞出一掌，这一掌正中他的后背，只是一掌就将张宇清打得口吐鲜血，踉跄了几步，差点摔倒在地。

显然，张宇清经过前面三轮的恶斗，已经耗费了大量的真气，现在他飞花已尽，完全是强弩之末，根本不是张虚吟的对手！

张虚吟笑呵呵道："宇清师兄，你还不认输吗？"

张宇清怒吼道："要我认输，痴心妄想！"他奋力挺身再上，这一次他顺手拿了那口宝剑，整个人持剑飞扑而上，正是他正一派的龙啸虎吟剑，这剑法刚猛，取龙虎吟啸之势，意在先声夺人，震慑对手！此剑若是平日里使出，一阵龙啸虎吟，颇为壮观，但今日张宇清功力耗尽，力有不逮，几剑劈出，明显地软弱无力，更无声势，可谓毫无杀伤力！

张虚吟眼见张宇清的剑招是一剑弱过一剑，他瞧准了破绽，只是用手指一弹，铮的一声脆响，宝剑回弹，直接就把张宇清震飞了出去，他虎口被这力道所伤，竟然直接开裂，鲜血登即飞溅了出来！

张虚吟再喝问道："宇清师兄，还认不认输？"

张宇清摇头道："绝无认输之理！"此刻他脸色苍白，原本梳理得整整齐齐的头发因打斗而有些凌乱，加之右手虎口开裂，鲜血滴滴答答地顺着宝剑留下，看起来颇为凄惨。张宇初站起来喝道："师弟，今日你胜不过他，速速认输！"

张宇清怒道："我不认！"他持剑再上，这一次他铆足了力气，终于出剑有声，犹如龙神咆哮，猛虎嘶吼，他平斩一剑，想要直取张虚吟的头颅，但张虚吟也是内力极为深厚的人，他突然反守为攻，猛地一拍，再度把张宇清直接击飞在地，这一掌力道甚大，直打得张宇清口吐鲜血，差点爬不起来了。

但这张宇清着实倔强，他颤巍巍地又爬了起来，再度持剑进攻，如此几次，次次都被张虚吟打得翻倒在地，到最后这人腿都在颤抖，他站立不住，便用剑撑住，而后挺直了腰杆，站直了身子，坚决不肯认输。

张宇初眼见自己师弟已是这副模样还要再斗，心中哪有不心疼的道理，他带着命令的口吻大喝道："师弟，别打了！速速弃剑认输！"

第五十一章　力竭而败

不想，张宇清苦笑了起来，他颇为悲凉道："师兄，连你也要我认输？！凭什么！"

张宇初呵斥道："凭什么？凭你现在根本就没有取胜之机，自己鲁莽、如今反受其制，还在这胡搅蛮缠，有什么用？"

张宇清咬着牙根冷笑道："是啊，我张宇清鲁莽，我张宇清浮躁，你张宇初乃是一代宗师，什么缺点都没有！师兄啊师兄，这天下间所有人都只知道你张子旋是正一嗣教道合无为阐祖光范大真人，总领天下道教事，是赫赫有名的正道领袖，可是有谁记得我张宇清是什么身份，那不过是你张宇初的师弟，亲弟弟，一声张道长而已！大国师之位本就该是你张宇初的，可你不争不抢，还不顾自己年事已高，替皇上进武当山去恭请什么张三丰，一来一回，白白又折损阳寿几年，你年轻时何等傲气，便是帝王宰相来请，你也要叫他们先候着，可是现在呢，师兄，你变了！你现在变得都不像个道士了，你什么都有了，也老了，现在你可以不要这正一教的威风，可是我张宇清要！你老是说我性子急躁，太过贪图虚名，师兄，你说错了，我根本不是贪图什么大国师之位，我也从未觊觎过你的天师之位，我要的是为我张宇清自己证明！我张宇清就是张宇清，现在不是天下第一，将来也是天下第一的道士！只要有我在，正一教派绝不会没落！"

在皇权为尊的时代，各门派想要独善其身何其困难，张宇初不是不想自己独自修道，参悟天机，可是他毕竟不是一个普通的修道者，师父张正常对他寄予了厚望，正道的弟子对他寄予了厚望，他张宇初早已不是一个人，而是一个门派的符号，一个宗门的希望所在，他又如何去独善其身呢？一个人再博学，也不能教化天下所有人都明天地之理，一个人的法术再强大，也不可能与有着千军万马的帝王去对抗，这就是张宇初作为一代宗师的悲哀之处。

人力总归有限，不能胜天，亦不能胜大局之势。

“师弟……”张宇初浑身都在微微颤抖，他心中有千百句话要告诉自己的弟弟，可是他终究是忍住了，今时今日，此时此地，不是在他设醮的神乐观，也不是从小长大的龙虎山，而是天子的皇宫！他的身边也不是他的弟子，而是皇上、太子、汉王，以及成百上千的各门派掌门、皇城禁军侍卫，今天在场所有的教派人士都不是什么宗师，不过是天子朱棣的一名臣子罢了。

张宇初冷冷道：“师弟，你已经做得很好了，师兄很为你骄傲，师父在天有灵也会很欣慰的，现在弃局吧！”

张宇初作为评判，率先甩出了弃局的令牌，这令牌是为了防止双方斗法过于激烈，在胜负基本已分的情况下，用于及时阻止双方再继续施法，这令牌一出，双方便不能再动手了，这也正式宣告张宇清彻底败北。

张宇清苦笑连连，他仰天长叹道：“想不到，想不到，我张宇清竟要这般收场！嘿嘿嘿！可真不甘心哪！纵然师兄要判我出局，但这一战，我仍要打！”

他御剑突然飞身而起，身子在空中一旋，就朝张虚吟斩杀而去，这一剑已是他拼尽全力的一刺，虽然比起之前的几剑明显更加凌厉，但是他终究已是强弩之末，张虚吟摇摇头道：“真是冥顽不灵！”他卸下腰际的葫芦，吸了口东西，而后仰头一喷，轰隆一声，吐出了一道巨大的火焰，这火焰化作一头猛虎冲击而出，直接把张宇清击倒在地，张宇清哼都没哼一声，整个人一翻就昏死过去了。

“师弟！”

“宇清师叔！”

正一派的弟子再也顾不得这比试的规矩，一个个纷纷围了上去，张虚吟收了葫芦，淡淡道：“你们放心，我有意收了火力，这火是烧不死他的，他现在只是昏厥了而已。”

张宇初扶起张宇清，见自己的师弟虽然面色焦黑，但确实只是耗尽了精力昏厥了过去，这才放下了心，他正色道：“多谢张道长手下留情！”

说罢，他自己扶着张宇清缓缓朝大门外走去，也不再管今日的比试之事。

这一局甚是惨烈，看得人唏嘘不已，不同的人看的心态各不相同，有暗自叹息的，有窃窃惊喜的，有目瞪口呆的，也有疑惑不解的。这人群中尤以汉王朱高煦看得最是唏嘘，虽然张虚吟是自己极力推荐的人选，但张宇清的一番话叫他听了不免有几分共鸣，想来他自己也是这般情况，纵然武功盖世，在靖难之役立下汗马功劳，可是这最终的太子之位依旧不是他的，这将来的皇位只能是他孱弱的哥哥朱高炽的，他朱高煦什么都比他哥哥强，就是因为晚出生了几年便要一辈子屈居人下，替他哥哥做牛做马，这叫他心中安能服气？

朱高煦心中郁结难祛，加上天上的乌云低压着皇城，他更觉这场内的气氛令人压抑烦闷，他找了个借口便独自起身往殿后走去，这皇城里四处都有禁军侍卫和太监，哪里都是人和眼线，唯有这奉天大殿的背后人稍稍少一点，他站立在大殿下，背着金碧辉煌的奉天大殿遥望着偌大的皇宫，心绪如潮起云涌。当年，若非自己拼了性命几进几出，力挫铁铉、平安等人，他父亲朱棣早就困死沙场，安能有今日的黄袍加身？！若非自己广罗能人异士，不惜屈尊死乞，又哪里来这么多异士前仆后继，死而后已？！自己做了这么多，难道父皇就一点没看在眼里吗？！难道自己这么拼命努力，真的就抵不过“天命”二字？他真是好不甘心！

朱高煦狠狠地捏紧了拳头，手中似乎有万千力道想要挥出去。克制！克制！他暗自劝道，可是终归他不是一个克制的人，啪！他朝着金丝楠柱猛击了一拳，这跟铁一样硬的柱子竟然也被他打出了一个窝。

“二弟的谋士已经赢了，为何还这般不快？”一个声音幽幽地传来，朱高煦急忙回头一看，正是太子朱高炽，他那肥胖的身子走起路来都有些费劲，平日里出门都是由两个侍卫搀扶着，但现在却没有人搀扶他，他一瘸一拐慢慢地靠近了朱高煦，脸上的表情倒是十分诚恳。

朱高煦很是瞧不起他这个哥哥，自小他哥哥就比不过自己，论谋略、武功甚至样貌自己都远胜于他，到现在却还要叫他一声太子，当真是苍天无眼。朱高煦没好气道：“没什么，皇兄怎么也不看了，这最后一局不该是最精彩的吗？”

朱高炽笑道：“父皇说今日的比试太过激烈，这最后一局改到明日上午比试，我看二弟不在，料想便是跑到这大殿后面来透透气，果不其然！”

朱高煦疑惑道：“怎么就不比了？父皇可还有什么意见？”他略略沉吟，突然有些不悦道，“他是不是觉得这张道长是用障眼法骗他，想要今夜再检查一遍这广场是否有密道？所以才特地更改了最后一局的时间？”

朱高炽摇头道：“你这可就错怪父皇了，他对你这么偏爱和信任，二弟推荐的人，父皇如何会怀疑？”他原本忠厚的脸色突然变得有些古怪，怪声怪气道：“你放心，父皇对张道长现在可是欣赏得很，你的计策恐怕就要实现了！”

朱高煦面色一变，冷喝道：“你这话什么意思？！”

朱高炽笑道：“二弟觊觎我太子之位也不是一天两天了，此事满朝文武皆知，你觉得大哥知不知道？”

这事虽然是实情，他朱高煦也从来没有避讳过，但是被太子当面这么一问，他反倒没有了平日里的飞扬跋扈，就像做贼被抓了一般，其实平心而论朱高煦是根本不惧怕太子的，只是这一句问得突然，加上觊觎太子位置始终大逆不道，自己也有些心虚，这一下子反倒让朱高煦很是尴尬。

他恼羞成怒，大叫道：“你知道又如何，不知道又如何？太子是想要以此事威胁本王吗？！”

朱高炽道：“威胁？不，我朱高炽向来喜欢以德服人，从来不会去威胁人，我只是觉得二弟的做法太过愚昧粗暴，这样反倒适得其反，到最终会难遂你所愿，所以当哥哥的特地提醒。”

“大哥可真是好心，要这般提醒我！”朱高煦听到这句话心中更觉一阵疼痛，他冷笑道，“你现在是太子，自然说什么都有道理，可二弟也忍不住要提醒大哥一句，太子眼下也只是太子，最终也不一定是天选之子，这将来的时间可还长着呢！”

“不错！太子不一定能当皇上，可是皇叔只怕连太子都当不了！”一个稚气的声音在拐角处响起，朱瞻基在几名太监的簇拥下，大摇大摆地走了过来，他面对这个威武的皇叔向来是毫无惧色的，“皇叔的本领是比我父亲强，可那又怎么样，皇爷爷身子强健，你等也要等上几十年，到那时候，我都长大了，你也老了，我的本领会比你更强，到时候皇叔是不是也该让位给我？”

朱高煦大怒道：“朱瞻基，你这是以下犯上，不懂礼数！”

朱瞻基也还击道：“那方才皇叔不也是以下犯上，不懂礼数吗？”

朱高煦浑身气得直发抖，这样锋芒毕露的少年，他还真不知道该怎么对付他，朱瞻基又站前几步，抬着头，圆睁着双眼，一字一句道：“请皇叔记得今日小侄所说的话，现在你怎么对我父亲的，将来我都会百倍还给你！”

朱瞻基虽然年纪小，但说话极有气势，这几句话吓得一旁的太监侍卫纷纷跪地低头，一个个都捂着耳朵不敢看也不敢听，这台阶上只剩下这三个人互相盯着对方，气氛一时间冷凝到了极点，这氛围仿佛天际翻滚的乌云一样，随时都要暴发出一场激烈的暴风雨。片刻过后，还是朱高煦率先冷静了下来，他的鼻腔里重重地冷哼了一声，恶狠狠道：“今日的话，我朱高煦记得清清楚楚！来日，我还要看你朱瞻基的造化，到底是蛟是龙，还是一条半死不活的虫子！”

他拂袖离去，只剩下朱瞻基绷着脸不服气地看着他。

第五十二章　张虚吟的身份

夜，秦淮河畔。

一团模模糊糊的阴影在河边升腾而起，玄门七子的影障内，姚广孝与白齐再次聚首，姚广孝一直静坐在河边的石亭内，他似是在闭目打坐，直到白齐进来了，他才收了心思，开口道：“你来了？”

白齐恭敬道：“弟子来了。”

姚广孝问道：“明日便是最后一战，你可有信心？”

白齐想了想，摇头道：“没有。”

姚广孝叹了一声道：“论诡计，他不逊色于你，论学识，你二人也旗鼓相当，只是论道法内力，他却远胜于你，这一战，你的胜算只有十之一二，确实是难之又难。”

白齐俯首道：“胜负之数，弟子心里早已明白！”

姚广孝道：“那你可有以弱胜强之策？”

白齐想了想，如实道：“暂时没有，弟子现在还在想。”

姚广孝终于睁开了眼，冷笑道：“以你的聪明，到现在都没能想到，只怕再想下去也不会有什么更好的计策了，白齐，你要记得，这一战只能胜决不能败！”

白齐道：“师父重托，弟子自然谨记于心。”

姚广孝道：“此事已不仅仅是我姚广孝的托付了，白齐，此次遴选已是关乎我大明社稷江山的大事了！”

大国师遴选自然是关乎社稷安危的，但姚广孝的口气明显说的不是这个，白齐惊愕道：“师父的话，似乎还有其他含义？”

姚广孝点头道：“不错！你可知道那张虚吟的真实身份是谁？”

白齐摇了摇头，姚广孝又道：“我现在怀疑，这张虚吟并非汉王的谋士，而是建文帝的余党！而且这人不是别人，正是当年建文帝的天章六侍之一，程济！若是让他当选了大国师，只怕朝中永无宁日了，大明江山又要易主了！”

程济这人白齐自然是知道的，不过这人不是已经被关押在天牢之中了吗，白齐问道：“师父何以这般确定张虚吟便是妖道程济？”

“为师自然是有证据的！”姚广孝冷笑一声道，“当年奉天大殿一战，妖道程济将整个皇城和天章六侍都转移走了，这件事震惊了整个朝野，此等秘术连我姚广孝也一直参悟不透，更遑论其他人了，这么多年来我也未曾再见到有其他人能够施展，这个隔空移物之法便成了绝技。但今时今日偏偏冒出来一个不知来路的张虚吟，这妖道数次施展转移之法，与当年转移程济的秘术太相像了，世间的道法虽然有千百种的表现形式，但究其原理却是万变不离其宗，张虚吟的秘术与程济的几乎是一模一样，这就不能不令人生疑！”

“我以前一直很疑惑，为什么朱高煦的人会如此么清楚六脉风水大阵的秘密，现在种种现象联系起来，我终于明白了，因为这天章六侍的人就藏身在汉王府内，所谓的张虚吟就是程济，程济就是张虚吟，他乔装打扮入了汉王府当谋士，而后把六脉风水大阵的秘密告诉了汉王，怂恿他去争夺这个法阵，而后制造这么多的混乱和事端，所以他才是这一切事情的发起点！”

扶娄道人张虚吟就是建文帝的死侍程济？！白齐大感惊讶，他想不通那人明明在九层天牢里，如何现在又能生龙活虎地跑出来参加大国师的遴选。他急忙又问道：“可是师父，徒儿有一事不明白，听闻天章六侍一生都要誓死守卫六脉风水大阵的秘密，便是牺牲自己的性命都在所不惜，这张虚吟或者说程济，为何要把这个秘密告诉了自己的死对头汉王？这不是有违自己的誓言，自相矛盾的吗？”

姚广孝嘿嘿笑道：“这才是这件事最有趣的地方！为师问你，你是从何人口中得知了六脉风水大阵一事？”

白齐想了想，道：“是礼部侍郎刘子风！”

姚广孝道：“这便对了，刘子风是不是守护穴眼的死侍之一，那他又为何要告诉你们六脉风水大阵的事？你要想想，你们几个不过是个小小的金吾卫，他刘子风为什么要把这等关乎自己性命的大事告诉你？”

这个问题让白齐瞬间愣在当场，是啊，当初刘子风为什么要告诉他们三人关于六脉风水的事，是要寻求他们的帮助，还是另有企图？难不成……

姚广孝又道："你是不是开始有些明白了？这程济可不是普通的妖道，他最擅长的便是幻象术，若说这天下的幻象师也有个排名的话，这个程济排第二，就没有人敢排第一，你也见过今日的逃遁术，便是张宇清都被他骗得团团转，足可见这人诡计多端，本领了得。所以他的所作所为千万不要以常人的眼光去判断，他把这一切告诉朱高煦自然是有他目的的，这群人的目的都是一样的。"

"师父，我好像明白了，但有些不太清楚……"

"白齐，为师再问你，你觉得我们现在看到的一切有多少是真的？你觉得这个故事里虚虚实实，虚有多少，实又有多少，这一切的事情从什么时候由真的开始变成假的呢？"

又是一连串的问题把白齐彻底问住了，他未曾经历过靖难之役，未曾与这程济公开较量过，他只是一进来便卷入了这个迷局，那他怎么能知道这件事从什么时候开始被骗了呢？！难不成这所有的故事都是一场巨大的骗局？！那自己又该如何去追溯源头，解开谜团？天哪，这天章六侍究竟想做什么？

白齐坠入层层谜团不能自拔，而姚广孝也开始陷入回忆之中，对他这样一个不寻常的和尚来说，金戈铁马、戮战沙场的生活远比现在太平盛世更加有意思，他并非心存恶念，也不是漠视生命，他只是喜欢争斗，喜欢乱世罢了，他喜欢与天斗、与地斗，与旗鼓相当的人相斗，有争斗的世界才是有生机有意思的世界，若是这个世界上没有一个像样的对手，自己的这一生就太过无趣了。

姚广孝徐徐道："当年，皇上让我带领六名杀手入皇城刺杀除君，我钦点了朱高煦、魏东侯、司马城、纪纲、胡濙和金忠六人，为了防止泄露秘密，这六个人都是暗中通知，皆是隐藏了身份，我带领六人一路厮杀到奉天大殿，不想最后关头还是让程济用秘术帮助除君逃遁了，此事既是皇上的心病，亦是我的心病，皇上担心的是除君不死，天下就不能名正言顺地归于他，而我担心的是，我在有生之年都揭不开这个谜团，都不能再遇到程济了！"

"我知道，这件事除君和天章六侍是筹划已久的，绝不是仓促间就可以做到的，很有可能，这件事他们很久之前就布下了陷阱，这个陷阱既是在皇城之内，也在我们的身边！"

"我怀疑我集结的六个人中有一个是除君的内应，他用错误的信息误导了我们，而后里应外合上演了这个骗局。白齐，你觉得这六个人中哪一个会是除君的细作？"姚广孝似乎并不想一下子就把自己心中的想法和答案告诉白齐，而是采用了一种问答互动的形式，似乎他想要让白齐自己来分析判断这个事件里的真伪。

白齐分析道："师父曾说过，朱高煦是皇子，金忠是师父的关门弟子，司马城、纪纲皆是小人，都不可能是细作的人选，只有魏东侯和胡濙……"

姚广孝点头道："不错，魏东侯和胡濙的身份让我十分生疑，胡濙在靖难之役后就主动要求承担起追踪建文帝和寻找张三丰的重任，这人生性放荡不羁，一直在江湖中游荡，可是这么多年来追查到有用的信息可谓少之又少，不能不叫人生疑。而魏东侯则在皇上登基后，顺利地接任金吾卫指挥使一职，他既不向太子示好，也不与朱高煦亲近，特立独行，性子也颇为古怪，这二人我一直是十分怀疑的，所以我叫你专门进金吾卫好生刺探这魏东侯，你得到的结果与我想的也很一致，尤其是魏东侯私藏商阳塔一事更让我十分确认这人便是除君的细作，所以我送了他一程！"

"啊，原来是师父你……"白齐已然猜测到这诬陷魏东侯一事的真正主谋是谁了。

"为师虽然心中笃定，但还是没有足够的证据能够证明魏东侯就是除君的余党，所以我给纪纲出了一个计策，让他来当这个恶人！我叫福吉祥（注：姚广孝收郑和为弟子时，赐予他的法名）给纪纲送了一包东海水师的白火药，让他们联合诬陷魏东侯，将他暂时擒住！现在想来，这魏东侯在锦衣卫手里可真是大有用处！至少你明日一战，就可获利了！"

姚广孝说得面露狠色，白齐却听得心中一半发寒一半兴奋，发寒的是这魏东侯竟然真的是建文帝的余党，而诬陷魏东侯的真正幕后主使，不是别人，正是自己的师父姚广孝，这朝堂之内风云急转，当真不是外人能领略得到的。他兴奋的却是，自己不知为何越来越喜欢这样诡谲不定的生活，仿佛只有这样出人意料才能刺激他另一颗冷漠的心。

他想起姚广孝说到"获利"二字，已然想到了他师父的计策，脱口而出道："师父，你莫不是要杀了魏东侯……"

姚广孝冷冷道："不错，我已跟皇上禀报实情，要求明日便问斩魏东侯，这样一来就可以引出建文帝的余党，彻底将他们围剿，皇上一听此事，自然就答应了！"

白齐心中还是惊了下："明日便问斩魏大人……魏东侯？！"

姚广孝嘿嘿笑道：“正是！你应该清楚，明日一战，面对张虚吟，或者说叫程济这样的妖人，你的胜算并不多，不过你若在开战前，告诉张虚吟，午时三刻聚宝门外，纪纲要亲自问斩魏东侯，他心中慌乱必然要自乱阵脚，甚至是无心恋战！到时候你便顺势将他拿下、一举登顶！明白了吗？”

姚广孝这一箭双雕的计策，果然阴险，但此时此刻白齐突然乱了心思，他双心一直在交锋，情绪一直很不稳定，问斩魏东侯一事对他来说便是一个很复杂的抉择，对于他的阳心来说，这魏东侯与他有过恩情，而且自己亲口答应过秦明和荆一飞，大国师比试后要救魏东侯一命，自己也步下连环的三个计策，只等大国师结束，自己就要实施翻案之计，可是因为姚广孝现在的临阵杀敌，自己已是全盘皆乱，若是自己不管不顾，失信于他二人，自己如何还有脸面再与他们相见，或者说即便本来就不敢再见的，但自己的心里又如何过意得去，难不成要余生都这般自责度过吗？可是对于他阴心而言，这确实又是个极好的打击程济的办法，可以让他有更多的把握问鼎明日的决战，这该如何抉择？

第五十三章　阴盛阳竭

良久，白齐才定下心神，问道："师父，弟子有个请求不知道当不当讲？"

"说罢。"

"这……问斩魏东侯一事可不可以暂缓几日？"

"怎么，你想替他求情？"

白齐不知该如何解释才好，只是讪讪道："并非如此，我只是觉得……"

"你只是觉得自己答应了秦明和荆一飞二人，所以怕到时候内疚自责？对不对？"影障掀开了一个角，走进了另一个人影，这人影的身形气度白齐当真是太过熟悉了，以至他看到对方的时候，双眼都倏地放大了，甚至浑身肌肉都不自觉地一紧。

"是你？！"白齐终于失声道。

来人不是别人，正是七煞门的傀儡师，这个断了一臂的恶贼现在居然出现在了影障之内，可是能解开姚广孝影障的人，自然是与姚广孝十分亲密的人，甚至可能是他的同门。

白齐突然想起当日在太阴穴内，他与此人面对面争夺象牙塔，这人一再手下留情，原来是有原因的，他惊讶道："难道这人也是师父的门人？"

姚广孝哈哈笑道："你竟然不识得他，好徒儿，脱下你的面具，叫你小师弟好好认认。"

傀儡师终于脱下他诡异的面具，这面具后面是一张完全陌生的脸庞，只不过这人又脱下这张脸皮，他的真容才终于展露了出来，傀儡师的人不是别人正是姚广孝的二弟子，兵部尚书金忠。

任是白齐再心思细腻，他也想不到这七煞门的傀儡师就是与自己这么亲近的人，二师兄金忠，难怪他当日觉得这人的眼神有些熟悉，只能说金忠的易容术确实太高明了。

姚广孝道："不错，正是我的好徒儿金忠！汉王可以在东宫内安插细作，随时打听太子的动向，皇上也可以利用锦衣卫在四处设伏眼线，查处意图谋反作乱之人，那我自然也可以在汉王府内埋下我自己的人，替我时刻打探重要的消息，世人只知道金忠擅长占卜，却不知道他还精于傀儡和箭术，不过这几年的隐藏可也苦了你了。"

金忠俯首道："弟子的本事全是拜师父指点，替师父做事不觉得辛苦。"

这金忠不但擅长傀儡术和箭术，还十分精通易容术。几年前，他按照姚广孝的要求，借着朱高煦广招死侍的时机，改头换面之后以傀儡师的身份潜入汉王府当了朱高煦最得力的爪牙之一，在汉王府内，一方面他四处搜罗朱高煦想要造反的证据，另一方面他还随时通报汉王府军队的动向，以备太子朱高炽随时做好应对准备。去年，自称来自扶娄古国的神秘道人张虚吟加入汉王府的幕僚大军之中，并告诉了朱高煦有关六脉风水大阵的消息，朱高煦很快便听信了张虚吟的话，并从汉王府内挑选了自己最得意的六个人与张虚吟组成了七煞门，开始了这一连串争夺六脉风水法器的事件，金忠作为傀儡师一直参与其中，定时向姚广孝汇报汉王府的情况，两边的信息姚广孝几乎都是同一时间接收到，这也直接促成姚广孝在太阴穴内一举破敌，最终拿到了六件法器。

而在陷害魏东侯一事中，姚广孝先是利用傀儡师断掉一臂的特征，授命金忠砍掉了刘太安的一只手，而后利用螟蛾的腐蚀性，为刘太安的伤口止血保命，再造成伤口已经溃烂许久的假象，金忠布下疑云后，姚广孝再联合锦衣卫、大理寺一同设下陷阱，只等金吾卫等人自投罗网，最后加上郑和的白火药和薛仁德的叛变，这陷害魏东侯便成了顺水推舟之事。

白齐突然想到了十多天前，金忠还带着自己和秦明去锦衣卫监牢中探望魏东侯，既然他是傀儡师，必然就早已知道这一切，却还要替自己来做这事，却不知这又是什么目的？

白齐细细再一想，突然心中有些明了，金忠把秦明带到锦衣卫根本不是为了帮助他们救魏东侯，而是为了一网打尽！明日问斩魏东侯的消息一传播出去，不仅建文帝的余党会出动，便是荆一飞和原先支持魏东侯的金吾卫余党也必然会出动，这一计策，自然是要他们与锦衣卫斗得两败俱伤。而自己在大国师之争中只要能借机击败张虚吟，解开这些谜团，加上金忠手中掌握的证据，汉王朱高煦意图谋反的罪名必然要坐实，他也是难逃惩罚！所以，这一场争斗最终的赢家只有太子！而这一切的一切都是姚广孝精心策划的阴谋！白齐突然觉得，自己的师父当真是个十分可怕的人物！所以，这样的人才是身怀阴阳心的极致吗？阴谋阳谋已经达到让人无法揣测的地步。

白齐既震惊又觉得不忍，他的脸色开始变得一时青一时白，仿佛是陷入某种癔症而不能自拔。金忠见了，有些担忧道："师父，小师弟似乎有些不舒服，他这个样子会不会影响明日的比试？"

姚广孝定睛一瞧，立即摇了摇头，面露忧色道："他不是身体不适，而是心志不坚！白齐，你时而在阳时而在阴，双心还是不能很好地交融，这可是太糟糕了！眼下大战在即，可断断不能心慈手软，更不能有一丝一毫的失误，不如就让为师再助你一臂之力吧！"

金忠也显露出一丝担忧道："师父的意思是让师弟的双心彻底转阴吗？"

"不错！只有彻底转阴，他的才智决心才能达到极致！阳心对他来说已经是个累赘了，不如就此封闭了吧！"姚广孝单手猛地一拍，一股内力从自己的心口迅速蹿出，这股力道冰冷如霜，就像一条冰蛇一样顺着姚广孝的手直逼白齐的眉心而去："白齐，听好师父的口诀，持玄守心，九宫齐开，转阴心，灭残念！封！"

他手掌早已化指，用力地点住白齐的眉心，一股内力源源不断地注入白齐的脑海中，这冰冷的气息犹如冰河入海，白齐只觉得浑身一寒，血液似乎都要瞬间凝结。他开始明显地感觉到，自己心里的另一个他开始不断地抢占自己的躯体，这个他一直潜伏于此，早就渴望能够掌控这一切，现在阴心的机会终于来了！

一时间，阴阳交汇，剧烈搏斗，好似神鬼交锋，阴心之力在姚广孝的帮助下，逐渐大盛，它准备要把阳心彻底地吞噬，白齐浑身越来越冷，内心更是十分恐惧，他不想自己变成一个只有阴心毫无阳心的人，那样的人毫无情感，活着就像一个杀人利器，这样的人生还有什么意义可言？他奋力挣扎，拼命想要逃脱，但是姚广孝的双指就像钉子一样把他钉得死死的，叫他一动也不能动。

"师……师父……弟子不想……"白齐求饶道，他的脸色开始变得极为痛苦，仿佛经受了世间最难以忍受的折磨，原本白皙的脸蛋变得好似一张苍白的扭曲鬼脸。

金忠也有些心疼自己的小师弟，问道："师父，如此强转阴心，会不会伤了师弟的心脉？”

“为师这都是为了你好！白齐，你不必再反抗了！不然阴阳相斗，只会损伤你的心脉。听话，速速顺从师父的心意！”姚广孝厉声呵斥他，要他赶快放弃抵抗，顺从自己，只是他这股阴力冲击到白齐的心口处就无法再进一步，好像有一道门牢牢地堵住了他内力的去路，让他不能再进半分。

“师父，弟子不想……”白齐内心的阳力在遇到袭击时，非但没有完全削弱，反而变得越来越强盛，这阳火堵在心门口，就像一夫当关万夫莫开的门神一样，宁死不屈，甚至突然暴涨起来，叫姚广孝的阴气都无法完全掩盖，这可是十分奇怪的事。

姚广孝大惊：“这，你的阳力为何会这么顽强？！不可能！白齐，难道你想要违背师命，妄图抵抗吗？！”

他勃然大怒，再逼内力，这寒气陡然增强了数倍，这样强劲的内力就算是一流的高手都不一定消受得住，更何况是内力十分平庸的白齐。他现在已经顾不得一切了，只想着要助白齐心里的阴心彻底击败阳心，永远占据主导！

这下就连金忠都吓得脸色一变，这样强行逆转心脉，常人如何承受得住？果然，体内阴阳二气猛烈对撞，就像战场上两军惨烈厮杀，双方都是损伤颇大，白齐此刻浑身气血翻涌得如怒海波涛，他终于耐受不住这力量的交迸，噗地吐出了一大口血，整个脸色已是一片死灰。

“白齐……”姚广孝终于也有些心慌了，毕竟这白齐是自己最疼爱的弟子，他不过是怒其不争罢了，并非真的要把他怎么样，眼见白齐这颗阳心宁死不从，甚至自伤心脉，他终于服软了，他再怎么心狠，自己心里还是怜惜这个天资纵横的弟子的，他急忙收了几分力道，想要暂时罢手。

可是，他这一收手却发觉自己的真气还是在源源不断地往白齐的眉心流去，这真气似乎不受自己控制，就像漏了底的碗一样，止不住地往白齐体内流去，这是怎么回事？姚广孝彻底惊恐了起来，再这样下来，自己的真气非要被泄得一干二净不可！

“白齐，你……”姚广孝想要喝止他，但是眼下这真气犹如江水奔腾而入，他整个人都觉得好像从万丈高空坠落，这股力量让自己一动也不能动，甚至连一句话都说不出口。

金忠第一时间也发现了异样，他急忙一掌拍了过来，想要分开二人，但不想这一掌拍中白齐，只觉得自己的手掌像是被什么吸住了一样，挪也挪不开，一股真气就从自己的心窝处快速地朝白齐的体内流去。

“这……”金忠登即变了脸色，姚广孝也是面如土灰。

这二人被白齐牢牢地吸附住了，一动也不能动，金忠甚至还想呼来外面的玄门七子来救他们，奈何他二人现在影障之中，玄门七子虽然与他们就隔了这薄薄的一层纱幔，但却也是听不到内里的一点点动静。

眼看真气涌入的速度越来越快，几乎是要抽干两个人的真气，就在此时，白齐的双眼蓦地睁开，他的眼眸里居然是满满的漆黑幽光，就像灌满了浓墨一样，看不到一点眼白，这样的白齐显然大大有别于往日他们熟悉的那个人。“师父、师兄，你们不是想助我在明日的比试中一举夺魁吗？我倒有个更好的办法，请师父和师兄借我些许内力一用！”

“你……”姚广孝终于彻底明白过来了，原来方才所谓强盛的阳火并非白齐体内自发引起的，而是这阴心在作祟，他故意激发白齐的阳火来抵抗姚广孝阴气的入侵，而后逼得姚广孝不断加大真气的输入力道，待这力量达到巅峰时，突然自己收了阳火，彻底转为阴心，现在的白齐就像一个真空的气囊一样疯狂地吸取着外来的真气。

“好狡猾的阴心！果然是我姚广孝的徒弟！”姚广孝精于诡计，却不想到头来竟是被自己的徒弟所算计，但他到了这时反倒不反抗了，一来他确实偏爱自己的这个弟子；二来他阴心之力被白齐吸收，阳力逐渐强盛，心中的善意和仁慈开始回归，让他也不愿强行阻断伤了白齐。

姚广孝觉得仿佛这是宿命一样，有些无可奈何地苦笑道：“白齐，你若此生能好生利用我的内力，缔造另一个时代，那也不辜负为师对你的期望！你既然想要内力，那为师就成全你，这功力师父就全给你了！”

他不再反抗，反而用力一送，内力真气犹如洪峰巨浪一般直奔白齐的体内，轰隆一声，这股内力就冲开了白齐的经脉，他心中的热血瞬间就冷凝了起来，浑身直坠冰窟，他的犹豫、担心、恐惧都开始快速消散，而后整个人都变得杀意腾腾，恶意满满，他觉得这个世界开始变得十分扭曲和残酷，他的眼前到处都是尔虞我诈、鲜血淋漓，这世间哪里还有什么是值得让人留恋和不舍的真善美之物，有的只是胜与败、输和赢、虚与实。胸腔开始爆裂出无穷无尽的欲望和念头，这念头灭绝了自己仅存的迟疑和善念，最终都汇聚成一个想法，杀戮！

佛与道的教义，便是生与死的课题，世间之人都要求一个生字，可是没有死哪里有生，没有淘汰哪里有进步？没有地狱之苦，又哪里会有人向往西天之极乐？佛曰：我不入地狱谁入地狱，这人转阴，可不正是自我堕入万恶的地狱吗？

白齐只觉得浑身都充满了无尽的力量，这力量充斥着自己体内，仿佛要爆炸了一样，终于这三人都耐受不住，轰隆一声巨响，一股真气从交汇处撕裂，直接将三人炸飞了出去，周围的影障也因为真气的鼓荡而撕裂飞舞，在外守候的玄门七子终于听到了动静，一回头直接被这股力量掀翻在地，这七个人也顾不得自己的安危，更顾不得收拾残破的影障，一个个急忙涌了上去，却见姚广孝、金忠和白齐三个人都已经昏倒在地上，一动不动。

“少师！”

“金大人！”

“白齐师兄！”

这七个人也不知这里面发生了什么大事，一个个惊得手忙脚乱抬着这三人直奔东宫而去。

第五十四章　密谋

夜已深，地处东长干里的六相司静谧一片。魏东侯一案让金吾卫遭受了前所未有的重创，这原本就偏远的六相司现在更是无人问津了。

六相司内，高老头儿正细细地擦拭着自己的青铜长刀，烛光闪闪，映照着厚重的刀锋，发出一道道令人胆寒的光芒。突然，烛火微微闪了一下，窗户外似是掠过了两道人影，高老头儿头也不抬，只是嘿了一声道："臭小子，你们来了！"

大门打开，两个人闪了进来，正是秦明和荆一飞，二人一进来，掩了房门，神色焦急道："高前辈，听说明日皇上要问斩魏大人。"

高老头儿依旧低着头细细擦着自己的长刀，过了许久，才抬头道："这消息我早知道了，怎么你们也想去救魏东侯吗？"

二人皆是不假思索道："肯定要救！"

高老头儿冷笑了一声，道："那你们可知道，现在要救魏东侯只有一种方法，便是劫法场，你二人不怕？"

劫法场不论在哪个朝代都是大罪，尤其是对于朱棣这样的帝王而言，敢劫法场救建文余党，那是大罪中的大罪，必是要株连九族的。荆一飞毫不迟疑道："我自幼都是魏大人带大的，家中亲人早已被仇家所杀，现在魏大人便是我唯一的亲人了，就算是株连九族，我荆一飞也不怕！"

秦明也道："我家中只有一个六十岁的奶奶，前些日子我早已把她安顿好了，也算是没什么牵挂。高前辈，你拿了那封密函之后，什么也不肯告诉我们，现在已到最关键的时刻了，也该告诉我们该怎么做了！"

高老头儿放下长刀，站了起来道："你二人皆不惧权贵、视死如归，都算一条好汉，那我现在便与你们说说。"他顿了一下，道，"秦明，你可知道魏东侯的真实身份吗？"

秦明望了一眼荆一飞，见她也是不知情，只好摇了摇头道："这……我就不知道了。”

高老头儿嘿嘿笑了起来，问道：“你什么都不知道，那还要救他？不怕他是个奸恶之人？”

秦明道：“我只知道他对一飞如师如父，对我也有恩情，如今他有难，我自然该帮他，即便他真是奸恶之徒，但这与我该不该救他也关系不大，若他该死，我救了他，剩下的自然该交于天下人去处置。”

秦明的话让高老头儿刮目相看，他哈哈笑道：“小子，我从第一天起就知道你是谁，虎父无犬子，果不其然！你爹必然要以你为傲！”

秦明惊道：“你也认识我爹？！”

“何止认识！”高老头儿双眸中精光一收，思绪似乎开始飘远，“其实这件事对你们而言并不是一个太容易的决定，我觉得还是先把我自己知道的实情都告诉你们吧，至于最后的选择便由你们自己来定。其实魏东侯是有另一个身份的，金吾卫指挥使不过是他表面的皮，他真实的身份是建文皇上的天章六侍之一！”

“当年燕王造反，建文皇上的军队节节败退，杨教授恐南京失守，便暗中安排魏东侯做奸细进入燕军，准备借机刺杀朱棣，以扭转战局，魏东侯不辱使命，他带着一个非常重要的东西投奔了朱棣，并成功地打入了燕军之中。以魏东侯的武功，只要他靠近朱棣了，想要杀他并不算很难，那时候只要魏东侯一刀杀了朱棣，这天下便会与现在完全不同，可是关键时候建文皇上知道了这件事，他念及叔侄的情分，一时心慈手软，竟然下令要魏东侯暂停刺杀行动，等待他的旨意，这样，魏东侯便一直留在朱棣的身边，成了一个隐形的暗器。魏东侯一直在等，一直在等，这等来的不是建文皇上胜利的消息，而是朱棣彻底击败了建文皇上的大军，并最终敲开了南京城的大门，那一夜，姚广孝带领着六名杀手进入皇城刺杀建文皇上，到这时候建文皇上才幡然醒悟，可是为时已晚，朱棣已经取代他成了新的皇上。”

高老头儿说到此处，脸上露出了愤慨之色，显然他对朱允炆当年不肯下暗杀令也是十分不能理解和不甘心的，若是当年杀了朱棣，现在何至于这般落荒而逃，何至于如丧家之犬一样惶惶不可终日？

高老头儿道：“我们都不能理解皇上的想法，杨教授和程济问了几遍，皇上都表示朱棣不能杀，便是最后关头，其实我们都有扭转局势的机会，只可惜这机会是一次又一次地错过了，建文皇上最终仓皇出逃，魏东侯和其他五名早已安插的奸细却留了下来，替建文皇上继续履行另一项重要任务，这项任务便是守护遗留在南京城内的六脉风水大阵，这便是一切事情的由来。”

二人听到这个秘密自然是十分震惊的，魏东侯是建文帝的余党，所以说朱棣杀他也是在情理之中了，自己若要救魏东侯便是要下定决心与朱棣甚至整个皇权为敌，不过眼下秦明还有一个更重要的问题要问：“那我阿爹呢？”

高老头儿道：“你爹……嘿嘿嘿，这魏东侯的位置原本就是你爹的，你爹乃是建文皇上的金吾卫指挥使，原名秦松，入朝后便化名为岳松，你现在练的藏锋术正是源自你爹的分金掌，岳松不仅是金吾卫的指挥使，还是建文皇上的六大死侍之一，是朝廷缉拿的最重要的几个要犯之一，秦明，我之所以不敢告诉你这些，便是担心你难以抉择。”

岳松便是秦明的父亲，这件事自然叫秦明和荆一飞都彻底震惊了，荆一飞更是觉得晴天霹雳一般，那个用分金掌救过自己的人，竟然是秦明的父亲！这，这该叫她如何看待秦明，她整个人也是怔了怔，而后呆呆地望着秦明，不知该如何是好。

秦明的脸色也是一霎时地变了颜色，他不曾想过自己的父亲竟然就是威名赫赫的天章六侍之一，前金吾卫指挥使岳松，难怪他父母几乎不怎么回家，从小他就像孤儿一般生活着，也难怪他奶奶那么反对自己去参选金吾卫。这震惊之余，他开始细细思量，如果高老头儿没有骗他，他父亲真的是岳松，那他现在练的藏锋术应该就是他爹的分金掌，这么说来，魏东侯从一开始就知道这件事的，所以才会故意将这藏锋术交给他，他忽然觉得，这一切的一切都不是偶然，而是命运使然。姚广孝的徒弟白齐奉着某种密令找到了他，与他一起进入魏东侯执掌的金吾卫，共同探察了涉及了朱允炆、朱高煦、姚广孝等人的风水六脉一事，他秦明根本不是什么庶人的身份，从第一天入金吾卫起，他就是这个漩涡的中心，他根本无处逃脱。

良久，秦明才道：“那我爹现在何处？”

高老头儿道：“放心，你爹应该还活着，只是他身为禁军首领自然是要护着建文皇上出逃，至于去了哪里，老头儿我也就不知道了，恐怕当今世上没有几个人能知道，且不说我大明江山广袤，方圆几百万里，便是大明之外还有诸国列海，何处不是安身之所？”

秦明听了这话不免心头哀伤，一来是哀父亲原本乃是禁军首领，如今却要落得丧家之犬一般的下场，二来是哀父亲一心护主，流亡不知何处，只怕自己这辈子都难以再看到他了，想到这，眼角都不知不觉地泛起了泪花。不过他转念又想，父亲既然是护着建文皇上出逃，而且朱棣到现在都没有抓到这些人，那至少说明他们还是活得好好的，自己今后只要努力，还是有希望找到他的，自己如何能这般先哭丧了起来，这真是太不吉利。

秦明扯起袖子抹了抹眼眶，坚定道："既然我爹和魏大人都是建文皇上的死侍，魏大人还专门传授我藏锋术，想必我爹和魏大人一定是挚友，那救魏大人一事，我秦明更是义不容辞了，还请高前辈相信我们才是。"

荆一飞本就是魏东侯带大的，更没有理由不参与这事，也点头道："二人理应是挚交，我等必然要救！高前辈，你直话直说吧。"

不想，高老头儿并未神情大振，倾囊相授救人机宜，相反他的脸色变了变，似乎另有隐情，整个人有些尴尬道："这……这该怎么说呢，岳松和魏东侯确实关系很不一般，应该说是情同手足，只是……"

二人齐声问道："即使如此，还只是什么？"

高老头儿欲言又止，最终只有叹气道："这也是我不知道该不该告诉你的一个重要理由，魏东侯他……"

秦明很是着急，再问："他怎么了？"

高老头儿唉了一声，道："罢了罢了！此事我不能再说了，其实乱世之下哪有什么人能独善其身，魏东侯一向敬岳松如兄，此事我可以证明，其他的事我也不便多说。"

秦明见高老头儿不愿多说，也不勉强对方，直接道："既是如此，我也不再多问，还请前辈告知那密函的内容，让我和一飞一起营救魏大人才是正事。"

高老头儿咬咬牙终于利落道："好，那我便告诉你们这密函内有什么。"他从怀中掏出这封密函，一张金箔纸上刻满了密密麻麻的地址和名字，高老头儿道，"这是建文皇上临走前安插在南京城内的细作名录，魏大人知道自己此次难逃升天，怕这些死侍要舍命去救他，所以要我及时带这些人离开，让他们不必参与此事。"

秦明惊道："所以，魏大人叫我们去找这个密函，不是为了救自己，而是为了救这些人？"

高老头儿点头道："不错！"

秦明倒吸了一口气，道："这魏大人自始至终都未曾想过自己吗？"

高老头儿叹道："身为死侍，何为第一，唯有'忠义'二字。魏东侯自然早就把自己的安危置之度外了，若非如此，他何须还待在这金吾卫内，于建文臣子而言，还有什么比给篡位的逆贼当奴才更屈辱之事？此等作风，便是他魏东侯与我毫无恩情，我高言灵都要舍命救他！无他，我也为'忠义'二字！"

高老头儿的话让秦明不免热血沸腾而起，明朝官吏最重气节，多忠烈之士，这股风潮不仅在朝堂文武百官中，也在江湖市井草莽之中，为君为主称为忠，为情为理称为义，当一个忠义烈士，名垂青史，也好过当一个苟且存活的无情无义之徒。

三人很快意见一致，此番哪怕劫法场是朱棣故意设下的骗局，是刀山，是火海，自己也要去闯去试，秦明道："白齐给了我们明日锦衣卫的押送路线，不如我们现在想一想，怎么一起来救魏大人！"

三人头碰在一起，窗外似乎有雷声滚动，这隐藏在风云之中的闷雷似乎越来越响了。

第五十五章　借力猛兽

翌日，晴。

昨夜，酝酿了多日的暴雨终于倾盆而下，轰隆隆的春雷滚动在京城之上，好似警钟更似战鼓，这一场大雨洗净了皇城内外的纤尘，让略显阴沉的南京城变得异常洁净清新，雨过便是天晴，今日的天空一碧如洗，皇城内绿柳点碧，琉璃泛金，更有百花齐放，处处都展示出一派生机和活力。

奉天大殿前，重新搭建的法坛比昨日的更加高耸宽大，直径十丈的巨大法坛陈列在广场之上，赫然醒目，所有观战的文武百官为了防止被误伤，都安排在两侧的台阶上，朱棣、朱高炽、朱高煦、朱高燧等人则坐在奉天大殿之下。

午时将至，烈日当空，虽说还是春令，但这艳阳怒照之下，众人已经感觉到一丝夏季的炎热，张虚吟早已站在了法坛之上，烈日之下，他一身轻便的道袍，腰间挂着一枚葫芦，依旧气定神闲，可是他的对面，空空如也，白齐到现在还没到。

同样地，裁判席上的姚广孝也没来。

朱高煦看了下日晷，哼了一声道："还差一刻就是午时了，这小和尚是不敢来了吗？"

朱高炽面色凝重，他赶紧给身后的一名太监使了个颜色，那太监便急急忙忙往宫外行去，很显然，这姚广孝和白齐昨日突发意外，到现在都不知道情况如何。

时间一点一点地流逝，朱高煦的脸色显得越发得意，若是白齐来不了，这最后的一战自然就不用比了，他的谋士张虚吟就是顺理成章的大国师了，而后这设定六脉穴眼一事以后自然就随他所愿，而且张虚吟担任大国师一职，自然可以替他在朝中掌握一干喉舌，助他尽快扫荡迂腐的文臣势力，从而最终取代朱高炽成为新的太子！

朱高煦想到这儿就是抑制不住的兴奋，他阴阳怪气道："这姚少师和妙空师傅似乎都身体抱恙，不能来了，真是可惜。"

朱高炽回应道："姚少师昨夜教导皇孙一夜，想来是身子疲惫今早起来晚了，妙空师傅住在城外，脚程较远，眼下时间还未到，二弟说这话也是为时太早了。"

朱棣也道："姚少师做事一向准时，极少迟到，想来确实应该是有事耽搁了，不如再等等片刻。"

日晷指针的阴影终于靠近了午时，朱高煦终于按捺不住站了起来，他大声道："时间已到，这和尚只怕来不了了，父皇，你看此事该……"

他这话还未说完，突然就脸色一变，因为他分明看到大门口处，一道白色的身影缓缓走了进来，来人正是白齐，他的脸色还有些发白，消瘦的身躯披着宽大的僧袍，让他看起来越发不堪一击，不过即便这人再弱不禁风，但经过前两轮的比试，已经没有人敢再小觑这十几岁的和尚了。

朱高煦的脸色很快就变得阴沉起来，因为他分明看到白齐的神情与昨日的完全不一样，坚定、冷漠又无比地自信，仿佛他已经完全脱胎换骨了一样，现在的他似乎对击败张虚吟，获得这场比试的胜利早已是胜券在握了。

朱棣振奋道："来了便好，时辰也正好，这角逐大国师的最后一战速速开始吧！"

白齐走上了法坛，二人第一次面对面正式相见，张虚吟先作了个道揖，客气道："贫道见过妙空师傅，妙空师傅今日身体似乎有些抱恙？"

白齐站住了身子，笑道："贫僧不过是昨夜受了一些风寒罢了，没什么要紧，劳道长费心了！"

有了前面几次的教训，这次报幕太监并没有深入场子中，而是站在高处大喝道："大国师之争最后一场，扶娄道人张虚吟对阵飞雪寺僧人妙空师傅，现在开始！"这关乎大明第一国师的遴选终于到了最后的时刻，所有人都纷纷起立鼓掌，现场掌声雷动，令人情绪不由得振奋了起来。

与此同时，十余辆囚车押送着十余名蒙着头的囚犯从通济门匆匆驶出，这些囚车在一队快马的带领下，速度快如疾风。马蹄踏踏，飞溅起路上的尘土，激扬成滚滚黄尘，犹如一条黄龙直冲长干里而去。

聚宝门外的东长干里正是朝廷处决犯人的地方，当年方孝孺、黄子澄等建文余党以及族人就是在那里被一一处决，秦淮河畔，血流成河，夜夜有人悲哭，叫人闻之伤心。

今日，锦衣卫要再度处决犯人，这带队的头领是锦衣卫的指挥使纪纲，毕竟魏东侯等人可不是简单的犯人，且不说魏东侯武功高强，单是他那建文帝余党的身份就足以叫朱棣震怒了，今日锦衣卫自然是要利用魏东侯这个诱饵引蛇出洞，从而进一步歼灭建文帝的余党，甚至引出逃亡的天章六侍，所以这次押送的百余名侍卫都是锦衣卫一等一的精锐，沿途四处还埋伏有各路禁军，这等严密的守护，莫说是建文帝的余党，便是当年的朵颜三卫也未必能全身而退。

纪纲策马狂奔在最前方，他的身后是鸩使、画押、鼠探等人，最后面的是北镇抚司的千户廖方，这一次真可谓是锦衣卫最精锐的力量凝结，要的就是与建文帝的余党以及金吾卫的余孽做一最后的决战。

这条路沿着城外的秦淮河而走，这一面是宽阔的护城河，一面是雨后疯长的茂密树林，一路行来，几乎没遇到什么异样，毕竟这条路视野开阔，秦淮河雨后暴涨湍急，除了远处的树林，几乎没有什么地方可容人藏身，而且因为今日要问斩魏东侯，这出城的线路早就提前安排人进行了巡查和埋伏，所以对方想要在这等地方埋伏伏击难度很大。

饶是如此，几名负责侦察的鼠探依然不敢懈怠，他们时时刻刻都在转动着眼珠子四处瞧看，不敢放过一丝一毫的可疑之处，纪纲自负道："你们不必瞧看那密林处，这林子里早已安排了几队禁军，料想他们不敢藏身那里，而且这里地势宽阔，一眼望去，各种细节尽在眼中，可不是伏击的好地点。"

鼠探谄媚道："大人英明，那以大人高见，这些叛贼会在何处伏击我们？"

纪纲道："以我之见，这些人想要伏击必要在前方的千禧寺，那里地势险要，道路曲折狭窄，岔路又极多，若论伏击必是最好的地形，若是过了千禧寺这些人还不动手，那必然就是要在聚宝门外决一死战了，不过那里埋伏着千名精锐的禁军，想要救人那更是痴心妄想！"

鸩使道："指挥使既然已经知道他们要在千禧寺废墟处伏击我等，为何不改走城内的道路，出了聚宝门便可直接问斩这魏东侯，这样也可绕过这等危险路段。"

纪纲冷笑道："若是直接问斩了，还有什么意思？！鼠探，你还不明白！"

鼠探讪讪道："大人英明，属下自然是甘拜下风的。"

这些人又行了一阵，车队开始经过了养虎场，队伍突然放缓了速度，因为前面还有三四里地就到了千禧寺废墟所在地，纪纲下令各锦衣卫加强戒备，以防有人暗中偷袭，力士高举旗幡一声声接力传令下去，所有的锦衣卫都立即眼观六路耳听八方，丝毫也不敢大意懈怠。这锦衣卫中有半数的人都是擅长暗杀偷袭之术，对于防偷袭自然是也十分在行，所有的锦衣卫都按训练好的队列分布缓缓前进，最外围的是防御力最强的持盾力士，再里面是手握绣春刀的青色飞鱼服锦衣卫，最里面环绕三辆囚车的才是四象卫，此外还有鼠探、画押等穿插其中，这些人早已做好了生死一搏的准备，一旦有刺客出现便要格杀勿论。

正当所有人全神贯注之时，突然前方有人高喝一声，一处高地上冒出一个佝偻的人影，这人影穿着一袭黑衣，满头花白的乱发，正是六相司的高言灵，他手握一把黑中泛青的长刀，兀自仰天哈哈大笑了起来。

高老头儿的出现立即惊动了整个队伍，所有的锦衣卫都停下了脚步，一个个先望了望高老头儿，又望了望纪纲，一动不敢动，显然都是在等待纪纲的命令。

纪纲倒是毫无惊讶之色，他勒住了胯下的马匹，高声喝道："哪来的泼贼，敢阻我锦衣卫去路？！"

高老头儿也大声道："我乃金吾卫六相司高言灵是也！料想纪大人身居高位，是不认得老夫了！"

纪纲冷笑一声道："高言灵？嘿嘿，可是原先兵马司那疯癫的百户？怎么今日你倒不疯癫了，是准备来救魏东侯的吗？"

高老头儿道："不错！我正是来带魏东侯和这些金吾卫的兄弟走的，还请纪大人行个方便。"

纪纲听了这话，忍不住轻笑了起来："想要带人，就凭你一个疯子？"

高老头儿道："若是纪大人觉得我高老头儿单枪匹马一个人少了，那我这便给你再找几个帮手助兴！"他猛地吹了口哨子，一声声怒吼声就从四面八方响了起来，这声音听起来犹如雷霆震怒般震彻人心。

纪纲一听这声音瞬间也变了脸色，锦衣卫的队伍里也有不少人骚动了起来。

高老头儿哈哈哈笑道："纪大人百密也有一疏，你以为千禧寺是个绝佳的伏击地点，但为何偏偏漏掉眼前的养虎场呢？这些孽畜可是许久未出来兜兜风了！兄弟们，放猛虎！"

一阵阵野兽的怒吼声从四面八方传了过来，纪纲身后的鸩使猛地跃上了半空中，放眼一瞧，登即脸色大变道：“糟了，是养虎场内的猛兽！他们打破了养虎场的栅栏，放出这些畜生了！”

高老头儿大笑道：“不错，这就是我的先锋军！纪大人何不先试试它们的威风？！”

一群不知从何处来的黑衣人沿途播撒着激发兽性的药粉，驱赶着猛虎、狮子、豹子冲出养虎场，数百头猛兽像冲锋军一样狂奔而来，惊得锦衣卫的人一个个差点乱了阵脚，纪纲急忙大喝道：“莫要惊慌，力士速速列阵！”

外围的力士率先稳住脚跟围拢起来，这些力士身材高大，皆是外披黑铁赤铜护甲，手持大斧大锤等重兵器，合拢在队伍前，就像一排铜墙铁壁一般雄伟，纪纲大喝道：“来者不管人兽，皆杀无赦！”

力士也齐齐大吼了一声：“杀！”

第五十六章　中计

猛兽冲击而来，力士手中的铁斧铜锤如雨点般落下，又如狂风般卷起，每一次都带出一片血花，整个秦淮河畔，处处是野兽怒吼咆哮之声，这些猛虎狮子尖牙利齿如雪白刀刃，一身蛮力与力士相比也是不遑多让，尤其是这些恶兽在龙血药粉的激发下，就像发了疯一样，无数血肉飞溅，人和野兽的惨叫声此起彼伏，其景其状十分惨烈。

纪纲再整队伍，大喝道："投射暗器，速速击杀！"队伍之中负责投射暗器的青衣锦衣卫，在第一排力士的掩护下纷纷投掷暗器，毒镖、飞箭、袖箭、暗月斩如暴雨般飞击而出，这些暗器均是沾满了毒药，一击中狮虎等猛兽，就叫这些畜生立即口吐白沫，翻倒在地。按理说以锦衣卫这等兵力和搏杀技术，区区猛兽是根本不足为惧的，但未承想这养虎场内的狮虎豹子数量足有三四百只，一群一群狂扑而来，当真有杀之不绝的感觉。这样多的猛兽形成的破坏力是十分惊人的，几十名力士早已抵挡不住这些野兽的进攻，被撕裂成碎肉散落一地，再里圈的青衣锦衣卫已然暴露在尖牙利齿面前。

纪纲极为震怒，他回头朝魏东侯道："我早料到你的余党会不择手段来救你，不过我现在一样可以先杀你！"

魏东侯哈哈笑道："你现在杀了我岂不是有违皇上的口谕？我若没猜错，皇上一定是命令你将我带到聚宝门外，当着围观之人的面痛斥我谋逆造反之罪，而后凌迟处死，以儆效尤！若是你这般杀了我岂不是太便宜了我魏东侯？"

纪纲冷笑道："你猜得不错，我现在杀了你确实太便宜了你，不过我现在可以先杀他们几个！"说着他用手一指刘太安道，"这人为了一己之私，私通七煞门，化名傀儡师已是犯下重案累累，早已是罪不可恕，不如就先拿他的人头警示一干人等！鸩使何在？"

"属下在！"

“取下刘太安的人头，挂于旗幡之上，告诉附近的逆贼，若再作乱，便要一一斩杀！”

“是！”

鸩使一个翻身，整个人就像一只巨大的黑色夜枭朝刘太安的囚车飞了过去，他凌空一跃，整个人就稳稳地落在囚车上。他伸出铁钩一般的利爪，媚笑道：“刘千户看来是要第一个做枉死鬼了，此事可怪不得我了！”

他猛地一抓，眼看这人就要得手了，突然铮铮几声，一道青黑色的光芒闪过，鸩使右手的五指利爪瞬间被全部削断。一道人影不知从何处出现，稳稳地落在了囚车之上，这人影穿着黑衣，蒙着黑面，但从身形和招式上不难猜出是秦明。

秦明冷笑道：“怎么，就凭你也能杀了刘千户吗？”

鸩使脸色一变，另一只手急忙一拍，利爪直接朝秦明的腹部抓去，秦明藏锋再现，黑光一闪，铮铮两声，又断了鸩使三根爪子，鸩使两招之间就被断了两手的利器，吓得急忙翻下囚车，大骂道：“又是你这臭小子！真是阴魂不散！”

秦明嘿嘿笑道：“那能怎么办，只能说你这阴阳人碰到我时运不济，立不了这个头功。”

他手起刀落，顺势一劈，直接破开了刘太安的囚车，而后他朝河面大叫道：“可以出来了，快去救魏大人和皇甫千户他们！”原本激流回旋的秦淮河内突然风起云涌一般，噼里啪啦地翻起无数浪花，这阵仗就像有一群巨大的水怪在河中兴风作浪，搅动水势，而后混浊的河水里突然翻出一根根巨大的黑色圆滚木。

南京城刚下过几场暴雨，所以秦淮河的水势罕见地湍急，这水势从宝华、东庐两山汇聚而来，一路奔腾直朝长江而去，众锦衣卫从未想过这些人会借着圆木藏身这么急这么浑的水底。想必是幽潜司的鲛兵半夜下水，提前将圆滚木绑在巨石沉在河底，而后从幽潜司一直推到了这养虎场附近的水域，现在捆绑的绳索被斩断，原木立即翻滚浮了上来，背面上全是戴着面具的黑衣人，足有五六十人，这些人正是高老头儿召集来的建文余党。这些黑衣人顺势翻身上了圆木，而后纷纷抛射出钩锚等，将圆滚木暂时固定在水面上。

这一出场方式大大出乎锦衣卫的预料，纪纲更是直呼不妙！队伍中一名鼠探突然又一指河岸高耸的城墙大叫道："那里，那里也有人！"

却见那城墙上果然也立着一名英姿飒爽的女刺客，她一身暗红色的劲装，手里握着一柄翠绿色的玉斧，在阳光下如碧玉生辉，风采熠熠，这红衣玉斧的女子自然是荆一飞了。那鼠探刚叫喝一声，荆一飞已经飞出了手中的玉斧，这七漩玲珑斧就像一道青色的光盘飞击而来，鼠探还没来得及躲避，就直接被一斧子击中胸口，咔嚓一声，胸骨尽碎，一股腥血喷涌而出，这鼠探毫无反抗之力，直接翻倒在地咽气了。

荆一飞翻身下了城墙，她踩着圆滚木过了秦淮河，率先救出了魏东侯，而后高老头儿也救下了皇甫寒山等人，圆滚木上的几十名黑衣人也纷纷操动兵器朝锦衣卫冲击过去，现在猛兽、黑衣人两面夹击，让锦衣卫一时间腹背受敌，伤亡更加惨重。

纪纲急忙大喝道："快！先擒住这些逆贼！"

残余的锦衣卫奋力回击，意图拦住秦明等人，秦明、荆一飞和高老头儿分别扶着魏东侯等人，大叫道："人已救到，不必再纠缠，我们快走！"

荆一飞扶着魏东侯道："魏大人，我们先上浮木，这浮木可带着我们顺流而下，直奔长江，到了江北一带，这些人就奈何不了我们了。"

魏东侯不知道是太过虚弱还是怎么的，只是微微点了点头。

她拉着魏东侯正准备朝河中的浮木跃去，忽然她觉得这魏东侯似乎有什么不太一样的地方，她急忙转头盯着魏东侯，这仔细一看，见这人还是那人，就是消瘦了一些，并没有什么太大的差别，可是她就是感觉这人的气息似乎与原来的魏东侯不一样。

一旁的秦明早已扛起了刘太安，快步朝河中急奔而去，这下荆一飞终于看了刘太安的异样了，这人空荡荡的右臂中突然闪出一抹不易觉察的光芒。

荆一飞心头一凛，她很快就意识到了那抹光芒是一柄要杀人的武器！

这刘太安是假的？！中计了！

"秦明小心！"荆一飞大叫了起来，她不顾一切直接就朝秦明飞奔过去，手中的玉斧也第一时间朝那假冒的刘太安飞去，这一斧势大力沉，一招便劈下了假刘太安的脑袋，但荆一飞情急之中却忘了顾及自己的身边也有一个"魏东侯"！

"魏东侯"冷笑一声，手中翻出一把短刃，毫不留情地朝荆一飞的后背刺去，扑哧一声，短刃没入荆一飞的后背，鲜血快速溢了出来。

“一飞！”秦明这下也变了脸色，他哪里想到这囚车里的魏东侯、皇甫寒山、刘太安都是假的，这一次的营救行动完全是中了对方的奸计。他转身飞扑而来，手中的藏锋也是第一时间飞了出去，藏锋就像一道利箭一样直取“魏东侯”的眉心而去，这一剑唰地破入对方的脑袋，一阵红白飞溅而出，而后藏锋当地钉在了后面的囚车上。

“一飞！”秦明急忙扶住荆一飞，另一边高老头儿也顺利地击杀了假冒的皇甫寒山，可是所有人现在都大惊失色了，他们惊讶的不是荆一飞受伤，而是在这的魏东侯三人都是假的，那真的哪去了，是不是早已通过另一条道路押送到聚宝门外了，这里显然不是真的行进路线，而是一个陷阱，一个埋伏他们击杀他们的陷阱，所以白齐又一次骗了他们！

纪纲突然伸手往自己的头上用力一扯，整张脸皮都掉了下来，这人却不是纪纲而是锦衣卫的另一名千户司徒惊，他高声道：“纪大人早就知道你们这些除君的余党会来救魏东侯，所以特地命我们在此等候，不想你们真的上当了，现在这四周都是禁军的守卫，你们这些反贼还不束手就擒！”

荆一飞忍痛叫道：“魏大人一定已经押送到聚宝门外了，我们赶快去救他！”

秦明道：“可是你的伤……”

荆一飞扯下布条绑住自己的后背，咬牙道：“这等小伤又算得了什么！我们快走，要不真来不及了！”

司徒惊策马冷笑道：“想走？哪有这么容易！速速燃放飞鱼灯！”

几名锦衣卫立即放飞几枚飞鱼信号筒，烟花飞升到半空中炸出一条三爪飞鱼图案，这是锦衣卫独有的呼救信号，烟花炸裂过后，四周的密林中传来阵阵马蹄之声，却见是早已埋伏于此的羽林卫、天策卫两卫共有千余人冲了过来，河岸的城墙上不知何时也站满了弓箭手，如今这养虎场附近已然成了一个屠宰场，这五十余名黑衣人被困其中，已是无处可逃了。

司徒惊高喝道：“放箭！”

第一轮箭矢已经如暴雨般飞射而下，在这一轮箭矢的袭击下，已经有十几名黑衣人中箭倒下，而后司徒惊再度下令，围困在外的禁军骑兵已经手持长枪冲击过来，千人军队，战马狂奔，当真是气势惊人，大有横扫之势，双方交战，又是死伤无数，黑衣人已经所剩无几了，高老头儿杀红了眼，手持长刀还欲与这些骑兵做殊死搏斗，秦明急忙拉着他和荆一飞往河中跳跃而去，口中大叫道："他们人太多了，我们赶快顺水而下，先去救魏大人才是正事！"

这些黑衣人这才幡然醒悟，这秦淮河上还停留着十几根巨大的原木，他们原本就是想利用这原木顺下逃入长江之中的，现在这原木顺流而来刚好也可以抵达聚宝门外的刑场，可不是正好。

他们飞快地跃上圆滚木上，快速砍断固定的绳索钩锚，原木再次顺水动了起来，这秦淮河暴涨，河水奔腾速度倒也是十分之快，司徒惊大叫道："放箭！快放箭！万万不可让这些人逃了！"

这下，河岸上羽林卫、天策卫的人骑马狂追，城墙上卫兵边跑边射箭，箭矢如雨点般落入秦淮河中，噼噼啪啪，整个河面上飞溅起无数的波浪。

浮木之上有绳索，秦明等人口咬芦苇，顺势带着原木一转，人便挪到了原木下面，仅露出一根芦苇露出水面，这样一下，巨大的原木就像一面盾牌一样罩住了秦明等人，所有的箭矢都无法伤到他们分毫。

眼见这水流越来越快，岸上的快马都有些赶不上这水流的速度，更遑论城墙追赶的卫兵，司徒惊再下令道："上浮木，击杀反贼！"

岸边的卫兵纷纷弃马跃入水中，甚至有些城墙上的卫兵也直接往水中的浮木上跳去，这些人提刀便先砍环绕的绳索，毕竟秦明等人都是靠着拉绳索才能悬浮在水中的，但不想水下的人用力一翻，这圆滚木突然翻了起来，上下逆转，掉了个方向，这些卫兵站立不稳纷纷就摔落水中。

如此几番，也不知有多少人落入水中成了秦淮河内的水鬼，但毕竟这围攻的卫兵太多了，犹如马蜂蝼蚁杀之不绝，小小的原木之上成了疯狂杀人的修罗场地，秦明已经记不得自己杀了多少名卫兵，荆一飞的玉斧更是染满了鲜血，变成了一柄通红通红的血斧头。

在这原木之上，高老头儿的一把长刀倒是变成了无人可挡的神兵，这长刀一挥，几乎是来者必死，一批又一批的卫兵被砍翻入水，又一批一批的人涌了上来，这样又杀了一阵，前方城墙上的卫兵突然开始疯狂地往河道内投掷粗木搭建的栅栏，这秦淮河涨水之后虽然宽阔，但却不是很深，木质栅栏很快就堆成一层障碍，眼看这浮木是无法通过了。

秦明暗叫一声不好，他朝高老头儿道："我们快快破开这栅栏，不然就得弃水路，改为骑马了！”

高老头儿第一个跃了过来，疯狂地挥舞着手中的大刀劈砍栅栏，想要打通水道，但是城墙上的卫兵又不断地丢下障碍物，这下面清障的速度总归比不上上面丢掷的速度，这样下去这河道永远不可能疏通。

秦明正欲上前协助破障碍，突然荆一飞捏了双指，猛地吹了下哨子，一阵悠长的长哨音之后，两匹黑色的骏马从远处狂奔而来，秦明大喜道：“是黑子、乌子！”

荆一飞道：“时间来不及，我们先去刑场！”

高老头儿也道：“你们先走，老头儿我先给你们殿后，我随后就到！”他也弃了这浮木，翻身上了河岸，他一道杀了一个骑兵，抢过了一匹马，而后长刀一横，堵在小路口处，大叫道：“你们谁来送死！”

秦明和荆一飞分骑踏云追风，化作两股烟尘直奔聚宝门外的刑场而去，现在这里距离刑场不过是三里地了，不过距离问斩魏东侯的时间也所剩不多了。

第五十七章　入幻

皇城之内，大国师的比试也已经正式拉开了序幕，白齐的脸色虽然还未完全恢复，但是双眼却是越发精光熠熠，他上前施了个礼，正欲开口说话，不想张虚吟却先开口了："听说你师父姚广孝昨夜觐见皇上，要求今日午时问斩魏东侯？"

白齐愣了一下，他未承想这个张虚吟竟然率先把这件事说了出来，可是现在的白齐早已不是以前的他了，他随即冷静道："看来张道长的消息也是十分灵通，那你现在还有心思比试，不去救魏东侯呢？"

张虚吟哈哈笑道："救他？我为何要救他？！"

白齐冷笑道："你骗不了我，你可不是什么张虚吟，你是除君的天章六侍之一，程济！魏东侯乃是你的同伴，你不可能弃他而不顾的。"

张虚吟似乎早就知道了白齐会这么说，他毫不介意道："不错，我就是程济，不过我和魏东侯各有天命，同为死侍又如何，人生自古谁能脱离'生死'二字？便是神仙也不能，所以我又何必救他。"

白齐道："即使如此，那你也随他而去吧，你是除君的余党，今日是走不出这个皇城的。"

张虚吟嘿嘿笑道："我是天章六侍程济，可是谁能相信你呢？天牢中的程济才是程济，我现在已经是张道长了，你与我现在是竞争关系，你的话不足以做证据。"

白齐道："传闻你的易容术与我师兄金忠的可并称天下之最，可惜你再怎么伪装都有卸下面具的一天，现在只要我揭开你的假面，你的真容自然就会昭告天下。"

张虚吟嘿嘿笑道："我的真容？！小和尚，你太天真了，你以为我程济会用这么粗浅的易容术吗，难道金忠没有告诉这天下的易容术有一种最高明的叫易脸，会让人永远改变自己的容貌，现在我的脸便是张虚吟，而那个程济早就在你们的牢狱之中了，半死不活了。”

这张虚吟之所以能这么有恃无恐，坦然在白齐面前承认自己的身份，正是因为他已经用易容之术把自己的脸彻彻底底地换了，现在他确实已经不是程济了，即便是抓住了他也没有任何的证据能证明这人与程济有什么关联，光凭白齐的一面之词根本无法认定这个人。

张虚吟或者现在应该喊他程济了，他甩了下袖子，风轻云淡道：“小和尚，现在我只是一个来自扶娄的幻象师道人而已，击败了你，我就是大明朝的第一个大国师，仅此而已。”

白齐冷笑道：“那你凭什么就有十足的把握胜过我？老道士！”

程济笑道：“不为何，其实从一开始你们就已经输给我了！”

白齐问道：“这话怎么说？”

程济道：“请问，你是为何来当这大国师的？”

白齐道：“自然是为了我师父的志愿，成了当今佛道第一人！”

程济哈哈笑道：“好一个佛道第一人，那我再问你，要成为佛道第一人，你先要做什么，这光有大国师之名可并不能叫天下人信服。”

白齐道：“自然是替皇上扭转六脉风水大阵，护我社稷安康！”

程济点了点头道：“这便对了，那我问你，你对这六脉风水大阵又知道多少？”

这个问题让白齐一时间愣在了原处，是啊，他自己对这六脉风水大阵又知道多少呢，这个法阵虽然自己都曾进去过了，但是这个法阵从何而来，因何而设，内里究竟是什么原理玄机，其实自己都是一知半解，或者说是道听途说的，他努力地想要理清这个故事的顺序，找出幕后的真相，可是他一想到道听途说四个字，突然浑身颤了一下。

有没有可能……是他们所有人都猜错了？！

白齐突然意识到了一个很严重的问题，这个问题他一直都没有想到，也没有任何人想到，可能就算有人想到了也不敢说出口，白齐终于猜测到了这件事情最关键的问题所在：“你是说，这六脉风水大阵是……假的？！”

程济哈哈哈大笑，笑得很是得意，就像一个戏法师骗过了全天下的人一样，他毫不遮掩道：“不错，这六脉风水大阵都是假的，天下间根本就没有什么风水大阵。”现在他就像一个胜利者一样，开始解开自己的谜题，大幕即将落下，这个迷局的真相也即将显山露水，他徐徐道：“当年太祖对南京城的风水大为不满，想要迁都他处，刘基恐迁都工程耗费巨大，劳民伤财，便杜撰了一个可以更改南京城风水的理由，在京城之内设立六脉风水大阵来维护龙脉，这毕竟是一个谎言，所以这件事也未曾声张，只有当年负责风水定穴的几大风水师知晓此事，太祖定都南京后，国泰民安，连年风调雨顺，所以太祖也便没有再提及迁都一事，这风水大阵终是淹没在这历史中，无人再提及。建文四年，燕王起兵造反，皇上眼看败局已定，心有不甘，便命我等重设这六脉风水大阵，并向世人传言，唯有得风水大阵，并依据文武之德更改风水脉象，才能护得国泰民安，这燕王光得江山玉玺却没有风水大阵，自然便不是名正言顺的皇上，世人便知道他是一个窃贼，而非正统传承。所以，是我们给燕王设下的一个骗局，一个画在水中的月亮罢了。”

白齐听得张虚吟的解密，心中自然是大为震撼，原来这么多年来，众多势力角逐其中争个不休的东西，竟然是个毫无意义的假阵法。这些所谓的天章六侍做了这么多就是为了欺骗朱棣，欺骗天下人吗？他们的目的仅仅是如此吗？

“既是如此，你会为要告诉我这个秘密，你不怕我现在就向皇上揭露真相，要你的阴谋全都落空吗？”

程济听了这话，丝毫不见慌张，相反他哈哈大笑道：“揭露我？小和尚，你师父没有告诉你世间之事，假作真时假亦真，真作假时真亦假，这六脉风水大阵的说法是从谁人口中传入朱棣的耳中？是朱高炽、朱高煦和姚广孝，是他最亲信的人，如今皇上都已经张榜公开遴选大国师，重设六脉风水大阵，现在你要告诉皇上这一切都是假的，都是骗人的？哈哈哈，小和尚，我倒不知，先死的是我张虚吟还是你姚广孝师徒！”

程济的这段话让白齐猛地冒出一身冷汗，是啊！这六脉风水大阵已经让太子、汉王、他师父甚至朝廷各势力都搅动在里面，白齐现在去告诉朱棣，这一切都是前朝的一个骗局，朱棣如何能接受，他必然会恼羞成怒，重惩这些肇事者，而他白齐、他师父姚广孝不就是最主要的肇事者吗？

程济淡淡道：“小和尚，你知道，掩盖谎言最好的方式是什么吗？”

白齐愣了下，道：“什么？”

程济道：“另一个更真实的谎言！治天下如此，为人臣亦是如此！所以你现在准备好如何掩盖这个谎言了吗？”

白齐这下彻底惊愕在原处，他突然间不知道自己是为了什么来参选这个大国师的，他师父告诉他是来成为佛道第一人的，可是现在他才知道这个大国师根本就不是什么佛道第一人，他更像是一个枷锁，一个锁住巨大的历史谎言的枷锁。所谓的大国师，不过是朱棣的遮羞布罢了。

可是，自己有这个能力锁住它吗？自己愿意去当这块遮羞布吗？

白齐整个人仿佛坠入了无尽的虚空幻境之中，四周的景物开始变幻莫测，奉天大殿还是那处奉天大殿，但是四周的天色开始暗了下来，远处似乎有战火在燃烧，有士兵在厮杀怒吼，也有人哀号着倒了下去，血腥味、焦煳味越来越重，熏人欲呕。这奉天大殿之外层层环绕了蜘蛛网一般的黑色丝线，这丝线之上挂满了一具具的尸体，男的、女的、老的、幼的，地面上更有无数的尸体堆成了尸山血海，这些尸体就像砖头一样堆砌出了这个象征权势的皇城。

一个人，安然地坐在奉天大殿内的龙榻上，怡然自得地饮血吃肉，他的样子不似帝王却胜似帝王。白齐走近了细看，才发现这个饮血吃肉的不是别人，而是自己的师父姚广孝，他身披一袭黑色袈裟，一张脸上半白半黑，半边白脸惊恐叹气，半张黑脸却很享受这乱世的情景。他再看了看，突然觉得这姚广孝的模样居然又有点像自己，不对，这人分明就是自己，难不成他白齐也要开始饮血啖肉，当一头冷血的凶兽吗？

白齐的额头猛地渗出了一层层的汗珠，他口中想要叫喊，让他师父停止下来，但他却发现自己一个字也喊不出来，他只能无能为力地看着，就像眼睁睁地看一场幻戏在自己眼前表演，自己却没有办法去改变任何东西，这样的感觉好难受好痛苦。

张虚吟突然目露凶光，冷笑道：“小和尚，现在该是分出胜负的时候了！”

第五十八章　再斗纪纲

秦明和荆一飞骑着踏云追风直往聚宝门外的刑场飞奔而去，这两匹马乃是当今十大神驹之二，其速度远胜禁军的马匹，这一路疾奔很快就把他们远远地甩在身后，饶是这样，秦、荆二人心中还是焦急无比，因为现在已经过了午时三刻了，不知道这魏东侯还健在否，若是来晚了一步，那他二人当真是要悔恨万分。

昨夜，他们与高老头儿一起商量了这个营救的计策，他们的力量太少了，不可能正面冲击，所以想到了利用养虎场内的猛兽做先锋军帮忙，制造乱局，再乱中救人，最后再利用暴涨的秦淮河水一路直奔长江，逃到江北区。但不想这看似万无一失的计策还是棋差一着，他们中了纪纲的调虎离山之计，不但没能救出真的魏东侯，还差点全军覆没，好在荆一飞还备下了这两匹快马，二人骑马逃了出来，算是保留了一丝营救的希望。

骏马疾奔，烟尘滚滚如一条飞舞的长龙。这刑场就在前方的不远处了。

八座巨大的木塔之下是一方十几层石阶垒成的两丈高石台，这古朴清灰的石台正是叫人闻风丧胆的聚宝门千人斩刑场，刑场经久累月地沾染血迹，原本青灰色的石条已经呈现一片一片的乌黑，仿佛是裹上了一层焦油，看起来十分污秽。

现在刑场的最高处跪着的正是魏东侯等人，刑台之下是层层守卫的锦衣卫，八座环绕的木质高塔上还有拉紧弓弦的守卫。这样的刑场可谓是戒备森严、万无一失，任是千军万马都难以攻破。而眼下，营救的人只有两个人，秦明和荆一飞。

二人策马狂奔，隔着一段距离都已经看到了刑台上即将问斩的魏东侯，而高塔上放哨的守卫也已第一时间觉察出了二人的到来，锦衣卫一层一层传令下来，刑场四周负责守卫的禁军立即全神戒备，一个个高举兽盾、长兵严阵以待，塔上更有人忍不住率先射出了箭矢！

飞箭如蝗群一般袭来，眼看这箭矢是越来越多，荆一飞再也顾不得自己安危，直接用力地拍着马背，大喝道："冲过去！"

追风嘶吼了一声，直接就朝锦衣卫的人潮冲了过去，追风马高举双蹄，猛地践踏靠近的锦衣卫，瞬间盾碎人倒，荆一飞在马匹上也飞舞着自己的锁链和玉斧，她犹如沙场上横扫千军的将军一般，手起斧落，四处鲜血飞溅，一片哀叫。秦明也拍马而上，但是他的藏锋太短了，在马上得威力远不如长兵，很难发挥出最大的杀伤力，于是他干脆抢过了一把长枪，也奋力厮杀起来！

四周都是围剿的卫兵和飞箭，秦明的长枪断了换大刀，大刀卷刃了再换长剑，已经不知道杀了多少人，换了多少把兵器了。二人几乎是抱着必死的决心一路突进，但是这围困守卫的锦衣卫越来越多，已将二人层层围住，踏云追风两匹马更是身中无数的刀枪，追风由于在前面开道，伤势更严重，整匹马几乎是变成了血马，腹部上插了几十支的箭矢，但它却依旧是脚步不停，甚至还能帮助荆一飞踩踏冲击她疏漏的锦衣卫。

这红衣骏马搅得数百名守卫都不得近身，只是这等困兽般的搏斗着实惨烈，眼看围困的锦衣卫越来越多，突然半空中一串破空声急急传来，十把彩色飞剑好似惊鸿一般飞旋而来，飞剑速度极快，瞬间就击毙了十名锦衣卫，而后这飞剑迅速一收，又飞了回来，一名皂衣剑客傲立在附近的大树上，这剑客正是十剑生，他浓眉一竖，剑指一戳，口中大喝道："谁敢动我师父师娘！先问问我十剑生答不答应！"

十剑生的脚下还站着矮壮的阿福，他也叉着腰粗声粗气道："还要……问问全城的野狗……野狗同不同意！"

阿福的背后，已经出现了上千条大大小小的野狗，这些野狗个个龇牙咧嘴，发出呜呜声，好似一群饿狼一样。

十剑生喝道："我们先帮你们顶住这些锦衣卫，你二人快去救人！"他和阿福不由分说地冲了过去，一时间剑气纵横，好似剑仙下凡，当真是势不可当。身后阿福的野狗大军也咆哮而至，这野狗虽然攻击力有限，但贵在数量巨大，上千只野狗凝聚成一股不可忽视的力量直冲刑场而去，瞬间叫守卫的锦衣卫溃不成军。

眼见这二人危急时刻援手相助，荆一飞不禁心头一暖，秦明当机立断大喝道："一飞，你我兵分两路，从刑台的前后两侧上去，不论谁得了空当都要先救魏大人他们。"秦明这话的意思很明白，就是他二人分头冲上去，这刑台上的纪纲必然会出手先解决一个人，不管是谁对上了纪纲，都要尽全力拖住他，而后另一个人先救魏东侯他们。

这是一死一生的战术。荆一飞应了一声，自己率先冲了过去，很显然她想自己先去拖住纪纲，荆一飞奋力拍打战马，这马估摸也是跟荆一飞待了一段时间，也生得和荆一飞一样的脾气，它也不管前方是刀是枪，一路开山断水，破金断玉，勇往直前，硬生生是突出了一条血路，这血已不知是对方的血还是马儿自己的血，看起来异常惨烈。

近两丈高的石台，对于一名高手而言，可能两次借力便也上去了，可是对马来说，这便是一道不可逾越的高峰，这上刑台的路只有前后两条石梯，上面几乎都挤满了守卫，整个千人斩法场更像一个早已准备好的修罗地狱一般，纪纲震怒："放箭射杀！"

锦衣卫纷纷再度引弓搭箭，准备将这人和马射成马蜂窝，荆一飞突然怒拍马背，对这这些人就冲了过来，箭矢离弦而出，铺天盖地而来，天地瞬间为之一暗，眼见箭网就要罩住了自己，荆一飞突然掏出一把匕首，猛地刺向了自己战马的颈子，这匕首入体刺激黑马，叫它痛得仰天长啸一声，追风突然后蹄蹬地，使出全力奋力一跃，整个马带着人高高地跃了起来，这一人一马竟然跳出了一丈多的高度，轰隆一声就踏上了台阶之上，这高度几乎是快到了法场的最上面了。

荆一飞太熟悉自己的马了，她知道追风已经力竭，自己再怎么狂拍它也不可能再跳得过这一轮箭雨，所以唯有痛下杀手才能登顶，只是她一向爱马如命，眼见自己的战马已变成一匹血马，心里哪有不心疼的道理，可是这大义在前，纵然自己生死都不足惜，何况自己的爱马？

荆一飞骑着马冲上了台阶，其他锦衣卫纷纷掉转方向也跟了上来，但她却根本不去顾忌身后这些人会如何对她，她只顾着再策马朝纪纲冲去，荆一飞很清楚，只有自己缠住了纪纲，秦明才有机会救下魏东侯，若是以自己的性命换来魏东侯和秦明的安全，这对她而言是再好不过的选择了。

荆一飞突然笑了起来，她早就知道眼前的纪纲就是杀父杀母的仇人，她之所以没来找纪纲报仇，一来是魏东侯有令，要荆一飞十年之内不得找纪纲麻烦，怕荆一飞自己吃亏。二来荆一飞自问自己确实还不是他对手，所以一直在苦苦等待，只是今时今日，她也没有什么后顾之忧了，这一战不管是胜是败都要打，那就不如放开一切痛痛快快来个了结吧！

追风的步子再度迟缓了下来，它不住地喘着粗气，实在有些跑不动了，荆一飞深知自己的马已经是油尽灯枯了，它已经尽力了。荆一飞红着眼，咬着牙又刺了追风马一刀，大喝道："好马儿，今日你就陪我一起吧！"她突然拉紧缰绳，蹬马而起，整个人犹如惊鸿凌空，红衣在风中翩翩，惊艳耀眼得让人终于想起，这是金陵城内独一无二的女子，她是荆一飞，从今往后，世间再也没有这样敢策马劫法场，御斧杀锦衣卫的女子了。

一人一马直接朝纪纲冲了过去，这马已只剩了一口气，但自古马最通人性，人马一心，这追风似乎知道主人的心意，也是怒睁着双眼直接朝纪纲撞去，而荆一飞则用尽全力甩出玉斧，这玉斧在空中瞬间化作了七把薄如刀剑的分斧，这一招正是荆一飞最强的七神杀！

以追风马巨大的冲击力和自己最凌厉的一招，这已是荆一飞能想到的最强的攻击力了，这样的威力便是比自己武功高一筹的人也未必抵挡得住。是胜是败，就在此一举，荆一飞决绝得毫无回头退缩之意！

面对这样不要命的袭击，纪纲显示了他一如既往的冷静和沉着，他单手快速地震了下自己的腰带，一道闪电般的寒光折叠闪耀出来，纪纲几乎是在空中直接握住了这闪电的一端，而后以肉眼不能洞察的速度用力一扯，光芒突然一分为二，纪纲再闪再扯，如此这般瞬间分化出七个人和七道闪电，迅捷绝伦！

纪纲冷哼道："你可知何为七决？！"

人和闪电已然贯穿成一条线，纪纲单手一甩，这七条闪电连成一条线，好似一道巨大的闪电链，他搅动闪电，怒吼了一声，率先冲击过来的追风马立即被绞杀成无数的肉块，而后闪电互相交错，看似杂乱无章的光芒突然如游龙惊凤，穿梭于玉斧之间，只听得当当几声，这七把斧头都已被收在了纪纲的剑上，一柄不落。

荆一飞面如死灰，这一招几乎就已经宣告自己败北了。

第五十九章　岳松归来

纪纲的长剑像长绳一样串着七把薄斧，口中有些嘲弄道："荆一飞？嘿嘿，若非当年岳松救了你，七年前你就该死了，不过世道好轮回，今日你还是要落在我手里，不如今日我就让你和你荆家村的人相见吧！"

他长剑一抖，突然再度抽了出来，纪纲的七决剑若如长鞭，一剑蜿蜒而出，在空中就像游走的蛇，跳跃的闪电，根本没有正常的方向，荆一飞从未见过这等诡谲的剑法，她疾疾后退几步，但纪纲的剑明显更快，扑哧一声中了右肩膀，直接废掉了荆一飞一半的武力。

纪纲拔剑再袭，长剑在空中摇摆，好似风吹柳枝千万条，当真是令人眼花缭乱，这一剑眼看就要再中荆一飞的胸口，突然秦明也奔了过来，他跃下战马，整个人就像一道光一样朝纪纲的剑尖飞去，铮的一声，藏锋直接破开了纪纲的长剑，但这长剑太软了，这一招虽然打偏了剑锋，但七决剑剑身一绕一转，直接就划过秦明的手臂，只消这么一带，撕拉一声，秦明整个右臂衣裳尽破，原本安装在右臂上的袖箭匣子也碎裂了一地。

其实若非有这匣子护着，方才一招，纪纲已经可以要了秦明的一条胳膊。这七决剑速度极快、招式诡异，进攻得十分难以捉摸，以秦明和荆一飞这样刚猛凌厉的招法确实很难对付，甚至说是遇到了克星也不为过。

自古刚柔难相济，七决剑的柔和韧完全是藏锋这等破兵神器的最大宿敌，藏锋之术本就讲究变化多端，利用点杀破解对手兵器的弱点，但这七决又软又韧，速度又丝毫不比藏锋慢，秦明每一次精准凌厉的搏杀都会被化解得无影无踪，加上这长剑又长又利，自己近身之后一不小心就会被软剑缠上，当真是次次进攻都会变成死里逃生。

刑台之上，纪纲一人对阵二人，依然占尽了优势，这二人想要击败纪纲救下魏东侯只怕不太容易，荆一飞当机立断道："你不必管我，快先去救魏大人！”

秦明摇了摇头道：“其实我救魏大人也是为了你，我不能弃你于不顾！若真要救，不如我来对付这纪纲，你去救魏大人。”

听到这话，荆一飞既有些心暖又有些着急，她暖的是秦明对她如此情真意切，远超同事的情谊，急的却是这样拖下去，只怕他们的胜算是越来越低了。纪纲的剑已经再度刺了过来，他冷笑道：“你二人还真是情意绵绵，不过可惜，也是一对亡命鸳鸯了！分！”他的剑飞击而出，而后突然分化出几道闪电，直接就把这两个人朝两边分开了，纪纲冲入二人之间，就像同时有七个人在舞剑一样，招招致命，秦明心头恶恼，藏锋式再出，他身子狂卷，一招云中藏龙使了出来，一时间刑台之上风起云涌，秦明整个人时隐时现，好似神龙藏云间，见首不见尾，他聚力于手指尖，猛地用力一击。

这风云之力汇聚于藏锋的尖刃上，直逼纪纲七决剑的剑锋上，他这一招意图破剑，纪纲如何不知，他长剑再甩，整个剑就像水里的草一样摇摆不定，秦明这一招又刺了个空，不过他冷哼了一声，突然短刃横扫，空气中爆裂出一声尖锐的鸣叫声，原本不过露出指尖几分的藏锋突然暴涨出两尺多的乌黑剑气，秦明怒喝一声，御剑气再袭击，这藏锋带着剑气，犹如黑鹤凌空啄击一样，铮的一下就叮在了七决的剑身上，这一招突如其来，叫纪纲大吃一惊，若是寻常的神兵必然是要断裂的，可是这是纪纲的七决剑，柔韧已达兵器的极致，藏锋的剑气逼迫而来，没有让它直接断裂，而是再度把它压弯了，七决剑就像一根鞭子一样，在弯曲的同时，直接反向就朝秦明刺去！扑哧一声，大腿又中了一剑！

纪纲一剑破了鹤羽一式和云中藏龙，当真是大大出乎秦明的意料。纪纲冷笑道：“臭小子，你竟然还学会了朱高煦的鹤羽剑，你和你爹都是不世出的练武奇才！不过很可惜，你爹当年都不是我的对手，你这三脚猫的功夫还想破我的七决？真是太天真了！”

“刺！”他手中长剑如游龙惊凤再来，秦明已是无处可躲。荆一飞和后面赶来的十剑生急忙挺身而出，十剑生也是用剑的高手，最见不得的便是别人的剑术比自己好，眼见这纪纲剑法如此了得，顿时也起了战意，他大喝道：“我乃蜀西十剑生，特来领教一二！”他口气虽说得很自傲，但是面对纪纲这样的高手，他也是丝毫不敢大意，双手急急御剑，十剑飞舞而出，犹如十条蛟龙一样直奔纪纲而去。

十剑生的飞剑五光十色，但纪纲的剑却只有一种颜色，那是犹如闪电一般耀眼的银白色！他再卷七决剑，电光剑影一道道闪耀而出，快得就像海潮漩涡，十把飞剑很快就被弹了回来，只是一轮对剑，这各色剑身之上就已见道道深浅不一的剑痕，足可见这七决剑比十剑生的剑要锐利得多。

十剑生顿觉心疼，毕竟自己的剑已是毁了很多次了，这次的剑可是自己花大把价钱和精力炼出来的，若是再碎可不是又要重新炼剑？！这时不时就要换剑与自己想要成为的一代剑术宗师的目标如何能相配？

可是眼前的纪纲委实厉害，再斗下去这剑必然要尽碎，十剑生犹犹豫豫片刻，很快就心头一横，暗叫道："罢了罢了！既然来都来了，自己又叫了秦明师父，若是此刻落荒而逃，岂不是叫江湖人耻笑！"他双掌猛地一合，空中十剑快速聚拢，只听铿锵几声，这十柄飞剑终于合成了一把巨大的长剑，长剑怪异得就像一条巨大的金属怪物，十剑生高高跃起，双手持剑大喝一声："来领教我的剑斩十方！"

巨剑犹如雷霆天降，大有劈开华山之势。

"华而不实！"纪纲丝毫不躲避，他只是身子一转，而后手中的七决剑再度甩出，铮铮铮！这长剑竟然又涨一丈，像绳索一样牢牢地捆缚住了十剑生的巨剑，他顺势猛地一拉，按理说这巨大的剑下坠之力已经十分恐怖，纪纲再一拉，这连人带剑坠下来非把自己砸个半死不可，只是不承想，在纪纲的大力拉扯下，这巨剑开始咯咯作响，十剑生脸色大变，急忙更加用力地下压巨剑，这剑快速靠近纪纲，只是剑芒刚刚迫近，突然就凌空碎裂，嘭！

十剑生的巨剑化作了无数碎片凌空飞舞，状如绚烂的烟花！

十剑再碎，十剑生大惊失色，他知道纪纲的剑厉害，但未承想有这般厉害，纪纲再出一剑，直击中门大开的十剑生，扑哧一声，这一剑直接贯穿十剑生的腹部，一道血柱已经从后背喷出。

"傻徒弟！快躲开！"秦明大叫了起来。

十剑生并未逃离，相反他的脸上突然露出一个很古怪的表情："你的剑确实很厉害，不过我也还有一招未使出来！秦明，我突然想出怎么弥补十变九化的漏洞了！现在我应该可以击败你了，你好生看着！"

这十剑生为了击败秦明、早日摆脱叫他厌烦甚至脸上无光的师徒关系，也是日日在苦心钻研剑术，不断地完善提高自己终极一剑的威力。可是御剑之术始终有瓶颈在，他的十变九化已经是把碎剑一术发挥到了极致，御剑的精妙已经不可能再超过这一招了，十剑生一直突破不了瓶颈，苦恼万分，直到今天他终于发现，这御剑术是还有其他更高的层次的，他现在突破不了，只因为自己还碎得不够极致。只有他将剑连着御剑指环一同碎裂，而后利用这戒指的吸斥之力，控制漫天的剑雨，这样才会是自己御剑术的最高境界！只可惜，这一招不但要碎剑还要碎戒指，飞剑可以再炼，但是御剑指环乃是一辈辈传下来的，历经数百年的雷火淬炼才能成功，每一枚御剑指环都是青城派的至宝，都是十分珍贵的。

这一剑碎下去，恐怕再无青城派的御剑术了！

但是十剑生心意已决，他猛地震碎了自己九枚御剑指环，这指环碎片俱化作粉末飞上半空中，粉末合着空中的碎剑，形成了一股奇异的吸斥力，形成一股风云突变、沧海横流的异象，十剑生用自己的真气御动这股力量，只见漫天的七彩碎片一收，化作一头巨大的剑龙盘旋在十剑生的周边，煞是威武万千。

“这招才是我的最后的剑招，它叫青城无量！”

漫天的碎剑犹如巨龙咆哮着朝纪纲冲击过去，这一剑的威力十分惊人，远胜当日与秦明比试时的十变九化。纪纲的脸上终于开始露出几分惊讶了，他急忙抽了长剑往后掠去，碎剑疯狂而来，直接将旁边围观的锦衣卫冲击成肉泥，这剑气纵横，当真是势不可当，眼见纪纲无处可躲，十剑生哈哈哈大笑，整个人御着碎剑就朝纪纲狂扑而去。

纪纲面色冷峻，怒喝道：“真以为我怕了你吗？”他突然再舞七决，整个人反向一冲，七决在前方开道，犹霹雳在手，欲将踏云屠龙一般，两股力道对冲而来，旋涡一般的闪电绞杀着剑龙，但这剑龙层层叠叠，碎若风沙，不断地从缝隙中透过，撕裂纪纲的飞鱼服，露出了内里的一片亮白，那是一件亮如白银的甲衣，二人隔得如此之近，十剑生终于看清了纪纲身上穿的是什么衣服，那是用金刚丝织就的金刚甲，原来纪纲不单有最诡谲的剑，还有最坚韧的甲，十剑生的碎剑威力再大也只是普通的材质，这碎剑根本无法穿透纪纲的金刚甲。

“臭道士，你今日毫无胜算！”

纪纲一剑刺出，直接迫入十剑生的左心口，又一道血狂喷了出来，这个人脸色一白直接就摔在刑台之上，睁着眼一动也不能动了。

秦明和荆一飞失声叫了起来，这十剑生与他们虽然亦敌亦友、交往不多，但这人做事磊落，多次搭救，早已形成了生死同盟的情谊，现在却落得这般惨烈的下场，如何能不伤心震怒。

纪纲长剑一指，对秦明冷喝道："小子，胜负已定，你已经无处可逃了！"

秦明恶狠狠道："纪大人以为我们今天还会想逃吗？"

纪纲哈哈笑道："你已经是瓮中之鳖了，你对我可没什么用处，我要钓的是岳松，说，你爹他在哪里！"

岳松？秦明自己都不知道他父亲岳松现在哪里，可能他早已随着朱允炆流亡海外了，也可能他们就在这京城附近，时刻观察着京城里的局势，伺机反攻回来。可是，他会因为自己身陷困局而出现吗？

"你在找我吗，纪大人，可是别来无恙！"高塔之上，一个洪亮的声音传了过来，一名高大的汉子出现在乌云之下，他带着一面斗笠，披着一件灰黑色的长袍，站立在木塔的边缘，他就像一只巨大的苍鹰一样，俯视着刑场的一切。

虽然看不清面貌，可是他的气势、他的姿态，他那骄傲的身姿，让魏东侯和纪纲太熟悉了！

所有人都镇住了！烈焰一时间似乎变得更加汹涌了，天地间的风潮急速地卷动着。

岳松？他终于回来了！

第六十章　针锋相对

奉天大殿前，白齐陷入程济的幻象之中不能自拔，他似乎已经看到了当年靖难之役的惨状，四处都是战火和尸体，而这一切的始作俑者不是别人，正是自己的师父姚广孝。

程济伸出手轻轻地触碰着白齐的额头，笑道:“小和尚，现在看到了吗，这天下本就该是建文皇上的，现在也该是原物奉还的时候了。”他的手指点在白齐的眉心，感觉到一股冰凉冰凉的气息，仿佛对面这个面如白玉的人不是一个活生生的人，而是一具冷冰冰的尸体，毫无生气可言。

程济觉得有一点诧异，这人怎么会有这么低的温度，这是难以想象的，只是眼下他已经胜券在握，没有去想更多，只要最关键的是他只要击败白齐，就能当上大国师之位，而后就可以腐军弄权，进一步笼络人心，为朱允炆卷土重来打下基础。将来，他一定会在最关键的时候昭告天下人朱棣的丑恶行径，当今的皇上可并非什么天人之选，他不过是一个彻头彻尾的强盗和反贼!

引导国人正确认知这个国家，不正是大国师的职责所在吗?

程济猛地一戳，这一下直入眉心，想要直接取了白齐性命，但不想这眉心内似乎有一股冰冷的力道将张虚吟的手指死死地吸住了。程济愣了一下，再一用力想抽出来，却已发现自己的双指好像陷入了泥潭之中，不能自拔。

“这……”

白齐的双眼蓦地睁开了，现在他的双眼之中好似抹上了一层寒霜，冰冷黝黑得像是最漆黑的夜空，一点白色的星芒都没有。

程济脸色一变，惊喝道:“你，竟然能挣脱我的幻象?！”

白齐冷冷道：“程道长恐怕不知道一件事，我和我师父一样，都是身怀阴阳心的人，天下的幻术都不能困住我们，你的幻术再厉害，也始终奈何不住我的。”

程济自然是不信的："但你刚才明明已经进入幻象了！"

白齐嘿嘿笑道："我只是想看看，你的幻象里到底有什么，我更想知道七年前，你是如何带着除君逃出皇城的，现在我终于知道了，真是好大的牺牲。"

程济惊了下："不可能！你不可能知道的！"

白齐道："那要不要我给程道长解释解释，我到底看到了什么。"

程济后退了一步，他想挣脱白齐，但发现自己的手指此刻已被牢牢地吸附住了，根本不能动弹，更令他惊慌的是，这两根手指就像一个连接的口子一样，自己的身上的真气通过这手指源源不断地往白齐的眉心涌去，这样下去，只怕不要一炷香，他的真气就要被白齐吸个精光。

白齐嘿嘿笑道："道长看来很是惊慌啊！这一局时间还很长，香也才烧了半炷，你又何必如此心急呢？不如也让我来讲个故事。"

白齐双眼中的精光猛地暴涨了起来，程济整个人就像脱水一样开始迅速地枯萎。

"当年，你们心知大势已去，所以提早就安排了除君离去，整个奉天大殿内就剩下几名傀儡，你给这几名甘心送死的守卫提前易容，而后服用了大量包裹在寒冰中的化尸丹，寒冰在体内会缓缓融化，而后这种丹药的药性开始被触发，这些人就被毒药快速溶解，直到无影无踪。化尸丹融化人的尸体也有一个过程，为了掩盖这个过程，你想到了利用火焰，大火焚烧，动过手脚的奉天大殿会像流沙一样开始坍塌毁坏，假的程济是你的师弟，他用真气催动这些火焰和流沙掩盖了一切，让所有的傀儡都消失得无影无踪，最终只剩下了他自己。其实真的除君和天章六侍早就提前离开了吧，你们费尽心机留下这么一个谜团，便是要世人觉得除君有神人相佑，便是大难当前一样可以安然离去，来日他自然也可以再卷土重来，对不对？"

白齐不断地抽取着程济的内力，他似是十分享受，口中不急不躁道："我听闻，天章六侍里，杨教授主设局，叶希贤主观星占卜，你主易容幻象，岳松主武力，而王钺则主炼丹引气，这化尸丹想必便是王钺的杰作吧。你前天使用的通天彻地变化之术，昨日与张宇清对阵时使用的火中逃生术，靠得都是这化尸丹，你叫手下易容成你的模样，服下大量的化尸丹，故意逼张宇清使出烈焰攻击他，而后这人在火焰的催动下，很快便会在火焰中化为乌有，一点痕迹都找不到，张宇清一个正道人士自然是不可能猜出你会用这么恶毒卑劣的方法来对付他，所以最后他才会耗尽功力输得那么惨，程济，看来你也是为了成功而不择手段的人，你跟我也没什么分别了！”

“是吗？你真以为如此吗？”程济的面容变得越来越惨淡，到最后一片死灰，看起来感觉像是死了很多天的尸体一样，只是这个人的双眼还是明亮的，说明他的意识还是很清楚的，眼看他就要油尽灯枯，突然他笑了一声，声音十分沙哑道：“小和尚，你既然已猜出了我用的是化尸丹逃遁，那你怎么确定眼前的我是真是假，你怎么就没想到，这不过是我安排的另一个傀儡？”

白齐愣了一下，却见这人的脸色越来越怪异，就像一张半透明的薄皮包裹了一摊污水，五官是越来越模糊，最后只听得哗啦一声，这人就化作一摊水溃散在地面上，整个地面上只剩下一套衣服和一摊无色无味的水，水汽蒸发，这程济再次消失得无影无踪。

这突然间的变化叫在场的人一个个都惊呼了起来，由于前几次比试波及范围较大，所以这次众人的座位隔得法坛都比较远，基本上听不清二人在说什么，只是这场上的变化大家还是能看得一清二楚的，这张虚吟突然间就化作了一摊水，活生生地消失在众目睽睽之下，如何不叫人震惊！

一个个交头接耳议论纷纷，不知道这是妖术还是道法，抑或者只是障眼法，就连朱高煦都开始皱起了眉头，显然这道人一而再再而三地消失，让他也开始有些捉摸不透。

白齐大觉不妙，他急忙四处张望，想要看看这真的张虚吟究竟在哪里，只是他才转了两圈，突然就觉得心口一阵剧痛，这痛楚从心窝处一丝一丝地缠绕出来，就像一滴墨水在水里扩散开来，而后快速地蔓延到全身，根本无法遏制。

白齐暗暗吃惊，这假程济必然是体内服用了什么毒药，他刚才贸然去吸取了这人的功力，现在这毒药已经顺着真气进入了自己的体内，他不知不觉间就中毒了！好个阴险的道人，白齐暗暗恼恨，虽然自己也是设局引诱，但未承想，对方还是技高一筹，反而把自己伤到了。

白齐现在只觉得自己的心脏时而如烈火焚烧，时而如寒冰冷冻，当真是痛不可遏，却不知道这程济下的是什么毒药，莫非也是化尸丹？不可能！化尸丹虽然猛烈，但必须服用下去才有效果，是不可能通过真气传输的，那这是什么毒药？！

对面的大殿之上，突然出现了一个人影，他仰天哈哈大笑道：“小和尚，你修炼邪功，妄图吸取他人的功力，却不想自伤经脉，岂不是可笑？！今日不如就让贫道来揭露你师徒二人的龌龊事，也叫天下人知道这腐坏朝纲的师徒二人是何等的阴险狡诈！”

程济原本是与白齐公开比试的，姚广孝作为裁判不应该也不会去介入此事，只是这程济公然说姚广孝腐坏朝纲，这话何等的大胆？所有人都面色大变，姚广孝更是站了起来，用力地一震黑衣，口中大喝道：“妖道，事到如今，你还想妖言惑众吗？！”

朱高煦并不知情，他只道这姚广孝要来护短，也迅速站了起来，呛声道：“张道长乃是本王府中的谋士，姚少师直呼张道长为妖道，是否太过傲慢无礼？况且比试胜负未分，姚少师就这般痛斥对方，可是见自己徒弟败局已定，坐不住了？！”

朱高炽见状，对朱棣低声道：“父皇，儿臣以为这道人数次隔空逃遁，法术是有些妖邪。”

朱高煦哈哈笑道：“妖邪？这小和尚施展的螟虫之术就不邪门了吗？什么狗屁海市蜃楼，神仙拜访，不过是些恶心人的虫子罢了！姚广孝，你以为你的法术我就看不透吗？”

朱高煦直接将白齐前日海市蜃楼的法术点破，令朱高炽、姚广孝更加恶恼，朱棣的脸色开始变得阴晴不定，似乎有些不快，又有些疑惑：“少师，你自己说说怎么回事？”

姚广孝急忙解释道：“禀皇上，法术皆取自天地间的异象，不论花鸟虫鱼都是借来之法，昨日门下弟子表演的不过是引虫驭兽的雕虫小技罢了，请皇上息怒。”

朱棣颇有几分失落道：“朕还差点就信了！”

“世间一切皆是幻象，虚虚实实自然是叫人探寻不透，即便是真龙天子有时也会被迷雾障眼。”对面的大殿上，程济的道袍随风起伏，状如云中仙家，他突然话锋一转，朗声道，“不知道皇上想不想知道七年前，奉天大殿内的实情？”

他这句话一出，所有人再度大惊失色，这七年前的靖难之役是当朝所有臣子都不敢提及的往事，尤其是进宫刺杀建文帝一事更是讳莫如深，可谓是一大禁忌。程济现在公开问话，让朱棣也忍不住变了脸色，他的神色开始变得十分复杂，他太想知道当日的真实情况，这样他就能知道这朱允炆到底是死了还是活着，若是他还活着，到底是怎么逃跑的，又跑到哪里去了，但是他又不想让其他人知道这些内幕，毕竟这也不是什么光彩的事。一时间，他有些两难，广场内所有人都噤若寒蝉，不敢发出一丝一毫的声音。

片刻，朱棣终于开口道："你真的知道？"

程济一拂袖子，迎风而笑："我自然知道！"

朱棣又问："你怎么知道的？"

程济哈哈笑道："天下事，要想人不知，除非己莫为！"

朱棣脸色再度一变，这句话就像一根刺一样扎进了他胸口，顿时叫他起了杀意。不想，程济话锋一转，却是对着姚广孝道："是不是，姚少师？当日的事，少师可是最清楚。这人究竟怎么跑的，又是从哪里跑的，所有的细节你都知道，只是你没有如实告诉皇上。"

程济的话让姚广孝彻底愤怒起来，他罕见地声色俱厉道："妖道，你休要胡言乱语！"他转头正欲朝朱棣解释，这道人就是朱允炆的死侍程济，就是他用秘术带走了朱允炆和天章六侍，可是他转念一想，他这么一说，不是等于在满朝的文武百官、宗教人士面前承认当年他们曾秘密潜入皇宫，暗中刺杀建文帝的事情吗？这件事始终是冒天下之大不韪的谋逆篡位之事，朱棣这些年杀建文余党、篡改史书、勤政修典，好不容易用了这么多年的时间慢慢地消除了当年造反的影响，现在自己一句话可不是要把朱棣这一切的努力掩盖的东西都抖搂出来，想到这儿姚广孝一头冷汗瞬间就冒了出来，他暗叹，程济啊程济，你果然狡诈，这般当众污蔑冷激自己，若是自己方才恼羞成怒，一个脱口而出，可不是正中了你的诡计？

只是现在他真是百口难辩，不知该如何反驳才好。

第六十一章　百密一疏

朱棣步下台阶，缓缓地朝奉天大殿的中央走去，他震了震长袖，金色的黄袍在阳光下闪动出耀眼的光芒，他现在往那里一站，就是一条真龙，威武万千的金龙，朱棣抬头冷冷道："当日之事，你且如实道来，如有不妥之处，这皇城内的弓箭手必要让你万箭穿心！"

话音刚落，数百名禁军侍卫齐齐拉紧了弓弦，四处都是弓弦紧绷之声，这场面叫百官、和尚、道士个个变了脸色，所有人大气都不敢出，只担心自己一个动静就引来乱矢横飞。

朱棣冷冰冰道："说吧！"

弓弦之声更紧！但程济依旧毫不惧色，朗声道："此事有些隐秘，关乎皇家声誉，还请皇上让这些无关人士退去才是，贫道以为，弓箭虽然能杀人，却难以堵住悠悠之口，皇上不想让天下人都知道这个秘密吧？"

朱棣冷笑了一声，道："流言蜚语虽然堵不住，但暂时也伤不了朕的性命。"他的言下之意是，若他让弓箭手退去，谁来保护他朱棣的性命。

程济哈哈笑道："那不如请姚少师一同留下，如何？"

朱棣道："那好！请这位道长还有姚少师随我进殿，其余人等在这殿外守候，若有异动，格杀勿论！"

朱高炽和姚广孝等人急忙劝阻，但朱棣心意已决，他一心想要知道这建文帝究竟是怎么了，若是他不把这人找到，他一辈子都要活在这个阴影中，始终不得安生。朱棣自己率先进宫，而后姚广孝也跟了进去，最后程济飘落大殿，也不急不缓地步入奉天大殿。

文武百官齐齐退场，守候在大殿十丈之外。

现在，这原本可容纳数百人的奉天大殿内只留下三个人，朱棣、姚广孝和程济。

朱棣步上丹毕，头也不回道："现在道长可以说了吧。"

姚广孝冷眼看了一眼程济，俯首道："皇上，不先问问这人的身份吗？万一他……"

程济打断道："贫道的身份一会儿自然会与皇上说，不过皇上还是应该先听听当夜的情况，自己明辨真伪，否则姚少师要暗下杀手，只怕贫道都来不及吐出真正的秘密。"

朱棣面色冷冷，问道："说吧，当夜究竟发生了什么？"

程济道："嘿嘿，皇上是不是很好奇，为什么这奉天大殿会消失不见，为什么除君和天章六侍在数万大军的围困下，可以走得悄无声息？"

"嗯？"朱棣示意程济继续说下去，他实在是没兴趣再做等待，他急需一个答案，一个解开他心头疑惑的完美答案。

"其实，答案很简单，这世间可没有什么神鬼异术。"程济顿了一下，意味深长地望了一眼姚广孝道："当夜姚少师进宫之后，并未去追杀朱允炆，而是故意从皇城之后的鬼门水道将他放走，鬼门水道内有神乐观的道人王升在那接应，一行人从水道坐小舟到神乐观，而后乔装打扮一路南下，自泉州港出海，至此消失在南洋之上，不知所踪。所以，放走朱允炆的不是别人，正是姚少师，所谓奉天大殿突然消失，一行人逃遁不见，那不过是姚少师浮夸之言罢了！"

这话一出，犹如平地里响起了一道惊雷，姚广孝的脸更是瞬间僵硬了，朱棣惊愕了片刻后，迅速冷笑了一声，反问道："姚少师对我向来十分忠心，张道长这般挑拨我君臣关系，不怕朕以欺君之罪将你立即拖出聚宝门外问斩吗？"

程济毫不畏惧道："姚少师确实忠心，可是皇上想过没有，为何他早已知晓了六脉风水大阵的消息却没有第一时间告诉皇上，而是在锦衣卫纪大人发现了这一秘密的前提下，才无奈告诉皇上。再者，姚少师多次暗中搜查阳明院，又派自己徒弟白齐到金吾卫调查魏东侯，其实他已经有所察觉这魏东侯的身份，只是他为何明知魏东侯天章死侍的身份却数次放走这人，直到最后才检举此人要取了他性命，由此可见姚少师并非是完全忠于皇上，他是有自己目的的！"

"什么目的？"朱棣突然来了兴趣，对姚广孝这人，他虽然十分信任，可也是捉摸不透的，尤其是这些年，这老和尚既不领功，也不要俸禄，一直保持一种若即若离的关系，行为作风很是古怪。但毕竟姚广孝位高权重，在朝堂内几乎是一人之下万人之上，没有人敢在他朱棣面前评价这个人，现在他突然很想听听这老道士对姚广孝的评价。

程济道："请皇上仔细想一想，姚少师最开始是因何找到你的？"

"如何找到我？"朱棣回想起，当年姚广孝是主要要求跟随自己来到北京的，他虽是庆寿寺的住持，却时常来燕王府与自己商谈国事，朱允炆实施削蕃政策后，也是他第一次提议起兵造反的。想要造反的人，莫不是想要权和利，可是这姚广孝却大大的不同，他替自己打下天下后什么都不要，甚至连一座寺庙、一个奴婢也不要，那他帮自己造反又是什么目的呢，这样的人真的太奇怪了。朱棣猜测不透，他虽是真命天子，可也是凡夫俗子，如何能理解奇人异士的想法。

程济道："皇上只以世间七情六欲来揣度姚少师，自然是猜不出来的，这人并非忠于哪个帝王，他只是喜欢乱世罢了！这天底下有一种人天生身怀阴阳二心，时而慈悲，时而暴戾，他们如一潭静水的搅局者一样，只有波涛汹涌才是他们生存的环境，太过安静只会让他觉得无趣。只可惜，如今大明社稷在皇上的治理下，天下太平，民生富足，国内几无战乱，姚少师空有一身阴阳诡谲之术，却没有用武之地，他可不是觉得这样的生活太过无趣了，这世间分分合合，有战乱必有太平，有太平必定也会招来战乱，所以他当年才会故意放走除君，便是要留着这个人，好让皇上的天下没有那么太平，这样皇上才会心神不安，才会觉得少不了姚广孝这个谋士，他就永远有存活的意义，是不是，姚少师？"

程济的话分析得鞭辟入里，可谓正中要害，朱棣恍然大悟，心中倏地一寒！

这姚广孝修行的正是阴阳杀伐之术，自然是需要一个乱世来给他施展才华的舞台，想当初姚广孝找到了燕王朱棣，就是想要在乱世中开辟一方属于自己的天地，现在太平盛世多年，无灾无乱，他自然会觉得生活有些寂寥，所以开始无心朝政，时常挂单寺庙半隐居起来，想到这，朱棣的内心已经有些动摇了。

姚广孝更是心中一沉，他发觉自己真的是有些小看程济了，作为一个幻象师，果然察觉人心才是最厉害的工作之一。

朱棣已是七分信三分疑，姚广孝深知自己这时候若不及时反驳他，只怕一会儿都没有机会再说话了，他急忙喝问道："你方才说我入宫后未曾去奉天大殿，而是直接放走了朱允炆，可你却不知道，当日与我同行之人有六个，我们七人同进同出，这放走除君一事便是同行的人都不清楚，你又如何得知？嘿嘿，难不成当日你也在场？或者，你自己就是除君的余党！”

程济摇摇头道：“姚少师的分析确实很有道理，只可惜贫道根本没有在场，贫道能知道这件事，自然是有其他途径的，不知道皇上是否还记得神乐观的道士王升？”

朱棣浓眉一立，大叫道：“王升？这道士朕自然记得！怎么，他还活着？！”

程济笑道：“他自然还活着，这王升如今就在我手里，这些秘密都是他告诉贫道的。当夜姚少师主动请缨，先入皇城告密协助除君逃跑，而后他才带着六名杀手进城，不然皇上你想，以姚少师的本领，这进出皇城何须两个时辰？”

程济的步步紧逼叫姚广孝面色越发变得难看了，这王升乃是当年直接参与建文帝逃遁行动的一名重要人员，若是王升出来指证，只怕姚广孝真的是有口难辩了。现在，真真假假已经让朱棣无法辨别，他未承想，这张虚吟的出现让他对前尘旧事更加迷茫不解起来。

朱棣问道：“听闻王升倔强异常，便是连他掌门张宇初都不曾放在眼里，如何能随便向你吐露实情？有何证据？”

程济从怀中取出一张皱巴巴折叠好的纸和一枚八卦玉簪，说道：“这是王升的玉簪和他自己写的信函，玉簪上有王升自己刻的篆印，至于如何让王升吐露实情，嘿嘿，皇上忘了贫道是名幻象师了吗，贫道让他入了我的幻象之境，在真真假假之间，他自然就说出了这些实情，这不算什么难事。”

朱棣拿过玉簪和信，都细细地看了一遍，这确实是王升的东西，他气得一抖信纸，盯着姚广孝面带怒意道：“少师，这些可都是实情？！”

姚广孝大惊，急忙矢口否认道：“贫僧绝无可能做出此事！请皇上明鉴！”

朱棣大怒道：“明鉴？你还要朕如何明鉴？”

姚广孝道：“其实，其实这道人乃是除君的死侍程济，如今恶意挑拨君臣关系，皇上切不可被这妖道蒙蔽了！”

程济哈哈大笑道：“据我所知，程济早就被你们关押在九层天牢之中，现在姚少师又说我是程济，可不是太可笑了，难不成当日姚少师送给皇上的是假程济，这样说来，少师真是好大的胆子，竟然敢以假当真欺瞒皇上！”

程济步步为营，现场的局势已然完全掌握在他手中。

眼看程济就要拿下姚广孝，这老和尚却扬起头冷笑了起来："我欺瞒皇上？却不知到底是谁在欺瞒皇上！程济，你的易容术确实了得，直接给自己换了脸皮，可是你不要忘了，我的徒儿金忠也是易容的高手！"

程济有恃无恐道："那又如何？"

姚广孝道："不如今日就让我来揭穿你的假面！"

程济更加无所畏惧："假面？我现在都可以撕下这面皮，让你看看这血肉模糊的脸！姚少师，你还要狡辩吗？"

"不必了！"姚广孝拍了拍手，大殿之外走进来了两个人，却是兵部尚书金忠和一名消瘦好似僵尸的犯人，这犯人正是关押在天牢中的假程济。金忠一见到真程济就阴阳怪气道："张真人！真是许久未见了！不知道，你还记得我？"

这个古怪的声音已不再是金忠自己的声音，而是傀儡师尖锐的声音。程济一听这声音，整个脸色瞬间变了一下，他们同为七煞门的人，自然早就对彼此的声音十分熟悉了。程济未曾想到，这傀儡师竟然是姚广孝的徒弟，当朝重臣，兵部尚书金忠，这可是大大地出乎他的意料……

自古布局必然要考虑周全，一丝一毫都不能有疏漏，这金忠的出现，只怕便是程济这个完美计划里的一个漏洞，但他很快冷静下来，喝问道："金忠大人，你我很熟络吗？"

金忠哈哈哈大笑道："程济，你到现在了还跟我装！这假程济跟你互换了脸皮，别人分辨不出来，但我金忠还是有办法来一辨真伪。"他从怀中取出一瓶白色的药水，他将这药水往这僵尸一般的假程济脸上倒去，只听得一阵哧哧作响，他的脸上开始冒出一道道青烟，这人似乎痛极，身子开始剧烈扭动，而后抑制不住地干号起来，最后他伸手往自己脸上疯狂地抓去，不过片刻，他的脸皮就被自己硬生生地撕了下来，露出早已腐烂的真实面容。

金忠道："易容之术有高中下之别，你的易容术将整个脸皮直接换到脸上，让它与你一同生长，这确实是最高明的易容术，不过你不要忘了，有一种药是可以让这寄生的脸皮变得奇痒奇痛无比，程济，要不要我现在撕下你的假面，让皇上看看你真实的容貌？"

程济冷笑道："你与姚广孝沆瀣一气，皇上如何能信你？"

金忠道："你化身道士入了汉王府当谋士，可惜你忘了我金忠也会易容术，难道你还不知道我是谁吗？我的手里可是有汉王和你意图谋反的罪证！”说着，他甩出了一张卷轴，卷轴在地上摊开，里面画的竟然是关于六脉风水大阵的介绍。

金忠道：“这是你送给汉王的秘密卷轴，上面可是有你和汉王的指印，可吹细粉显露出来，你的证据我还有不少，要不要我一一陈列给皇上看？”

程济一见此物，终于没了方才的趾高气扬，他忍不住踉跄了几步，他二人共同为朱高煦做事，少不得给他留下许多把柄，他懊恼不已，怎么当初未曾察觉到这个人的身份，现在这局势可如何是好？

第六十二章　击杀程济

张虚吟的脸色开始变得十分古怪起来，他设下此计便是要诬赖姚广孝，取而代之，却不想半路杀出了一个傀儡师金忠，叫他计策大乱。这金忠必然是保留了大量的证据，而且他亦是朱棣的心腹，这样一来，朱棣自然是不会相信自己了，他见大势已去，突然身子一转，整个人蹬地而起直接就朝朱棣奔去，这程济人还在半空中，一手解下葫芦饮了一口，一手在空中打出一个火折，只听得轰隆一声巨响，一道巨大的火焰化作一条火龙直冲朱棣而去。

程济眼见自己骗局已经败露，唯有心一横，直接杀了朱棣，这虽然是下下之策，但是金忠的出现让他也没有更好的选择了，杀了朱棣也算是为建文帝和当年战死的同僚报仇。火龙咆哮而出，猛地朝朱棣卷去，饶是朱棣久经沙场，也要被这样扑面而来的火焰吓得连连退后，姚广孝急忙朝朱棣狂奔而去，别看他年迈，但是鼓足真气疾奔起来竟然也是快若闪电，只见他双袖一舞，一阵黑色的烟气也卷动而出，正是他的幽螟。

"保护皇上！"

幽螟就像黑色风暴一样死死地护住了朱棣，四周的温度陡降了不少，火焰奔腾而来，立即与这黑雾缠绕起来，一时间火云雾海，狂卷不止，也不知是黑雾燃烧化作了火焰，还是火焰熄灭了沉淀下了黑烟，层层漫卷，好似乌云变幻不停。

程济怒喝道："暴君无道，残害忠良，为天地所不容，还要选什么治国安民的大国师？太过可笑了！不如，都在我的烈焰中化作虚无吧！"

他再卷火焰，这烈焰猛地暴涨起来，烧得姚广孝的幽螟节节败退，这幽螟本来是克制火焰的法宝，只可惜姚广孝的内力几乎被白齐抽个精光，现在他功力仅存不到三成，不过对抗了一阵就大感吃力，甚至额头开始冒出了阵阵的冷汗。

程济已经察觉出了姚广孝的无力，他冷笑一声，再用力催火，这火焰已再逼近一丈，烈焰熊熊，眼看就要冲破姚广孝的螟蛾守护，无奈之下，姚广孝只好再抖衣袖，又有两股螟虫飞出，这把却是雷螟和风螟，整个大殿内瞬间雷声隆隆、风力鼓荡，这两类螟虫各有妙用，只可惜五行相克，风、雷螟虫虽然声势了得，但却依然无法遏制程济的火焰，不过是片刻就被烧得不见踪影，依旧只有残余的幽螟还在苦苦支撑。

金忠见状急忙大叫道："护卫！护卫！有刺客！快！"

奉天大殿外各侍卫听到了大殿内的打斗之声纷纷变了脸色，心想究竟是谁这么大胆竟然在大白天行刺皇上，朱高煦更是心中一惊，不知道出了什么变故，他虽然想当皇上，但现在毕竟还是皇子，如何能弃父亲于不顾，只是他又担心是不是张虚吟出了问题，自己这样进去到底是好是坏，若是朱棣直接被张虚吟杀了，那他岂不是……

这般犹豫间，朱高炽、司马城等人早已带着侍卫纷纷冲了进来，这些人一进大殿就见其内乌云笼罩、火焰飞舞，这黑云之间更有电闪雷鸣，好似人间炼狱。

程济哈哈大笑道："你们这些趋炎附势的废物来了又有何用？！"他再一展袖子，却见奉天大殿的雕花门板窗户呼啦啦全部破裂开来，这些木门木窗被程济的真气所吸引，瞬间在大殿内层层叠叠围绕开来，这些木门木窗排列成迷宫阵法，瞬间将冲进来的侍卫挡在了外围。

"独庵老鬼！不如来破解我的九曲阵！"程济大喝道，却见风卷着木门、木窗、木架呼啦啦作响，这风浪木叶犹如江河一般绵延不绝，将朱棣、姚广孝等人尽数围困其中，这火星飞舞，木头很快就被点燃，而后火借风力，在层层木头上快速旋转燃烧，变成了一圈巨大的火轮，九曲黄河现在已化作九天烈焰了。

所有的侍卫纵然武功再高也无法近身，一个个被炙热的火焰逼退了四五丈远，竟是一个都无法靠近。

面对这等困境，朱棣已是脸色大变，他口中大叫道："少师，快！快杀了这妖道，取了他性命！"

姚广孝双手一拍，猛地催动真气想要逼退火焰，但此刻他自己也是强弩之末，这么强行用力，非但没能冲开火圈，反倒是真气一乱伤了经脉，一口血已经先喷了出来。姚广孝暗自恼恨，若他功力还在的话，这程济必然不是他的对手，只可惜这失功一事乃是他咎由自取，已经没有什么如果了。

金忠见状，心忧自己师父和皇上，主动冲了上前，他如今只有一只手，无法射箭，只能左手握刀朝程济猛劈过去，程济整个人飘飘摇摇在火焰之中如同纸片一般轻盈，他动作迅捷，左右躲闪，突然身子一旋便遁入火光之中消失不见，金忠大怒，甩出怀中的暗器，只炸得火焰飞舞，火星更甚。

这火焰中早已不见程济的身影，只有他得意的声音如鬼魅般环绕："燕王啊燕王！昔日你用大火烧了奉天大殿，差点害死了皇上，现在你也一样被大火所困，即将丧命火中，这可不是天道轮回，历史的报应！哈哈哈哈！"

朱棣怒吼道："朕乃是天选之子，真正的皇帝，岂是你这妖道可以说黄道黑的！"他怒极，甚至伸手拔起佩剑就要去砍火焰，但这烈火熊熊，他以利剑相对，又如何劈得尽、斩得断的？

火焰再卷，眼看姚广孝就要挡不住这火焰，身后的朱棣和金忠就要淹没在烈焰之中，突然，大殿外出现了一道白色的身影，苍白僧袍，惨白面孔，就像六月天里突然降临的白霜一般冷冽，白齐身中程济的剧毒，此刻已然毒入心口，痛得他满额头都是冷汗，浑身都微微颤抖，只是他痛虽痛，却还是不甘心就此认输，于是也跟了进来。

心口剧痛，让白齐每一步都走得十分坚信，但他脸色越发冷傲道："程道长，你我比试还未结束，如何能这般离去，难不成你是要弃子认输了？"

程济冷笑道："小和尚，跟我比，你还不够资格。"

白齐道："是吗，恐怕是道长太自信了！"说罢，他不顾自己的伤势，强行朝火焰之中走了过来，待他快靠近火焰时，他突然甩动手中的阴阳破骨扇，只听得呼呼两声破空之声，这两枚破骨针已经迅速飞出，骨针在火焰中炸裂开来，两圈涟漪震荡而来，当即坍塌了两个角的火焰，烧焦的木头纷纷坠落，犹如暴雨。

程济大惊道："席应真的破骨针？！老鬼，没想到你还留有这等杀器！"他担心火圈被白齐所破，怒卷烈焰就朝白齐冲击去，这一次的火焰夹杂着未燃尽的木头，威力极大，姚广孝担心白齐的安危，失声叫道："快躲开！"

白齐冷笑一声，不退反进，他迎着火焰一步一步挪了上前，这原本被破开的一个角已渐渐地被附近的火焰重新围拢，也不知这程济用的是什么秘术，他这飞转的火焰明显比张宇清的更灵活、更可怕、更厉害。

白齐又甩出两枚破骨针，轰隆隆两声，又是两圈波纹震荡，随着这火焰的陨落，白齐再深入几步，现在他距离这火焰的中心只剩下一丈的距离，可是现在这扇子里的破骨针也只剩下三枚了，程济很快就重新掌控了火焰，再度朝这白齐施压过来。

白齐再飞一针，而后扇子猛地一扇，以往以他的内力这一扇之下并未有多大的威力，但现在他吸收了姚广孝和金忠两个人的内力，远非往日可比，这奋力的扇动之下，只见风浪狂卷而起，竟然硬生生地分开了这旋转的火焰，打通了他和朱棣等人的火焰隔阂。

但这一下也叫白齐剧毒攻心，自己也吐出了一口黑血。

他面色由白转青，大叫道："师父，快保护皇上离开！"姚广孝和金忠掩护着朱棣刚要冲着缺口逃遁，隐藏在火焰中的程济突然出现在这缺口处，他面色狰狞道："想逃，你们又往哪里逃？"

他双袖充盈真气，鼓荡着像两面迎风的风帆，程济双袖一合，大喝道："小子，你在幻象中见到的未必都是真的，这一招才是叫奉天大殿和天章六侍都消失不见的绝技，它叫万生俱灭！熔！"

烈焰突然聚合起来，疯狂地旋转，这烈焰越转越急，直冲大殿之上，很快就要引燃整个奉天大殿，姚广孝面露惊惧之色，他未曾想到这程济竟然有这等本事，可以催动这么恐怖的火焰，这火焰狂卷下去，必然要把整个大殿全部毁于一旦，难道当日的那场突然消失的秘术正是源于这可怕的火焰威力，原来真相不是逃遁消失，而是真的在这个世界上绝迹了！只是真的建文帝和天章六侍只怕早已逃离出大明的疆土了。

轰隆隆！火焰再度暴涨起来，这一把高温炙热直接把姚广孝的螟蛾全部焚烧成灰烬，烈焰终于疯狂地滚了过来，白齐又射出了余下的三枚破骨针，但这火焰不过是停滞了片刻，就又席卷而来，高温扑面，让人生疼，所有人都面如死灰，朱棣更是大叫道："吾命休矣！"

白齐突然目露杀机，冷冷道："皇命未绝，只是程济，你将是我白齐杀的第一个人！"他高高地举起右手，而后用力一扯，火焰之中突然出现无数条黑色的丝线，这丝线纵横交错，布满了整个奉天大殿，最终却都归拢到白齐的戒指上。

那是原本透明如水晶的烛龙丝在烈火的炙烤下，开始变了模样，变得就像黑金一般闪亮，现在烈火包住了白齐等人，而丝线却围住了整个奉天大殿。一层包裹着一层，由于螳螂捕蝉黄雀在后。

“我等这么久才进来，便是提前给你布下这个万法归宗阵，程济，你潜伏了这么多年，很可惜最后你还是输了！”白齐猛地一拉丝线，整个奉天大殿咯咯咯作响，所有的黑线就像无数的刀光剑影一样开始疯狂地收缩包围，程济如何能想到，这白齐竟然在外面给自己布下了这天罗地网一般丝阵。

咻！大殿瞬间坍塌，白齐怒吼一声，右手用尽全力一扯，无数的丝线交缠，这土木瞬间绞碎成沙泥，齑粉混着火焰终于交织在一起，两股力量直接朝程济冲击而去，轰的一声，犹如烟尘在空中爆炸了一样，粉末就像大雨扑扑簌簌地落了下来。

这程济终于是葬身奉天大殿之内了。

白齐终于力竭，扑通一声也摔倒在大殿之上，金忠急忙扶起白齐，大叫了起来。姚广孝则呆呆地望着化作尘土的程济，还没回过神来。

朱棣站了起来，他缓缓地走出残破的大殿，回头一望，这奉天大殿已经坍塌了一大半，这样的场景似曾相识，他整个人似乎是回到了七年前的那个清晨，当时他望着消失的大殿，心中没有一丝欢喜之情，虽然整个皇宫连着大明的江山都是他的了，但是朱允炆和他余党的逃遁让他始终难以释怀，这感觉就像心中生了一根刺，时日越久就痛得越厉害，现在这天章六侍的程济也出来，以后却不知道还有谁会是下一个，这些建文余党，真是不除不快的余孽啊！

朱棣的目光突然变得锐利起来：“少师，传朕的口谕，宣郑和进宫！”

第六十三章　缠斗

奉天大殿十五里外，千人斩刑场。

高塔之上，这戴斗笠的汉子迎风伫立，犹如崖间青松，颇有几分居高临下的傲气。

秦明抬头仰望，整个人完全呆住了，眼前这个如岳如松的人就是自己日思夜想的父亲吗？此刻他虽然看不清这岳松的脸庞，但只看身形果然与自己有几分相似，又听他这么一说，自己心里就更加确认无误了。

岳松原来真的没死！他真的回来了！

“爹……”秦明终于喜出望外叫了出来。

“好小子，你可没让你爹失望！今日你我父子同心，先杀纪纲，再诛恶党！也叫天下人知道我岳家有此好儿郎！”他从高塔之上直接飞跃下来，宽大的斗篷就像翅膀一样飞舞了起来，啪的一声，这个人稳稳地落在了刑场之上，这厚实的青砖竟然也被他踏出了一个深坑。

“纪纲，你我的恩怨也该有个了解了！”岳松冷冷道。

纪纲先惊后笑，他干瘦而阴鸷的脸上开始露出一抹罕见的兴奋，若说魏东侯是朱高煦的死敌，那么岳松便是纪纲的宿敌，他的七决剑便是为了克制藏锋而生，藏锋短小精悍、攻无不克，而七决则是柔软如绢、诡谲难测，正是以柔克刚的极致。

他单手一抖，这原本像鞭子一样的软剑立即挺直起来，犹如细长的银枪，纪纲道：“不错，是该有个了解了。风物榜上十大神兵，我的七决现在排名第二，是时候取代你的藏锋了！”

他再也抑制不住自己内心的兴奋，单手握剑，直接就刺了过来，岳松呼啦一下就飞出自己的斗篷，纪纲狂转手中的软剑搅碎斗篷，灰黑色的斗篷化作漫天的碎布，在这碎布遮掩中岳松已经飞击而至，他单手凝成刀形借着下坠之力，反身就朝纪纲劈去！

这二人都是当今世上一等一的高手，巅峰对决自然是针尖对麦芒，一丝一毫都不能失误，岳松最厉害的便是分金掌，其实准确说应该叫藏锋八式，他现在使出的一招正是秦明未曾见过的松间藏虎，只见一转一劈间，犹如霹雳惊现，猛虎下山，松林震动，空气中隐约还有猛虎的咆哮声传来，吼！

岳松的手掌已经势大力沉地朝纪纲的七决剑杀去，七决受到势大力沉的一击，整把剑瞬间严重扭曲，甚至被刮出了一道白色的印子，秦明大喜，只以为自己的父亲终于可以将纪纲的软剑劈断了，但不想纪纲冷哼一声，灵巧地一带，这剑就像一条异常灵活的蛇一样釜底抽薪，突然又反弹了上来，而后这剑在空中以难以想象的扭曲，迅速折叠了五次，直接就朝岳松喉头杀去。

嗞！

这软剑杀敌，不比硬剑可以劈砍，它用的都是割、刺、抹、拉、缠等技法，针对的都是对手的动脉、心脏、手脚筋脉等要害处，可谓招招出其不意，剑剑阴险致命，一旦击中，战斗力必然大减。

岳松也不是泛泛之辈，这剑虽然诡异，但他突然弹出藏锋，这匕首直接飞出飞击软剑，而后又弹射回来回到他的左手上，他左手收了藏锋突然也是反身一刺，速度比右手更快，秦明啊地叫了一声，原来这藏锋还可以在左手使用，那若是双手都有藏锋……

岳松一招破开了纪纲的剑招，再度反击，纪纲也毫不示弱，手中的剑再转再绕，已是完全劣势的情况下，硬是依靠自己的软剑逼迫得岳松后退了两三步，由被动防守转换成咄咄逼人的进攻，这二人对敌，几乎都不怎么防守，都是以攻代防，互相不停地反转攻防的局势，步步杀机，当真是十分大胆和精彩。

如此斗了二十余招，二人几乎每一次都是险象环生，难分胜负，岳松不知为何招式开始见老，微微有些吃力，与之相反的是纪纲越打越兴奋，他满腔满怀都是想要真正地击败岳松，他不断地出剑进攻，口中大喝道："当日你侥幸逃脱，今日我必要提你人头去见皇上。岳松，你无路可逃了！"

岳松冷笑道："纪纲，你真以为你的七决剑能胜得过我的藏锋？你太天真了！"

纪纲道："怎么，还不服输吗？！"

岳松道："当日皇城之中，我的藏锋没能胜你，那只是因为那人根本不是我，只是学了我几招藏锋术的金吾卫副指挥使杜玉罢了，你以为七决可以以柔克刚，却不知道藏锋才是真正的天下第一神兵！”

“你招式已老，败象已露，还敢说这等诳语！”纪纲喝了一声，挥剑一甩，再度朝岳松杀去，这一剑七道光芒几乎是环绕而来，要将岳松围得无处可躲，岳松也是神色一变，他一着急手握着这短刃猛地翻了出来，这样的用兵方式，已经不是藏锋的特点所在，却不知他是想要如何御敌。

秦明终于按捺不住了，他方才一直在旁边观战，对二人的招式认真观摩，心中已经越发地明镜，尤其是岳松的藏锋式他也细细揣摩得七七八八，现在眼见自己父亲有危险，如何还能坐视不理，当即大喝一声道：“爹，我来助你！”

他也御动千般力道于双指，猛地一击，这一招竟然是现学现卖的松间藏虎，攻势如猛虎扑食，猎猎生风，秦明整个人就像一只老虎一样冲进了七决剑形成的一个剑网，而后铮的一声就直接将这软剑弹开一个缺口，直接想要将岳松救出。

纪纲见状再度转动七决，这剑居然像波浪一样层层回旋，叮叮当当，很快就再度回拢，几乎是要把秦明绞杀在里头，这父子二人当机立断，一左一右，齐齐画圈，两把藏锋合力，左右开弓，就像画出了一轮八卦一样，终于破开了纪纲的剑网。

这二人一破开敌阵，就立即合力转攻，二人纷纷使出藏锋术，一个是叶底藏花如同层层树叶摇曳摆动，虚实难辨；一个是云中藏龙，搅动风云变幻霹雳莫测，两人一左一右，纷纷击杀过来，犹如两条龙交汇于苍茫大海之上，呼和澎湃之间势要叫对手无所遁形。

面对这凌厉无比的杀招，纪纲丝毫没有怯意，他再度快速拉扯七决剑，这剑瞬间又像闪电一样闪耀半空中，一道一道，好似连锁闪电，璀璨无比，纪纲大喝道：“我的七决可不是只有进攻，它的防御也是滴水不漏！”他用力一转，这七道闪电瞬间交叉成一个七芒星状，这一招叫剑耀七星，乃是防御的剑招。

七星陡现，直接就将岳松和秦明的杀招挡住了，这二人不得已只有半路收招，因为藏锋的攻击范围有限，若是自己再突进一些，只怕自己的手臂都要被这七芒星绞杀撕裂，纪纲冷笑道：“便是父子联手又如何？一样要你们输得彻底！”他手握饕餮剑柄一带，七芒星瞬间就转守为攻，横着就朝秦明劈了过去，显然他想先解决实力稍弱的秦明，而后再专心对付岳松。

七芒星旋转而来，这每一道光，都是纪纲锐利无比的软剑锋芒。秦明急忙御藏锋抵挡，他身形虽快，但却也快不过纪纲的剑，这七道剑气左右飞击，扑哧扑哧，再次割伤了秦明的大腿和手臂，一道道鲜血又迸射了出来。

纪纲再度出剑，这七决现在就像一团光芒、一道闪电，这光芒和闪电的源头就在纪纲的手里，他想要怎么驾驭就怎么驾驭，可长可短，可挺直如枪，可弯曲如鞭，还能交叉成阵形，当真是诡谲多变。秦明一人对付起纪纲当真是十分吃力，一来二人修为本就有较大的差距，二来这剑法确实十分克制藏锋式，自己打过去犹如重拳打棉花、力道砍流水，总是无处用力，而对方打自己却是扬鞭抽陀螺，一打一个准。

如此这般，不过眨眼睛，秦明就又中几剑，浑身已是一片血红。荆一飞见状也冲杀过来，但是她没有七漩斧在手，只是靠着一把短刀，根本近不得纪纲的身，纪纲一剑划来，荆一飞也中一剑。

纪纲右手一收，这七抹剑光嘶啦一声回收，又化成手中的一把软剑。纪纲颇为自信道："真可惜，你们三个人都破不了我的七决剑，现在就算再加上魏东侯，你们也一样胜我不得！"

"狂妄！若非……罢了！罢了！"岳松似乎有难言之隐，但他随即飞身再上，整个人如大鹏飞扑，蛟龙腾挪，而后单手转动藏锋，整个匕首在他手心转动好像一个陀螺钻子，呼呼作响，他御动这高速旋转的藏锋猛地刺了出来，剑尖高速压迫空气，形成了一道道螺旋的旋涡，整个人像龙卷风一样朝纪纲杀去。

秦明整个人瞬间怔住，他觉得看这一招似乎在哪里见过，只是仓促之间又有些想不起来，面对岳松完全有别于藏锋术的招式，纪纲也是惊了一下，不过他很快就反应过来，手中的七剑变化会合，再度形成一个星芒阵，铮的一下就挡住了岳松的招式，两柄兵器再度交会在一起，纪纲道："你这是什么招式？你是……"

岳松嘿嘿笑道："怎么，没见过吗？纪纲，你的剑太软了，我若直接击打必然要被这股软劲泄力，所以这一招狂龙卷便是要破你的软剑！"这藏锋快速旋转，只叮得七决剑火星四射，眼看就要破开七决剑，突然纪纲直接弃了手里的软剑，这剑刃竟然直接滑出了饕餮口，岳松这一钻再也使不上力，瞬间力道犹如石沉大海一般。

纪纲冷笑一声道："看来你是兵器不合用、招式也不合用，自然是胜不过我的！退！”软剑的尖刃完全脱手飘在控制，他突然用手中的饕餮咬住了软剑的中间，而后一折叠，一下子软剑就变成了两把，纪纲道：“我的七决剑敢称天下最灵活的兵器，自然不只刚才这些，我的剑能挺直如枪，能柔韧如鞭，能设星芒阵，亦能化双剑合击！”他再度转动这软剑，现在一剑变成两剑，杀伤力瞬间加倍，岳松仓皇间来不及躲避，直接就中了两剑，手中的藏锋也瞬间脱手落地。

这藏锋向来不能离手，若是离手便是露了败象，秦明心中一沉，暗叫不好。

岳松自然是明白这一点的，他想要去捡回兵器，但纪纲得了这等良机，如何能让他重拾神兵，当即越加奋力地杀了过来，岳松不住地后退，整个人直接往木塔上掠去，纪纲冷笑道：“想走？哪有这么容易！”

他站在塔下，御剑疯狂抽打木塔基座，只听得噗噗作响，这大腿粗的木柱在七决剑的甩动下，竟然如斩瓜切菜一样被轻而易举地砍断，一座木塔瞬间倒塌，这木塔顶上盛放的巨大火盆也倾倒了下来，这每一座高塔上都放置了一面火盆，火盆内都有不少的火油，现在火盆倾倒下来，犹如漫天火雨一般落了下来，这阵仗吓得附近的锦衣卫纷纷后退逃窜，纪纲哈哈大笑道：“一点点火星都怕成这样吗？”他自恃有金刚甲护身和七决在手，丝毫不畏惧这火焰下坠，而是反向朝倒塌的木塔冲去，因为现在岳松还在这塔上，他要彻彻底底地击败对手，绝不能让他再次逃跑。

第六十四章　破七决剑

木塔轰隆隆地变形坍塌，四处火焰弥漫，整个刑场开始逐渐地化作了一片火海，纪纲醉心于决斗之中，似乎都忘了刑场上还有死囚魏东侯等人，荆一飞和背后赶来的高老头儿一同救下了魏东侯等人，而后秦明捡起来了地上的藏锋也冲上了高塔。

荆一飞忍不住大叫道："秦明！危险！"

秦明头也不回，他心里很清楚，眼前的岳松也不是纪纲的对手，或者说单独的藏锋是斗不过七决的，只有两人合力才有击败他的可能，这种情况下就算再危险自己又怎么能退缩？！胜机一向是转瞬即逝的，自己不能再犹豫了，他奋力攀登，三人在塔上互相追击，秦明想要把另一把藏锋交给岳松，不想岳松却大叫道："秦明，克敌制胜之道就在这两把兵器上，我未能见过藏锋八式，所以能教你的也只有这些了，现在就看你自己的了！"

这话让秦明镇住了，一来这人的话印证了他的猜测，这蒙面人根本就不是岳松。二来这击败七决剑的秘密在藏锋之上，可这剑上除了"藏锋追影"四个字，根本没有其他的文字了，能有什么秘密？

秦明喃喃道："左右双持，互为藏锋吗……"可是高塔上的人终究不是岳松，他是无法与自己心意相通配合无间的，对于纪纲来说，两个人的配合只要有一丝漏洞，就必然会被他的七决剑所破，那若是自己一个人双持呢？这藏锋是可以双持的吗？可是这双持之术，魏东侯从来没教过自己，两点发力又该怎么使用？

转眼间，这木塔轰隆倒塌，"岳松"和纪纲二人又跳跃上另一座木塔上，只是火焰流淌，很快也引燃了别的木塔，这样一座引燃另一座，很快刑场上八处木塔全部都烧起来了，四处都是熊熊的烈焰，将纪纲、"岳松"、魏东侯等十余人全部围困在火焰之中，谁都出不去。

原本散去的锦衣卫这下子被火焰隔离，根本无法靠近刑场，也看不清火焰内部的情况。秦明冥思苦想，似有所悟，但还是不确定，只是他低头一看，突然看到烈焰带来的热气让无数的灰烬开始四处飘扬，甚至他的衣袂也开始四处飘动起来，他猛地恍然大悟，御衣术？！

张三丰留给他的那件衣服上有很多的纹路，原先他不明白这纹路是做什么的，现在他突然想通了，这纹路是要自己如何控制真气流向的，每一条路径都代表着操控人该如何御气控制这衣服的位置，只是自己的内力不足，根本无法灵活操控，可是现在似乎不一样了……

高塔上，纪纲和岳松还在厮杀，“岳松”败局已定，更是连中数剑。

纪纲仗着浑身的金刚甲，丝毫不畏惧这火焰和这群残兵败将，他哈哈哈大笑道：“就凭你们，今日便是你们的死期！这千人斩刑场就是你们的坟墓！”他一脚踢飞“岳松”，而后决定先杀魏东侯，以免夜长梦多，荆一飞、高老头儿、“岳松”甚至重伤的魏东侯等人再度举刃，一瞬间剑气纵横，刀光飞跃，这冷兵交错之光比烈焰还要璀璨，还要耀眼！

纪纲以一对四，按理说绝无胜机，但是他身披金刚甲，寻常兵器根本伤他不得，无论是荆一飞的短刀还是高老头儿的长刀，都破不开这金刚甲。

只见纪纲一拉一甩间就破了魏东侯的兵器，他再一出击，这剑直奔魏东侯而去，高老头儿情急之下，急忙冲过去长刀一劈，想要替魏东侯挡下这一剑，但不想这剑犹如灵蛇，直接绕过长刀，扑哧一声直中他的心脏，高老头儿整个脸直接就僵硬了起来，纪纲还要再抽剑杀其他人，高老头儿突然弃了长刀用双手死死地握住这软剑，横眉怒目大喝道：“我已经制住了他的剑，你们快趁机杀了他！”

“你们有机会吗？！”纪纲单手一送这剑刃就像一条蛇一样直接穿过了高老头儿的胸膛，而后剑在空中自己弹了一下，又飞回他的手里，纪纲再顺势一甩，高老头儿的头直接就落了下来。

“魏东侯，该了结了！”纪纲拔剑再击，却见后面的秦明狂奔而来，他高高跃起，整个人几乎是中门大开，纪纲心想这人可不是送死吗，一剑飞出，但不想秦明在空中突然金蝉脱壳，脱离了自己的外套，衣服跟着人一起转动，直接就把七决包裹了起来。

现在这衣服，一个袖子在秦明手里，一个袖子却缠着七决剑。

这一招让纪纲颇为吃惊："你怎么会御衣术？"

秦明冷笑道："我早就知道这个法术，只可惜我的内力不够，还不足以驾驭，不过现在有了这场火。"火焰升腾，热气上涌，犹如真气腾腾而上，让衣服如悬水中，秦明现在只需要用一部分的真气就可以驾驭这飘浮的衣服了，他目露杀机道："我现在知道我阿爹当年为什么会输给你了，因为他的手里只有一把匕首，这藏锋必是要两把才能发挥最大的作用，你的七决很快就要不复存在了！"

纪纲冷笑道："小子无知！懂个什么？！"

他单手一收又一甩，白芒再度闪耀，秦明也单手一引，这直立的衣服在他的引动下，也握着一把藏锋杀了过来，两兵再度交错，软劲儿对着软劲儿，竟然都是轻飘飘地弹开了，纪纲想要用剑搅碎这衣服，但不想秦明也是顺势一带，这衣服也跟着软剑转动起来，二者几乎同时转动，软剑根本无法伤得衣服，这一招叫纪纲再度惊愕了起来，秦明道："你的剑能以柔克刚，我的御衣术也一样可以！缠！"

这衣服反守为攻，开始主动缠绕七决剑，纪纲大惊，急忙反转软剑，想要彻底搅碎这衣服，但不想这才转了半圈，就见秦明已经用另一把藏锋卡住了纪纲的软剑。

"你的剑很软，我若以一个点击打你，必然要被泄力，但是现在我有两把藏锋，你的剑已经不是天下无敌了！"两把匕首交错成剪刀的模样，秦明一手握住一把兵器，用力一挫，铮的一声脆响，这攻无不克的七决剑竟然被直接剪了下来！

纪纲彻底大惊，这是他的七决剑第一次被人斩断，这样的软剑怎么会被人斩断？或者更准确地说，这剑是被两把藏锋挫断的！

两把藏锋合力，就像一把巨大的剪刀，咔嚓一声终于断了这七决，纪纲急忙抽回残余的软剑，空中狂舞，这剑就像闪电一样在空中转折了几次，猛地朝秦明的脖颈处再杀去，但此时秦明已经找到了破解七决的办法所在，对这变化多端的软剑再也没有恐惧感，他故技重施，双手御动两把藏锋，再度一挫，又剪了一剑。

这剑不断挥舞，越剪越短，片片银光在空中飞舞，好似无数闪电、银蝶在纷飞跳跃，纪纲最后终于只剩下手中的最后一把剑柄，好不尴尬。纪纲恼羞成怒，突然搅动漫天的飞蝶，而后单手一扬，这碎剑登时就像旋涡飞舞，化作一条银龙直奔秦明的心口刺去。

这一剑又快又猛，当真是一道银光化作万丈霹雳惊现，叫整个刑场的火光都为之失色，所有人都惊叫了起来，秦明更是觉得眼前一白，什么都看不见了。

这是纪纲七决剑的最后一剑，白日映沧海！

在内力的作用下，无数的断剑碎片会反射火光，形成烈日一般耀眼的光辉，叫人无法直视，而后残剑刺出，一击必杀！

生死一刻，秦明突然感悟道，这御衣术归根结底就是御气之术，现在四周火气升腾，就好像充盈的气浪在四周鼓动，这气浪就像自己的肌肤和肢体一样，这四周的变化竟然是变得越发清晰而明确。七决如水中利箭，自己犹如水中鱼，箭动而水波散，纵然自己看不见这剑，但是它的方向，它的速度都清晰无比了！

与其躲避，不如破剑！这才是藏锋之道，不惧锋芒，以强破强！秦明身子狂旋，掀动了层层的气浪，这悬浮的外衣也快速旋转，很快就鼓足了真气就像一个皮球一样猛地冲向了纪纲的剑芒，扑哧一声，这剑率先刺破了外衣，旋转的碎片更是将黑色的外衣完全撕碎，衣服不在了，不过秦明也已经闪现在纪纲的眼前。

秦明高喝道："藏锋破剑，就在今朝！纪纲，你输了！"

他的双指尖上刚好露出了一抹藏锋利刃，这利刃不过三分长短，嚓的一声顶在了纪纲的手掌心，秦明飞速上前，右手奋力朝前刺去，藏锋一路势如破竹地破开了纪纲的右臂，这包裹着金刚甲的手臂像竹筒一样被撕裂，而后铮的一声，就抵到了纪纲的心口上，这里还有一块最厚的金刚甲护心镜。

纪纲刚想说自己的金刚甲刀枪不入，你小子还是杀不了我，但这话还未说出口，就听得咔嚓几声脆响，这护心镜瞬间开始碎裂，秦明面容狠恶道："看来你不知道，我的藏锋才是天下第一利器！"

扑哧一声，整柄藏锋终于都没入了纪纲的心口处。

血，如泉水一般涌出。

纪纲一脸的难以置信，他自然不敢相信自己竟然会败在秦明的手中，他的七决剑会输给藏锋，他心中不甘，这不甘转为狂怒，一巴掌拍向了秦明，秦明整个人直接飞了出去，一口鲜血狂喷而出，纪纲怒吼道："我要你们陪葬！"

“你配嘛！”荆一飞突然拾起地上的七漩斧，使出全身的力气奋力一掷，青绿色的光芒就像弯刀一样旋转而来，只听得扑哧一声，这斧头正中纪纲的心口，他整个人被斧势一带，直接飞到断头台上，竟是被牢牢地钉住了。

这一斧头十分致命，纪纲气若游丝，显然知道自己大势已去，但此刻他非但不害怕，反而哈哈大笑了起来，他以十分嘲弄的口气笑道：“秦明，你很好，竟然可以破了我的七决剑，不过你为了救魏东侯而杀我，真的太愚蠢了！小子，我要告诉你一个天大的秘密。”

“你知道你娘叫什么吗？她叫刘云溪，你知道她是怎么死的吗？她是被人用刀砍下了头颅，而后这颗头颅还被敬献给了当今的皇上，你现在一定很想知道是谁杀了刘云溪，对吗？”

魏东侯的脸色剧变！

第六十五章　造化弄人

秦明整个人也是颤抖了下，他觉得自己仿佛瞬间坠进了最寒冷的冰窟，浑身都忍不住地开始发颤，他的脑子里只留下了这几个字，他娘已经死了！而且被人活生生地割下来头颅……秦明整个人疯了一样狂奔过去，用力地揪住纪纲，重重地摔在还燃烧着火焰的木架上，怒吼道："你快告诉我，是谁杀了我娘！"

纪纲被烈焰狂烧，但他此刻反倒觉得这点痛算不了什么，比起秦明和魏东侯来，就算自己被烧死了那也比他们痛快一些，他哈哈哈大笑道："小子，我告诉你，杀你娘的人就是……"

"是我！"背后的魏东侯垂然叹气道。

惊愕！所有人的目光都聚焦到了魏东侯的身上，这魏东侯为什么要杀岳松的妻子……

纪纲哈哈大笑道："不错就是他，你现在知道自己有多愚蠢了，你居然为了一个杀害你母亲的仇人来劫法场！秦明，你真是这天下最愚笨的蠢人了，哈哈哈！"

"为什么……"秦明完全不敢相信，他又转头问"岳松"道："你一定也知道，是不是？"

良久，"岳松"才叹气道："这事你本不该知道的。"他取下斗笠，露出了一张熟悉的脸，正是许久未见的胡濙，他讪讪道："当年的事我虽知道一些，但我也深陷其中，对错已经不敢妄加评论，今日前来，只是怜惜你的天分，特地给你带来这把追影，至于魏东侯的事我这里没有你想要的答案。"

这大起大落让秦明着实有些难以接受，他拼了性命要救的人竟然是自己的杀母仇人，他原以为自己的父亲回来了，到头来却也是假的，那他为何要做这些事，愤怒、失望、委屈这些情绪瞬间在他心里膨胀到了极致，这让他脸上的神情开始变得有些扭曲而奇怪，不知是该笑还是该哭，或者是该哭笑不得。

“为什么？！你为什么要杀我娘！”秦明愤怒委屈到了极点，转而怒吼了出来。

“为什么？”魏东侯的神情也开始变得痛苦起来，似乎他的痛苦比秦明的少不了几分，他顿了几度，口中哽咽道，“当年，我们……我们……”

这“我们”二字堵在喉头，竟是叫他再也说不下去，他的目光停留在秦明的身上，又似乎延伸得很远很远，远到了很多年前，那场改变大明王朝历史走向的战役。

死侍，是天下间最悲情也最荣耀的称谓。而“天章六侍”，这四个字更是代表着无尽的光荣和牺牲。当年，在杨溢能的指示下，身为死侍的魏东侯带着朱允炆的一道密令，想尽一切办法终于潜入燕王的大军之内，可惜朱棣生性狡诈多疑，根本不可能相信一个来自死敌的禁军千户，在攻陷南京城的前夕，朱高煦抓到了一批俘虏，其中不仅有金吾卫的千户、百户，还有岳松的妻子刘云溪，朱高煦为了检验魏东侯的降服之心，要他当场砍下他们的头颅，高悬城池之上，以示他弃暗投明的决心。

魏东侯久久迟疑，不想第一个站出来的却是刘云溪，他更加犹豫，便是握刀的手都有些颤抖，刘云溪一见魏东侯便破口大骂，骂魏东侯背信弃义，为了荣华富贵，不顾兄弟情义，小人可诛！她边骂边冲向魏东侯，二人扭作一团，只是这扭打间，魏东侯分明听到刘云溪在他耳畔的低语：“快杀了我们，岳松会明白你的处境的！贵为死侍，只为君王，何须顾忌我等性命！”这话说完，只听得扑哧一声，这女子终究是第一个死在了流光刀下。魏东侯早已记不得，或者是不敢想自己当初是怎么杀了刘云溪的，或许是她自己主动求死撞向了刀口，又或许是自己一咬牙，手起刀落，这人头就嘭地落地，魏东侯杀了刘云溪，狂性大发，他的刀开始像冷光一样迸射而出，一刀一个，连杀十二名建文余党，赢得现场一片喝彩。

而这十二人皆是魏东侯的亲信或好友。

为了一个王朝，还会有个人的恩怨吗？还会有自己的报复吗？那不过是沧海里的一粟，宝座上的一根毛发罢了。往事历历，念及自己杀过的人，做过的事，不禁发问，到底是为了什么，忠义吗？可是若为了忠，自己终日服侍叛军之首又算什么忠，若说为义，自己杀掉的同党比纪纲之流还多，又配谈什么义呢？那自己这一生究竟是为了什么？

看着秦明，魏东侯不禁悲从中来，这人就是自己杀的，不管当初抱着什么样的目的，自己终究是杀人凶手，这份内疚和自责永远不可能消失。他黯然垂首道：“是我杀的！岳松与我情同手足，我却杀了嫂子，此事乃是我一生的怨念，秦明，你现在可以杀了我，替你娘报仇了。”

他六神无主，现在就想要一个解脱。

秦明已然确定这魏东侯确实是自己的杀母仇人，他不懂当年的事情，也没有人会懂当年的变故，他现在只是恨，恨这人为了功名利禄竟然出卖自己的战友，恨他还要假惺惺地装作一忠诚贤良，更恨自己和荆一飞还为他数次差点丢了性命，他怒极，整个人愤而跃起，手中的藏锋化作一抹冷光就要刺向魏东侯。

“秦明！”荆一飞挡了上前，秦明的藏锋硬生生地悬停在了荆一飞的心口上。

荆一飞低着头很是无奈道：“我知道你恨，可是……可是魏大人与我有养育之恩，这一剑我若不救，便是无情无义，可是这一剑你不出手，你也愧对地下亲人，所以……你若要杀魏大人，便连我也一起杀了吧。”

荆一飞说得情深意切，丝毫没有威胁的意味，她很明白秦明的感受，自己亲人被杀是何等痛苦何等绝望，她只恨不得将仇人碎尸万段，可是……可是他的仇人现在偏偏是自己的至亲，她还能怎么做？她没有更好的办法了，她能做的就是让她自己与魏东侯一起给秦明赔罪吧。

荆一飞笑道：“秦明，你动手吧！这是我自愿的，原本你救魏大人便是为了我，就当这次也是为了我吧。”这是荆一飞第一次声音这么悲戚，以她那么刚毅的性子，想必心中真的是动了真情。

秦明只觉得自己手中的藏锋仿佛有万斤重，他一时间刺也不是，不刺也不是，二人就这么僵硬着，其余的人都不知道当年的来龙去脉，自然也无从插手，只是哑然地望着，心急如焚却又无计可施。

荆一飞苦笑了一声，道：“你何须这般犹豫，不如我来帮你！”说着，她用脚踢了一下身旁的一枚匕首，这匕首腾空而起，荆一飞一手握住匕首就要刺向自己，身后的魏东侯突然一把推开了她，他抢过了这匕首，慷慨凛然道：“秦明，我魏东侯杀了刘云溪，虽不是出于本心，但也是万般内疚，日夜难安，昔日岳松对我有兄长之情谊，我却杀他妻子，已属不仁不义，今时今日正好你在，我便把这性命还给你，从今往后，我在九泉之下也能坦然面对云溪嫂嫂！”他用匕首往自己的脖颈处横拉一下，鲜血狂喷而出，魏东侯双脚往地上一蹬，自己就如雕像一般站立着。

“魏大人！”荆一飞哀极，她急忙上前扶住了魏东侯，只可惜这一下伤得太深了，整个脖子的动脉血肉都翻了起来，鲜血像泉水一样汩汩冒出，是止不住了。不过片刻，魏东侯的脸色就惨白如纸，他断断续续道：“这是我自愿的，你不可怪秦明！一飞，从今往后，只怕你也难在朝堂立足了，不如你跟着秦明去追随皇上吧，这是我唯一的心愿了。”

说罢，他缓缓闭上了双眼，一动不动了。

荆一飞终于放声大哭了起来，她是一个极少哭泣的女子，便是自己父母被杀时她都不曾哭泣，可是现在她突然觉得好悲伤，她哭的不仅仅是魏东侯，还有自己，还有秦明，还有一切的一切，她觉得整个世界都被一层黑暗笼罩，再也没有光，没有了春秋之变，没有了三月长江堤畔开得灿烂的黄花……

秦明呆呆地站在远处，不知所措，方才他一心想着杀了魏东侯，可是现在魏东侯真的死了，自己似乎又好像也没那么恨他，没那么想杀他。或者，他不知道自己该不该去杀他。

火光中，荆一飞努力地抱起了魏东侯，她泪眼蒙眬地看着秦明，语气开始变得有些冰冷：“秦明，这事与你无关，但是魏大人毕竟是我恩人，事已至此，你我实在无法再做朋友了，从此便一刀两断，各不相欠吧！”她这说话的口气就像第一次遇到秦明时的那副模样，是冷若冰霜的眼神，是冷冰冰而不可靠近的姿态，似乎她荆一飞的心已经死了，永远也不会再去靠近一个人了。

说罢，她自己抱着魏东侯缓缓往外走去，再也不肯回过头。

秦明连遭打击，现在荆一飞又这等决绝，一时间万般情绪涌上心头，他很想要叫住她，亦很想伸手去拉她，可是心头纵然有千言万语，最终都堵在了喉咙间，却是一个字也说不出来。纵有柔情万千，怎堪弑父之仇，那些原本一直想对她说的话如今还怎么说出口？还如何去兑现……

烈火肆虐，烧过了一切化作了灰，似乎一切都回到了荒芜的最初，那时他和她都是未曾相识，不过是陌生路人。

晓寒寺内，秦明一脸颓废地躺在破败的金刚塑像下，看样子应该是有一阵子没打理自己了，他现在似乎是真的无处可去了，金吾卫的叛徒，白齐的情敌，锦衣卫追杀的头号犯人，以及荆一飞再也不想见到的人。他突然觉得自己的人生好失败，竟然活成了一个无处可容身的败类。

他的眼前爬过了一只瘦小的老鼠，他习惯性地一抖手腕，藏锋正准备飞出去，可是最后关头却又收了回来，秦明叹气道："算了，不杀你了，杀了你，这破庙里更没有活的东西陪我了。"

他慵懒地站了起来，缓缓地往大殿外走去，这外面已经是盛夏的光景了，处处绿意盎然，佳木葱茏，当真是一年中最热烈活跃的季节，可是自己却还要这么颓废，自己的心却还是这么地冷，当真是无比地讽刺，自己还要这样苟活吗？难道大明江山真的就没有他秦明的容身之所了吗？

他呆呆地看着眼前的景色，心里有些苦闷。忽然，背后有一阵呼啸之声传来，秦明下意识地身子一侧躲了过去，却见是一面硕大的斗笠，斗笠狂旋而来，犹如刀轮，秦明顺手弹出藏锋，身子用力一带，唰的一声就将这斗笠劈成两半，而后一道人影就冲击了过来，秦明不由分说双手御着两把藏锋左右旋转，犹如双翼直劈向这人影，那人影嘶啦几声，碎裂成无数的布条，却是一件宽大的衣服。

"御衣术？！"秦明不由得大惊。

"不错，这御衣术果然有意思！"大雄宝殿上，一个人影半躺着身子仰头举着一个大葫芦咕嘟咕嘟地喝着酒道。

"胡兄！"秦明叫了起来。

胡濙哈哈大笑道："瞧现在你这落魄的样子，除了我还有谁会来看你。"

秦明不服气道："还有阿福啊！"

胡濙不屑道："阿福在我看来那就是狗，还算不得人！"他跃下大殿，这下子竟然有些站立不稳，显然是喝了不少酒，还有些醉醺醺，他打了个饱嗝问道："秦明，你想不想知道你爹在哪里？"

秦明立即上前道："这还用说，自然是想知道！"

胡濙点了点头问道："那你认识郑公公吗？"

秦明想了想道："你说的不是郑三宝，郑公公吧？"

"正是他。"胡濙道："郑公公前年曾带队下过一次西洋，而明年他就将再次下西洋，很多人只知道郑公公下西洋是为了安抚外邦，给皇上寻找奇珍异宝，其实不然，郑公公下西洋还有一个很重要的目的，那就是寻找建文皇上朱允炆的下落！”

秦明惊了下：“郑公公出海是为了找朱允炆？！那我阿爹岂不是……”

胡濙点头道：“不错，皇上为了找到朱允炆，这些年一直派人在暗中寻找，几年前有密探回报，看到朱允炆一行曾乔装打扮成和尚道士从福建的泉州港出海南下，所以皇上猜测朱允炆和他的死侍应该是逃到了南洋的海上了，南洋上岛国众多，若是被这朱允炆和他手下所蛊惑，集结成了海上势力必然要对我大明形成一大威胁，所以皇上才不惜财力物力安排郑公公带领船队出国巡访，说是安抚各友邦，其实是搜寻朱允炆的下落。”

胡濙正色道：“你爹是朱允炆的死侍，必然是一路跟着他的，若是有朝一日朱允炆真的被郑公公找到了，你爹势必为了护主要拼死抵抗，但是这实力悬殊，只怕是难逃被剿灭的下场，所以，若是你想找到你爹，你必须也赶快下南洋去。”

秦明大惊：“我也下南洋？如何下？”

胡濙嘿嘿笑道：“最简单的办法便是跟着郑公公一起下南洋啊！我与郑公公还算熟络，有我的引荐，你可以轻松登上这南下的战船，不过我这么帮你，你也要替我做一件事才行。”

秦明问道：“什么事？”

胡濙道：“我再告诉你一个秘密，你爹是毕坤的两大弟子之一，他手里有半部鲲鹏万里沧海剑，我带你找郑公公下南洋，你帮我讨来这半部残卷，就算是你我之间的交易，如何？”

秦明想了想，谨慎道：“可是，若这残卷很机密，我爹不肯给我，我也不能强行索取啊。”

胡濙笑道：“放心！岳松并非视武学为性命的人，只要你去讨要，他一定会给你。你自己好好想一想，你若赶不上明年的船队，你恐怕有生之年再也见不到你父亲了。”

秦明心想，眼下还有什么比找到自己父亲更重要的事呢，他终于应承道：“好，我答应你这要求。”

胡濙道：“那就一言为定，你我二人，你做你的孝子，我当我的大明第一高手，妙哉妙哉！”说罢，他仰头饮尽了葫芦中的酒，整个人奋力一跃，便跳上大殿的飞檐上，这人踉跄了几下，稳住身形，居然放声高歌起来，而后飘飘摇摇就往后山飞跃而去，消失不见。

秦明眼望东方，此刻望去不过是一大片起伏的山峦，但沿着玉带一样的长江一路向东，穿过这些高高低低的山丘和辽阔的田野，便到了浩瀚无垠的东海，东海南下，还有南海诸界，这碧波万顷、波涛茫茫之中，孕育着无数的神奇和危险，所以那里将会是自己下一步历险的地方吗？

“罢了！这沧海万里，我秦明还惧怕它不成？！”他哈哈大笑起来，大步流星直接往山下走去，他身后，这座腐朽的寺庙终于轰隆一声，倒塌了下来，激起了一阵冲天而起的烟尘，好似凌云的黄龙，更似滚滚的狼烟。

（“金吾卫”系列第三卷《天下名师》完）